本书出版由广东省人文社会科学重点研究基地：
暨南大学海外华文文学与华语传媒研究中心资助

台港澳及海外华文文学
与华文传媒研究丛书

王列耀 主编

# 离境与跨界

## ——在台马华文学研究（1963-2013）

温明明 著

中国社会科学出版社

图书在版编目（CIP）数据

离境与跨界：在台马华文学研究：1963—2013 / 温明明著.
—北京：中国社会科学出版社，2016.5
（台港澳及海外华文文学与华文传媒研究丛书）
ISBN 978 - 7 - 5161 - 8276 - 5

Ⅰ.①离… Ⅱ.①温… Ⅲ.①华文文学 – 文学研究 – 马来西亚 –
1963—2013 Ⅳ.①I338.06

中国版本图书馆 CIP 数据核字（2016）第 116730 号

出 版 人 赵剑英
选题策划 曲弘梅
责任编辑 慈明亮
责任校对 朱妍洁
责任印制 戴 宽

出 版 中国社会科学出版社
社 址 北京鼓楼西大街甲 158 号
邮 编 100720
网 址 http://www.csspw.cn
发 行 部 010 - 84083685
门 市 部 010 - 84029450
经 销 新华书店及其他书店

印 刷 北京君升印刷有限公司
装 订 廊坊市广阳区广增装订厂
版 次 2016 年 5 月第 1 版
印 次 2016 年 5 月第 1 次印刷

开 本 710×1000 1/16
印 张 16.5
插 页 2
字 数 256 千字
定 价 62.00 元

本书献给我的母亲陈九秀
愿她在天堂不再劳累

# 目　录

# 绪　论

# 走进在台的马华文学世界

　　一个南中国海把战后的马华文学分割成——西马、东马、旅台——三大板块，三足鼎立，不必存在任何从属关系。①

——陈大为

　　当代马华文学的版图，西马、东马、在台"三足鼎立"。从吉隆坡到台北，这是一条向北行走的路线，正好也是20世纪50年代末以来数以万计的马来西亚华人留学海外的主要通道；吉隆坡位于北纬3°赤道附近，台北位于北纬25°北回归线附近，在北纬3°与北纬25°之间，我们找到了在台马华文学的地理坐标，它横跨马来半岛与中国台湾岛，介入马华文坛与台湾文坛，在两个纬度之间描摹了一幅壮丽的文学图景。本书试图拂去历史的尘埃，通过条分缕析的系统研究，走进色彩斑斓的在台马华文学世界。

## 第一节　研究对象的确定与界定

### 一　离境的文学现象：在台马华文学

　　20世纪50年代末以来，在台湾当局"施恩式"侨教政策带动下，不断有在马来西亚当地完成华文中学教育的华人子弟赴台留学，度过他们一生中宝贵的大学和研究所生涯。在台深造期间，这些马来西亚"侨生"组织社团，创办刊物，投入创作，角逐文学奖，出版文学作品，并

---

① 陈大为：《序：鼎立》，载陈大为、钟怡雯、胡金伦主编《赤道回声：马华文学读本Ⅱ》，万卷楼图书股份有限公司2004年版，第XⅦ页。

积极开展马华文学批评，五十年间已累积了相当丰厚的创作与评论成果，在台湾文学场域内形成了独特的马华文学传统（与马华本土文学传统相对的"离境"文学传统），台湾俨然成为"马华文学境外营运中心"①（张锦忠语）。在台马华作家形同一支"驻外兵团"②（陈大为语），是马华文学的重要生产者与阐释者，尤其是 20 世纪 90 年代以来，黄锦树、陈大为、钟怡雯、林建国、张锦忠等在台马华作家/学人，不断斩获中国台湾、中国香港及马来西亚的各种文学奖的同时，卷入各种马华文学话题的生产、传播与论争之中，"台湾"构成了马华文学一个重要的文学/文化场域，型构了当代马华文学"西马、东马、在台"鼎足而立的文学生态。

在马华文学史上，"在台"是一个饶有趣味的文学和文化现象。笔者大致认同张锦忠以"'离境'为马华文学的象征"的主张③：马华文学产生于中国文学的离境，但"离境不是一个静止、固着的现象；相反的，离境是在不断的流动"④，从 20 世纪 50 年代末开始，这种"流动"吊诡地与台湾当局的侨教政策相结合，使诸多马来西亚华人第二代或第三代，回到先辈念兹在兹的文化原乡，亲炙中国文化与文学，逐步形成马华文学的在台现象。

在台马华文学也是一种跨界（地域、文化、政治等）的文学生产现象，它是马华文学与台湾文学两个文学场域的"结合部"：既是当代马华文学的重要组成，也是当代台湾文学的构成因子，介入并影响着这两大场域中的文学发展。它提供了我们观照当代马华文学及世界华文文学的一种新的角度，如何认识、解读"在台"现象成为马华文学研究界一个至关重要的命题，身份论、离散论、原乡论等竞相登场，深刻地纠缠和困扰着当代马华文学的阐释者。

本书以在台马华文学为研究对象，深入在台马华文学产生的历史、

---

① 张锦忠：《编辑前言：烈火莫息》，《中外文学》2000 年第 4 期。

② 陈大为：《序：鼎立》，载陈大为、钟怡雯、胡金伦主编《赤道回声：马华文学读本Ⅱ》，万卷楼图书股份有限公司 2004 年版，第Ⅴ页。

③ 张锦忠：《离境，或重写马华文学史：从马华文学到新兴华文文学》，载张锦忠《南洋论述——马华文学与文化属性》，麦田出版社 2003 年版，第 43 页。

④ 同上。

文化和文学语境，通过对其文学创作及论述的分析，厘清在台马华文学传统及其谱系生成演变的历史轨迹，辨识在台马华文学与马华文学（史）及台湾文学（史）的复杂关系，阐述台湾作为在台马华文学依附的场域及中介对（在台）马华文学的影响，廓清马华本土长久以来对在台马华文学的敌对化认识，阐明在台马华文学对马华文学传统由"现实"向"现代"转型的积极贡献，特别是第三代在台马华作家 20 世纪 90 年代以来的马华文学论述引起的文学观念变革，总结在台马华文学的美学面貌。

## 二 命名及阐释：留台、旅台与在台

在学界，论者常用"留台"、"旅台"及"在台"来指称马华作家与台湾文坛的脐带血缘关系，相应地也产生了三个各有指涉的学术术语：马华留学生文学、马华旅台文学及在台马华文学。下文将对这三个术语进行辨析，并阐明本书采用"在台马华文学"的缘由。

"留台"是指曾经留学中国台湾而非目前留在台湾，留台生安焕然认为："'留台'是指曾留学过台湾，而今已返马者"①，现已定居台湾的马华作家陈大为也基本持这一观点："'留台'单指曾经在台湾留学，目前已离开回马或到其它国家谋生的作家。"② 根据这一界定，有论者将马华作家留学中国台湾期间创作的文学作品命名为马华留学生文学，离台回马（马来西亚）或到其他国家之后创作的文学作品则不在马华留学生文学范畴之内。因而，在早期也有人曾将这部分诞生于台湾的马华留学生文学命名为"侨生文学"③。

"旅台"及"马华旅台文学"是在中国大陆、中国台湾及马来西亚学术界广泛使用的两个术语。刘小新的《马华旅台文学现象论》④、《马华旅台文学一瞥》⑤，曹惠民的《在颠覆中归返——观察旅台马华作家

---

① 安焕然：《内在中国与乡土情怀的交杂——试论大马旅台知识群的乡土认同意识》，载安焕然《本土与中国：学术论文集》，南方学院出版社 2003 年版，第 241 页。

② 陈大为：《从马华"旅台"文学到"在台"马华文学》，《华文文学》2012 年第 6 期。

③ 因马来西亚华裔以侨生身份到中国台湾留学，故有"侨生文学"的称号。

④ 刘小新：《马华旅台文学现象论》，《江苏大学学报》2002 年第 2 期。

⑤ 刘小新：《马华旅台文学一瞥》，《台港文学选刊》2004 年第 6 期。

的一种角度》①，李苏梅的《马华旅台作家小说创作论》②，陈大为的
《大马旅台一九九〇》③，黄暐胜的《大马旅台文学的星空》④，张光达
的《马华旅台文学的意义》⑤ 等皆使用"旅台"或"旅台文学"概括
总结台湾文学场域内的马华文学生产。马华留台生在台湾完成大学或研
究所学业之后，大多离台回马或移居他国，但也有一部分选择在台湾就
业定居甚至入籍中国台湾，此时，"留台"这一称谓对这一部分人来讲
已经失效，相应地就有了"旅台"这一指涉范围更广的概念。陈大为
认为："'旅台'只包括：目前在台求学、就业、定居的写作人口（虽
然主要的作家和学者都定居或入籍中国台湾），不含学成归马的'留
台'学生，也不含从未在台居留（旅行不算）却有文学著作在台出版
的马华作家。从客观层面看来，'旅台'的意义着重于台湾文学及文化
语境对旅居的创作者产生了直接的影响，那是一个完整的教育体制与文
学资源，在一定的时间长度中（大学四年或更久），从单纯的文艺少
年开始启蒙—孕育—养成—茁壮其文学生命（间中或经由各大文学奖
的洗礼而速成），直到在台结集出书，终成台湾文坛一份子的过程。
从结果来看，这个过程并非单向的孕育，台湾文学跟马华旅台作家之
间产生了双向渗透，旅台作家以强烈的赤道风格回馈了台湾文学，成
为台湾文学史当中唯一的外来创作群体。"⑥ 根据陈大为的界定，马华
旅台文学涵盖马华作家留学台湾及完成学业后仍"旅居"台湾期间的
所有文学创作⑦，它的外延要比早期的"侨生文学"或"留学生文学"

---

① 曹惠民：《在颠覆中归返——观察旅台马华作家的一种角度》，《华文文学》2011 年第
1 期。

② 李苏梅：《马华旅台作家小说创作论》，硕士学位论文，暨南大学，2008 年。

③ 陈大为：《大马旅台一九九〇》，《台港文学选刊》2012 年第 1 期。

④ 黄暐胜：《大马旅台文学的星空》，《蕉风》1995 年第 467 期。

⑤ 张光达：《马华旅台文学的意义》，《南洋商报·南洋文艺》2002 年 11 月 1 日。

⑥ 陈大为：《从马华"旅台"文学到"在台"马华文学》，《华文文学》2012 年第 6 期。

⑦ 不同于陈大为的界定，安焕然认为，"旅台"只指"正在台湾求学的大马学生"，"马
华旅台文学"是指"大马学生曾在台湾留学期间，所创作的文学作品"，"惟它所指涉的仅是
大马留学生'旅台'求学时这一过渡时期的文学创作，其毕业后返马归国，或继续留居不归
而'回归''中国'（台湾）者，其后期的创作则不应划为'大马旅台文学'的范畴。故大
马旅台文学可谓是在台湾的时空土壤中成长的文学，似属于台湾文学的一'小'环（接下页）

大许多。此外，与"留台"和"在台"相比，"旅台"在许多论者那里往往还有另外一层潜在指涉："'旅台'一词可指这群作家旅居台湾的状态，'留台'则指他们有留学台湾的经验。'旅台'者就算后来离开了台湾，自然也还带着'留台'的经验"①（杨宗翰），"其中的'旅'字有着'暂时性'的义涵，故'大马旅台生'本身就具备了一种'过渡性'的隐性涵义"②（安焕然），"'旅台'含有旅居在外的漂流意识，仿佛未深入目前生活的场地般地隔绝与疏远"③（陈芳莉）。这就使"马华旅台文学"这一概念先天地带上了"离散"、"漂泊"甚至"隔膜"等"不在场"意识④。

　　20世纪90年代以来，马华作家与台湾文坛的关系继续发生着结构性变化，一些没有留台/旅台背景的马华作家纷纷在台湾获得各种文学奖，并出版文学作品。1996年，马华本土作家黎紫书以《蛆魇》获得台湾第18届联合报短篇小说首奖，2000年她又凭《山瘟》获台湾第22届联合报短篇小说首奖，并先后在台湾出版《天国之门》（麦田出版社1999年版）、《山瘟》（麦田出版社2001年版）、《野菩萨》（联经出版事业股份有限公司2011年版）等短篇小说集及长篇小说《告别的年

───────────────

（接上页）（而似又不太'正统'）但又属于马华文学的一部分，二者互有交集。本质上它是留学生文学"。详细内容可参见安焕然《内在中国与乡土情怀的交杂——试论大马旅台知识群的乡土认同意识》，载安焕然《本土与中国：学术论文集》，南方学院出版社2003年版，第241—242页。安焕然定义的"马华旅台文学"即台湾的马华留学生文学，与一般论者指称的"马华旅台文学"多有不同，故本书不采用安焕然的界定而采用为一般论者所认可的陈大为的界定。

　　①　杨宗翰：《从神州人到马华人》，载陈大为、钟怡雯、胡金伦主编《赤道回声：马华文学读本Ⅱ》，万卷楼图书股份有限公司2004年版，第157页。

　　②　安焕然：《内在中国与乡土情怀的交杂——试论大马旅台知识群的乡土认同意识》，载安焕然《本土与中国：学术论文集》，南方学院出版社2003年版，第241页。

　　③　陈芳莉：《在台马华文学的原乡再现——以黄锦树、钟怡雯、陈大为为例》，硕士学位论文，台湾成功大学，2008年，第13页。

　　④　但是，马华旅台作家陈大为却不大认可这种"不在场"意识，他在相关文章中指出，他"沿用'旅台'一词，只为了涵盖所有在台求学、就业、定居的写作人口（虽然主要的作家和学者都定居台湾），就笔者而言，够不上任何潜意识里的'流浪'、'漂移'、'离散'。它只是一个'权称'"。参见陈大为《序：鼎立》，载陈大为、钟怡雯、胡金伦主编《赤道回声：马华文学读本Ⅱ》，万卷楼图书股份有限公司2004年版，第Ⅴ页。

代》（联经出版事业股份有限公司 2010 年版），迅速成为在台得奖、出版并获得台湾文坛认可的马华非旅台作家。此外，李天葆、陈志鸿、黄玮霜等没有台湾背景的马华作家也曾获台湾各种文学奖并时常有作品在台湾发表及出版。这一现象作为"台湾文学内少见的'附生'或'依存'形态"①，已非"马华旅台文学"这一概念所能囊括。21 世纪初，马华旅台学者张锦忠根据马华文学与台湾文坛的结构新变，在马华旅台文学的基础上提出"在台马华文学"这一术语，用以整合在台创作、在台得奖及在台出版三大马华文学现象，他认为：

> 马华文学一向理所当然地被认为是"在"马来西亚产生的华语语系文学。但是，马华文学的生产场所也有可能"不在"马来西亚，而在例如台湾、香港等境外地区。在台湾发生的马华文学现象，过去较常看到的称谓是"马华旅台文学"。近年来，"在台马华文学"的用法较为多见。广义而言，"在台马华文学"不一定限于马华作者在台，也指"马华文学"在台，即作品在台湾出版流通。②

"在台马华文学"近些年逐渐获得学界认可③，台湾大百科全书为此还收入了由黄锦树撰写的"在台马华文学"词条："1950 年代末以来，持续有马来西亚华裔青年来台留学而在此地开展文学事业，参与或组织文学社团，出版刊物、发表各文类作品、获文学奖、出版作品集，并生产马华文学论述称之。因此，成为台湾与马华文学的交界面，亦可说是台湾文学场域的一个独特角落。此一现象，1990 年代前泛称为'旅台文学'或'留台文学'，2002 年张锦忠教授在《（八〇年代以来）

---

① 高嘉谦：《马华小说与台湾文学》，《文艺争鸣》2012 年第 6 期。
② 张锦忠：《离散在台马华文学》，载张锦忠《马来西亚华语语系文学》，有人出版社 2011 年版，第 95 页。
③ 近些年台湾的学者在相关文章中也多采用"在台马华文学"这一称谓，如蒋淑贞的《从"海内存知己"到"海外存异己"：马华文学与台湾文学建制化》，高嘉谦的《马华小说与台湾文学》等，另外，台湾大百科全书网站也有黄锦树教授撰写的"在台马华文学"词条。

台湾文学复系统中的马华文学》文中，将之正名为在台马华文学。"①
根据黄锦树的解释，"在台马华文学"既包括在台湾留学、就业、定居
的马华作家创作的文学作品，也涵盖没有留台/旅台背景的马华作家在
台湾出版的文学作品，其主体是马华旅台文学。与"旅台"相比，"在
台"是一个相对中性的概念，强调一种在场（台湾场域）性。

以上简要辨析了"留台"、"旅台"与"在台"的各自内涵，本书
的研究对象集中于马华作家留学台湾及完成学业后仍"旅居"台湾期
间的文学创作，即以马华旅台文学创作为主，但也兼及黎紫书等不具备
留台/旅台背景的马华作家在台湾场域内的获奖及出版活动，因而采用
"在台马华文学"这一称谓。

## 第二节　研究现状的回顾与问题的提出

马华文学是当今世界华文文学的重镇之一，其研究历来为学界所重
视，目前已初具规模，呈现马华本土、中国大陆、中国台湾地区相呼
应、微观与宏观相结合的态势，累积了一批优秀成果，这些成果涉及或
部分涉及本书讨论的"在台马华文学"，构成了本书展开讨论和分析的
基础。

在中国大陆，刘小新是较早注意并集中深入研究在台马华文学的学
者之一。他于 2002 年发表的《马华旅台文学现象论》，是中国大陆目
前所见最早从宏观角度研究在台马华文学的论文，该文通过对杨宗翰
《马华文学与台湾文学史》的反驳，阐述了马华文学介入台湾文学
（史）的方式以及台湾文学对马华文学的影响，认为"马华旅台文学很
可能既进不了台湾文学史，又不被马华文学史所接纳，而成为马华文学
与台湾文学的双重边缘角色"②。在 2004 年发表的《马华旅台文学一
瞥》中，刘小新再次注意到马华文学"在台"这一特殊的文学和文化
现象，宏观分析了在台马华文学对当代马华文学史及台湾文学史的特殊

---

① 黄锦树：《在台马华文学》，台湾大百科全书网站，http://taiwanpedia. culture. tw/
web/content? ID=4640，2013 年 3 月 21 日。

② 刘小新：《马华旅台文学现象论》，《江苏大学学报》2002 年第 2 期。

价值，敏锐地发现："一方面，旅台文学为当代马华文学输入了一种新鲜的美学元素，进而引起文学思潮的嬗变和文学典律的转移"，"另一方面，旅台文学经过漫长的经营也已经成为当代台湾文学场域中不可忽视的一股力量。大马旅台文学也为台湾当代文学输入了新的美学和消费元素——南洋情调。"①

刘小新早在 20 世纪 90 年代中期就开始研究在台马华作家的创作特色，先后发表《当代马华诗歌的两种形象》②、《九十年代马华诗坛新动向》③、《马华作家林幸谦创作论》④、《"黄锦树现象"与当代马华文学思潮的嬗变》⑤、《世代更替与范式转换——近十年马华文学发展考察》⑥、《黄锦树的意义与局限》⑦、《从方修到林建国：马华文学史的几种读法》⑧、《当代马华文学思潮与"承认的政治"》⑨ 等论文，这些论文注重挖掘文学现象背后潜藏的文学发展规律，把在台马华作家置于马华文学思潮嬗变的脉络中进行考察，较早地发现了第三代在台作家的出现代表了一种新的文学范式崛起于马华文坛，廓清了 20 世纪 90 年代以来针对黄锦树等第三代在台作家的各种"道义"指责，找到了在台马华作家在马华文学史上的历史位置。

除了刘小新，曹惠民在《华文文学》2011 年第 1 期发表《在颠覆中归返——观察旅台马华作家的一种角度》，将在台马华作家与新移民作家做比较，指出在台马华作家的身份焦虑是一种文化焦虑，他们的书写表现出对中华文化在颠覆中归返的趋向。李苏梅的《马华旅台作家小说创作论》是目前中国大陆唯一一篇以马华旅台文学为研究对象的学位

---

①　刘小新：《马华旅台文学一瞥》，《台港文学选刊》2004 年第 6 期。

②　刘小新：《当代马华诗歌的两种形象》，《华侨大学学报》1996 年第 2 期。

③　刘小新：《九十年代马华诗坛新动向》，《华侨大学学报》1997 年第 2 期。

④　刘小新：《马华作家林幸谦创作论》，《华侨大学学报》1998 年第 2 期。

⑤　刘小新：《"黄锦树现象"与当代马华文学思潮的嬗变》，《华侨大学学报》2000 年第 4 期。

⑥　刘小新：《世代更替与范式转换——近十年马华文学发展考察》，《镇江师专学报》2001 年第 1 期。

⑦　刘小新：《黄锦树的意义与局限》，《人文杂志》2002 年第 13 期。

⑧　刘小新：《从方修到林建国：马华文学史的几种读法》，《华文文学》2002 年第 1 期。

⑨　刘小新：《当代马华文学思潮与"承认的政治"》，《华侨大学学报》2007 年第 4 期。

论文，该硕士论文以马华旅台作家的小说创作为讨论对象，分析了马华旅台文学形成的背景、马华旅台作家的原乡书写与雨林书写，用比较分析的方法探讨了留学台湾的教育背景对马华旅台作家的深层影响，认为"马华旅台作家的双重边缘身份使其在写作之时有着更开阔的视野，多重的流放漂泊经历让作家有更冷静的写作姿态，将中华文化和丰厚的南洋乡土积淀以及现代主义技巧相融合，创造了东方现代主义小说"①。

综观大陆学界的在台马华文学研究，仍然存在许多"遗憾"："迄今，世界华文文学研究界对'旅台文学'这一文化现象还未给予充分的关注和研究"②，不仅研究者和研究成果少，且研究视角也有待进一步深入并拓展。

从目前的研究成果来看，中国台湾地区的在台马华文学研究无疑是最丰富的。黄锦树的《"旅台文学特区"的意义探究》③ 最早注意到马华文学在台现象，使这支离境的马华文学队伍以集体的形式进入马华文学研究的视野。黄暐胜的《大马旅台文学的星空》从文学奖、语言技巧、题材范围等方面简要总结了 1990—1994 年在台马华文学取得的成就，并对黄锦树、廖宏强、欧文林、钟怡雯、林幸谦、陈大为、吴龙川、黄暐胜、林惠洲、刘国寄、陈俊华、黄威监等在台马华作家的创作特征进行了评述，指出在台马华文学表现出三大"征兆"："其一，这些创作者用心于自己在文学技巧上的锻炼甚于文学社团的活动，他们成就个人的企图心大于对旅台文学状况的操心"，"其二，除了林幸谦等少数几位在留台前就已小有'文名'外，大多数的旅台作者，如：陈大为、黄锦树、钟怡雯、黄暐胜等，主要还是受到台湾当地文学环境的陶炼，提供技巧的吸收，成就个人的风格。因此，文风与大马本土相异"，"其三，他们大量对外投稿造成双向影响。如在台湾、大马和中国大陆的报章、文学刊物上发表作品，一方面鼓励自己，另一方面赚取生活费。并且在这五年内，他们投回大马的稿件也已经引起当地的注

---

① 李苏梅：《马华旅台作家小说创作论》，硕士学位论文，暨南大学，2008 年，第 I 页。

② 刘小新：《马华旅台文学一瞥》，《台港文学选刊》2004 年第 6 期。

③ 黄锦树：《"旅台文学特区"的意义探究》，《大马青年》1990 年第 8 期。

意，达到一定交流"①。

杨宗翰的《马华文学在台湾（2000—2004）》②梳理了 2000—2004 年台湾文坛马华文学评论及创作的收获，并从研讨会及课程的角度分析了马华文学在台湾文学体制中的位置。杨宗翰是较早从理论的高度思考在台马华文学与马华文学史及台湾文学史关系的台湾学者之一，其在《中外文学》2000 年第 4 期"马华文学专号"发表的论文《马华文学与台湾文学史——旅台诗人的例子》③，虽存在一些不足④，却较早地提出在台马华文学应该在台湾文学史中占据一定的位置，未来的台湾文学史书写须囊括在台马华文学，他认为："他们（指在台马华作家，引者注）的'台湾经验'也是文学史的重要组成部分，不该再让他们在台湾文学史里'流亡'了。文学史家在精读文本之外，尚需努力思考他们的适切位置；而非藉'台湾大叙述'尚未竣工、仍待补强此类理由，再度使这群旅台作家成为被放逐者。"⑤ 他的另一篇论文《重构框架：马华文学、台湾文学、现代诗史》同样从文学史的角度考察在台马华文学与台湾文学整合的可能，认为在台马华文学既是台湾文学史的一部分，也是马来西亚文学史的重要部分，"马华旅台/留台人'在'台湾写作，就等于进入了台湾文学场域，必然是一种台湾的声音、会留下在地的足迹。'台湾文学'的内涵、定义与框架，势必也得因此不断调整"⑥。黄锦树也是一位有着深切的文学史关怀的在台马华学者，他的《无国籍华文文学：在台马华文学的史前史，或台湾文学史上的非台湾

①　黄暐胜：《大马旅台文学的星空》，《蕉风》1995 年第 467 期。

②　杨宗翰：《马华文学在台湾（2000—2004）》，《文讯》2004 年总第 229 期。

③　该文后经修改以《从神州人到马华人》之名收入陈大为、钟怡雯、胡金伦主编的《赤道回声：马华文学读本Ⅱ》中。

④　对杨宗翰该文的批评，可参见同一期《中外文学》发表的黄锦树等的评论文章，包括黄锦树的《关于〈马华文学与台湾文学史——旅台诗人的例子〉》、杨聪荣的《"我们"与"他们"：谈马华文学在台湾》及高嘉谦的《对于〈马华文学与台湾文学史——旅台诗人的例子〉的疑惑》。

⑤　杨宗翰：《马华文学与台湾文学史——旅台诗人的例子》，《中外文学》2000 年第 4 期。

⑥　杨宗翰：《重构框架：马华文学、台湾文学、现代诗史》，《中外文学》2004 年第 1 期。

文学——一个文学史的比较纲领》，从文学史的角度重新定位了在台马华文学在马华文学史及台湾文学史的位置，认为"作为小流寓群体，在台马华文学介入了台湾文学史的流寓结构，既在内部又在外部，一如不同历史阶段的流寓，都是既内又外的两属及两不属，双重的有国或无家，双重的写在家国之外；对马华文学史而言也是如此，既外又内，既内又外，处于可疑的位置，可能是两属，但也可能只被挤在两者重叠的微小阴影地带，漂流在两个无国籍文学之间"①，这使我们对在台马华文学复杂性的认识进入了更深的层次。

张锦忠的《（离散）在台马华文学与原乡想象》将离散理论引入在台马华文学研究中，讨论了在台马华文学原乡想象的复杂性，认为："和其他华裔作家与华文文学的原乡论述比较起来，在台马华文学与原乡想象之间的关系极其复杂，甚至问题重重"，"复杂的原因在于'在台马华文学'一词涉及'台、马、华'三个地理空间概念"，"文化的原乡、地缘的故乡、流寓的异乡的三乡纠葛也造就在台马华文学的离散多乡（甚或流寓多乡）的复杂情状，成为在台马华文学的重要特性"②。高嘉谦的《马华小说与台湾文学》，以在台马华小说为例，简要梳理了在台马华文学的发展谱系，概括总结了李永平、张贵兴和黄锦树三位作家的马华叙事特征，首次注意到在台湾场域中的马华文学外译现象，肯定了马华文学之于台湾文学的意义，认为：在台马华文学"持续改变着台湾文学系统内部多元的生产面貌"，"形成台湾文学内少见的'附生'或'依存'形态"③。

陈大为的《大马旅台一九九〇》④以大马青年社为案例，分析了20世纪90年代大马在台文学发展境况，总结了三个值得关注的现象：受台湾现代文学影响、对文学奖的热衷和弥漫着一股知识分子意识。同年陈大为的另一篇论文《从马华"旅台"文学到"在台"马华文学》，通过对"留台"、"旅台"和"在台"三个概念的辨析，认为："从马华

---

① 黄锦树：《无国籍华文文学：在台马华文学的史前史，或台湾文学史上的非台湾文学——一个文学史的比较纲领》，《文化研究》2006年第2期。

② 张锦忠：《（离散）在台马华文学与原乡想象》，《中山人文学报》2006年第22期。

③ 高嘉谦：《马华小说与台湾文学》，《文艺争鸣》2012年第6期。

④ 陈大为：《大马旅台一九九〇》，《台港文学选刊》2012年第1期。

'旅台'文学到'在台'马华文学的发展，扩大了版图，增强了阵容，马华作家群遂成为台湾文学版图内唯一的外来兵团。台湾文学作品及其体制对马华文学未来的发展势必产生更深远的影响。"① 陈大为2012年出版的《最年轻的麒麟——马华文学在台湾（1963—2012）》是目前所能见到唯一一部专论在台马华文学的著作，该书带有很明显的文学史性质，清晰地梳理了在台马华文学从1963年到2012年五十年间发展演进的脉络。

除了以上专门讨论在台马华文学的论文，还有一些研究马华文学的论文中也时常会涉及在台马华文学，例如陈大为在给《赤道回声：马华文学读本Ⅱ》写的序言"鼎立"中，以"异域的孤军：旅台的想象与真相"为题分析了在台马华文学的发展历史和基本面貌，并提出马华文学版图"西马、东马、旅台"三足鼎立的著名观点。简文志的《"世界华文文学研究"在台湾的发展》②，将在台马华文学置于台湾世界华文文学研究的整体语境中，讨论了在台马华文学对世界华文文学的化约。李有成、张锦忠的《在文学研究与创作之间：离散经验》③ 以对谈的形式讨论了马华在台作家的离散经验。

学位论文方面。以李永平、张贵兴、黄锦树、钟怡雯、陈大为等在台单一作家为对象的学位论文已有不少，但以在台马华文学为对象的学位论文却并不多见。中国台湾地区主要有陈芳莉的《在台马华文学的原乡再现——以黄锦树、钟怡雯、陈大为为例》④ 和张馨函的《马华旅台作家的原乡书写研究（1976—2010）》⑤，她们都把关注的焦点放在原乡书写上，陈文主要探讨的是第三代在台作家的原乡书写，而张文则延伸到第二代在台作家，梳理了李永平、张贵兴、商晚筠、潘雨桐、黄锦树、钟怡雯、辛金顺、张草8位在台作家原乡书写的创作意图、母题的

---

① 陈大为：《从马华"旅台"文学到"在台"马华文学》，《华文文学》2012年第6期。

② 简文志：《"世界华文文学研究"在台湾的发展》，《汉学研究集刊》2007年第5期。

③ 李有成、张锦忠：《在文学研究与创作之间：离散经验》，《思想》2010年第17期。

④ 陈芳莉：《在台马华文学的原乡再现——以黄锦树、钟怡雯、陈大为为例》，硕士学位论文，台湾成功大学，2008年。

⑤ 张馨函：《马华旅台作家的原乡书写研究（1976—2010）》，硕士学位论文，台北大学，2012年。

历时性演变、原乡艺术形式展现等内容。

20 世纪 90 年代以来，黄锦树等第三代在台作家在马华文坛多次获得花踪文学奖，成为《南洋商报》和《星洲日报》文艺副刊的重要作家，掀起多次火药味极浓的文学论争，可谓"风光无限"。但与这种创作丰收不相称的是，马华本土评论界却极少正面关注这一批在台作家，更遑论把他们当作马华文学特殊的文化与文学现象给予考察。从目前的研究状况来看，马华本土唯一的一篇研究在台马华文学的单篇论文是新生代批评者张光达发表在 2002 年 11 月 1 日《南洋商报·南洋文艺》上的《马华旅台文学的意义》，该文直面在台马华文学双重边缘的位置，正视在台马华文学的价值，探讨了马华在台作家的南洋书写于马华文化体制和马华文学史的意义，认为旅台作家"在地理位置的双重边缘/弱势化可以衍生为特殊的发言位置与论述实践，丰富了马华文学的多元化面貌和声音，也为本地学者提供并拓展马华文学/文化研究的范围"①。谢珮瑶的《马华离散文学研究——以温瑞安、李永平、林幸谦及黄锦树为研究对象》，是马华本土为数不多的一篇以在台马华作家为研究对象的学位论文，该硕士论文将在台马华文学定位为离散文学，并以温瑞安、李永平、林幸谦和黄锦树四位在台作家为例，勾勒出马来西亚离散华人的历史想象位置，指出他们"各自把握的时空感受与离散经验，在笔下延伸成马来西亚华人离散历史的纵深，不管是原乡渴望、边缘反思、回溯族群记忆、还是追寻与建构'形成中'的身份认同，皆生成了其历史上的独特位置"②。

以上简单梳理了目前中国大陆、中国台湾及马来西亚学术界在台马华文学研究的现状，粗略来看，目前的研究以中国台湾地区成果最丰，中国大陆和马来西亚无论是单篇论文还是学位论文都还十分欠缺。以上这些学术成果对在台马华文学的诸多问题都有所涉及和讨论，包括在台马华文学的发展历史、离散经验、原乡书写、与马华文学史和台湾文学史的关系等，在诸多层面都提出了一些富有启发性的观点。这些成果帮

---

① 张光达：《马华旅台文学的意义》，《南洋商报·南洋文艺》2002 年 11 月 1 日。

② 谢珮瑶：《马华离散文学研究——以温瑞安、李永平、林幸谦及黄锦树为研究对象》，硕士学位论文，马来西亚拉曼大学，2011 年，第 ii 页。

助我们厘清了一些问题，同时也带来了另一些问题。

第一，如何认识并厘清在台马华文学、马华文学、台湾文学之间的复杂关系，以及台湾作为一个文学场域和中介对马华文学的影响？

第二，如何认识在台马华文学的双重边缘位置及其在马华文学史和台湾文学史上的独特意义？

第三，如何认识在台作家的身份转变？马华文学"离境"是否已经悄然地改变了它的身份与属性？张锦忠等倡导的离散理论是否能够真正有效地阐释马华文学"在台"现象？

第四，如何认识在台马华文学的美学特征及其受台湾文学场域的影响？刘小新在多篇论文中反复强调，在一个崇尚文化消费的社会，在台作家的南洋情调或马华性是打入台湾文化市场的最佳卖点，以异国情调、"他者"身份和"另类"美学成功介入台湾文学场是在台作家的生存策略。实际上，在台马华文学的美学特征远比这一判断更为复杂，钟怡雯等的获奖作品大多已走出了南洋情调的美学"牢笼"。

# 第三节　研究方法及章节架构

## 一　研究方法

作为一种离境的文学景观，在台马华文学与马来西亚和中国台湾两地的政经文教环境有着密切的依存关系，其研究必然是一项意蕴复杂的实践性课题，对把握海外华文文学在中国大陆的生长具有启发价值。本书站在马华文学的立场考察在台马华文学，并将之定位为跨界的文学及文化现象，因而，在研究方法上就不再局限于单纯的文学文本分析，将结合扎实的外部研究，透析在台马华文学的跨界意义。在研究方法方面，本书将采用文献分析、文本分析与话语分析等相结合的方法，搜集可以应用的资料加以整理，设定问题意识、推估问题演进脉络、建构合理答案。而本书所采用的文献资料包括中国大陆、中国台湾，以及马来西亚的相关著作、期刊资料、硕博士论文，特别是通过查阅20世纪90年代以来马来西亚《南洋商报》和《星洲日报》，深入文学发生的"现场"，掌握原始研究资料。

在台马华文学已经有半个世纪的历史，其地理坐标位于北纬 3 度与北纬 25 度两个纬度之间，因而，本书的研究也将循着时间与空间的向度梳理在台马华文学的历史脉络和地域美学。在时间的向度上，通过世代划分的方式，厘清在台马华文学的代际系谱，在作家及文本选择上侧重于第二代及第三代作家。在空间的向度上，重视跨地域的方法，深入马华文坛与台湾文坛的文学生态，找寻在台马华文学另类美学的生成机制。

## 二 章节架构

本书共设六个部分。"绪论 走近在台的马华文学世界"，主要交代本书的选题依据、研究动机、研究现状及相关概念的界定，以明确研究展开的基本逻辑。"绪论"共分三节：第一节是"研究对象的确定与界定"，"留台"、"旅台"和"在台"是学者常用的三个描述本书研究对象的术语，特别是"旅台"，本节将着重分析这三个概念的基本内涵，并阐明本书采用"在台"这一术语的原因；第二节是对在台马华文学研究现状的回顾与评述，在此基础上发现有待研究或挖掘的命题；第三节主要交代本书的研究方法及章节布局。

第一章"'再华化'的生命旅程：在台马华作家的认同意识"，主要阐述在台马华文学的生成原因与在台马华作家的认同意识。本章共分三节：第一节分析在台马华文学与马来西亚的华教政策和中国台湾当局的侨教政策之间的关系，及其背后的政治意识形态；第二节透过"侨生"这一符号，解读在台马华作家身份的诡谲性；第三节通过不同代际作家对"内在中国与乡土情怀"差别化认知，解读在台马华作家认同意识的流变。

第二章"离境的文学传统：代际系谱与台湾的意义"，主要梳理在台马华文学半个世纪所形成的文学传统并解析台湾在其中所产生的文学意义。本章共分四节：第一节将星座诗社与神州诗社归结为第一代在台马华作家，因其主要靠结社介入台湾文坛，本节在重点分析了这两个诗社的文学主张与美学实践；第二节将依靠文学奖崛起的李永平、张贵兴、潘雨桐和商晚筠等统称为第二代在台马华作家，他们主要的成就在小说领域，这一节通过文本分析的方法概括了以上四位作家的创作风格；第三节将20世纪80年代中期后赴台留学的林建国、黄锦树、陈大为等列为第三代在台马华作家，这是创作与批评都卓有成绩的一代，学院气息很盛；在台马华文学"依附于"台湾，并受其影响，本章第四节从台湾场域、台湾中介和台湾经验三个方面，探讨台湾之于在台马华文学的意义及产生的影响。

第三章"跨界的文学书写：出走南洋与回望马华"。在台马华文学取得了很高的艺术成就，屡屡在中国大陆、中国台湾、中国香港及马来西亚、新加坡等地区斩获各种文学大奖。以往的研究往往过多地关注在台马华文学的"马华"特性，例如原乡书写与雨林书写，本章将超越这一狭隘的研究视野，指出在台马华作家的文学书写既有回望"马华"的南洋情调，也有走出"南洋"的台湾色彩。在这样的思路下，本章共设三节：第一节指出当前的在台马华文学研究，存在不少误读，它在美学上应该是"马来商标"与"台湾条形码"的结合；第二节分析在台马华文学中的"台湾"书写；第三节分析在台马华文学中的"南洋"书写。

第四章"阐释的焦虑：与身世有关的命运"。本章主要讨论在台马华作家/学人的马华文学论述，分析这些马华文学论述对马华文学产生的影响，特别是20世纪90年代由在台马华作家/学人主导的数场马华文学论争，在马华文学理论话语转型过程中的意义。笔者认为，在台马华作家/学人的马华文学论述是一种与"身世"有关的"命运"，他们的马华身份决定了其言说马华文学的方式和理由，在马华文学和台湾文学的论述场域中，在台马华作家/学人的马华文学论述处于双重边缘的位置，这使他们的论述独具一格，充满理论张力。在台马华文学的吊诡位置决定了其归属的复杂性，它是应该写入马华文学史还是台湾文学史？或者，都属于还是都不属于？再或者，是否应该书写一部独立的在台马华文学史，以辨正三者之间的勾连关系？在台马华作家已经改变了马华文学史及台湾文学史的固有视域，面对在台马华文学，原有的文学史模式/思路是否经得起考验？20世纪90年代以来，在台马华作家掀起了一股重写文学史（马华及中国台湾）的热潮，他们的重写文学史想象与实践给我们提供了怎样的启示？这些疑惑已经困扰了在台马华文学研究者相当长的一段时间，本章将在前人研究的基础上提出自己的看法或提供重写文学史的某种可行性。本章共分五节：第一节梳理在台学者的马华文学论述之历史脉络；第二节解读 20 世纪 90 年代以来在台学者主导的系列马华文学论争；第三节分析马华在地学者与在台学者之间的矛盾与误会；第四节阐释在台学者尤其是黄锦树与张锦忠两人的重写文学史论述；第五节分析当前的马华文学史与台湾文学史如何安顿在台马华文学。

　　最后一部分"结语　台湾作为问题与方法"，总结本书主体部分的研究结论，并试图指出未来在台马华文学的创作走向。

# 第一章

# "再华化"的生命旅程：
# 在台马华作家的认同意识

本书所说的"再华化"，特指曾接受华文教育或以中华文化为家庭教育背景的马来西亚华人，因留学从马来西亚来到中国台湾，继续/再次接触、学习中国语言、文化与文学的过程。[①]

马来西亚[②]1957年独立建国后，因政治、文化等因素的干扰，不断有华文源流学校毕业的马来西亚华人选择到中国台湾留学，开启"再华化"的生命旅程，其间不乏在台湾获得作家身份者。面对"台（湾）"、"马（来西亚）"、"华（人）"三者之间的复杂纠葛，经历"再华化"后的在台马华作家的身份属性与认同意识产生了怎样的变异？下文的解析，将依循马来西亚华人留学中国台湾的历史足迹，探索不同时期在台马华作家身份属性与认同意识的变迁。

## 第一节 "归国"留学：政治语境下的变奏

马来西亚政府的华教政策与中国台湾当局的侨教政策，共同促成了20世纪50年代末以来马来西亚华人留学中国台湾的传统，无一例外地，它们也都带有政治色彩，并对马华留台生的身份与认同意识造成一定困扰。

---

① 这里对"再华化"的界定参考了台湾暨南国际大学李衍造的学位论文《再华化的意义：探讨旅台马印侨生文化认同的异同》的相关成果，特此说明，以致谢意。

② 1955年7月，马来亚联合邦举行首届立法议会全国大选，由巫统、马华公会和印度国大党组成的联盟获胜，共组政府，开始自治。1957年8月31日，马来亚联合邦宣布独立，正式脱离英国的殖民统治。1963年9月16日，又与新加坡、沙巴、沙捞越合组马来西亚联合邦，简称"马来西亚"。1965年，新马分治，新加坡脱离马来西亚成为独立国家。独立建国前，这一地区统称马来亚。

### 一 潜在的种族政治：马来西亚的华教政策

华人移民到马来西亚最早可以追溯到 15 世纪的马六甲王朝时期①，大规模的移民则开始于 19 世纪中期，伴随着这股移民潮的是从私塾起步的华文教育的开辟，"自 19 世纪末开始，马来亚地区的华文教育随着华族人数的增加与族群意识的崛起而萌芽及发达"②。

第二次世界大战之前，马来亚地区的英殖民地政府采取"分而治之"的统治方式，放任各族群自我管理③，族群关系相对融洽，华文教育较少受到政治干涉。④ "二战"期间，日军占领马来亚地区，华校被迫停办或改为日校，华文教育名存实亡。"二战"结束后，"经过战火洗礼后的本区，其政治生态及人文环境已经迈向另一个新阶段，和战前迥然有别"⑤，其突出的一个表征是马来民族主义情绪高涨，华、马族群关系日渐紧张。

1946 年，英殖民政权公布"马来亚联邦"计划，该计划"建议将马来联邦、马来属邦及马六甲、槟榔屿合组为联邦政府，削弱各州苏丹的权力和地位，将政权集中于联邦中央，并由英国政府任命联邦总督，施行直接统治"⑥；公民权方面，也采用出生地原则，"承认马来亚的华

---

① 颜清湟：《华人历史变革》，载林水檺等编《马来西亚华人史新编》第 1 册，马来西亚中华大会堂总会 1998 年版，第 5 页。

② 曹淑瑶：《国家建构与民族认同：马来西亚华文大专院校之探讨（1965—2005）》，厦门大学出版社 2010 年版，第 1 页。

③ 以不危及英国经济利益及政治统治为前提。

④ 这期间英殖民地政府对华文教育的主动干涉政策要数《1920 年教育法令》的颁布，该法令规定，凡是十名以上学生的学校都必须向当局注册，违规者罚款并吊销学校准证，从事不法活动者学校也将被吊销准证。该法令推出后，不少华教领袖被逮捕，甚至被驱逐出境，一些华教团体也遭到封禁。但是，该法令也意外地促成了华社的大团结，使华文教育走上了巩固发展的阶段。详细内容可参见郑良树《马来西亚华文教育发展简史》，外语教学与研究出版社 2007 年版，第 26—53 页。

⑤ 郑良树：《马来西亚华文教育发展简史》，外语教学与研究出版社 2007 年版，第 61 页。

⑥ 曹淑瑶：《国家建构与民族认同：马来西亚华文大专院校之探讨（1965—2005）》，厦门大学出版社 2010 年版，第 18 页。

人以及其他非马来人，享有与马来人平等的公民权利"①。该计划公布后，立即遭到马来民族的强烈反对，他们"认为马来亚联邦在颁发公民权条例方面太过宽松，而且苏丹的权力也受到剥夺，威胁到了马来族的权益"②，使原本就处于亢奋状态的马来民族主义情绪进一步发酵，并产生了一个马来人政党：马来民族全国统一机构（简称巫统）。在此情境下，英国政府不得不改弦易辙，1947 年宣布以"马来亚联合邦"取代"马来亚联邦"计划，"恢复马来苏丹的政治地位，确定马来人的特殊地位，公民权只授予那些视马来亚为唯一家乡的人"③，"马来亚为马来人的"（Malaya for Malays）政治理念逐渐成形。

"二战"后，教育逐渐被纳入马来亚独立建国的轨道，统治当局也希望借助教育型塑马来亚国家认同意识。为此，马来亚独立前后不断出台各种教育政策、报告书和法令：《巴恩报告书》④、《方吴报告书》⑤、《1952

---

① 暨南大学东南亚研究所、广州华侨研究会编著：《战后东南亚国家的华侨华人政策》，暨南大学出版社 1989 年版，第 49 页。

② 胡春艳：《抗争与妥协：马来西亚华社对华族母语教育政策制定的影响》，暨南大学出版社 2012 年版，第 77 页。

③ 郑良树：《马来西亚华文教育发展简史》，外语教学与研究出版社 2007 年版，第 61 页。

④ 1949 年英属马来亚联合邦政府成立中央教育咨询委员会，于 1950 年拟定第一份教育报告书，建议建立以英文为主的教育制度，遭到马来人的强烈反对。于是中央教育咨询委员会成立由 5 名白人、9 名马来人、英国人巴恩担任主席的教育调查委员会，为马来亚联合邦草拟新的教育建议书，该报告书于 1951 年公布，史称《巴恩报告书》。该报告书主张设立以英文或马来文为主要教学媒介语的国民学校，废除其他语文源流的学校。报告书公布后，华社一片哗然，反对之声纷至沓来，并催生了马来亚联合邦华校教师会总会（即教总）。参见胡春艳《抗争与妥协：马来西亚华社对华族母语教育政策制定的影响》，暨南大学出版社 2012 年版，第 80—83 页。

⑤ 在《巴恩报告书》尚在撰写之时，新上任的钦差大臣葛尼爵士建议成立另外一个调查团，借以考察华文教育的状况。调查团由方卫廉和吴德耀组成，他们完成的调查报告史称《方吴报告书》。该报告书认为，"以马来亚目前多元文化性质及生活方式，要用迅速的手段，创造出一种全民接受的马来亚文化，几乎是一件不可能的事"，他们建议政府当局以正面的积极态度处理华裔事物。但该报告书的诸多建议并没有被当局采纳。参见郑良树《马来西亚华文教育发展简史》，外语教学与研究出版社 2007 年版，第 73—76 页。

年教育法令》①、《1954 年教育白皮书》②、《拉萨报告书》③、《1957 年教育法令》④ 等。在教育必须马来亚化、本地化的口号下,马来西亚的华文教育不断被蒙上政治阴影:"《1951 年巴恩报告书》、《1952 年教育法令》及《1954 年教育白皮书》都是种族色彩浓厚的政策法令,体现了执政者的单元化思维,认为只有建立统一的国民教育体系,实行统一的教学媒介语(只能是英语和巫语),才能确保国民的团结。也就是说,把其他族群的语言都视作造成国家不安定的重要因素。"⑤ 尽管《拉萨报告书》和《1957 年教育法令》对华文教育显示了开放和宽容的一面,但好景不长,伴随着 1960 年《达立报告书》⑥ 的出台,马来西亚的华教政策再度被种族政治捆绑。该报告书及第二年制定的《1961 年教育

---

① 1952 年,联邦政府教育政策遴选委员会根据巴恩、方吴及中央三份报告书,草拟了《1952 年教育法令》,并在 11 月的立法会上被一致通过。该法令规定以英文、马来文为主要教学媒介语,以国民学校为准则,华文和淡米尔文为第三种语言,只能被列为所学课程的一科。参见胡春艳《抗争与妥协:马来西亚华社对华族母语教育政策制定的影响》,暨南大学出版社 2012 年版,第 84—89 页。

② 1954 年,为确保《1952 年教育法令》的有效实施,当局再次出台《1954 年教育白皮书》。该白皮书重申,在朝向建国的马来亚联合邦中,教育政策必须遵循三大原则:第一,对于团结一致的马来亚未来公民的教育,各民族混合的学校最为重要;第二,必须兼授英、巫两种官方语文;第三,所有学校应有一共同的教育制度及共同的教授内容。华社在应对白皮书的过程中,组织成立了马来亚联合邦华校董事联合会总会(即董总)。参见胡春艳《抗争与妥协:马来西亚华社对华族母语教育政策制定的影响》,暨南大学出版社 2012 年版,第 89—91 页。

③ 1956 年,自治政府成立以教育部长阿都拉萨为首的"15 人教育政策委员会",以检讨《1952 年教育法令》和《1954 年教育白皮书》,其成果即《拉萨报告书》。该报告书对教育问题做了一些调整,显示了开放、宽容的一面,其中包括:第一,承认三种语文源流的学校并存,并以各自的母语为教育媒介语;第二,提供一种"能为本邦全体人民接受"的教育政策;第三,使马来文成为本邦的国家语文,同时维护并扶持本邦非马来人语文及文化的发展。参见胡春艳《抗争与妥协:马来西亚华社对华族母语教育政策制定的影响》,暨南大学出版社 2012 年版,第 96—99 页。

④ 1957 年,当局以《拉萨报告书》为蓝本制定了《1957 年教育法令》。参见胡春艳《抗争与妥协:马来西亚华社对华族母语教育政策制定的影响》,暨南大学出版社 2012 年版,第 99 页。

⑤ 胡春艳:《抗争与妥协:马来西亚华社对华族母语教育政策制定的影响》,暨南大学出版社 2012 年版,第 91—92 页。

⑥ 1960 年,马来西亚政府成立教育部长拉曼达立领导的 19 人教育政策检讨委员会,检讨《拉萨报告书》及《1957 年教育法令》,后形成一份报告书,史称《达立报告书》。

法令》推翻了 1956 年《拉萨报告书》关于华文教育的内容和基本精神,"强调'马来亚必须发展一个以国语为主要教学媒介的教育制度',规定小学分成以国语为教学媒介语的国民小学及以母语(华语或淡米尔语)授课,但需将英语、马来语列为必修的国民型小学,政府必须津贴这两种学校,但授权教育部部长可于适当时机将国民型小学改制为以马来语为教学媒介的国民小学;在中学方面,则规定全马只有以国语为教学媒介语的国民型中学。以母语为教学媒介语的中学,政府将不再给予津贴,成为自筹经费的私立学校,亦即'独立中学'"①。一时间,众多华文中学被迫接受改制,成为国民型中学,而那些未接受改制的独立中学(简称独中),也成为捍卫华族文化的象征。

　　1969 年发生的"五一三"事件②是马来西亚政治的重要分水岭。此前,马来人特权虽已在各个领域出现,但族群之间的宰制关系还不是非常突出,华人甚至还在通过一步步的斗争争取族群之间的"平起平坐"。"五一三"事件之后,一切似乎都急转直下:"1969 年发生的五一三族群冲突,令华人社会受到极大震撼,由于族群创伤和国会民主中断,华人政治一时陷入低潮。随后,政府施行扶持马来人的新经济政策,并筹组'国民阵线'(简称国阵,Barisan National)以扩大联盟的执政基础,同时宣布以土著文化为核心的国家文化政策,还收紧民主运作的空间。'五一三'事件对华人政治带来巨大冲击,马来族群政党巫统(UMNO)的政治支配地位因官僚体系和军队的支持,得以进一步巩固。独立后建构起的

---

　　① 曹淑瑶:《国家建构与民族认同:马来西亚华文大专院校之探讨(1965—2005)》,厦门大学出版社 2010 年版,第 29—30 页。

　　② 1967 年政府规定只有考获政府教育文凭的学生才可以出国留学,这又燃起了维护中华文化的人士内心中的怒火,他们在这个时候建议创办独立大学,马华公会觉得华教斗士要求过分,决定和巫统站在一起,并设立拉曼学院抗衡,其总会长陈修信还讥讽创办独立大学犹如铁树开花。马华公会虽然声称代表华社,但在文化传承的问题上,华社却以华教团体为依归,马华公会领导人的声音反倒成为华社的少数。在 1969 年的大选中,马华公会惨败,联盟所得的议席也大减。反对党在获得了突破性的成绩后游行庆祝,巫统内部强硬派大为不满,在吉隆坡市区举行反示威,就在 5 月 13 日两派人马起冲突,这是马来西亚历史上著名的"五一三"流血暴动。参见何国忠《马来西亚华人:身份认同、文化与族群政治》,华社研究中心 2006 年版,第 90 页。有关"五一三"事件还可参见周南京主编《华侨华人百科全书·历史卷》,中国华侨出版社 2002 年版,第 498—499 页。

执政联盟（Alliance）各族菁英的协和式民主（consociational demoeracy）运作不复存在，反而架设一套'后五一三架构'的政经策略。"① 整个20世纪70年代、80年代，马来当局不断强化马来人特权，在政治、经济、文化、教育等领域逐步巩固以马来人为主导的话语体系。华文教育方面，"'五一三'事件后，国家教育政策的单元化倾向更加明显"，"政府对其他族群语言、教育的限制更加苛刻"，"马来族群利用其在政治上的优势，将马来人至上的精神从政治层面扩张到社会文化层面，利用教育及语言政策限制其他族群文化的传承，并利用马来文作为传播国家意识形态的工具，将马来西亚马来化，致使这一多族群社会受限于马来文化的压制而无法正面发展多元文化"。②

在马来西亚，华文教育从一开始就被高度政治化，"采用马来语文成为国民学校的教学媒介语，是项政治上的考虑而非文化上的准则"，"华文教育的存续，早已超脱单纯的文化课题，成为当前马来西亚执政当局棘手的政治议题"③。此外，以下三方面的因素也加剧了马来西亚华文教育的政治化。

第一，世界冷战思维的影响。在马来西亚寻求独立建国的20世纪50年代，正是美苏两极对抗、世界冷战格局形成巩固的时期，"在浓厚的冷战思维熏陶下，东南亚国家大都接受了西方的反共观念，对共产主义的中国持敌视态度，掀起反对中国的反共反华运动，认为中国是'亚洲泛华人主义的领袖和提倡者，并同海外华人合谋从内部颠覆东南亚'。华文教育自然也被纳入意识形态对立所形成的尖锐矛盾中，华文被视为社会主义语言，甚至把华文教育和共产主义的传播联系在一起。作为英国的殖民地，马来亚通过和平斗争的方式获得了独立，在经济和政治上继承了一大笔殖民遗产，与宗主国保持着千丝万缕的联系，也自然成为'自由和民主国家'中的一环和反共帐幕下的一员。反共是马来亚的基

① 潘永强：《抗议与顺从：马哈迪时代的马来西亚华人政治》，载何国忠编《百年回眸：马华社会与政治》，华社研究中心2005年版，第206页。
② 胡春艳：《抗争与妥协：马来西亚华社对华族母语教育政策制定的影响》，暨南大学出版社2012年版，第136—137页。
③ 曹淑瑶：《国家建构与民族认同：马来西亚华文大专院校之探讨（1965—2005）》，厦门大学出版社2010年版，第11页。

本政策之一，同时也是联盟得以从英国人手中接管政权的重要前提，这也深深影响了以后马来人对华人及华文教育的认知"①。

　　第二，中马外交关系的影响。20 世纪 50 年代、60 年代，受世界整体政治环境的影响，中马两国的外交关系处于僵硬甚至敌对的状态，这进一步加深了马来西亚当局对华人及华文教育的"误解"："广大马来华侨华人一度被政府看成是中国大陆派遣的'第五纵队'，是潜伏的'特洛伊木马'，华文也被认为是'共产主义语文'，如马来西亚曾有一位部长就把华文形容成是'毛泽东语文'。中共对华侨（华人）问题的任何反应，都会被冠以'共党渗透'的恶名，并将华校当成共党分子的训练所及大汉沙文主义者的代表社团。这一时期政府的华教政策虽然不像其他国家那样严厉与苛刻，但对华文教育的限制与打压却时刻存在，对华人的猜疑及华文的恐惧也伴随其中。"②

　　第三，马来亚共产党（简称马共）的影响。马来亚共产党成立于1930 年，前身为南洋共产党，党员以华人为主。华文学校为马共输送了许多党员，华校也一度被认为是"宣传共产主义的场所"和"培养马共中坚干部的温床"，"这为以后政府以华校藏匿马共分子进而查封与打击埋下了伏笔"③。"二战"期间，马共组织人民抗日军参与马来亚地区的抗日活动，战后在英国重返马来亚恢复殖民统治前的一个月时间里，马来亚由马共接管。"在这短短的一个月的时间内，抗日军设立了'人民法庭'，处理了大量在抗日期间有通日罪的华人、马来人和印度人，并对迫害华人的警察、政府官员（主要是马来人）进行报复。这也加剧了后来马来人对华人的猜疑与嫉恨。"④ 此外，战后马共组织的一系列武装抗争甚至恐怖活动也使华人的马来西亚国家认同意识遭到马来人的质疑甚至不信任。⑤ 马来西亚独立建国后，马共被视为国家安全

---

　　① 胡春艳：《抗争与妥协：马来西亚华社对华族母语教育政策制定的影响》，暨南大学出版社 2012 年版，第 69 页。

　　② 同上书，第 70—71 页。

　　③ 同上书，第 71 页。

　　④ 同上。

　　⑤ 参见崔贵强《新马华人国家认同的转向（1945—1959）》（修订版），新加坡青年书局2007 年版，第 213—228 页。

的最大威胁，"马共的成员又大多是华人，这就不可避免地使得政府认为华人与马共有某种天然的联系，对其忠诚度充满疑虑，对华文学校也十分警惕"①。

在如此错综复杂的政治环境下，教育马来西亚化"已沦为'项庄舞剑，意在沛公'的新招了"②，华文教育成为马来民族主义的政治牺牲品。尽管华文教育身处险境，却并未因此而消亡，反而激起华人的文化使命感去延续它的血脉，许多身处底层的华人宁愿冒着毕业后就业形势严峻的风险，也要将自己的儿女送到以华文为教学媒介语的独立中学就读。在台马华作家黄锦树在后来的回忆文章中就曾不解地反问道：

> 我迄今不太了解经济并不佳且一向务实的母亲为什么会决定让我们念独中，毕竟几个孩子的学费是不小的负担。源于一种潜在的华人民族主义（华人＝读中文＝说华语）？③

或许可以这样讲，这是一种文化自卫的行为，一种对于"根"的执着认同与守护。

华文教育的政治化也体现在华文高等教育上。"二战"前，马来西亚华人在华文源流中学毕业后可前往中国大陆就读大学，但这一渠道在马来西亚独立建国后因政治的考虑被堵塞，直到20世纪90年代才开始逐渐恢复。在马来西亚国内，因为固打制度④的限制，只有极少数的华

---

① 胡春艳：《抗争与妥协：马来西亚华社对华族母语教育政策制定的影响》，暨南大学出版社2012年版，第72页。

② 郑良树：《马来西亚华文教育发展简史》，外语教学与研究出版社2007年版，第63页。

③ 黄锦树：《我辈的青春》，载黄锦树《焚烧》，麦田出版社2007年版，第174页。

④ 固打制是马来西亚的一种种族教育制度，指学生在进入大专时，除了成绩的考虑之外，还以种族来区分入学名额，不同的种族有不同的名额限制，当中马来人拥有最多的入学名额。这种录取标准，在20世纪60年代已经存在，当时采取不同种族录取分数不同的方式，而不是固定各种族的录取人数。但1969年以后，固打制度成为一种规定，改以种族比例来决定各种族学生就读大学的人数，并且执行的尺度越来越偏颇，在1977年至1978年间，土著学生与非土著学生的录取比例为75%：25%。1978年以后，马来西亚政府才逐年放宽非土著学生的录取率，使土著与非土著的录取率维持在55%：45%的比例。参见曹淑瑶《国家建构与民族认同：马来西亚华文大专院校之探讨（1965—2005）》，厦门大学出版社2010年版，第9页。

人能够接受当地的高等教育。其间虽然华社多次萌生创办华文大学的念头，但遭受多方的阻挠和猜疑，步履维艰，直到 20 世纪 90 年代，随着南方学院、新纪元学院和韩江学院的创办，马来西亚华社才完成了小学→中学→高等教育的完整华文教育体系。1956 年，南洋大学在新加坡成立，这是当时马来亚地区的最高华文学府，然而好景不长：

> 新加坡在 1965 年 8 月 9 日正式脱离马来西亚联合邦，"分家"的结果，使得位于新加坡的南洋大学成为"外国"学校，原本以华语文作为教学媒介的南洋大学，在新加坡政府的主导下逐渐变质。华族学生在马来西亚境内的升学竞争很激烈，因为在 1968 年以前，马来西亚只有一所大学和一所只收土著学生的学院，华文独立中学学生的马来文与英文程度，明显较出身国民学校或国民型学校学生差，学生不易通过"马来西亚教育文凭"的考试，无法申请马来亚大学；同时即使是已通过"马来西亚教育文凭"考试的国民型中学华族学生，也因为马来亚大学招生名额的限制，难与土著学生竞争，因此，出国留学成为华族学生继续深造的重要途径。①

出国留学是马来西亚华族学生的无奈选择，其中，中国台湾成为他们留学的重要地区：

> 我想许多同样背景的华裔青年的高中年代都隐然有一番如此的体悟——离开才有机会。家境好的大概家里早就做好了规划，不惜斥巨资送出国，无非是英美纽澳日；而对我们而言，以低价位及民族情感为号召的台湾是唯一的机会，那是一个已有数十年历史的输送带。②（黄锦树）

中国台湾之所以会成为马来西亚华族学生出国留学的重要选择，文

---

① 曹淑瑶：《国家建构与民族认同：马来西亚华文大专院校之探讨（1965—2005）》，厦门大学出版社 2010 年版，第 35 页。

② 黄锦树：《我辈的青春》，载黄锦树《焚烧》，麦田出版社 2007 年版，第 175 页。

化和经济因素是他们考虑的重点：

> 选择来台湾念书的华人，就是本身秉持想到华语体系国家念书的信念，他们相对来说，更加认同中华文化以及华语。
>
> 马来西亚侨生选择台湾的原因，除了台湾是华文体系，以及因为都是中华文化而更加熟稔的关系外，当然还有一个相当重要的经济考虑，就是来台湾念书，所需的花费是……较为便宜。①

留学中国台湾已成为马来西亚华校生的传统，几十年间源源不断，不少人成为各自领域的杰出人物。表1展示了马来西亚华校生留学中国台湾的发展趋势。

**表1 中国台湾大专院校马来西亚历年来毕业人数统计（1954—2003年）②**

| 入学年份 | 毕业年份 | 人数 | 入学年份 | 毕业年份 | 人数 |
| --- | --- | --- | --- | --- | --- |
| 1950 | 1954 | 5 | 1964 | 1968 | 418 |
| 1951 | 1955 | 6 | 1965 | 1969 | 470 |
| 1952 | 1956 | 12 | 1966 | 1970 | 635 |
| 1953 | 1957 | 25 | 1967 | 1971 | 532 |
| 1954 | 1958 | 22 | 1968 | 1972 | 537 |
| 1955 | 1959 | 43 | 1969 | 1973 | 565 |
| 1956 | 1960 | 195 | 1970 | 1974 | 461 |
| 1957 | 1961 | 205 | 1971 | 1975 | 312 |
| 1958 | 1962 | 320 | 1972 | 1976 | 375 |
| 1959 | 1963 | 357 | 1973 | 1977 | 502 |
| 1960 | 1964 | 281 | 1974 | 1978 | 524 |
| 1961 | 1965 | 291 | 1975 | 1979 | 538 |
| 1962 | 1966 | 416 | 1976 | 1980 | 563 |
| 1963 | 1967 | 416 | 1977 | 1981 | 623 |

---

① 洪淑伦：《马来西亚留台侨生之教育历程与"侨生"身份对其在台生命经验之影响》，硕士学位论文，台湾政治大学，2009年，第4章第20、21页。

② 陈慧娇：《偶然身为侨生：战后不同世代华裔马来西亚人来台求学的身份认同》，硕士学位论文，台湾政治大学，2006年，附录。

续表

| 入学年份 | 毕业年份 | 人数 | 入学年份 | 毕业年份 | 人数 |
|---|---|---|---|---|---|
| 1978 | 1982 | 739 | 1989 | 1993 | 681 |
| 1979 | 1983 | 788 | 1990 | 1994 | 652 |
| 1980 | 1984 | 715 | 1991 | 1995 | 603 |
| 1981 | 1985 | 678 | 1992 | 1996 | 627 |
| 1982 | 1986 | 633 | 1993 | 1997 | 699 |
| 1983 | 1987 | 593 | 1994 | 1998 | 633 |
| 1984 | 1988 | 622 | 1995 | 1999 | 568 |
| 1985 | 1989 | 637 | 1996 | 2000 | 549 |
| 1986 | 1990 | 769 | 1997 | 2001 | 454 |
| 1987 | 1991 | 785 | 1998 | 2002 | 518 |
| 1988 | 1992 | 704 | 1999 | 2003 | 558 |

## 二　移植的意识形态：台湾当局的侨教政策

孙中山曾将华侨誉为革命之母，侨务工作很早就受到民国政府的重视，而基于"无侨教即无侨务"的基本理念，推动和控制华侨教育也成为侨务工作的核心。20 世纪 50 年代国民党退居台湾之后，大陆时期的侨务及侨教政策被延续，成为"历史遗留下来的方便手段"："在混乱的流亡情境之下，提供了政权所需的象征秩序。这套秩序透过将政权界定为'华侨祖国'、'自由中国'、'正统中国'的方式，安抚了焦躁的集体意识，透过'忠贞'侨胞的年年参访、侨生回'国'升学、侨商回'国'投资，将广大的海外华侨视为'政治腹地'来积极耕耘。"[①]

依据台湾当局侨教政策的变化，可将 20 世纪 50 年代以来台湾地区的华侨教育划分为三个阶段：解严前，延续成型期（1950—1988 年）→解严后，逐渐转型期（1989—1999 年）→21 世纪，深入变革期

---

① 范雅梅：《论 1949 年以后国民党政权的侨务政策：从流亡政权、在地知识与国际脉络谈起》，硕士学位论文，台湾大学，2005 年，第 45 页。

（2000 年至今）。① 中国台湾当局的侨教政策使包括马来西亚在内的诸多海外"侨生"②，得以在当地完成华文中学教育后以留学的方式继续接受华文高等教育，客观上增强了"侨生"对中华文化的认同，间接地为"侨生"所在国培植了中华文化传承的薪火。③ 但是，这一政策"却是比大陆时期来的更具有浓厚的政治性色彩"，它"不过是党化教育的一环，其政治涵义是极显著的"④，在教育与文化的掩饰下，过多地移植了政治化的意识形态，使侨教政策无端产生异变：

> （迁台后）的国民党政府……也参与了对中国的想象。这一想象需要意识形态的支撑，那便是三民主义和中华文化。在偏安的劣势中，国民党在现实中难以和实际的中共抗衡，因此它转而向历史和记忆求救，把华裔子弟编入"侨生"的行列里，企图在时空错置中从他们身上唤醒原属于他们祖辈的记忆：参与中国革命和中（华民）国建国抗日的历史；在中共建国之前，马来亚独立之前，一段灰暗的，前代的集体记忆。于是这些学子又被投掷在一个类似前代"旅华"的时代氛围中，面对的是文化和（或）政治上的"重新中

---

① 关于这三个阶段台湾地区华侨教育的发展状况，可参见庄国土《华侨华人与中国的关系》，广东高等教育出版社 2001 年版，第 468—480 页；范雅梅《论 1949 年以后国民党政权的侨务政策：从流亡政权、在地知识与国际脉络谈起》，硕士学位论文，台湾大学，2005 年；陈慧娇《偶然身为侨生：战后不同世代华裔马来西亚人来台求学的身份认同》，硕士学位论文，台湾政治大学，2006 年；洪淑伦《马来西亚留台侨生之教育历程与"侨生"身份对其在台生命经验之影响》，硕士学位论文，台湾政治大学，2009 年。

② 台湾当局将所有从海外到台湾留学的华人统称为"侨生"。

③ 这些"侨生"毕业后大多回到各自所在国，从事华文教育或者与华文有关的事业，成为该国传承中华文化的中坚力量。据台湾"侨委会"调查统计，1971 年毕业的 1.5 万多名"侨生"中有 1.1 万多人返回所在国就业，其中任教者 4500 人，从事农、工技术工作者 3000 多人，从事商贸业者 1600 人，当医护人员者约 1000 人，在政府、政党任职者 700 人，从事文化、新闻业者 600 多人。参见庄国土《华侨华人与中国的关系》，广东高等教育出版社 2001 年版，第 474 页。

④ 安焕然：《内在中国与乡土情怀的交杂——试论大马旅台知识群的乡土认同意识》，载安焕然《本土与中国：学术论文集》，南方学院出版社 2003 年版，第 243 页。

国化"。①

台湾当局的华侨教育是两岸政治激荡下的产物,其目的是与大陆争夺"侨心",为了达到华侨教育预设的政治目的,"侨生"抵台后往往要参加"海青会"(海外青年讲习会)训练,培养他们对台湾的政治忠诚感,有"侨生"在回忆这段训练时曾谈道:

> 因为我们那时候,我不知道现在有没有改变,我们暑假男生都要上海外青年班,其实他是一种政治教育,他会拉拢,会告诉你国民党的历史呀、如何跟共产党斗争,所以他有这方面的政策存在,还有别忘了那时候我们进去必读一科国父思想,这些其实在我们感觉就是一种政治洗脑。②

1953 年,时任美国副总统尼克松访问东南亚之后,有感于该地区华人众多,"为了避免共产集权延烧到东南亚,及让华侨青年能回到祖国,享受自由民主的洗礼,尼克松建议美国政府大力协助国民政府扩大办理侨生教育工作"③,于是,一项具有显见政治目的的美援计划与中国台湾当局的华侨教育顺利交接。客观而论,美援对中国台湾当局的华侨教育产生了很重要的推动作用,在美援施行的 12 年间(1954—1965年),台湾当局共接受美援援助计新台币 3 亿 1811 万 8638 元及美金105 万 7444 元,这些援助主要用于新建校舍、增置学校设备、支付"侨生"旅费、生活费及课程活动费等④,一方面提高了台湾高等教育的教学质量,另一方面使许多出身贫寒的海外"侨生"得以免除金钱顾虑在台湾完成大学学业,因而,这一时期的"侨生"数量一直处于

---

① 黄锦树:《神州:文化乡愁与内在中国》,载黄锦树《马华文学与中国性》,元尊文化企业股份有限公司 1998 年版,第 222—223 页。

② 范雅梅:《论 1949 年以后国民党政权的侨务政策:从流亡政权、在地知识与国际脉络谈起》,硕士学位论文,台湾大学,2005 年,第 57 页。

③ 陈慧娇:《偶然身为侨生:战后不同世代华裔马来西亚人来台求学的身份认同》,硕士学位论文,台湾政治大学,2006 年,第 2 章第 7 页。

④ 同上书,第 2 章第 8 页。

稳步上升的趋势。① 但它却进一步加剧了华侨教育的意识形态性，使它成为20世纪60年代冷战（反共）体制的一环，不知不觉参与了资本主义与社会主义对抗的意识形态再生产。2008年，萧万长在接受媒体采访时，曾透露他在20世纪60年代担任中国台湾驻吉隆坡"副领事"期间，与马来西亚当局商谈允许当地华校毕业生赴中国台湾留学的内情，其中的政治目的也是重要的考虑因素：

> 一九六六年三月我被派驻吉隆坡担任"副领事"，我们人数很少，到了以后我被分配两件重要工作，一个是签证、领务，一个是与侨务相关的，与华人社团联系。我发现当地华人对教育很重视，这是中国人很好的传统，总是希望下一代受更好的教育。
>
> 家境好的华人有一部分接受华人教育，在念完初中、高中以后就让子女出国留学，大部分华人家境不是特别好，可是他们非常重视华文教育，但马来西亚政府政策是只能念到中学，大学只有一家马来亚大学，根据它本土化的政策，它给土著民族三分之二的保障名额，三分之一才给其它种族的优秀生，因此大部分受华文教育的人，中学以后就无法升学，就流入社会。我观察他们心里很无奈，也有些不满，变成共产党最好吸收的对象，当时马来西亚内部最大的问题就是马共，马共的猖獗构成它内部治安的隐忧。
>
> 据他们情治人员跟我讲，马共百分之九十九是华人，很多人中学毕业以后，也许无所事事，被吸收也说不定。我就跟领事张仲仁报告这件事，他也赞成我的想法。我们就找马来西亚教育部长 Khir Johari、安全局长、首相署主任谈这件事。我告诉他们对于马共的问题，最好的解决办法就是替华校毕业生找出路，政府不必花任何钱，只要准许他们到台湾读书、进大学，因为这样子他们一方面受了高等教育，他的家长一定会很高兴。
>
> 当时到台湾受教育很便宜，"台湾政府"也可以给予优待，这些人就会愿意去。台湾当时的社会还不是很开放，灌输的思想都是

---

① 当然，美援结束后，"侨生"数量并没有下降，这与20世纪60年代中期台湾经济自身的快速发展使当局有实力加大对华侨教育的投入有关。

反共的，所以当他们读完大学以后更成熟了，心里面多少会有反共意识，回到马来西亚或到其它地方深造，都会变成大马人才，对国家反而是有贡献的，我说这个政策值得你们好好考虑。①

在马来西亚华教政策和中国台湾当局侨教政策的一拒一迎中，留台成为马来西亚华人完成高等教育的主要通道，但这一通道由于受政治意识形态的干扰发生变形。对马华留台生而言，留台是一个无奈之举，如果不出走中国台湾，他们中的大部分都将成为种族政治的牺牲品。诡谲的是，马华留台生却又陷入了台湾当局的政治"陷阱"，在浓厚的意识形态主导下，"侨生"留学台湾被预设为"归/回国"求学，成为政治角力的棋子，无形中也给他们带来了身份的困扰，在台马华学者张锦忠在后来的回忆中就曾坦言："我在 1981 年来台时的身分是'侨生'。那时台湾理所当然把不同国家的华人公民都当作'华侨'。所以我来台的第一个疑问就是'为什么我是侨生？'我是马来西亚的公民啊。'侨生'的称谓让我思考'身分'问题。马来西亚华人的祖先从中国离散南洋，到了我们这一辈，至少已是第三代了。像我这样的第三代华人离乡去国，我称之为'再离散'或'后离散'。留台'侨生'是冷战时代的产物。"②

## 第二节　暧昧的"侨生"：在台马华作家的留学身份

一如往年的每个九月，桃园的中正机场上开始陆续的出现了一批批来自各地的高中毕业学生，那一年 1997 年。香港回归中国甫过两个月，我循着前人的步伐踏入旧涩的白色机场，"记得，通关时就说是侨生回国读书！"，学姐一边指引我们排队通关，一边提高嗓子叮咛着。从那一刻开始，我们开始了解，在这里我们正确的身份是"侨生"，而非一般的留学生。接下来三天的迎新参访，从中

---

① 黄锦树：《Negaraku：旅台、马共与盆栽境遇》，《文化研究》2008 年第 7 期，注释 19，第 85—86 页。

② 李有成、张锦忠：《在文学研究与创作之间：离散经验》，《思想》2010 年第 17 期。

正纪念堂到士林夜市、从台大到侨大，"因为这句话"，学长指着竖立在侨大学园内的一座纪念碑说着，"华侨为革命之母，所以我们才可以来这里念书"，迎新活动便在这充满疑问的思绪中匆匆结束。带着入乡随俗的念头，我们开始"再社会化"成为"侨生"，逐渐适应这里的"华侨文化"所带来的冲击和认知的调整，带着过去维护华文教育、救亡图存的民族教育，那依旧清晰的记忆，眼前朦胧的国族召唤，看似陌生，却又极为熟悉。①

这是一位马华留台生刚踏上中国台湾时留下的真实内心记录，有这种感受的留台生不在少数，他们大部分在留台之前都没有意识到自己的"侨生"身份，更没有估计到这一身份将会给他们的未来造成怎样的影响。

## 一 话语的变迁：华侨、华人与华裔

早在先秦时期，"侨"即被用于史籍，意谓寓居异地，《韩非子·亡征》就有"羁旅侨士"之说。据章太炎研究，"侨"是从"屩"转借而来："不解客寄何以称侨，答曰，侨借为履屩之屩。知地理者履屩。屩亦屩也。人非巡行，无由知地理，知地理巡行，非著余不可涉险阻，故游者亦蹻蹻。引申即名客曰屩矣。"② 中国人因经商等原因寓居海外早已有之，但用"侨"来指称这一现象却是 19 世纪中晚期以后的事。王赓武认为："传统的'侨'字的涵义是指获官方批准而在中国国土上的人"，"近代对'侨'字的使用是在《中法天津条约》（1858 年）之后，首先用于指驻在国外的官员，后来转用于描述定居越南的华人和在日本居住的华商"，"关于'侨'这个字是在何时首次被用于作为一个指在国外居住的个人或社团的名词，尚无法断言。如前所述，很有可能

---

① 范雅梅：《论 1949 年以后国民党政权的侨务政策：从流亡政权、在地知识与国际脉络谈起》，硕士学位论文，台湾大学，2005 年，第 1 页。

② 章太炎：《小学答问》，转引自郑民《华侨概念、定义问题初探》，《东南亚研究》1988 年第 3 期。

黄遵宪是第一位在十九世纪八十年代时使用过它的人".①

当"侨"被逐渐用于指称在国外居住的个人或社团时,"华侨"这一概念也随之产生:"鸦片战争前是用唐人、北人、中国人、内地民等称呼华侨。随着鸦片战争以后中外交涉的逐渐增多,渐使用'华民'、'华人'、'华商'、'华工'等词。在流动性上,先用寓居、旅居、流寓,后用侨居、侨寓、侨氓,最后,'华民'与'侨民'结合,形成'华侨'一词,用来表示侨居国外的中国公民,用'华'字指明了中华的民族属性,用'侨'字表示移居现象。"②"华侨"一词产生于19世纪末③,"20世纪初至1955年,'华侨'被普遍用于称谓海外中国人,泛指在海外定居的有中国血统并保存某种程度的中国文化者。20世纪50年代初以来,随着东南亚国家民族政权的建立和'华侨'双重国籍问题的解决,绝大多数具有中国国籍的'华侨'归化为当地国民,'华侨'这一称谓逐渐为'华人'这一仅与族裔相联系的概念取代,泛指中国之外具有中国人血统并一定程度保留中国文化者。因此,在20世纪50年代初以前,'华侨'与'华人'的概念大体可通用,此后则'华侨'仅指侨居海外的具有中国国籍者"④。

界定"华侨"的核心要素为是否具有中国国籍。20世纪上半叶,清朝政府、北洋政府和民国政府曾先后颁布三部国籍法,均规定"对于'数世不归'的华侨,继续保留其中国国籍,即所谓'冀其后裔绵延',无论若干世系仍属中国国籍。因此,凡是具有中国血统而居住国外的人,都被认为是华侨"⑤。20世纪50年代、60年代,东南亚摆脱殖民统治纷纷独立建国,许多国家由禁止入籍改为允许入籍,加之广大华侨

---

① 王赓武:《"华侨"一词起源诠释》,载王赓武《东南亚与华人——王赓武教授论文选集》,姚楠编译,中国友谊出版公司1987年版,第129、127页。

② 蔡苏龙:《"华侨"、"华人"的概念与定义:话语的变迁》,《长沙电力学院学报》2002年第1期。

③ 据庄国土研究,"华侨"一词最早出现于1883年郑观应呈交李鸿章的《禀北洋通商大臣李傅相为招商局与怡和、太古订合同》一文中。参见庄国土《华侨华人与中国的关系》,广东高等教育出版社2001年版,第20页。

④ 庄国土:《华侨华人与中国的关系》,广东高等教育出版社2001年版,第20—21页。

⑤ 蔡苏龙:《"华侨"、"华人"的概念与定义:话语的变迁》,《长沙电力学院学报》2002年第1期。

心态由落叶归根转变为落地生根，中国政府为了妥善解决历史遗留的华侨问题，与各国建立友好的外交关系，宣布不承认双重国籍，并主张在国外的中国人，加入或取得居住国国籍。这三方面因素共同促进了众多华侨放弃中国国籍，在政治上转向认同居住国，以往的"华侨"概念已不再适用于这些丧失中国国籍的人，于是就产生了另外一个概念：华人。所谓"华人"即指在海外取得居住国国籍并具有中国人血统者。华侨或华人在海外定居繁衍后代，习惯上我们将这些后代统称为"华裔"，他们本土化程度高，对中国的认知远较先辈少。

中国人移民到马来西亚最早可追溯到 15 世纪的马六甲王朝时期，大规模的移民则开始于 19 世纪中期，早期移民以商人为主，"多属过客性质"[①]。"二战"期间，马来亚地区沦陷，进入 3 年的日治时期（1942 年 2 月—1945 年 8 月），在战争的影响下，华人移民普遍"从侨民意识转化为'当家作主'"，"逐步从效忠中国、心怀故土的情怀中解脱出来，萌生了与当地人民共存亡的较现实的政治思想"[②]。1955 年，中国政府宣布取消双重国籍，那些长期在马来西亚生活并对这片土地产生深厚感情的华人开始放弃中国国籍，1957 年马来西亚独立后，继续留在这块土地的华人宣誓效忠这个新生的国家，并入籍成为马来西亚公民，他们对马来西亚的国家意识与国家观念开始滋长，政治身份由寓居马来西亚的华侨转变为马来西亚华人，马来西亚华社由此进入一个新的时代。

## 二 多重的符号：吊诡的"侨生"

根据台湾当局 2006 年 10 月 12 日修正颁布的《侨生回国就学及辅导办法》规定，"侨生"是指"在海外出生连续居留迄今，或最近连续居留海外六年以上，取得当地永久或长期居留证件之华裔学生"[③]。

---

① 颜清湟：《华人历史变革（1403—1941）》，载林水檺等编《马来西亚华人史新编·第 1 册》，马来西亚中华大会堂总会 1998 年版，第 5 页。

② 陈松沾：《日治时期的华人（1942—1945）》，载林水檺等编《马来西亚华人史新编·第 1 册》，马来西亚中华大会堂总会 1998 年版，第 78 页。

③ 李衍造：《再华化的意义：探讨旅台马印侨生文化认同的异同》附录三《侨生回国就学及辅导办法》，硕士学位论文，台湾暨南国际大学，2008 年，第 99 页。

1949 年国民党政权退居台湾后，试图营构一个"正统中国"的象征秩序，把台湾打造成"自由中国"、"复兴中国文化的基地"，而侨生教育则诡谲地参与了这一意识形态化的象征秩序的复制与消费，成为戒严时期国民党政权治疗"偏安创伤"的一剂良药："当国家机器把自己设定在永远处于备战状态之中的'第三次革命'，具唐人血统的'海外华人'们在他们的视域里也就被还原为未来式的历史人物，被召唤为'革命之母'的后裔。'侨生'就是这种特殊历史情境下的产物。"①

台湾当局的这种作业方式，在马来西亚华人政治认同转向马来西亚的时空背景下，使"侨生"这一概念产生了种种吊诡和矛盾。按照侨生教育的预设，马来西亚华人赴台留学被认为是"归国"留学，但早在 1957 年马来西亚独立之后，他们的国家认同就已不再是中国。因而，一切政治预设都成为单方面的一厢情愿。

对马来西亚留台生而言，"侨生"只是留学中国台湾的一个代名词，接受这一身份并不代表认同台湾，"对他们来说，如果真的要当'侨'，也是马侨（指马来西亚侨民），就是从马来西亚移居到外地的人，而不是华侨。这也就是说，他们的原生国不再是中国，而是马来西亚。依'侨'在中国古代的定义，他们到台湾求学的这几年，宛如只是来作客、寄居，也是'到另一个国家居住，处在一个完全陌生的环境中生活'"②。另外，意识形态化的侨生教育使许多马来西亚留台生预感到在政治上被重新中国化的风险，曾经就读于台湾大学中文系的马华留台生徐光成在一次座谈会上就坦言："国家意识常与文化意识相混淆，我们从马来西亚来到（中国）台湾后，就变成侨生的身分。如果少参与大马同学会所办的活动的话，我们的角色会渐渐混淆。更何况中国文化本身有这么渊远流长的历史，对祖先这份丰厚的遗产，我们会引以为荣，但并非对……国家产生认同，而是对文化产生认同。基于对文化的向往与光荣、对大马现实情况的不满，渐渐使我们对国家之距离越来越

---

① 黄锦树：《马华文学与在台湾的中国经验》，载黄锦树《马华文学与中国性》，元尊文化企业股份有限公司 1998 年版，第 31 页。

② 陈慧娇：《偶然身为侨生：战后不同世代华裔马来西亚人来台求学的身份认同》，硕士学位论文，台湾政治大学，2006 年，第 5 章第 3 页。

远。"① 正因意识到这一"风险"，20 世纪 80 年代的马华留台生组织大马青年社，创办《大马青年》、《大马新闻杂志》等刊物，关心马来西亚国是，提出"学术报国"（此"国"是马来西亚）口号，以消解"侨生"这一留学身份。

面对不同的主体，"'侨生'不只成为一个符号，其意义则即使在某时某地，也是多重的"②。对台湾当局而言，"侨生"是历史遗留的符号，经过意识形态的召唤成为"革命之母"的后裔；对马来西亚留台生来说，"侨生"是被抗拒和需要消解的留学身份，接受这一身份并不代表在政治上认同中国台湾；然而，"侨生"的忠"马"之心，却总被马来西亚政府所漠视甚至怀疑，"侨生"甚至成为马来西亚华人政治不忠的"证据"之一。马来西亚"侨生"颜永安作于 1988 年题为《惑》的诗就直指他们面对的尴尬处境：

> 二十世纪末
> 我从赤道提着行李
> 沿着经纬线来到台湾
> 听到有人说　欢迎你回来
> 含笑有礼的回答
> 我是过客
> 然而耳朵却立刻告诉我
> 听到有人在我来的地方说
> 我是房东
> 行李在风中慢慢变得沉重③

诗中的抒情主人公经由侨生教育管道由马来西亚来到中国台湾，面对台湾的"回来"之说，主人公婉言否决，"我"只是一个"过客"，

---

①　《"马来西亚旅台生面面观"座谈会》，《大马青年》1988 年第 6 期。

②　朱浤源：《大马留台学生认同心态的转变：1952—2005——〈大马青年〉内容分析》，多元文化与族群和谐国际学术研讨会论文，台北，2007 年 11 月 23 日。

③　颜永安：《惑》，《大马青年》1988 年第 6 期。

"我"的"家"不再是中国台湾而是马来西亚，但令"我"困惑的是，背后却传来马来西亚官方的冷语：你在马来西亚只是一个"房客"，因为我是"房东"。诗人的"惑"即源于"侨生"身份的多重复杂性，不同主体对这一符号有着不同的预设。

### 三　"三乡"纠葛："台"、"马"、"华"

马来西亚"侨生"在台湾完成学业后，大部分都返回马来西亚就业，少部分去往其他国家或地区继续深造或就业，但也有一些选择留在台湾就业定居甚至入籍中国台湾，从而为马华文学在台湾的播迁提供了契机。

20世纪80年代后期以来，马来西亚华社包括一些留台组织及个人不断呼吁"侨生"在台湾求学毕业后回马报效国家，但仍有不少人"无视"这种"回归"的呼声，选择留在台湾，究其缘由，主要为：第一，台湾大部分大学的文凭在马来西亚尚未得到承认，许多留台"侨生"回马后无法觅得称心工作；第二，20世纪90年代以来马来西亚华人面对的政治文化环境虽有所改善，但仍被视为二等公民，受到土著特权的种种宰制；第三，一些就读于中文学科的"侨生"，原本就因马来西亚国内对华文教育及华人文化的限制才留学台湾，他们大多对中华文化有着难解的特殊情结，台湾的人文环境无疑是他们所渴慕的。马来西亚新生代作家及媒体人胡金伦，21世纪初负笈中国台湾，就读于台湾政治大学中文所，毕业后，他与许多前辈一样选择留在台湾，进入联经出版公司，经营华文出版，在谈到为什么留在台湾时，胡金伦坦言："我念的科系，回马来西亚发展似乎没什么出路，而更重要的是台湾的文化环境是回去之后找不到的。这大概是很多马来西亚人不舍得离开台湾的原因。"①

在台马华作家及学人，大多在居留台湾之后都选择放弃马来西亚国籍而入籍中国台湾，如陈鹏翔、李有成、李永平、张贵兴、张锦忠、黄锦树等。他们做出这样的抉择，或许与当初选择留学并定居台湾有着相

①　周富标、胡金伦：《从"世界华文文学"的观念看马华文学》，《书香两岸》2012年第3期。

似的复杂考量，以李永平和黄锦树为例。李永平受其父亲的影响，从小"对书本中，尤其是唐诗宋词元曲里，所描绘的神州大陆，心中便充满了孺慕和憧憬。世界大地图上的中国在我成长过程中，不知不觉间，便也成为我内心私藏的'祖国'"①，因而，当马来西亚独立时，李永平没有丝毫的喜悦："我不喜欢马来西亚，那是大英帝国，伙同马来半岛的政客炮制出来的一个国家，目的就是为了对抗印度尼西亚，念高中的时候，我莫名其妙从大英帝国的子民，变成马来西亚的公民，心里很不好受，很多怨愤。"② 高中毕业后，李永平瞒着父亲报考了台湾大学外文系，走向他孺慕而又憧憬的地方。1987 年，李永平取得"台湾身分证"后，隔日旋即放弃马来西亚国籍。李氏的这一选择是孺慕"神州"的结果，在政治上拥抱台湾亦在情理之中。

黄锦树 1986 年赴台深造，先后获得中文学士（台湾大学）、硕士（台湾淡江大学）和博士（台湾"清华大学"）学位，后在台湾埔里暨南大学任教。在 20 世纪 90 年代，黄锦树积极提倡回归大马，当他 2007 年放弃马来西亚国籍改入籍中国台湾时，马来西亚留台社群普遍感到诧异，甚至当年有些受其激励返马的留台生直呼"受骗"。当然我们也不能简单地认为黄锦树此前都是在进行政治表演。相对于李永平，黄锦树对中国台湾并没有很多政治好感，入籍并非是政治伦理抉择的结果，更多是出于现实的无奈："我在 2007 年已放弃大马国籍"，如今已入籍台湾。"这至少可以让我太太安心，否则一旦我有什么三长两短，两个这里土生土长却是大马籍、一句马来话都不懂的孩子会被驱逐出境，痛苦的重新适应那个意识形态上改变不大的马来西亚。我不希望小孩活在已被一定程度正当化所谓的'种族偏差'里。只有我入籍，他们才有转换身份的可能。"③ 黄锦树的焦虑已经深深触及了在台马华作家的身份困境，是否改入中国台湾籍已经不是简单的政治认同问题。

与本土马华作家或其他区域的华文作家相比，在台马华作家的身份

---

① 李永平：《致"祖国读者"》，《文景》2012 年第 3 期。

② 伍燕翎、施慧敏整理：《浪游者——李永平访谈录》，《文景》2012 年第 3 期。

③ 萧秀雁：《马华论述：访问黄锦树》，载萧秀雁《阅读马华：黄锦树的小说研究》，硕士学位论文，台湾暨南国际大学，2009 年，第 114 页。

要复杂得多，复杂的原因在于他涉及"台、马、华"三个地理空间概念：中国台湾（流寓的他乡）以及马来西亚（地缘的故乡/国家［Ne-gara ku/patrie］）、中国（文化的原乡/natal），"究竟哪里才是家园？到底原乡在何处？'在台'意味着'不在马'（他乡已非他乡：去畛域—再畛域），'马华'却是马来西亚属性的标示或标签，'马华'也表示无从断绝的（地缘之外的）（文化/历史/民族的）中国联系。不是不'去中国'（中华属性），而是根本去/弃绝不了中国的幽灵魅影"①。对于大部分在台马华作家而言，"三乡"纠葛是必然要面对的一个现实：马来西亚是他们的出生地，是第一故乡，尽管有些已经放弃马来西亚国籍，但仍然无法"摆脱"马华作家的身份，例如李永平，虽然他多次公开宣称不喜欢马来西亚，自己也不属于马华作家②，但"马"终归是他的身份属性之一；很多在台马华作家在台湾居留的时间已经超过了在马来西亚生活的时间，中国台湾已然成为他们生命中重要的第二故乡，"在台"正悄然塑造着他们身份的台湾维度；"华"指向的是在台马华作家的文化血脉，"中国"就像一个"幽灵魅影"是他们弃绝不了的文化原乡。"文化原乡"、"地缘故乡"和"流寓异乡"的三乡纠葛造就了在台马华作家身份的复杂性和独特性，但吊诡的是，多属往往也意味着不属：三重的有"国"或无"家"，处于一种暧昧可疑的位置，可能是三属，但也可能被挤于三者重叠的阴影地带，不被任何一者所接纳，漂流于无所属的无籍空间。③

　　在台马华作家陈大为在一次座谈会上也谈到这种多属给他身份定位造成的"困扰"：

---

　　① 张锦忠：《（离散）在台马华文学与原乡想象》，《中山人文学报》2006 年第 22 期。

　　② 当记者问及李永平"一般上，学术界和评论者给您的定位都是马华作家，您怎么看？"时，李永平毫不掩饰地驳斥："我很生气，我已经一再一再和台北文艺界提过了，我对'马华文学'这个名词没有意见，但李永平不是马华作家，马来西亚对我来说是一个陌生的，没有切身关系的概念而已。"参见伍燕翎、施慧敏整理《浪游者——李永平访谈录》，《文景》2012 年第 3 期。

　　③ 黄锦树：《无国籍华文文学：在台马华文学的史前史，或台湾文学史上的非台湾文学——一个文学史的比较纲领》，《文化研究》2006 年第 2 期。

定位问题一直困扰着我，很多人问我到底是马来西亚的诗人还是台湾的。台湾的很多本土派当然不承认我，不管他们承认不承认，以我本身的一个生命历程来讲，我的生命的原乡是怡保。但是我文学的原乡是台北。所以我有三分之一是认同了台北。在诗与散文中会受到影响。诗，我从来不处理马来西亚的现实，因为我已远离马来西亚11年了，只是期间回来度假，虽然我关心它，但是在这块土地上面，我所拥有的是一种家国的情感，我的家在这边，我的国也在这边。①

类似的困扰普遍存在于在台马华作家中，即使像李永平这样对马来西亚毫无情感依恋的作家，也无法完全摆脱身份定位的苦恼。

## 第三节 流动的认同：内在中国与乡土情怀

过去之历史，无论是否被承认，都在目前诸多身份认同中占据着重要地位。

教育产生着身份，或者至少是制造着身份认同。②

——［法］阿尔弗雷德·格罗塞

从流寓的角度讲，在台马华作家及学人经历了一个再流寓的生命过程：他们的先辈从中国流寓到马来西亚，并在这块热带土地上落地生根繁衍后代，若干年后，他们从先辈扎根的土地"出走"，流寓到中国台湾，"回到"中华文化大地上定居生活。这种再流寓的过程也是一种再华化的体验，重塑着在台马华作家及学人的认同意识。正如阿尔弗雷德·格罗塞所言，历史和教育都左右着认同，其复杂性不言而喻。"任何一种身份都不是孤立的存在，它必定是某一个特定身份系统的一分子，

① 许通元、陈思铭整理：《旅台与本土作家跨世纪座谈会会议记录》（上），《星洲日报·新新时代》1999年10月24日。

② ［法］阿尔弗雷德·格罗塞：《身份认同的困境》，王鲲译，社会科学文献出版社2010年版，第5、47页。

它的意义取决于它与这个身份系统中其他部分的关系，决定这种身份系统的标准和领域包括历史、意识形态、国家、阶级以及对人们具有团结和动员效力的社会问题等，到处都可能都存在着种种不同的文化认同类型。"① 本节将对三个代际的在台马华作家及学人的认同意识进行辨析，总结他们对"内在中国"② 与"乡土情怀"的不同选择。

## 一 星座、神州、李永平与林幸谦：孺慕"中国"

20 世纪 60—70 年代，第一代在台马华作家陈慧桦（陈鹏翔）、王润华、淡莹、林绿及温瑞安、方娥真等，先后在台湾组建星座诗社及神州诗社，以文学创作及活动彰显对"中国"的孺慕。第二代在台马华作家李永平，从小就憧憬唐诗宋词里描绘的神州大地。第三代在台马华作家林幸谦，从马来西亚到中国台湾，再由台湾到香港，不断进行自我放逐，将自己置于边缘之边缘，反复吟哦他的边陲乡愁。在马来西亚与中国之间，第一代在台马华作家更倾向于对"内在中国"的慕恋，完成学业之后，他们也大多选择逃离马来西亚，或居留中国台湾，如陈慧桦、林绿等；或流寓他乡，如王润华和淡莹任教于新加坡，温瑞安和方娥真则避居香港，成为马华文坛较早的一批"出逃者"。而李永平与林幸谦则以各自的方式凸显其"内在中国"认同感。

1. 星座诗社：培植的"中国意识"

1963 年，以马来西亚留台生为主干的星座诗社在台北成立，据参与创社的王润华后来回忆，"创办《星座》的意念，就是我们四人（指王润华、翱翱、毕洛、叶曼莎，引者注），另外加上蓝采，好几次在李莎宿舍里喝酒谈天时所产生的"③，诗社创立后，不断吸纳新的社员壮大阵容，"政大的，除了原来四人，还有林绿、洪流文、陈世敏、陌上桑及郑臻。台大有淡莹、黄德伟、张力、荒原，师大方面有陈慧桦，文

---

① 何国忠：《马来西亚华人：身份认同和文化的命运》，载何国忠主编《社会变迁与文化诠释》，华社研究中心 2002 年版，第 185—186 页。

② 这里的"内在中国"吸收了黄锦树《神州：文化乡愁与内在中国》一文的相关思想，指与现实地理空间相对的中国，它是由历史、哲学、文化等一整套象征符号建构的中国。

③ 王润华：《木栅盆地的星座》，载王润华《王润华自选集》，黎明文化事业股份有限公司 1986 年版，第 115 页。

化学院有苏凌"①。

星座诗社的马来西亚留台生，出生于 20 世纪 30—40 年代，马来（西）亚独立建国前后完成高中教育，20 世纪 60 年代初以"侨生"身份前往台湾留学，在精神层面上，"他们自身是认同这个身份的，回到台湾后，他们在潜意识里，也在追逐文化中国的精神"②。此外，星座诸子"透过侨教政策的管道来到台湾继续受大学教育，其所受的教育已不再是单纯的知识教育，而是含有政治社会化的'再中国化'激素，以及隐隐然为大马旅台生预留了一个重新成为'中国'（或中国人、或文化中国、或内在中国）的位置"③。其中最典型的例子当属林绿：

> 我在马来西亚时是不成熟的，而且尚未定型。赴台后变成了另外一个人，这个人已非当年同样的人。翱翱说得对："每一个回台升学的所谓'侨生'都必得承认，那四年的经验，无论苦的甜的，都是一种感情的培植……四年的时间便把我一个身份上所谓'香港侨生'变成一个真真正正的中国人……"这是一段很重要的心理过程。我想润华、淡莹、陈慧桦亦如此。这里的所谓"感情"，即是"中国意识"。④

四年甘苦交织的台湾留学生活，使林绿这个马来西亚留台生变成一个具有"中国意识"的"中国人"，这一认同的转型，促使林绿在马华文学与中国文学的关系考察上，也轻易地陷入了中国本位意识的泥淖，从支流与主流的角度观照两者：

> 我一直认为所谓"马华文学"即是"中国文学"，既已在主流

---

① 王润华：《木栅盆地的星座》，载王润华《王润华自选集》，黎明文化事业股份有限公司 1986 年版，第 116 页。

② 杨锦郁：《马华文学新生代在台湾》，《联合报·读书人》1995 年 11 月 23 日。

③ 安焕然：《内在中国与乡土情怀的交杂——试论大马旅台知识群的乡土认同意识》，载安焕然《本土与中国：学术论文集》，南方学院出版社 2003 年版，第 244 页。

④ 林绿：《关于"自我放逐"》，载林绿《林绿自选集》，黎明文化事业股份有限公司 1975 年版，第 58—59 页。

里，何须再回到支流去？这也许是感情问题。我个人对马来西亚并没有深厚的感情，虽然我在那里"土生土长"。①

在安焕然看来，林绿"已陷入（主流/边陲）大中国意识的诠释框架之中"，"其关怀的面相早已抽离出他原来的马来西亚，而往中国偏航"②。

林绿在星座诸子中虽显特殊，但王润华、淡莹、陈慧桦等其他星座诗人或多或少也偏航"中国"。他们之所以轻易被"中国化"，与彼时马来西亚及中国台湾独特的政教环境密切相关。星座同仁留台的 20 世纪 60 年代，马来西亚独立建国不久，当地华人虽然大部分已经宣誓效忠这个新生的国家，但普遍"当家"意识不强，文化上又沉湎于"神州"，再加上马来种族主义和特权意识日渐高涨强化，华人逐渐滋生"有家无国"之感。留台之后，"当时侨教下的党化教育，又更方便地激发起当时的大马旅台生潜意识中的文化中国情怀，使其内在的中国意识得以安置"③。

相对于 20 世纪 60 年代的星座诗社，20 世纪 70 年代的神州诗社在中国认同方面走得更远，甚至比当时的台湾当局还要"中国"。如果说星座诗社的中国意识还有所现实依凭的话，那么神州诗社寻觅的则更像是一个乌托邦的世界。

2. 神州诗社："为中国做点事"

我们的国家啊，夜晚有人在"国父纪念馆"的飞檐下，缅怀司马迁笔下的市井游侠，而他是送剑给瑞安的人。在临行的机场上握别时，他最后一句话是说"为中国做点事"——每当说起这些人，任平兄和瑞安都沉吟至今。信疆兄成了他们口中的模范……青青子衿，悠悠我心。瑞安真的带着信疆兄的剑，带着他那句"为中国做

---

① 林绿：《关于"自我放逐"》，载林绿《林绿自选集》，黎明文化事业股份有限公司 1975 年版，第 61 页。

② 安焕然：《内在中国与乡土情怀的交杂——试论大马旅台知识群的乡土认同意识》，载安焕然《本土与中国：学术论文集》，南方学院出版社 2003 年版，第 248 页。

③ 同上书，第 248—249 页。

点事"的话，燕歌一行来了台湾。① （方娥真）

　　在台马华作家中，温瑞安及其创办的神州诗社绝对可称得上是一个异数。作为一位后来为中文世界读者所熟知的新派武侠作家，温瑞安1954年出生于马来西亚霹雳州，1973年和1974年两度赴台留学，1980年被台湾当局以"为匪宣传"的罪名驱逐出境，后辗转居留香港。赴台前，温瑞安已是马来西亚活跃的作家及文学活动者，参与创办绿洲、天狼星等诗歌社团，1976年因与在马的天狼星诗社决裂，在台湾自创神州诗社，骨干成员包括方娥真、黄昏星、周清啸、廖雁平等近40人，社员在全盛期一度达到300余人，后因温瑞安遭驱逐而解散。

　　温瑞安的初、高中阶段，正值马来西亚全面推进"马来化"政策的时期，就华社来讲，独中改制和国家文化内涵的明确，使华文教育陷入困境，华人文化也面临覆灭的危机。宰制往往伴随着反抗，马来西亚当局推行的土著化策略，反而使温瑞安等人醒悟："中华文化并非是天然赋予的，与自身具有的，而是必须透过努力去争取、去召唤，去重新构造"②，并逐渐形成一种舍我其谁的文化"选民"意识："因为我们恰巧生长在异域，我们就非承担起这责任不可。恰巧祖国选择了我们这一群人作代表，那我们就没有前瞻或回顾的时间，只有奉献，只有奋斗，不惜任何代价。"③

　　当马来西亚这块乡土成为温瑞安等人的伤心之地时，他们选择"在现实、在文化上双重放逐"，并"对中华文化出之以悲愤的拥抱"④：

　　　　记得高中一时，离校的前几天心情特别难过，联合了大伙儿用

---

　　① 方娥真：《唱大江的人》，转引自安焕然《本土与中国：学术论文集》，南方学院出版社2003年版，第252页。

　　② 黄锦树：《神州：文化乡愁与内在中国》，载黄锦树《马华文学与中国性》，元尊文化企业股份有限公司1998年版，第229页。

　　③ 温瑞安：《狂旗》，转引自黄锦树《马华文学与中国性》，元尊文化企业股份有限公司1998年版，第255页。

　　④ 黄锦树：《神州：文化乡愁与内在中国》，载黄锦树《马华文学与中国性》，元尊文化企业股份有限公司1998年版，第230—231页。

大字在黑板上辛苦设计了缤纷显赫的"爱我中华"四个字。今日写上，夜间便被校方擦掉；我们觉得辱了"中华"二字，于是再写上，再被涂去，又写上，又被涂去，如是者数十天，直至校工受感动不敢再擦掉为止。高中二时在综合中学，运动会中都是英字巫字，惟我们队伍却是中文字，队里指导老师要我们擦去，我们顽抗；五月初五诗人节，我们还跑到学校公告栏的今日大事记去擦掉部分巫文，写上"今天是中国的诗人节"。①

正因为这种对中华文化的悲愤式拥抱，使温瑞安等人在马来西亚看不到华人文化的希望，"逃离"就成为他们的必然选择，而在当时的冷战环境中，中国台湾无疑是最佳的去处，于是，带着高信疆"为中国做点事"的期盼，温瑞安等"燕歌一行来了台湾"，希冀在这里实现他们复兴中华文化的理想："我赴台，我念中文，这就是我对这国家的肯定。我为这肯定献出了我自己。"②

当温瑞安等满怀激情与抱负与台湾现实遭遇时，他们意识到，台湾与自己的文化理想以及想象中的"神州"尚有差距：

有时发现市面上充斥着"扬洋"、"蓝哥"，电影广告上都是美国的牛仔裤和日本的洗衣机，计程车里播放日本音乐，歌厅里披头散发唱洋劲十足的歌，咖啡厅里的咖啡虽是土产的，名字却叫 Mo-cha, Columbia, Kilimanjaro，到处都有美语班训练出"台北洋人"，圣诞节过得比农历新年还热闹，大学生开口逻辑心理学，闭口比较文学，西方学者名头如数家珍，连引用神话也非希腊不可，我们看了自是痛心。③

面对中华文化在台湾现实里的"沦丧"，温瑞安等人在马来西亚就

---

① 温瑞安编：《坦荡神州》，长河出版社 1978 年版，第 7—8 页。

② 温瑞安：《建立民族的文化——几个感想一个呼声》，《青年中国杂志》1979 年第 3 号。

③ 温瑞安编：《坦荡神州》，长河出版社 1978 年版，第 11 页。

已形成的中华文化"选民"意识再度发挥效用，产生一种"'以天下存亡为己任'的使命感"，"这种使命感又回过头来作用在他们身上，赋予他们一种'幸亏有我'的价值感"①。在实践上，他们创办神州诗社，举办各种文学活动，出版《神州诗刊》、《神州文集》、《青年中国杂志》、《绿洲期刊》、《长江文刊》等，另外还有《凤舞集》、《龙飞集》手抄本刊物、社员个人著作及合著、诗社史《风起长城远》、《坦荡神州》等。这些文学实践，无不贯穿着温瑞安等人为"中国"、为中华文化"做点事"的崇高理念：

> 青年中国杂志系以复兴中华文化为己任，发扬民族精神为职旨。
>
> 经过十二年前侨居地"绿洲社"的创立，到来台后五年的扎根，从海外用手抄书的囊萤夜读，到建立神州社后由诗刊出版到文集，今日创立"青年中国"杂志，亦是求中国自由幸福壮大，激励士气志气正气的再延续：我们深切地了解，中国再经不起一次"少年"的迷失，爱我神州，救国建国是我们这一代每一位中国人的职志！青年的中国是每一位中国的青年的，更是青年中国的每一位子民的！②

相较于后来的在台马华作家，神州诸子毫不讳言他们强烈的"中国"认同意识，他们文章中反复出现的"国家"、"祖国"、"国"等词汇，其指向也不再是马来西亚，而是他们要为之做点事的"中国"。但这里的"中国"不是地理空间上的中国，而是由一系列文化符码建构的"内在中国"，即"神州"。某种程度而言，神州诗社已经脱离了20世纪70年代中后期台湾文坛及社会的各种环境，"无视于70年代台湾乡土文学论战的开展，漠视台湾本土民主运动的爆裂，更不警觉于此时小蒋政权已积极在从事于种种政经上'台湾化'的转化过程"，"他们

---

① 黄锦树：《神州：文化乡愁与内在中国》，载黄锦树《马华文学与中国性》，元尊文化企业股份有限公司1998年版，第255页。

② 温瑞安：《〈青年中国杂志〉发刊词》，《青年中国杂志》1979年第3号。

拥抱神州，已近乎到达了精神分裂的疯狂痴迷的状态"①：

> 在他们的作品里头，没有现实的乡土认同关怀，没有现实的马
> 来西亚，也没有他存在的台湾。他们的活动、思绪、文字、乡愁，
> 均回荡在一个他们自己幻想的内在文化中国，古装武侠的，儿女情
> 爱的，私体的，不存在于现实的梦——神州。②

这也难怪神州诗社在台湾会被视为"异类"：

> 诗社迄今已稍具规模，每日晨起唱"国歌"或"社歌"（神州
> 社歌以"中华的荣光，正在滋长发皇……"为主意），却被邻近目
> 为异类与帮派，中秋拜祭亦视为邪教，今年中秋在阿里山途中奋起
> 湖拜祭时悬挂国旗，一位姓史的警员竟当时冲进来强迫要我们撕掉
> 国旗。偶谈及眷念之祖国河山，都被看作是"立场可疑"，实在令
> 人长叹。③（温瑞安）

"'神州'也许是海外华人永恒的欲望"④，但如神州诸君者毕竟是少数，因而也着实"令人长叹"。对于在台马华作家而言，马来西亚与中国始终是他们必须面对的选择难题，温瑞安及神州诗社选择重新中国化无疑是个极端的个案，他们的失败某种程度上也宣告了"欲望"终归只会是"欲望"，变成现实的可能性十分有限。但神州及星座诸子对"神州"的慕恋却在文学实践方面得到了某种程度的补偿，这也导致他们对马来西亚乡土的放弃，以致陈大为慨叹"要在第一代旅台作家的文章里读出马来西亚的形象与内容，如同缘木求鱼"，他们"对马华的现

---

① 安焕然：《内在中国与乡土情怀的交杂——试论大马旅台知识群的乡土认同意识》，载安焕然《本土与中国：学术论文集》，南方学院出版社 2003 年版，第 255 页。

② 同上书，第 256 页。

③ 温瑞安：《建立民族的文化——几个感想一个呼声》，《青年中国杂志》1979 年第 3 号。

④ 黄锦树：《神州：文化乡愁与内在中国》，载黄锦树《马华文学与中国性》，元尊文化企业股份有限公司 1998 年版，第 277 页。

实社会概况或实质的文化地理样貌,完全没有着墨"①。

3. 李永平与林幸谦:文字修行与文化乡愁

> 从小,在父亲的熏陶之下,我对书本中,尤其是唐诗宋词元曲里,所描绘的神州大陆,心中便充满了孺慕和憧憬。世界大地图上的中国在我成长过程中,不知不觉间,便也成为我内心私藏的"祖国"。②(李永平)

> 文化乡愁,对海外人是一种文化倾向,决定了人们的精神价值取向。生于海外的人们,意味着散居族裔文化的延续。族裔残余的集体记忆随着人们的迁移而扩散,甚至穿过时空深植于基因之中,以遗传的方式代代相传。③(林幸谦)

李永平和林幸谦分属第二代和第三代在台马华作家,他们的认同意识在同辈之中略显"另类",倒有点类似于星座与神州诗社的想象"内在中国",只不过想象的方式呈现为不同的面貌。这两个个案或许可以很好地说明:海外华人的中国认同,并没有表面上的那么简单,其内部的矛盾与复杂恐怕不是一个纠结的幻象,而是一个一再被延宕却又不断被追寻的"欲望"。

在第二代在台马华作家中,李永平对中国文字的慕恋远超其他作家,至今"已成为触目的(白话)文学史事件"④。他自述从小就着迷于汉字,当高中毕业赴台深造,第一次乘坐出租车进入台北城时,李永平即为满目的汉字所惊呆:

> 我这个出生在婆罗洲蛮荒小城的华侨小伙子,长到二十岁了,

---

① 陈大为:《最年轻的麒麟——马华文学在台湾(1963—2012)》,台湾文学馆2012年版,第129页。

② 李永平:《致"祖国读者"》,《文景》2012年第3期。

③ 林幸谦:《狂欢与破碎——原乡神话、我及其他》,载林幸谦《狂欢与破碎——边陲人生与颠覆书写》,三民书局1995年版,第207—208页。

④ 黄锦树:《流离的婆罗洲之子和他的母亲、父亲——论李永平的"文字修行"》,载黄锦树《马华文学与中国性》,元尊文化企业股份有限公司1998年版,第303页。

几时看过这样繁华的灯火，那么多个浓妆艳抹、争相招展在电光下宛如一群舞娘向雷公顶礼膜拜的中国字：春神酒店、群马宾馆、吉本料理、湘珈琲、爱媛月子中心、华侨大舞厅太子城三温暖豪谷观光理发厅……①

　　论者常以《吉陵春秋》来论证李永平对文字的执着："《吉陵春秋》的语言最具特色，作者显然有意洗尽西化之病，创造一种清纯的文体，而成为风格独具的文体家……李永平的句法已经摆脱了恶性西化常见的繁琐、生硬、冗长，尤其是那些泛滥成灾的高帽句和前置词片语。"②从 1979 年《日头雨》在《联合报》副刊发表，到 1986 年《吉陵春秋》出版问世，以至 1987 年的第二版，李永平曾多次对《吉陵春秋》进行删改字句及标点。因为"自己不能忍受'恶性西化'的中文"，删改"为的就是要冶炼出一种清纯的中国文体"，以维护"中国文字的纯洁和尊严"，使"个人的文学和民族良心也得到抚慰"。③

　　李永平毫不掩饰他对"中国"的倾慕，"但他心目中的中国与其说是政治实体，不如说是文化图腾，而这图腾的终极表现就在方块字上"④。因而，在李永平艰苦卓绝且富有成效的文字修行中可见其对"中国"的认同，只不过这"中国"并非现实地理层面上的中国，而是由"唐诗宋词元曲"建构的美学、文化中国："我是透过唐诗宋词接触中国的，那是最美、境界最高的中国。所以我的中国是文化中国，她是我的文化母亲，我心里头的一个老妈妈。"⑤

　　对林幸谦的分析，我们可以从 1995 年发生的他与黄锦树之间关于"马华文学与中国性"的论争切入。1995 年，《南洋商报》文学副刊

---

　　① 李永平：《文字因缘》，载李永平《迌迌 李永平自选集 1968—2002》，麦田出版社 2003 年版，第 42 页。

　　② 余光中：《十二瓣的观音莲——我读〈吉陵春秋〉》，载李永平《吉陵春秋》，洪范书店有限公司 1987 年版，第 7 页。

　　③ 李永平：《李永平答编者五问》，《文讯》1987 年第 29 期。

　　④ 王德威：《原乡想像，浪子文学——李永平论》，《江苏社会科学》2004 年第 4 期。

　　⑤ 田志凌、李永平：《李永平：我的中国，从唐诗宋词中来》，《南方都市报·人物》2012 年 9 月 23 日。

《南洋文艺》推出"双月文学点评"专辑，邀请专人对《南洋文艺》刊登的文学作品按文类每两个月做一次点评，在 6 月推出的"双月文学点评·第 2 波"中邀请了黄锦树对 3—4 月《南洋文艺》上的诗歌进行点评。在发表于 6 月 9 日《南洋文艺》题为《两窗之间》的点评文章中，黄锦树从诗歌与主体意识的关系着手，分析了陈大为、沈洪全、辛金顺、林幸谦、夏绍华和黎紫书 6 人诗作的优劣。在谈到林幸谦时，黄锦树认为："林幸谦创作上最大的问题（不论是散文、论文、诗）从他这几首诗中也可以看出：过度泛滥的文化乡愁，业已成为他个人创作的专题。中国像是一个严重的创伤，让他一直沉浸在创伤的痛楚及由之而来的陶醉中。他像一个失恋者，一直面对旧情人恋恋不忘；以致无法面对其他的可能对象。"[1]

因不满黄锦树对自己的批评，林幸谦在 7 月 25 日《南洋文艺》上发表书信体文章《窗外的他者》，公开回应黄锦树提到的文化乡愁及诗歌的主体意识等问题，认为"对于海外中国人而言，足可以让几代的人加以书写阐发，是世纪性的一个问题"[2]。

客观而言，乡愁的确是林幸谦长期经营的课题之一，只不过与他的先辈不同的是，在林幸谦那里，"中国是一个形而上的存在，即霍米所说的存在的一个幻觉，它是一种身份的象征，他的乡愁是文化/文学的，是一种因为血缘和历史而生的，无关乎国界"[3]。这种形而上的文化乡愁实际上也弥漫着"民族身份、文化身份、集体身份以及自我身份的冲突"[4]。这些"冲突"使林幸谦意识到"人生的吊诡，无处不在"，"最终，我们都将死于自己的欲望之中"[5]。为此，他选择不断的解构和告别，"以削去法寻找自己的中国，逼出中国是破碎的，在每一个海外华

---

[1] 黄锦树：《两窗之间》，《南洋商报·南洋文艺》1995 年 6 月 9 日。

[2] 林幸谦：《窗外的他者》，《南洋商报·南洋文艺》1995 年 7 月 25 日。

[3] 钟怡雯：《灵魂的经纬度：马华散文的雨林和心灵图景》，大将出版社 2006 年版，第 43—44 页。

[4] 同上书，第 45 页。

[5] 林幸谦：《狂欢与破碎——原乡神话、我及其他》，载林幸谦《狂欢与破碎——边陲人生与颠覆书写》，三民书局 1995 年版，第 198 页。

人的体内"①。如此情境下，林幸谦"允许自己在中国社会的核心外被
疏离、被边陲化"②，这种自我边缘的心态，不是为了更好地接近中心，
而在于确立一种更恰切地言说文化乡愁的发声位置，以安顿他作为一个
流离的海外华人暧昧的身份。

作为第三代在台马华作家，林幸谦的中国认同相较于第一代的温瑞
安已有很大的差异："同属是中国认同，温瑞安体现一种完全感性的，
以气使才的书写方式，他那由古典和武侠所建构的中国停格在 20 世纪
70 年代；而 80、90 年代的林幸谦则是理性驾驭感性"；"温瑞安寻找身
体和精神的双重回归，把台湾当中国，称自己是华侨；林幸谦则是自我
边缘化，他以'海外华人'这称谓取代华侨，以文化中国为自己的故
乡，现实生活里故乡并不存在，身体所在之处都是异乡"③。

## 二　80 年代"回归的一代"：发现"大马"

当历史的指针转至 20 世纪 80 年代，马来西亚和中国台湾的政治文
化环境较之 70 年代已发生了较大的转变，而温瑞安 80 年代初被台湾当
局驱逐、神州诗社自动解散似乎也成为一个象征，宣告了一个新的认同
时代的开始：此时期的许多马来西亚留台侨生不再效仿他们的先辈，高
呼"为中国做点事"，而把观照的视域转至他们出生的乡土——马来西
亚，"发现大马"成为 20 世纪 80 年代马来西亚留台侨生的主流，自然
也造就了"回归的一代"。

1969 年"五一三"事件之后的 70 年代，马来西亚华社陷于喑哑的
状态，"凡是涉及种族、宗教、文化、教育的课题归为'敏感话题'，
不可公开讨论，报章也不刊登此类文章"，"整个文坛士气萎靡"④。进
入 20 世纪 80 年代，马来西亚华社已不再对当局的种族偏差政策一味保
持沉默，"他们为不公平现象而愤怒，也为不断丧失的民族权益和文化

---

　　① 钟怡雯：《灵魂的经纬度：马华散文的雨林和心灵图景》，大将出版社 2006 年版，第 44 页。

　　② 林幸谦：《诸神的黄昏——一种海外人的自我论述》，载林幸谦《狂欢与破碎——边陲
人生与颠覆书写》，三民书局 1995 年版，第 279 页。

　　③ 钟怡雯：《灵魂的经纬度：马华散文的雨林和心灵图景》，大将出版社 2006 年版，第 42 页。

　　④ 潘碧华：《参与的记忆：建国中的马华文学》，载潘碧华《马华文学的时代记忆》，马
来亚大学中文系 2009 年版，第 22 页。

传承感到忧虑"，"开始严峻地反思民族在这个国家的命运"①，形成了一种强烈的"忧患意识"②。

表现在文化方面，1981年，当局突然公开表示要各族群对"国家文化"③进行检讨，受此影响，沉寂近10年的马来西亚华人文化界开始对"国家文化"内涵做系统回应。1983年3月27日，由马来西亚13州的华人大会堂、中华公会、中华商会等州级华人最高领导机构及董总、教总所组成的15华团在槟城举行文化大会。3月30日，大会向马来西亚文化、青年及体育部呈交《国家文化备忘录》。备忘录认为，马来西亚为多元民族、多元语文、多元宗教及多元文化的国家，因此，反对以原住民文化为核心，反对只将其他文化中有适合和恰当成分作为国家文化的一部分，反对将伊斯兰教作为塑造国家文化的重要成分。1984年开始，各州华团领导机构轮流举办"全国华人文化节"，宣传推广华人文化。

表现在文学方面，则是大专生作者群在马华文坛的崛起，"他们备有深厚的文化根基和文学素养，对于国家教育的弊病和政策偏差，深有体会"，"他们关心民族处境、国家命运，渴望在思考中找到出路"④，他们所创作的校园散文满溢着深沉的忧患意识，"'历史'、'文化'、'祖国'、'山河'、'先辈'、'血汗'、'见证'等，都是常用的字眼。在这些作品中，内容血泪交加，诉尽族人的悲愤，表明那一年代的华裔

---

① 潘碧华：《参与的记忆：建国中的马华文学》，载潘碧华《马华文学的时代记忆》，马来亚大学中文系2009年版，第23页。

② 关于20世纪80年代马来西亚华社的"忧患意识"，温任平、潘碧华等马华作家都有论及，可参见温任平的《怀念一个江湖的游离和温馨》、潘碧华的《八十年代校园散文所呈现的忧患意识》等文。

③ 1971年8月16—20日，马来西亚文化、青年及体育部在马来亚大学召开国家文化大会，该大会首次明确了马来西亚"国家文化"的基本内涵：一、马来西亚的国家文化必须以本地区原住民的文化为核心；二、其他适合及恰当的文化元素可被接受为国家文化的元素，唯必须符合第一及第三项的概念才会被考虑；三、伊斯兰教为塑造国家文化的重要元素。这一决议把华人文化等马来西亚其他族裔的文化视为"外来文化"而排斥在"国家文化"之外，它也成为此后马来当局制定各种文化政策的基本依据。

④ 潘碧华：《参与的记忆：建国中的马华文学》，载潘碧华《马华文学的时代记忆》，马来亚大学中文系2009年版，第29页。

子弟渴望受到国家承认和落地生根的愿望"①。

20 世纪 80 年代崛起于文坛的马华作者包括此间赴台留学的马来西亚侨生，多出生于 20 世纪 50 年代后期至 20 世纪 60 年代中期，大部分为华人第二代或第三代，在马来西亚出生成长，接受马来西亚国民教育，认同马来西亚公民身份，希望做一个真正的马来西亚人。在此时期出现的诸多文学作品都彰显了他们强烈的马来西亚国家认同意识，辛吟松②创作于 20 世纪 80 年代中后期的许多散文直陈自己的马来西亚家国情怀，极具代表性，特选几段，兹引于次：

> 江山如画，这厚实的地，我祖父走过，我父亲走过，我五百万的同胞走过，如今由我们这一代走来，以后将会由我们的子子孙孙走下去，一代接一代，一个足板印在一个足板上，走下去！这是我们生于斯活于斯的祖国，连绵的山脉连绵不绝着我们对这后土——的情和爱。③
>
> "这片土地我如何走得开呢？"
>
> 当我听到老人的这句话时，我以为我会流泪，但没有，我只是那么静静的听着，仿佛是那么的理所当然。这片土地我们曾经悲愤过，但也曾经深爱过；曾经失望过，却是依然殷切的期待着。因为生在这里，长在这里，活在这里，纵有千般凄凉，万般无奈，我们依旧不能走开啊！④

与马来西亚隔着一个南中国海的中国台湾，20 世纪 80 年代正告别一个旧的时代。国民党退居台湾地区厉行"政治保守、经济、

---

① 潘碧华：《参与的记忆：建国中的马华文学》，载潘碧华《马华文学的时代记忆》，马来亚大学中文系 2009 年版，第 30 页。

② 辛吟松，本名辛金顺，1963 年出生，祖籍广东澄海，出生于马来西亚吉兰丹州白沙镇，1992 年赴台留学，创作以诗和散文为主，是第三代在台马华作家。

③ 辛吟松：《夜征》，载钟怡雯、陈大为主编《马华散文史读本 1957—2007》（卷二），万卷楼图书股份有限公司 2007 年版，第 171 页。

④ 辛吟松：《江山有待》，载钟怡雯、陈大为主编《马华散文史读本 1957—2007》（卷二），万卷楼图书股份有限公司 2007 年版，第 180 页。

文化西化"政策，至 70 年代已累积了不少问题，可谓"山雨欲来"，一向噤若寒蝉的台湾知识界，在 70 年代也开始对台湾整体问题进行反省，"党外"反对运动及乡土文学运动的兴起可视为这一反省在政治和文学上的反应。1979 年爆发的"美丽岛事件"[①] 对台湾本省籍的知识分子产生了极大冲击，台湾省籍与外省籍之间的省籍矛盾也成为台湾 20 世纪 80 年代以来的突出问题，而在思想文化领域，则是"本土论"的"快速茁壮"，"本土论者一面剔除乡土文学主张里蕴含的中国民族主义，一面打造论述，大胆地对当时主导文化的基石'大中华主义'（sinocentrism）提出挑战"[②]。这股快速兴起的"本土论"改变了 20 世纪 70 年代台湾乡土文学的面貌与诠释方式："'乡土文学'的领导权与解释权从'左派'转移到'本土派'手中，而'乡土文学'的名号也逐渐改为'台湾文学'，最后终于被'台湾文学'所取代。"[③]

　　20 世纪 80 年代赴台留学的马来西亚侨生，亲炙这一时期台湾政治、思想文化、文学等领域的各种变化，在"发现台湾"的口号中，他们也不断思考自己出生成长的乡土：马来西亚。同时，省籍矛盾的不断加剧，也导致这些侨生不再像他们的前辈那样可以轻易地融入台湾社

---

　　① 1979 年 8 月 16 日，黄信介、林义雄、姚嘉文、许信良、黄天福、吕秀莲、张俊宏、施明德等"党外"人士在台北创办政论性杂志《美丽岛》，1979 年 12 月 10 日，《美丽岛》杂志社主要成员与其他"党外人士"，以"庆祝'国际人权日'"为由，向国民党当局"申请"在高雄市举行集会游行，未获批准。黄信介、施明德、姚嘉文、张俊宏不顾军警阻挠，于当晚在高雄市街头组织集会，高举火炬游行。参加者与围观群众混集一起，约达 2 万人。国民党当局出动大批军队、宪兵、警备部队和警察进行围堵镇压，游行者则以木棍、砖头等为武器与之对抗，持续达几个小时之久。尔后，台湾"警备司令部"查封了《美丽岛》杂志社及康宁祥等"党外势力"主办的《八十年代》、《春风》等杂志，逮捕了黄信介、施明德等 160 余人，拘留了不少与此事无关的人士，其中不少人后经国民党军事法庭判决入狱。这一事件即为轰动一时的"美丽岛事件"（又称"高雄事件"）。关于"美丽岛事件"的经过可参见李成武、戚嘉林《大陆台湾六十年》，海南出版社 2009 年版，第 159—162 页；赵诚《美丽岛事件始末》，《炎黄春秋》2010 年第 6 期。

　　② 陈建忠、应凤凰等：《台湾小说史论》，麦田出版社 2007 年版，第 282 页。

　　③ 吕正惠：《七、八〇年代台湾乡土文学的源流与变迁——政治、社会及思想背景的探讨》，载陈大为、钟怡雯编《20 世纪台湾文学专题 1：文学思潮与论战》，万卷楼图书股份有限公司 2006 年版，第 277 页。

会，尤其是很难被本土论者所接纳。

1983年，马来西亚留台学生在台北创办《大马青年》和《大马新闻杂志》，同年，大马青年社成立，并举办大马旅台文学奖。由此开启了在台马华文学的"第四种模式"①，这种模式的留台侨生有意疏离中国台湾，标榜强烈的马来西亚意识，秉持言论建国、学术报国的理念，积极在中国台湾建构"马来西亚论坛"，批评马来西亚时政；认同方面，他们拥抱大马，留学结束后多选择回马来西亚，成为马来西亚思想文化、文学领域有重要影响的"留台社群"，代表作者有傅承得、陈强华、王祖安、罗正文、黄英俊等。

1983年4月，《大马青年》创刊，创刊号刊登了大马旅台同学会致时任马来西亚首相马哈蒂尔的一封公开信，申明他们立足马来西亚的办刊理念。"《大马青年》是一份结合了学术论文发表、专题报导以及文学创作的期刊，是发行者有意识的为其所处的时代和关心的议题留下的文字和思考记录，反映了不同时代旅台生所最关心的议题和集体意识。对'旅台'的自省以及对'国家'的关注，是这份刊物中跨越时间反复出现的两个核心主题。"② 早期的《大马青年》以科学理性的态度聚焦马来西亚的社会、政治、教育等话题，"充满浓厚的理想主义和爱国主义色彩，强调知识分子应该落实对乡土的社会关怀"③。以第5期《大马青年》为例，该期的中心主题为知识分子，刊登了《大马青年社真能"学术报国"吗》、《从知识分子谈大马青年的社会参与》、《大马社会教育与知识分子》、《谈知识分子和组织》、《旅台同学是一支庞大的生力军》五篇文章，倡导大马青年应该

---

① 张锦忠语，他认为到目前为止，在台马华文学产生了四种"生产"模式，分别是星座诗社为代表的第一种模式，神州诗社为代表的第二种模式，黄锦树等获奖作家为代表的第三种模式，以及《大马新闻杂志》、《大马青年》杂志为代表的第四种模式。参见张锦忠《〈八〇年代以来〉台湾文学复系统中的马华文学》，载张锦忠《南洋论述——马华文学与文化属性》，麦田出版社2003年版，第135—150页。

② 吴欣怡：《同胞与外人之间：马来西亚"侨生"的身份与认同》，硕士学位论文，台湾大学，2010年，第67页。

③ 吴子文：《〈大马青年〉的洞见与不见——试论〈大马青年〉的开创与局限》，《大马青年》2005年第12期。

担负知识分子的历史使命，积极参与马来西亚的发展进程。从第 5 期开始，文学作品逐渐占据主要篇幅，除大马旅台文学奖专辑外，马华文学论述也是《大马青年》后期的一个重要收获。总体而言，无论是前期还是后期，《大马青年》都是一份马来西亚意识浓厚的刊物，这是 20 世纪 80 年代"回归一代"主体认同转向马来西亚乡土的一个表现。

《大马新闻杂志》于 1983 年 11 月 15 日创刊出版，在其创刊词《坚持言论建国的主张》中，杂志编委会宣称："《大马新闻杂志》的创办，即本着知识份子言论建国之忧希望以此为宗旨，经由杂志的经营来参与社会、服务同学。我们期望通过杂志刊物的管道，对马华社会和大马前途，能展开热烈的讨论，成为大马旅台知识份子言论的广场，也是杂志舆论的重心所在。"① 在这样的办刊理念指导下，《大马新闻杂志》成为 20 世纪 80 年代初中期"马来西亚意识的表率"②，此时期作品中大量出现的"国"或"祖国"，其内涵已由"中国（台湾）"转为"马来西亚"。

20 世纪 80 年代初中期的留台社群强调对马来西亚的关怀，"弥漫着一股知识分子意识"，"他们的脸上有着远比其他国家的大学生来得沉厚的忧郁气质"③。1984 年 10 月 25 日大马青年社的成立，因应了这股时代气息，同时也是以社团力量参与学术报国的开始，因而"掀动了整个氤氲多时的关怀大马的学术风潮"④。

《大马青年》、《大马新闻杂志》及大马青年社时代的马华留台生，在认同上因"发现大马"而成为在台马华作者中具有特殊意义的一代，他们不断强调自己的马来西亚国族认同，在台湾建构了一个离境的马来西亚公共空间，针对马来西亚各种现实问题发声，但在相关的研究中他

---

① 《发刊词：坚持言论建国的主张》，《大马新闻杂志》1983 年创刊号，转引自安焕然《本土与中国：学术论文集》，南方学院出版社 2003 年版，第 269—27 页。

② 黄锦树：《神州：文化乡愁与内在中国》，载黄锦树《马华文学与中国性》，元尊文化企业股份有限公司 1998 年版，第 224 页。

③ 陈大为：《大马旅台一九九〇》，《台港文学选刊》2012 年第 1 期。

④ 安焕然：《内在中国与乡土情怀的交杂——试论大马旅台知识群的乡土认同意识》，载安焕然《本土与中国：学术论文集》，南方学院出版社 2003 年版，第 267 页。

们却往往成为"被遗忘的一章"①。

"回归的一代"与居留台湾的那批马华作家构成很好的比较视域，也确证了在台马华文学内部的复杂性。

### 三　新生代：混杂的认同

马华在台新生代②20 世纪 80 年代后期开始赴台留学，此时期无论是马来西亚还是中国台湾，其政治社会环境已发生较大改变，而全球化的日益深入更是带给他们观照自身所处位置的别样视域。

20 世纪 70—80 年代是马来西亚华人处境较为艰难的 20 年，甚至在 20 世纪 80 年代末还发生了展开大逮捕和查封报章的"茅草行动"③，但进入 20 世纪 90 年代，随着马哈蒂尔"2020 宏愿计划"的推出，马来

---

① 张锦忠：《（八〇年代以来）台湾文学复系统中的马华文学》，载张锦忠《南洋论述——马华文学与文化属性》，麦田出版社 2003 年版，第 149 页。

② "马华在台新生代"指"6 字辈"和"7 字辈"为主的一批作家，他们在 20 世纪 60—70 年代出生，80 年代后期 90 年代初进入文坛，代表人物有黄锦树、林建国、陈大为、钟怡雯、林幸谦、辛金顺等。

③ 1987 年，马来西亚当局为加强对华文教育的控制，于该年第三学期强行委派不谙华文者担任华文小学领导职务，引起华社强烈不满，认为此举将使华文小学"变质"。于是，各地华人纷纷召开抗议大会，并于当年 10 月 11 日在吉隆坡天后宫召开全国华团政党抗议大会，发动全国华小自 10 月 15 日起罢课，要求政府调回不谙华文的教师。10 月 14 日，马来西亚内阁决定成立五人委员会，以协调解决此事，华小的罢课行动也因此暂缓实施。尽管罢课抗议行动取消了，但是马来人却做出强烈反弹，当时安华煽动巫统青年团（巫青）召集了 1 万名会员举行万人大会，谴责马华领导人与董教总和反对党之间定下的协议。此时的华巫两族关系已经趋于紧张，恰在这样的特殊时刻，在吉隆坡秋杰地区（Chou Kit）发生了一个马来士兵乱枪射毙了 1 名马来人和 2 名华人的事件，引起了两族之间的骚动。1987 年 10 月 27 日开始，马哈蒂尔政府以种族关系紧张为理由，展开大逮捕和查封报章的"茅草行动"。到 11 月 14 日为止，在"茅草行动"中共有 106 人遭逮捕，华文《星州日报》、英文《星报》（The Star）、马来文《祖国报》（Watan）共 3 份报纸被令停刊。先后被逮捕者包括各阶层人士、各股力量的代表，他们来自执政党的巫统 A 队和 B 队，民政党和马华公会；反对党的民主行动党、泛马伊斯兰党（回教党）、人民党；民间团体有职工会、消费人协会，环境保护、妇女、宗教、教育、人权组织以及华社领导人。这一事件常与 1969 年发生的"五一三"事件相提并论，被认为是马来西亚建国后最黑暗的时期之一。参见周南京主编《华侨华人百科全书·历史卷》，中国华侨出版社 2002 年版，第 289 页。

西亚的政治及族群气氛趋于缓和："在政治上，逐步淡化意识形态的色彩，放宽华人到中国旅游探亲的限制。在经济上，鼓励华巫合作，华商到中国投资不再被视为不效忠的表现。在文化教育上，提倡回儒交流，鼓励马来人学习华文，对华文教育采取灵活的政策，批准设立南方学院和新纪元学院等。在民族关系上提出建设马来西亚国族的概念，冲淡非土著的不满情绪。"① 这种环境的变化，有利于当地华人加强对马来西亚的政治亲和与认同。

1987 年中国台湾当局宣布"解严"，由此进入一个更加开放多元的历史时期，在思想界，这种开放多元则表现为各种思潮的"你方唱罢我登场"："一方面，以'本土论'和'台湾民族论'以及'国族'话语为核心的'新意识形态'浮出历史地表，并且形成强大的话语力量，逐步获得文化霸权的位置，一种大叙事被另一种大叙事所取代。另一方面，反抗'新意识形态'"的声音也浮出水面。"②

马华在台新生代多在"解严"后赴台留学，亲炙各种西方后学思潮的交锋，相对于他们的前辈，乃至 20 世纪 80 年代初中期"回归一代"的学长学姐们，他们对于"内在中国"与马来乡土的体认愈显复杂，复杂的部分原因源于他们中的好些人已入籍中国台湾如林建国和黄锦树；有些即使没有入籍也已获得中国台湾永久居留权，在台执教和创作，如陈大为和钟怡雯。大致而言，他们的认同是双向的，始终纠结于"土地"（马来西亚）和"血缘"（中华文化）之间，居留地或者政治身份的改变并没有使他们放弃对马来西亚这块曾经生养他们的土地的体认，这也是一种与身世有关的命运，恰如陈大为所言：

    随着时间的推移，旅台作家群起了结构性变化，原本仅有留学身份的旅居者，在转为教职之后即变为定居者，有半数入籍台湾。

---

① 张应龙：《百年回眸：马来西亚华人政治史之变迁》，载何国忠编《百年回眸：马华社会与政治》，华社研究中心 2005 年版，第 12—13 页。

② 刘小新：《阐释的焦虑——当代台湾理论思潮解读（1987—2007）》，福建人民出版社 2010 年版，第 270 页。

但其自我定位在很大程度上仍然归属于马华，有的是"人在台，心在马"，……，不管什么样的情形下，几位已经取得台湾护照和身份证，或以居留证在台工作的马华作家，在其内心深处仍旧脱离不了马华的原籍。①

1999 年 9 月，一场名为"旅台与本土作家跨世纪对谈"的座谈会在马来西亚南方学院举办，该座谈会的一个重要议题是作家尤其是旅台作家的身份定位。在台马华作家陈大为和钟怡雯作为对谈嘉宾，他们对这一话题的解读映现出马华在台新生代认同的双重性。在对谈中，陈大为坦言"定位问题一直困扰着我"：尽管台湾的很多本土派不承认陈大为，但陈氏"有三分之一是认同了台北"，因为这里是他的文学原乡，他的诗歌和散文创作都受到台湾文学场域的极大影响；然而在国家认同上，陈氏仍然偏向马来西亚，"这块土地上面，我所拥有的是一种家国的情感，我的家在这边，我的国也在这边"。② 跟陈大为一样，在台北生活了十多年的钟怡雯也经常被问及"到底将自己定位成哪一个地区的作家"，"基本上，我认同台湾，也认同这块土地"，"我把自己定位为一个世界作家，我就是一个创作者"。③

钟怡雯"世界作家"的自我定位，使我们联想到黄锦树关于（在台）马华文学是"无国籍华文文学"的判断，他在《无国籍华文文学：在台马华文学的史前史，或台湾文学史上的非台湾文学——一个文学史的比较纲领》中认为："马华文学是无国籍华文文学，或民族——非国家文学"，"作为小流寓群体，在台马华文学显然介入了台湾文学史的流寓结构，既在内部又在外部。一如不同历史阶段的流寓，都是既内又外的两属及两不属。双重的有国或无家；双重的写在家国之外。"④ 如

---

① 陈大为：《最年轻的麒麟——马华文学在台湾（1963—2012）》，台湾文学馆 2012 年版，第 29 页。

② 许通元、陈思铭整理：《旅台与本土作家跨世纪座谈会会议记录》（上），《星洲日报·新新时代》1999 年 10 月 24 日。

③ 同上。

④ 黄锦树：《无国籍华文文学：在台马华文学的史前史，或台湾文学史上的非台湾文学——一个文学史的比较纲领》，《文化研究》2006 年第 2 期。

果把（在台）马华文学的这种"既内又外的两属及两不属"特征用于
反思马华在台新生代的身份困境，亦有其深刻之处：双重的认同也有可
能是双重的不认同或不被认同，最终走向钟怡雯所定位的"世界作家"
之维。

# 第二章

# 离境的文学传统：代际谱系与台湾的意义

马华文学播迁到台湾，是侨生教育的意外收获。如果从 1963 年星座诗社创立算起，在台马华文学至 2013 年恰好五十年。对于在台马华文学而言，这五十年累积的文学经验，已然在马来西亚本土之外、中国台湾场域之内形成了一个"离境"的马华文学传统。① 这五十年，社会、政治、文化和文学环境的变迁孕育出风格不一的三代在台马华作家②：第一代在台马华作家是结社的一代，主要包括星座诗社和神州诗社诸子，如王润华、淡莹、陈鹏翔、林绿、温瑞安、方娥真、黄昏星等

---

① "离境"是在台马华学者张锦忠的发明，他在《离境，或重写马华文学史：从马华文学到新兴华文文学》一文中认为："离境，其实也是马华文学的象征，更是从马华文学到新兴华文文学的写照。中国文学不离境，便没有马华文学的出现。……离境不是一个静止、固着的现象；相反的，离境是在不断的流动。马华文学的两位重要推手，诗人杨际光（贝娜苔）及白垚从中国（大陆）到香港，然后定居星马多年，却于盛年再移居美国。李有成在马来亚出生，当年执编《蕉风月刊》与《学生周报》，和文友组犀牛出版社，出版诗集《鸟及其他》，但是赴台深造之后，和林绿、陈慧桦一样成为马华离散诗人的例子。东马的小说家李永平和张贵兴也在赴台之后变成居留台湾。……马华文学便是这样不断离境与流动的现象。一九七〇年代之后，更是如此。"参见张锦忠《南洋论述：马华文学与文化属性》，麦田出版社 2003 年版，第 44 页。笔者援用张锦忠的这一说法，意在指出在台马华文学与在地马华文学在地理空间上的相对性。

② 三个代际的划分沿用了陈大为的相关研究成果，但正如黄锦树批评的，这种世代划分有很多的缺陷，例如 1958 年赴台的潘雨桐和 1967 年赴台的李永平被置于第二代，而 20 世纪 70 年代中期赴台的神州诗社成员却置于前行代，如果按照赴台时间先后划分，这种归类显然是很荒谬的。但笔者仍坚持这样的划分方法，打破传统按照时间划分的方式，主要的理由是星座诗社和神州诗社都以结社的方式在台湾文坛立足，且以诗歌创作为主，神州诗社虽然成立于 20 世纪 70 年代中期，但它分享的意识形态却是脱离了那个时代；将潘雨桐、商晚筠、李永平和张贵兴四人划为同一个世代，虽有不妥，但他们都以小说创作为主，且在 80 年代多次获文学奖，提高了在台马华文学在台湾的能见度，同属小说世代或文学奖世代。

人；第二代在台马华作家是获文学奖的一代，主要包括李永平、商晚筠、潘雨桐和张贵兴等人；第三代在台马华作家/学人是学院化的一代，主要包括张锦忠、黄锦树、林建国、林幸谦、陈大为、钟怡雯、辛金顺等人。这三个代际共同构成了五十年在台马华文学的发展谱系。台湾，对于在台马华作家来说，既是场域、中介，也意味着经验，其意义丝毫不亚于马来西亚。

## 第一节　"结社的一代"：第一代在台马华作家

自 20 世纪 50 年代到 80 年代，台湾诗坛的重要生态现象之一是"结社"。"越是早期出道的台湾诗人，越喜欢以结社形式来凝聚众人的力量，来干一番大事，几乎所有主流诗人都无一幸免。其中属于重量级的创世纪诗社、蓝星诗社、现代诗社、笠诗社，理念相异，各据山头，不但透过同仁诗刊的发行来取得发言权，甚至用各种名义的诗选来宰制诗史的版图。中量级的龙族诗社、秋水诗社、葡萄园诗社，以及由年青诗人组成的曼陀罗诗社等，就在这个狭隘的权力版图上力求突围。诗社的势力是有形的，它间接影响了年度诗选的选诗比例，也影响了台湾诗史的论述架构。"① 第一代在台马华作家遭逢其时其势，结社也成为他们在台湾文坛的主要发声形式和活动形态，因而，在在台马华文学的发展谱系中这一世代也常被认为是"结社的一代"，他们在文学上的成就主要是诗歌，形成了在台马华新诗的第一个黄金时期。

### 一　星座诗社：在古典与现代之间

以马来西亚侨生为主的跨校际星座诗社成立于 1963 年，参与创社的四位成员当时均就读于台湾政治大学，分别是王润华（西语系，马来西亚侨生）、翱翱（西语系，香港侨生）、毕洛（新闻系，马来西亚侨生）和叶曼莎（中文系，马来西亚侨生），核心成员除了台湾政治大学的林绿（西语系，马来西亚侨生）、洪流文（中文系，马来西亚侨生）、

---

① 陈大为：《最年轻的麒麟——马华文学在台湾（1963—2012）》，台湾文学馆 2012 年版，第 47 页。

陌上桑（新闻系，马来西亚侨生）外，还包括台湾大学的淡莹（外文系，马来西亚侨生）、陈慧桦（外文系，马来西亚侨生）、麦留芳（外文系，马来西亚侨生）及东海大学的钟玲（外文系，中国台湾省）等20余人。星座诗社的成立，受到蓝采、李莎等的影响①，但从根本上讲应是当时台湾文坛结构和诗坛生态的产物："一是诗坛风潮所致，若不自组诗社就得加入老牌的大诗社，初出茅庐的学生写手不可能轻易加入大诗社，所以自成诗社是最行得通的；二则可视之为侨生写手最有效发声的战略形式，拥有浓厚侨生色彩的星座诗社，反而容易在台湾诗坛受到瞩目。"②

星座诗社在成立的翌年创办《星座诗刊》，"《星座诗刊》在头两年内以诗页形式出版了八期。新社员逐渐增加。譬如我们四人（指王润华、翱翱、毕洛、叶曼莎，引者注）进入三年级时，来了林绿，他非常热心，于是一九六六年三月改版，以三十二开本，约一百页的形式继续出版。……三十二开的《星座诗刊》出版了五期，因此连同诗页总共出了十三期。台湾当时重要的诗人及年轻诗人，多数都在上面发表过作品"③。此外，他们还以"星座诗丛"的形式出版了12册社员个人诗集：《过渡》（翱翱，1965年）、《朝圣之舟》（叶曼沙，1966年）、《八月的火焰眼》（洪流文，1966年）、《千万遍阳关》（淡莹，1966年）、《十二月的绝响》（林绿，1966年）、《火凤凰的预言》（黄德伟，1967年）、《阳光之外》（姚家俊，1967年）、《死亡的触角》（翱翱，1967年）、《单人道》（淡莹，1968年）、《多角城》（陈慧桦，1968年）、《手中的夜》（林绿，1969年）和《高潮》（王润华，1970年），这些个人诗集已经成为在台马华新诗最早的一批经典。

考察星座同仁的创作实力及他们对台湾诗坛结构和权力秩序的影响，从文学接受的角度着手，检视他们的作品在台湾被接受和流通的情

---

① 见王润华的回忆文章《木栅盆地的星座》，载王润华《王润华自选集》，黎明文化事业股份有限公司1986年版，第111—119页。

② 陈大为：《最年轻的麒麟——马华文学在台湾（1963—2012）》，台湾文学馆2012年版，第47页。

③ 王润华：《木栅盆地的星座》，载王润华《王润华自选集》，黎明文化事业股份有限公司1986年版，第116页。

形，尤其是诗选和文学大系收录情况，应是一个较为有效的途径。据张锦忠和陈大为的统计，1967 年出版的由张默、洛夫和痖弦编的《七十年代诗选》收录了王润华的诗歌，而 1976 年出版、张汉良编的《八十年代诗选》则收录了王润华、林绿、陈慧桦和淡莹四位星座诗社成员的诗歌；文学大系方面，1980 年台北天视公司出版由痖弦主编的《当代中国新文学大系（诗卷）》也收录了林绿、王润华、淡莹和陈慧桦的诗歌①。由此可见，王润华、林绿、陈慧桦、淡莹等星座诗人在 20 世纪60—70 年代已经获得台湾诗坛一定程度的肯定，他们创社、出版刊物以打破既得利益者对诗坛宰制的努力，亦有一定成效。但我们也必须看到，作为一个校园诗歌社团，星座诗社仍然无法与当时的诗坛大佬创世纪诗社、蓝星诗社、现代诗社、笠诗社等同日而语，因而星座诗社也常被人遗忘，典型者莫过于 1972 年台北巨人出版社出版由余光中等人编的《中国现代文学大系》，星座同仁无一人入选，陈慧桦在 1991 年的一段事后感言或许能解释这一"尴尬"："跨校际诗社《星座诗刊》的成立，整个情况跟《现代文学》非常相似，但是在整个文坛权力架构的推挤中，它所掠夺到的城池显然无法望《现文》之脊项。"②

　　不同于 20 世纪 70 年代的神州诗社成员，星座诸子在创社办刊物的同时，亦接受了当时较为完整的大学教育，"扎实的学院教育给了他们两份珍贵的大补贴——'西方现代主义思潮的启蒙'、'中国古典文学的训练'。前者非常彻底的渗透到他们诗作，影响了诗歌语言和思想方向；后者则提供大量的意象和素材，甚至让诗作更有效的营造出只可意会不可言传的意境"③，这使得王润华、淡莹、陈慧桦、叶曼沙等星座诗人 20 世纪 60—70 年代的诗歌呈现古典与现代相融合的美学意趣。陈大为在研读陈慧桦 1968 年出版的第一部诗集《多角城》

---

① 参见张锦忠《南洋论述：马华文学与文化属性》，麦田出版社 2003 年版，第 138—139 页；陈大为《最年轻的麒麟——马华文学在台湾（1963—2012）》，台湾文学馆 2012 年版，第 49—50 页。

② 陈慧桦：《校园文学、小刊物、文坛——以〈星座〉和〈大地〉为例》，载陈鹏翔、张静二编《从影响研究到中国文学》，书林出版有限公司 1992 年版，第 70 页。

③ 陈大为：《最年轻的麒麟——马华文学在台湾（1963—2012）》，台湾文学馆 2012 年版，第 68 页。

时，即发现这部诗集暗含诗人"对都市文化的批判、对自我的探索，以及对中国古典意象的现代化锤炼……他在专研西方现代主义文学之际，也发现了中国古典诗词的重要性，并加以吸收转化"①。类似的情况在王润华、淡莹等人的诗作中亦有体现。不妨解读一首选自《高潮》中的诗歌《第几回》，看看王润华是如何在现代的语言和旨趣中吸收转化中国古典意象的。

第几回

1

──埋葬了匆忙死去的一群

踩过许多死者的名字

他回到船舱，手还染着金陵墓园的泥土

又颤抖地奉读，一则讣闻

2

"走了吧，要不然就赶不上那个太阳"

他终于沿着漂浮着蓝天的小溪走去

踏着落花

犹未完全挣脱女人的手臂

便一步跨出泪水漉漉的庭院

"我们在龙门的阴影下挤来挤去

那样多的人

追逐着一点听说藏在墙内的繁华

我们一次又一次，被人推倒

怎样长的绳子也系不住太阳，刚说完

便只剩下他握着的一束玫瑰花，撒了满地

被践踏成泥"

终日猜测的是谣言抑是预言

① 陈大为：《最年轻的麒麟——马华文学在台湾（1963—2012）》，台湾文学馆 2012 年版，第 54 页。

虽然几万个灯笼照亮了漆黑的石头城
锣鼓响亮，午夜的聋者也被惊醒
非等到放榜日，小厮们
才回到园门外大声叫喊，发现
他的名字被贴在皇城的墙壁上

"我早就否定，老早就诅咒
生日宴之后，在众多的选择之间，他
竟然抓一把脂粉
放进口里
吞进肚子里"
3
"三次叩拜就赎回一次小小的错误
再迟疑，黑夜必将半掩的山门合上"
……在空旷如一张白布的雪地
他从十九年的跪拜中站起
如一个赤裸的麟儿
4
等他醒悟
飞步向前追赶上去
他已消失于一僧一道之间
再想追
和尚和道士也遁入空无的地平线之外
只见前面白茫茫一片
5
前面渺茫处传来逍遥的歌谣
后面仆人焦急地喊
"老爷　老爷　老爷……"①

———————————

①　王润华：《第几回》，载王润华《高潮》，星座诗社 1970 年版，第 10—12 页。

　　这首诗改写自《红楼梦》第一百二十回，以贾宝玉的中榜、醒悟和遁入空门为叙事中心，但贾宝玉的出世并不是诗人要阐释的核心，他在这第一百二十回中看到了现代社会类似的病态："龙门虽然像雷峰塔那样倒掉了，中国也沉掉了，但游水过太平洋前来赴考的仍然那样拥挤，仍然背负着三千多年的历史争先恐后，你推我挤，互相践踏成泥，或者发神经病，或者走失在摩天楼下。"① 在这一古典情境中，诗人备感"绝望，无奈与反悔"②，因而明明是第一百二十回，诗人却用"第几回"来做诗题，对现代社会的悲观不言而喻。

　　1969 年，大多数星座同仁都已在台湾完成大学学业，且不少人赴美继续深造，星座诗社因而停止活动。1972 年，星座旧人陈慧桦联合台湾本地诗人李弦、林锋雄等人在台湾创办大地诗社，出版《大地诗刊》、《大地文学》，"希望能推波助澜渐渐形成一股运动，以期二十年来在横的移植中生长起来的现代诗，在重新正视中国传统文化以及现实生活中获得必要的滋润和再生"③，可视为星座余绪。

## 二　神州诗社：幻灭的乌托邦

　　谈论神州诗社的历史，必须从马来西亚时期的绿洲和天狼星诗社溯起，而温瑞安就像武侠世界里的帮派大哥或精神领袖，诸多的故事都因他而发生、存在。作为新派武侠小说的代表性人物之一，温瑞安早年的事迹往往被后来的武侠盛名所遮蔽，他在马来西亚、中国台湾创办绿洲、天狼星和神州诗社的"业绩"，只在小圈子里被当作武侠似的传奇而讲述，殊不知，温瑞安 20 世纪 60—70 年代凭借其精湛的散文和现代诗成为马华文坛的一员"猛将"，至今许多马华文学选集仍收录他这一时期的一些作品。

---

　　① 王润华：《附记》，载王润华《高潮》，星座诗社 1970 年版，第 16 页。

　　② 翱翱：《评王润华波浪型诗集〈高潮〉》，载王润华《高潮》，星座诗社 1970 年版，第 66 页。

　　③ 陈慧桦：《校园文学、小刊物、文坛——以〈星座〉和〈大地〉为例》，载陈鹏翔，张静二合编《从影响研究到中国文学》，书林出版有限公司 1992 年版，第 78 页。

　　温瑞安 1954 年出生于马来西亚霹雳州美罗小镇①，他是一个早慧型的作家，创作力和活动力都十分旺盛，早在 13 岁念初一时就创办了绿洲社，并出版《绿洲期刊》，17 岁开始在马来西亚的《蕉风》、《学报》，中国台湾的《中国时报》、《现代文学》，中国香港的《武侠春秋》等重要文学刊物上发表创作和评论。才华横溢的温瑞安，中学时代就网罗了一批爱好文学的同学，甚至与黄昏星、休止符（周清啸）、廖雁平、余云天、叶扁舟及吴超然等义结金兰，号称"美罗七君子"，这些人日后都成为温瑞安创办诗社的积极追随者和主将。黄昏星后来在相关回忆文章和访谈中多次谈及温瑞安在中学时代给他们讲武侠故事的情景：

　　　　美罗中华中学是一所改制的国民型中学，就是在那时候，我们开始听温瑞安讲故事，他讲得最出色的就是《血河车》武侠小说人物故事，而且非常精彩。温瑞安是个奇才，武侠小说里的人物，到了他嘴边一转，皆变成他自己的故事，听来非常扣人心弦。当然我们都很仰慕温瑞安，也天天游说他不停的讲故事。温瑞安很会掌握情节，紧张时刻立即打住，吊人胃口，就是要下回分解。当时，我们已经看出他在文学领域的造诣。后来他写武侠小说，一天可以写一万多字，应该是从这样的环境里培养出来的。他记忆力超好，所有他看过的文章，经过他的吸收转化，再移转他能言善道的好口才，滔滔不绝更加精彩是武侠世界的奇幻章节，烽火连天。②

　　类似的情景相信还有很多，温瑞安扮演的说书人角色无形中在同学间树立了一种偶像形象，这也是他超强活动力的一个侧面，为他在后来的神州诗社中树立"带头大哥"形象奠定了基础。

--------

　　① 有意思的是，神州诗社的其他几位重要成员，方娥真、黄昏星（李宗舜）、周清啸和廖雁平都出生于 1954 年，因而陈大为讲，"1954"是"神州诗社的神圣数字"。
　　② 解昆华：《一九七〇年代台湾神州诗社及其诗人活动记录——与诗人黄昏星（李宗舜）对谈》，载李宗舜《乌托邦幻灭王国——黄昏星在神州诗社的岁月》，秀威资讯科技股份有限公司 2012 年版，第 210 页。

　　1973 年，温瑞安的哥哥温任平①回到马来西亚霹雳州冷甲和金宝教书，同时整合原有文学力量，成立天狼星诗社，在温瑞安的大力推动和鼓吹下，各地成立绿洲、绿田、绿野、绿流、绿林、绿原、绿风、绿湖、绿岛、绿园 10 个分社，由温任平任总社长。1974 年年底至 1975 年年初，温瑞安、方娥真、黄昏星、周清啸、廖雁平等相继赴台②，天狼星诗社也一度一分为二，台版天狼星诗社在温瑞安主持下，自 1975 年至 1976 年出版四期《天狼星诗刊》。由于马来西亚时期的天狼星诗社核心成员几乎都离马赴台，加之马、台两地诗社内部分歧不断扩大，1976 年，温瑞安等在台湾另组神州诗社，出版《神州诗刊》第五期，发表《神州宣言》，宣告与马来西亚天狼星诗社正式决裂。而原天狼星诗社成员殷乘风被认为是导致这一决裂的"关键人物"：

　　　　殷乘风年少怀大志，中学未毕业就不顾一切到宝岛和我们一起闯天下，引起温任平的极度不满，他认为殷乘风应该完成中学取得高中文凭后赴台升学才是正途，而且殷乘风是他学生，殷乘风中途辍学赴台，温任平间中受到校方、学生及家长的斥难及承受不少压力。殷乘风赴台之心坚决，从二楼跳下折断脚腿以表决心，一九七五年十一月抵台，这就引发往后双方口诛笔伐的导火索，事件越演越烈，终告一发不可收拾。后来我们透过故乡出版社印行《风起长城远》诗社史，对天狼星诗社和温任平做出许多批判和指责，为此种下祸根。③（黄昏星）

--------

　　①　马华文坛重要的作家和批评家，著有《无弦琴》、《流放是一种伤》、《众生的神》等诗集，《风雨飘摇的路》、《黄皮肤的月亮》等散文集，《人间烟火》、《精致的鼎》、《文学观察》、《静中听雷》等评论集，主编《大马诗选》和《马华当代文学选》，曾积极推动马华现代文学运动。

　　②　1973 年 9 月，温瑞安和周清啸两人曾赴台，但由于难舍天狼星诗社同仁，两人又在同年 11 月休学返马。因而，有些文章谈及温瑞安 1973 年、1974 年赴台，实有其事，只不过在一般情况下，都会以 1974 年为温瑞安赴台留学时间。

　　③　解昆华：《一九七〇年代台湾神州诗社及其诗人活动记录——与诗人黄昏星（李宗舜）对谈》，载李宗舜《乌托邦幻灭王国——黄昏星在神州诗社的岁月》，秀威资讯科技股份有限公司 2012 年版，第 213 页。

把决裂的原因归结于"殷乘风事件"，显然有掩盖事实真相之嫌，根本的原因还是赴台后的温瑞安与留马的温任平在办社理念上的分歧。温任平并不认同温瑞安给神州诗社做的定位：

> 这时候的神州诗社已把诗放在次要的位置，刚出道的兄弟连心，一切以大哥的钢铁意志马首是瞻。神州诗社改名"神州社"，力量涉入文化界，开始印行出版的《青年中国》、《文化中国》、《历史中国》由于得到学术健笔的供稿（大家都对这群侨生感到好奇），一时颇受看好，但神州的伸展翅翼，目的是提高神州集团的形象，文化议论只是借力使力，接下来的文集竟印出八页神州活动的彩页照片，宝岛学术文化圈这时才真个恍然。①

无论原因有多复杂，神州诗社的成立都是在台马华文学的一件大事，它与"三三集团"、余光中、高信疆等的互动交流，至今仍被论者当作马华文学与台湾文学沟通的一个典范。

用"传奇"与"浪漫"来概括结义性质的神州诗社是很恰切的。温瑞安把"为中国做点事"当作神州诗社的行动指南，但在 20 世纪 70 年代尚处于戒严体制下的台湾，温瑞安等人只是"一群错把海市蜃楼当真实看待的浪漫青年"②，残酷的现实根本容不下神州诸子的理想与志业，最终在一种过度的自我期许和膨胀中走向传奇化、神话化乃至乌托邦化，神州诗社的盛极而衰，恰如他们所热衷的武侠世界一样，让人唏嘘不已。

神州诗社的传奇性，还源于它是一个结义的社团而非一般文学社团常见的结盟，这就有点类似武侠江湖中的帮派或山寨，这也难怪温任平会认为神州诗社是一个"成功帮会化了的诗社"：

---

① 温任平：《神州诗社：乌托邦除魅——兼序李宗舜的散文集》，载李宗舜《乌托邦幻灭王国——黄昏星在神州诗社的岁月》，秀威资讯科技股份有限公司 2012 年版，第 18 页。

② 黄锦树：《神州：文化乡愁与内在中国》，载黄锦树《马华文学与中国性》，元尊文化企业股份有限公司 1998 年版，第 258 页。

　　神州诗社是新马港台华人社会第一个成功帮会化了的诗社,新
加入神州者的必读书是《书剑恩仇录》,要像"红花会"的会员一
样:兄弟不可背异离弃,最忌"背叛"。以亲信控制各组社员,看
似明代东厂情报监管的无厘头搞笑,其实更接近奥威尔(George
Orwell)《一九八四》的乌托邦"老大哥"无所不在的监测、控制,
老大哥不必率众去"打仗",却对各组社员向路人兜售神州文集的
进度、情况了若指掌,《一九八四》的"老大哥"也具备这种天眼
通,瑞安自诩"组织周密"。神州成员置身于所谓"迁升降级,赏
罚分明"帮会体系式的白色恐怖里。感情竟用手段,衽席之间就是
戈矛:有人为了邀功请赏而报讯,自然就有人中了暗算,在现实生
活中被叮得满头是包,在武侠小说的险恶江湖里个个成了卑鄙奸
徒,被情节推向绝境,不少退社的社员便是这样惨死在武侠的虚拟
世界里,假是真来真是假。①

　　这种帮会化的运作方式,型塑了温瑞安一言九鼎的"大哥"形象,
而一旦乌托邦幻灭,"大哥"手下的众"小弟"也将"青春梦醒"、
"泪眼相望"②。

　　在温瑞安、方娥真等神州社员的作品中,充斥着侠义精神和古典元
素,由于过度地沉湎于乌托邦化的世界,"神州文学本质上其实是没有
根的——没有现实的根——其依据为幻想、狂想,甚至妄想"③,这种
文学在美学上往往趋于浪漫。

　　陈大为曾经将温瑞安散文和诗中建构的世界比拟为"'神州奇侠'
的江湖"④,而在钟怡雯看来,温瑞安的神州生活及创作则是马华文学

---

　　① 温任平:《神州诗社:乌托邦除魅——兼序李宗舜的散文集》,载李宗舜《乌托邦幻灭
王国——黄昏星在神州诗社的岁月》,秀威资讯科技股份有限公司2012年版,第23—24页。

　　② 陈素芳:《遥远的鼓声——回首狂妄神州》,载李宗舜《乌托邦幻灭王国——黄昏星在
神州诗社的岁月》,秀威资讯科技股份有限公司2012年版,第207页。

　　③ 黄锦树:《神州:文化乡愁与内在中国》,载黄锦树《马华文学与中国性》,元尊文化
企业股份有限公司1998年版,第265页。

　　④ 陈大为:《马华散文史纵论(1957—2007)》,万卷楼图书股份有限公司2009年版,第
67页。

浪漫传统的一个"空前绝后的个案"：

> 神州诗社成立之后，温瑞安实践浪漫的方式，一是结社，二是练武，两者均为中国想象的产物，再加上儿女情长，简而言之，武侠世界的"侠骨柔情"是他的生活写照，《山河录》则是中国想象的代表诗作。
>
> 温瑞安藉由"想象"而"创造"了他的"共同体"，这个"想象的共同体"来自共同的文化根源，也就是文化中国。对文化中国的追寻催生了他的浪漫风格，那种接近屈原的、楚国"巫"风的浪漫传统……
>
> 温瑞安的散文有一个构成"浪漫"的辞库可供调度使用：血、狂、死亡、苦愁、唯美、轻愁、孤寂（孤独和寂寞）、雨水（或风雨，可能交织着泪水），残缺的意象（如残月）等等不一而足；诗的辞库则是江湖、长剑、宝刀、烟雨、枯灯、琴、白衣、江南等武侠意象，他调动的语言来自古典中国，现实建构在这些语言之上，组成内部场域，形成乌托邦。[1]

在神州诗社中，温瑞安和方娥真的作品常被论者述及，这里不妨来解读另一位重要的神州旧人、曾任神州诗社副社长、长期占据第二把交椅的黄昏星（即李宗舜）的诗歌《只是经过》[2]：

> 如果在试剑山庄
> 我在窗前等你回来
> 总要欢乐浏览悲壮的山河
> 然后挥走一首孤独的歌
> 再去寻爱你的钓者

---

① 钟怡雯：《遮蔽的抒情——马华诗歌的浪漫主义传统》，载钟怡雯《马华文学史与浪漫传统》，万卷楼图书股份有限公司 2009 年版，第 92—95 页。

② 李宗舜：《只是经过》，载钟怡雯、陈大为主编《马华新诗史读本 1957—2007》，万卷楼图书股份有限公司 2010 年版，第 133—135 页。

一夜渔舟越催越远
脚步声是沙地上的伴奏
忽然寒山寺内一声木鱼
把我从错失和迟梦中
一声惶恐便选择了我
世界上千百万人中
唯我隔着墙偷偷看你
不知割舍和取得
有时像一张唱片
等待和旋转犹似一种自生自灭的过程
短街上，看透了一点风霜
不见面时最深是埋怨
在以前缘分是一道隐约的流水
在现时缘分是一道土崩的裂痕
观望着战火连年
河岸是少女的小手
招挽不回她的哀怜
我的却是一厢情愿
把青春送给时间
渔樵耕读荒了多少雪白的脸？

世界上只有我一个人
今夜面壁想你，同时不解
我的是落枫满地
你的是春风吹老
一个旋转各自在尽头分道
几千年后我再去苦思面壁
你辗转流离
从前日记有许多田园
现在身边是一张地图
雪影落幕时我们回到最初的地方

再各自分手
其实故事从哪儿说起
结局。尾声。闭门自守。
不管中间突破，起承转合
一早就有了介说

而你总是一面镜的两个边缘
照出墙外的天光与黑暗
我只好说：失恋
在断桥的中间
我在窗前等你回来，那心情
我只是一首华乐里的一点不甘被奚落
当中多少次过门
经历多少事变
昨日相聚，今日分手
明日陌路相逢
一时不知哪儿去找话题
只好从最初最快乐的所在
说起

　　李宗舜，神州时期笔名黄昏星，出生于马来西亚霹雳州美罗瓜拉美金新村，与温瑞安等参与创办绿洲、天狼星及神州诗社，是神州诗社重要成员之一。李宗舜神州时期的诗歌，虽也注重古典意象的使用，但与温瑞安和方娥真不同，他的诗歌有更多的现实依凭，往往能出入于古典与现代之间，且某种程度上融合了温瑞安和方娥真两人的抒情特点，又形成了一种有别于他们二人、"相对凝练、刚柔并济"的抒情风格①。这首创作于 1977 年的诗歌《只是经过》，"以神州社的试剑山庄作为叙事的起点，虚实交错，从容地串联起诗中所有古典意象，忽而逼近忽而

_____

　　①　陈大为：《最年轻的麒麟——马华文学在台湾（1963—2012）》，台湾文学馆 2012 年版，第 112 页。

淡出，在寓意与寓意的缝隙间，保留了开阔的诠释能量"①。

　　同为结社的一代，星座和神州有较大的差异，如果说神州是"结义"，组织严密，那么星座则是"结盟"，相对涣散；星座的解散源于"盟友"各自学业的完成，各奔东西难以聚合，而神州1980年的解体，则是政治的干预，不得已而为之，当然即使没有这场意外，神州梦醒也是迟早的事，一个乌托邦的王国终有幻灭的一刻。关于两者的差异，我们还可以看看神州旧人黄昏星的自我总结：

　　　　第一是凝聚力量，结合志同道合的大马同学，互相砥砺创作，搞些艺文活动，出版诗刊，奇文共欣赏，星座诗社和神州诗社这几点大致都相似。神州诗社最大的不同点在于活动力旺盛，组织力也强，发动社员参与也就相得益彰。另外，我们也强调创作包括聚会时即席创作和座谈会等活动，座谈会也记录成文字。……由于崇尚武侠，社员习武强身为己任，神州诗社所投射的自我和侠义形象，变成一个武侠世界的缩影，无论是对留台生或一个背乡离井的读书人而言，当中隐藏着一种内在无比丰硕精神的向往，不但可以集体依附，而且希望透过文学和活动来实践。神州诗社有几个鲜明的特色额外明显：第一，江湖义气，第二，组织能力强，第三，创作丰沛，第四，出版诗刊、个人文集、杂志、撰写诗社史，从事出版业务及落实出版七册神州文集。②

　　若论星座和神州给（在台）马华文学留下的文学与文化遗产，神州恐无法与星座相比。星座诗社解散后，星座旧人仍继续从事创作或研究，王润华、淡莹、陈慧桦（陈鹏翔）等人至今已是世界华文文坛及学界的重要作家和学者；神州诗社解体后，至今仍从事诗歌创作的只有李宗舜一人，这应该是温瑞安等人当年创社时万万没有想到的。

————————————

　　①　陈大为：《最年轻的麒麟——马华文学在台湾（1963—2012）》，台湾文学馆2012年版，第112页。
　　②　解昆华：《一九七〇年代台湾神州诗社及其诗人活动记录——与诗人黄昏星（李宗舜）对谈》，载李宗舜《乌托邦幻灭王国——黄昏星在神州诗社的岁月》，秀威资讯科技股份有限公司2012年版，第218—220页。

## 第二节　"文学奖的一代"：第二代在台马华作家

20 世纪 70 年代末 80 年代初的台湾文坛，"文学渐渐朝多样性发展，报章媒体透过举办文学奖，成为文学的重要赞助者，甚至左右了文学风气"，"到了八〇年代左右，参加两大报（指《中国时报》与《联合报》，引者注）及其他文学奖已取代了结社或自费出版，成为八〇、九〇年代马华作家在台湾'取得进入文坛的通行证'的途径或捷径"①。台湾文坛生态的改变，开启了第二代在台马华作家在台湾活动的新模式：角逐文学奖，区别于星座诗社和神州诗社的结社发声，他们往往被归结为"文学奖的一代"，主要作家有 4 人：商晚筠、潘雨桐、张贵兴和李永平，在文学上的成就主要是小说，形成了在台马华小说的第一个黄金时期。

从商晚筠 1977 年凭短篇小说《木板屋的印度人》获《幼狮文艺》"全国短篇小说大竞写"优胜奖，到 1987 年张贵兴以《柯珊的儿女》获第十届"中国时报文学奖·中篇小说奖"，十年间，商晚筠、潘雨桐、张贵兴和李永平 4 人共斩获 12 项次的《中国时报》及《联合报》小说大奖，1998 年开始，张贵兴和李永平又收获了多个文学奖。详细获奖情况见表 2。

**表 2**　　　　　　**商晚筠、潘雨桐、张贵兴和李永平**
**在台获奖情况统计（1977—2012 年）②**

| [小说奖·22 项次] | | |
|---|---|---|
| 获奖年份 | 获奖作家及作品 | 奖项名称 |
| 1977 | 商晚筠《木板屋的印度人》 | 《幼狮文艺》全国短篇小说大竞写·优胜 |
| 1977 | 商晚筠《君自故乡来》 | 第二届《联合报》小说奖·短篇小说佳作 |
| 1978 | 商晚筠《痴女阿莲》 | 第三届《联合报》小说奖·短篇小说佳作 |
| 1978 | 李永平《归来》 | 第三届《联合报》小说奖·短篇小说佳作 |

① 张锦忠：《〈八〇年代以来〉台湾文学复系统中的马华文学》，载张锦忠《南洋论述：马华文学与文化属性》，麦田出版社 2003 年版，第 140—141 页。

② 陈大为：《马华作家历年"在台"得奖年表（1967—2012）》，载陈大为《最年轻的麒麟——马华文学在台湾（1963—2012）》，台湾文学馆 2012 年版，第 253—258 页。

续表

| 获奖年份 | 获奖作家及作品 | 奖项名称 |
| --- | --- | --- |
| 1978 | 张贵兴《侠影录》 | 第一届《中国时报》文学奖·短篇小说佳作 |
| 1979 | 李永平《日头雨》 | 第四届《联合报》小说奖·短篇小说第一名 |
| 1979 | 张贵兴《伏虎》 | 第二届《中国时报》文学奖·短篇小说优等 |
| 1980 | 张贵兴《出嫁》 | 第三届《中国时报》文学奖·短篇小说佳作 |
| 1981 | 潘雨桐《乡关》 | 第六届《联合报》小说奖·短篇小说奖 |
| 1982 | 潘雨桐《烟锁重楼》 | 第七届《联合报》小说奖·中篇小说奖 |
| 1984 | 潘雨桐《何日君再来》 | 第九届《联合报》小说奖·短篇小说第三名 |
| 1986 | 李永平《吉陵春秋》 | 第九届《中国时报》文学奖·小说推荐奖 |
| 1987 | 张贵兴《柯珊的儿女》 | 第十届《中国时报》文学奖·中篇小说奖 |
| 1998 | 张贵兴《群象》 | 《联合报·读书人》1997年最佳书奖 |
| 1998 | 张贵兴《群象》 | 《中国时报》1997年开卷好书奖 |
| 2001 | 张贵兴《猴杯》 | 第二十四届《中国时报》文学奖·推荐奖 |
| 2001 | 张贵兴《猴杯》 | 《联合报·读书人》2000年最佳书奖 |
| 2001 | 张贵兴《猴杯》 | 《中国时报》2000年开卷好书奖 |
| 2001 | 张贵兴《猴杯》 | 《中央日报》"出版与阅读2000年十大好书" |
| 2002 | 李永平《雨雪霏霏》 | 《中央日报》"出版与阅读2001年十大好书" |
| 2002 | 李永平《雨雪霏霏》 | 《联合报·读书人》2001年最佳书奖 |
| 2009 | 李永平《大河尽头（上卷）》 | 《中国时报》2008年开卷好书奖 |

［散文奖·1项次］

| 获奖年份 | 获奖作家及作品 | 奖项名称 |
| --- | --- | --- |
| 1982 | 张贵兴《血雨》 | 第五届《中国时报》文学奖·佳作 |

## 一 商晚筠论：乡土与女性

商晚筠（1952—1995），出生于马来西亚吉打州华玲小镇一个杂货商家庭，1971年赴台，1972年进入台湾大学外文系就读，1977年毕业返马，后又于1980年二度赴台，就读台湾大学外文系研究所，因健康原因，翌年3月放弃深造返回马来西亚。商晚筠生前在台湾出版了两部小说集：《痴女阿莲》（1977）和《七色花水》（1991），1995年去世后，马来西亚南方学院马华文学馆出版其遗著《跳蚤》。商晚筠的小说在题材上有比较显著的特征，创作于第一次留台期间的《痴女阿莲》，笔触多着眼于马来西亚乡土；《七色花水》的亮点则在女性意识的张扬，尤其是对女同性恋的书写，是马华文学此类题材书写的经典文本。

20 世纪 70 年代初，在台湾内外环境遽变的驱动下①，一股以"回归传统、关怀现实"为内核的乡土文学思潮逐渐在台湾文坛兴起，并于 1977—1978 年爆发了一场影响深远的乡土文学论战。第一次赴台留学的商晚筠正好赶上这一文坛盛况，"黄春明等年轻作家对乡土小说的革命性创作，打开了商晚筠的视野"，"尤其以母语/台语入文的写作技巧，在乡土文学创作中获取得重大成果，对商晚筠也起了一定的激励作用"，"马来西亚的乡土素材自然成为她的首选兼独家筹码"②。此外，作为一个诞生于大学校园的青年作家，商晚筠此时的社会阅历并不十分丰富，加之远离马来西亚乡土带来的乡愁，也使商晚筠在创作道路初期易从自己熟悉的素材着手，而蕴蓄着深切童年记忆和乡愁的马来乡土无疑是最佳选择。

《痴女阿莲》收入了商晚筠主要创作于 1976—1977 年的 11 篇小说：《木板屋的印度人》（1976）、《黄昏以后》（1976）、《林容伯来晚餐》（1971）、《寂寞的街道》（1976）、《痴女阿莲》（1977）、《未亡人》（1977）、《君自故乡来》（1977）、《巫屋》（1977）、《最后一程路》（1977）、《戏班子》（1977）和《九十九个弯道》（1977）。杂货商家庭背景"使得她的早期小说充满南洋乡土色彩，彰显北马华人的生存与生活上的诸多现象，像居住环境、家庭生计、爱情与婚姻、社会适应以及种族关系等，都很容易在她的作品中发现具体的描述"，"除了《黄昏以后》处理一个在台湾的上海老太太之孤寂处境之外"，《痴女阿莲》中的其他小说"都以北马的华玲为中心在发展"③。马来西亚是一个多种族和多元文化的国家，马来人、华人、印度人杂居相处，构成一幅充

---

① 主要包括 1970 年发生的"钓鱼岛事件"，翌年 10 月台湾被逐出联合国，1972 年 2 月尼克松访华及《上海公报》发表，随即包括日本在内的大多国家与台湾"断交"等事件，它们对 20 世纪 70 年代的台湾社会和知识分子产生了重要影响。

② 陈大为：《最年轻的麒麟——马华文学在台湾（1963—2012）》，台湾文学馆 2012 年版，第 130 页。

③ 李瑞腾：《七色花水·序》，载商晚筠《七色花水》，远流出版事业股份有限公司 1991 年版，第 6 页。

满异族情调的图景。在《痴女阿莲》中，我们大致可以归纳出商晚筠南洋乡土叙事的两大方向：一是华人在马来西亚的日常生活与风土人情；二是以马来人及印度人为观照对象的"异族叙事"。

《林容伯来晚餐》、《君自故乡来》和《戏班子》都将笔触指向落地生根后的马来西亚华人（潮州人）。《林容伯来晚餐》中的林容伯，是马来西亚第一代华人，"我"的祖辈在"唐山"时曾受其父辈接济，因而当林容伯要来"我"家晚餐时，"我"的父亲和阿婆十分重视，张罗了一大桌好菜。作者通过林容伯对饭菜的"挑剔"、对"我"母亲做菜的干涉以及对土地的难舍，成功地塑造了一位深受中国传统文化影响的老华人形象，"一方面让我们看到了老一代华人的生活艰辛，花果飘零的他们没有知识，没有靠山，只能蛰伏在社会的底层，挣扎于重重压力之下；另一方面，通过林容伯与阿婆的絮絮回忆，为我们展现了他们心中的故土'唐山'（中国），漂泊异土的华人心中那深深乡愁"①。小说的另一个亮色是对潮州方言的运用和潮州饮食文化的描绘，强化了这部小说的原乡文化气息。《君自故乡来》中奄奄一息的陈日金仍念念不忘他下南洋时遗弃在中国的老妻——春妹。《戏班子》写镇子里上演酬神潮州戏，"我"一家开心不已，阿婆和阿姨还特地赶来，这篇小说没有紧张激烈的情节，却漫溢着浓浓的潮州文化气息，下面这一段有关不看头天首场戏的禁忌描写，读来仿佛置身于中国某个乡村：

> 头一天的首场戏阿婆说是酬神明，咱们平民百姓看不得。小弟却热闹个劲的吵死人，直扯着我的裙角，非要我带他去不可。……阿婆又是疼他又是拿他没法子，叫阿姨拿十个角子塞到小弟两个紧握的小手心。"这会子是演给大伯公神看的，你又不是神，你去听戏大伯公会不高兴，这白天的人家卖冰激凌烤鱿鱼的都不敢去戏台下，你一个五岁小人儿，你敢去呀！"②

---

① 黄熔：《特殊地缘景致下的女性衷曲——商晚筠小说的创作主题研究》，《世界华文文学论坛》2010 年第 1 期。

② 商晚筠：《戏班子》，载商晚筠《痴女阿莲》，联经出版事业公司 1992 年版，第 223—224 页。

"异族叙事"是指"作为少数族裔的华人作家在'族群杂居'的语境中，对复杂、微妙的'杂居经验'的感受、想象与表述方式，和他们利用文学方式，与各种异己话语进行交流的一种积极努力和追求，也是指他们期望通过或者是利用文学方式，实现对作为少数族群之一的自我的一种言说策略与方式"①。"自小家中经营杂货店的商晚筠，在店里接触了不少异族客人，这些马来人和印度人的言行举止和衣着形象，以及他们的身世/故事，后来都成为小说的材料。"②《林容伯来晚餐》和《木板屋的印度人》都有非常成功的族群杂居场景的描绘，这些异族叙事，为我们展现了马来人和印度人独有的生活、文化习性，建构了一种纯粹华人视野的马来乡土文化景观，其间有华人与异族的互动，亦有华人对异族文化的印象：

> 将近九点的时候，店里头和往常的礼拜天一样，小小的空间给十来个马来乡巴占据了，汗臭味杂着廉价的香水味缓缓的流散。
> 阿爹阿娘忙着和这些山芭地钻出来的乡巴佬周旋，一方面又得忙着四目游顾免得让店外走道上尽是闲站着的印度佬马来乡巴把轻便的小东西摸入袋里去或藏在纱笼里跑了。
> 阿婆和阿兰在屋里头一个倒酒给印度人，一个坐在矮板凳上撷着菜碟看顾印度佬喝酒。
> 我和往常一样坐在钱柜旁的高脚凳上。该收多少找多少我都会不增不减恰如其数地收钱找钱。③（《林容伯来晚餐》）
> 摆在咱们眼前的印度人是中年夫妇和两个年岁一般大的女儿。这一家子和普通一些常在镇上喝酒滋事的印度人看来没有什么两样，同是恋穿着布花糊烂得不像样的马来花纱笼，同样买不起拖鞋似的打着光脚。那乱得没头没脑的头发，就像我们杂货店里头老印度人最爱买

---

① 王列耀：《东南亚华文文学的"异族叙事"——以菲律宾、马来西亚、印度尼西亚和泰国为例》，《文学评论》2007 年第 6 期。

② 陈大为：《最年轻的麒麟——马华文学在台湾（1963—2012）》，台湾文学馆 2012 年版，第 131 页。

③ 商晚筠：《林容伯来晚餐》，载商晚筠《痴女阿莲》，联经出版事业公司 1992 年版，第 78 页。

的那种一毛钱一把抓的杂芋丝般，蓬乱而又卷曲地纠缠成一团。同时那印度头想必也是少不了一窝传宗接代的头虱和坏椰油味。

　　邻近一带的印度人只要是袋子里头有那么多余的三毛五毛，都会猫儿闻着鱼腥似的竖起鼻尖跑来买一小杯润润喉舌。不论是印度清道夫倒粪夫，采椰花酒的及割胶胶工，甚至那些流浪汉苦乞丐，袋子里要有那么叮当脆响的一块几毛，准不会去买一毛钱一大杯又醉不倒人的椰花酒。就算是身上嘛掏不出半分钱，而肚子饿得昏头昏脑的又逢这要命的酒瘾发作。也要死缠着爹，满口亲爹亲爷的赊欠那么几毛钱酒账，否则就赖在店里又是眼泪又是唠叨的把招呼来的小生意给砸掉。① （《木板屋的印度人》）

　　这些异族叙事产生了很好的阅读效果，也构成了与华人乡土文化叙事相对的异族乡土文化叙事，奠定了商晚筠早期小说乡土叙事的基本内涵。

　　商晚筠1977年毕业返马后，生活并不如意，"文凭不受承认，现实与理想扞格冲突，失业的打击、婚姻挫败、以及健康欠佳等等，无情地吞蚀着她昂扬的生命斗志"②，当她再度提笔创作小说时，华玲小镇和她家的杂货店开始淡出其视野，女性成为她观照的核心。在第二部小说集《七色花水》中，"她透过小说中的主要人物（全部都是女性）表现出诚挚的女性关怀与成熟的女性观点"③。

　　很多女性主义文学都通过身体书写来解构男性对女性的想象并借此重建女性自我的主体意识，收入于《七色花水》中的9部作品，出现了大量有关女性身体的书写，而乳房作为女性一项突出的性别表征，在《七色花水》系列作品中也成为书写的一个焦点：

　　阿帕要小了十岁，五官柔顺，披散一头浓密的黑发，肤色是亚

---

　　① 商晚筠：《木板屋的印度人》，载商晚筠《痴女阿莲》，联经出版事业公司1992年版，第2—3、5—6页。

　　② 李瑞腾：《七色花水·序》，载商晚筠《七色花水》，远流出版事业股份有限公司1991年版，第7页。

　　③ 同上书，第9页。

热带的古铜色，她腰间系了一件和猜蓬丁字花布相若的纱笼，裸裎
的上身展现健美的乳房，几只彩蝶妩媚地穿舞于鲜艳的扶桑和燃烧
的火凤凰花叶间。①（《暴风眼》）

我在漆黑寂寥的夜里卷起竹帘，怔望对窗，那一团被两只膀子
缠紧的健壮黑影，竟恣意无耻地抓捏她丰满尖挺的乳房。她一直含
糊糊地哼吟些混淆不清的话语，让那团黑影疯狂地挟缠到床上。②
（《卷帘》）

姐身子养得极白，颈项一迳白到脚板。她常年踩缝衣机踏板，
镇日不晒太阳，了不起晨早去一趟菜市；她底白和股忧郁蓄养了好
些年，越发不肯黑了。她娇弱底身子积不出半斤力，可打捞那劲却
猛有一把，水桶一起一落，连带浑圆小巧的奶，弹劲地颤动。

姐尽屈抱膝盖，瘦伶伶的肩窝像挖空的两个肉坑，接两条白冽
冽的胳膊。雪白的乳房给膝头抵成两墩肉团。③（《七色花水》）

我解开妈妈胸前的纽扣。第一次，也是最后一次仔细看了妈妈
完美无瑕的纯洁乳房。我珍惜地，轮流吸吮我孩童时候不曾吸吮的
奶头。那乳香清雅馥甜。④（《蝴蝶结》）

商晚筠借助以乳房为代表的诸多女性身体书写，"把女性的身体从
男性的凝视中解放出来，唤醒被压抑的女性的生命本能，实现女性的解
放，使女性充分认识和展现自我，颠覆男性话语体系，以期重建被现代

---

① 商晚筠：《暴风眼》，载商晚筠《七色花水》，远流出版事业股份有限公司1991年版，
第33页。

② 商晚筠：《卷帘》，载商晚筠《七色花水》，远流出版事业股份有限公司1991年版，第
102页。

③ 商晚筠：《七色花水》，载商晚筠《七色花水》，远流出版事业股份有限公司1991年
版，第195—196页。

④ 商晚筠：《蝴蝶结》，载商晚筠《七色花水》，远流出版事业股份有限公司1991年版，
第224页。

民族国家的宏大叙事或第三世界的民族寓言所遮蔽的女性自我意识"①。

在商晚筠后期以女性为书写对象的作品中，有三篇处理了女同性恋话题：收入于《七色花水》中的《街角》、收入于遗著《跳蚤》中的《跳蚤》和《人间·烟火》。当20世纪80年代至90年代初中国台港地区的同志书写已进入大众视野时，马华文坛却仍较为沉寂，因而商晚筠的这三部小说在马华文坛有其独特的意义。如果说《街角》"仍旧受到强大的父权社会体制的巩固宰制"②，未能完全贯彻女性的自我主体意识，那么到了《跳蚤》和《人间·烟火》，虽然是两部未完成的小说，但仍可见出商晚筠"尝试塑造女性（女同志）乌托邦"的强烈意图③。

商晚筠并不是一个女权主义者，她对女性的关注更多源于她自己的性别属性和对现实世界的观察与理解。商晚筠在20世纪90年代初接受新加坡作家永乐多斯访问时就曾阐发了她作为一个女作家的使命感：

永：你的作品一半以上都在描述女性的命运。为什么？

商：我觉得到现在为止，还有许多女性不能主宰自己的命运。生命完全操纵在男性手中。作为一个女作家，我应该把这种现象反映出来，让男性读者看到女性真正的处境，了解她们内心的感受。

我在很小的时候，就强烈地感受到这是个男人优先的社会，家庭看重兄弟，社会环境以男性为主，使我很有当男性的企图。……我不服输，只要男生能做的我都要去尝试。④

永：你写小说有没有受到西方女权主义的影响？

商：我从不刻意强调女性主义。不过，潜意识中，我不自觉地

---

① 邱苑妮：《在镜中绽放的乳房——论商晚筠女性主体意识建构的书写策略》，载伍燕翎主编《未完的阐释：马华文学评论集》，马来西亚华文作家协会2010年版，第81页。

② 陈鹏翔：《商晚筠小说中的女性与情色书写》，载吴耀宗编《当代文学与人文生态：2003年东南亚华文文学国际学术研讨会论文集》，万卷楼图书股份有限公司2004年版，第103页。

③ 许通元：《第二枝未绽先凋的复瓣花苞——商晚筠最后未完成的〈人间·烟火〉》，载伍燕翎主编《未完的阐释：马华文学评论集》，马来西亚华文作家协会2010年版，第53页。

④ 商晚筠、永乐多斯：《写作，我力求完美》，载商晚筠《跳蚤》，南方学院马华文学馆2003年版，附录第4页。

往这方面走。日常生活中所见、所闻、所感，让我对女性问题刻骨铭心，我来自保守的小镇，从儿时就看到母亲、舅母这些传统女性逆来顺受，想逃避又逃不了的可怜可悲又让人同情的命运。我的父亲的大男人思想，我的祖母对我母亲的态度，我都尽存心底，我没有刻意地去记，刻意地去写，但是这些女人自然而然地都在我笔下流露出来。

其实，我觉得女人和女人之间应该同舟共济而不是共"挤"，好像《七色花水》，对女性的关怀来自别的女性。因为女人才了解自己的痛苦，才知道问题的症结。①

商晚筠的早逝，留下了太多的遗憾，包括两部未完成的小说：《跳蚤》和《人间·烟火》，自古才女多薄命已经无法表达后人的惋惜之情。商晚筠的乡土叙事使马来乡土地景耸立于在台马华文学的地标上，征服了大量的台湾文学奖评委和读者；其女性书写，则在另一个维度弥补了 20 世纪 80—90 年代在台马华文学的许多缺憾。

## 二　潘雨桐论：政治书写与自然写作

潘雨桐②出生于马来西亚森美兰州文丁镇，1958 年赴台留学，1962年自台湾中兴大学农学院毕业后，前往美国俄克拉荷马州立大学深造并取得遗传育种学博士学位，1972—1974 年受聘为台湾中兴大学园艺系客座副教授，后返回新加坡和马来西亚从事农业研究。潘雨桐自 1979年开始以小说为主的创作，曾获三届台湾联合报小说奖（1981、1982、1984）、两届马来西亚花踪马华小说推荐奖（1993、1995），先后出版

---

① 商晚筠、永乐多斯：《写作，我力求完美》，载商晚筠《跳蚤》，南方学院马华文学馆 2003 年版，附录第 3 页。

② 按照笔者在《绪论》中对"留台"、"旅台"和"在台"的界定，潘雨桐严格意义上应属马华留台作家，但正如陈大为所讲，"潘雨桐具备了在台留学、在台教学、在台得奖、在台出版等事实"，"他在台居留长达七年，台湾的文学及文化环境对他后来的写作有一定影响，而且他一连赢得第六、七、九届台湾联合报小说奖，跟商、李、张三人的得奖记录正好贯连成一气"，因而习惯上也将潘雨桐归为马华在台作家。引文参见陈大为《最年轻的麒麟——马华文学在台湾（1963—2012）》，台湾文学馆 2012 年版，第 135 页。

《因风飞过蔷薇》（1988）、《昨夜星辰》（1989）、《静水大雪》
（1996）、《野店》（1998）和《河岸传说》（2002）等小说集。

　　潘雨桐留学中国台湾和美国的经验，使其作品背景经常游走于中国
台湾、美国和马来西亚，"在台湾的系列得奖作品中，大都以美国为背
景；回马任职园丘经理之后，则大致以大马为参照背景"①。收入《因
风飞过蔷薇》和《昨夜星辰》中以留美生活为题材的早期小说，有点
类似于白先勇、陈若曦等人的留学生文学，但与他们不同的是，潘雨桐
"带着大马和（中国）台湾的双重记忆去美国"，"小说中的人物时时不
忘他的马来西亚国民身份，他的政治属性，并且不断的和其他第三世界
漂流到美国的'新移民'做边境上的比较，从而把大马华人的政治处
境延伸为一个世界性问题的局部"，这一时期潘雨桐的小说，"关切的
不外乎三个问题：（一）大马华人的政治处境；（二）第三世界的难民/
新移民问题；（三）大马境内的弱势族群——被剥削者"②。这就使《因
风飞过蔷薇》和《昨夜星辰》中的大部分小说呈现一定的政治书写倾
向，恰如黄锦树所言："潘雨桐的小说在形式上除了可见的抒情性之外，
便是极为明显的亟欲发言、表达（政治）意见的企图"，"他的小说在
几无艺术实验性可言的平实之下，其实也隐然的呈现了文类上有限的驳
杂——通常表现在对话中大段大段的（政治）议论"③。

　　潘雨桐20世纪70年代返马后，长期在赤道雨林从事农业研究，20
世纪90年代之后，潘雨桐开始将雨林经验投射到文学创作中，他在20
世纪90年代中期创作的两篇散文：《东谷纪事》（1995）和《大地浮
雕》（1996），"开启了马华自然写作的一条道路"④，此间及其后结集
的三部小说集《静水大雪》、《野店》和《河岸传说》，赤道雨林的自然
生态以及人与自然的关系成为重要命题，可以说，潘雨桐20世纪90年
代以来的小说具备某种程度的自然写作的特质。"自然写作是一种跨文

---

　　① 黄锦树：《新/后移民：漂泊经验、族群关系与闺阁美感——论潘雨桐的小说》，载黄
锦树《马华文学：内在中国、语言与文学史》，华社资料研究中心1996年版，第136页。

　　② 同上书，第137页。

　　③ 同上。

　　④ 陈大为：《最年轻的麒麟——马华文学在台湾（1963—2012）》，台湾文学馆2012年
版，第139页。

类的知性写作，在主观感情和经验加入大量的知识元素，因此它是文学
'创作'与报导文学的混合体。"① 据陈大为和钟怡雯的观察，自然写作
在台湾经过马以工、刘克襄、徐仁修、吴明益等人近三十年的实践，
"建立了一套完整的写作规范：知识/知性绝对凌驾感性；实地观察之
外，尚须有一定的自然科学知识可供调度、援引；生态中心的思考超越
人本中心；且大部分的自然写作者以绘图或摄影作为自然写作的必要辅
助，这也说明了客观书写和记录之必要，'观察而不介入'、'理解却不
占有'是基本态度"②。但是，这种以台湾为中心的自然写作理念，并
不完全适用于马华文学，正如钟怡雯在分析砂华的雨林书写时所论及
的："自然知识符码的运用，糅合史学、生物科学、生态学、伦理学、
民族学、民俗学，以及客观知性理解等，近于'博物学者'的高要求，
砂华的雨林书写无疑很难面面俱到。"③ 同样，潘雨桐的小说也"很难
面面俱到"，但它具备了自然写作的一些特质，比如环保、生态、民俗
等，因而仍有可供观察的价值。

　　"雨林的前方已被蚕食了一大缺口。"④ 20 世纪 80 年代以来，马来
西亚的工业化造成赤道雨林大面积被砍伐，这个"被蚕食"的"缺口"
也在不断地扩张，带来的后果是雨林生态的恶化及人与自然关系的失
衡，正如原住民少女伊玛观察到的："野蕨枯萎了"，"鲫鱼也没了踪
影"⑤。"热带雨林在哽咽"⑥，潘雨桐在散文《东谷纪事》和《大地浮
雕》中大声疾呼的生态现状，在其小说集《静水大雪》、《野店》和
《河岸传说》中则以不同的故事反复演出，最终落实为一个天问："千
百年来的生态体系，如何递嬗？"⑦

---

　　① 钟怡雯：《砂华自然写作的在地视野与美学建构》，载钟怡雯《马华文学史与浪漫传
统》，万卷楼图书股份有限公司 2009 年版，第 208 页。

　　② 同上书，第 210 页。

　　③ 同上书，第 211 页。

　　④ 潘雨桐：《大地浮雕》，载陈大为、钟怡雯主编《赤道形声：马华文学读本 I》，万卷
楼图书股份有限公司 2000 年版，第 242 页。

　　⑤ 潘雨桐：《东谷纪事》，载陈大为、钟怡雯主编《赤道形声：马华文学读本 I》，万卷
楼图书股份有限公司 2000 年版，第 231 页。

　　⑥ 同上书，第 234 页。

　　⑦ 同上书，第 235 页。

《热带雨林》①的主人公叶云涛是大学生物系的学生，因肾病休学回家替父亲照料在东马雨林中的垦殖生意。"他最崇敬的父亲，从小给他灌输的是如何将一棵巨树锯倒，从树的生长姿态，叶子的形状，枝条的着生位置，树干的粗细，而识别树种。从树的生长位置，倾斜方向，甚或当时风的流向而决定何处下锯口。一棵一棵的将巨树锯倒，一个区集一个区集的将巨树清除，而后一把大火中，将一片苍绿的热带雨林变成光裸的平地。或是山坡，或是峻岭。凤凰已经在火浴中诞生了。"②但他并不喜欢这份工作，他从雨林的大面积砍伐中感到的不是家族丰厚的资金积累，而是对雨林大面积消失造成的生态破坏的深切忧虑："在超过百万种已定名的生物中，大部分都可以在这里找到。在大马，一片二十多英亩的林地中，竟有七百多种不同的树种。在秘鲁，三英亩不到的地方，竟也生长着近三百种不同的树木。而动物也一样，只在阿马逊盆地，就有着千多种不同的蝶类。生命在这里是如此的繁复。可悲的是，像这样的热带雨林，却在消失，每年以五万五千平方英里巨大的面积在消失。谁曾为此嘘唏叹息？谁曾为此惋惜关怀？谁曾为此援手请命？"③在潘雨桐的自然写作中，《热带雨林》更像是一个"序幕"，更多的雨林传奇在《河口》、《河水鲨鱼》、《河岸传说》、《旱魃》等小说中才接连上演，而征服与被征服、禁忌与死亡也成为这些小说反复渲染的主旨。

《河口》中的林芋头和水鬼，在河口长大，靠钩蟹和捉蛤为生，但随着雨林的消逝，河口的水域生态也发生变化，"螃蟹多了两只脚，走个精光，蛤没长脚，也不见了"，"连海上的鱼也游走了"④，雨林对人类的反扑终于开始。在《河水鲨鱼》和《旱魃》中，这种"反扑"则体现在一些带有禁忌性质的雨林传说中。《河水鲨鱼》始终笼罩在一个有关山鬼的传说中：

---

① 1993 年 7 月 6 日、10 日、13 日、17 日、20 日、24 日和 27 日连载于马来西亚《星洲日报》文艺副刊《文艺春秋》。

② 潘雨桐：《热带雨林（3）》，《星洲日报·文艺春秋》1993 年 7 月 13 日。

③ 同上。

④ 潘雨桐：《河口（中）》，《星洲日报·文艺春秋》1997 年 6 月 15 日。

　　进出雨林采山藤的原住民个个都说，雨林里住着山鬼，见惯了他们，一向相安无事。可是，自从渡头来了平底船，一辆一辆的重型机械就像变了形的螃蟹，不管是大光天还是黑夜里，全都毫无忌惮的爬上了河岸，对着雨林的边缘直冲过去，把雨林一口一口的侵吞下肚，采山藤的原住民随着被吞蚀的雨林往内陆推进，直逼到耸立的山麓，却疯了似的退了出来，挥舞着弯刀，冲到河边，整个人就往水里跳了下去，拼命的洗拼命的刷。

　　"血呵，血呵，血呵……"

　　……

　　"整个雨林里的山藤都在飞舞，从树上攀缘下地，看见人就卷扑过来，要把人绞死，吊在树上风干，像是林间张网捕捉的飞狐，忘了收取，干了就变成山鬼，见了人就飞扑下来，吸血。而今山藤也充满了血，一刀劈下去，血水就从断口飞溅出来，溅得人一脸一身一地——血呵，血呵，血呵！"①

《旱魃》则讲述了一个旱魃吸水的传说：

　　无声无息，河水消瘦了下去。

　　阿露说河水是给山里的旱魃吸了去。

　　……

　　旱溪转到树林后，就给几棵倾倒的大树挡死了。几个巨大的坑洞遗落在那里。阿露说那是旱魃的脚印，沿着大河的树林都给砍光了，山里没有水，旱魃就踩着旱溪直奔到大河来喝水，喝饱了水，在回去树林之前，就在那里留下愤怒的脚印。②

　　潘雨桐将雨林传说与生态破坏结合在一起，渲染了一种神秘的气氛，亦使故事人物始终处于一种焦虑不安的情绪中，间接表达了他对生

---

① 潘雨桐：《河水鲨鱼（1）》，《南洋商报·南洋文艺》1997 年 7 月 18 日。

② 潘雨桐：《旱魃》，载黄锦树、张锦忠主编《别再提起：马华当代小说选（1997—2003）》，麦田出版社 2004 年版，第 71、78 页。

态保护的呼吁："人不能为了生活需求或经济发展而太过逾越自然规则，否则大地势必反扑。"① 正如《河岸传说》中阿楚因为自己的开发导致河水倒逼淹没其住处甚至最终被一股暗流夺去生命，阿楚的死无疑是一个警告：人类终将因自己的毫无节制的贪欲而被自然反噬。

潘雨桐20世纪90年代以来的小说，"讨论了婆罗洲雨林的生态危机、在地原住民、印尼非法移民以及少数民族妇女等弱势族群的生存问题，它们构成潘雨桐的雨林故事"，"但潘雨桐在这些小说里花了太多笔墨去经营人物角色和故事架构，对雨林在视觉官能或场景氛围的刻画反而不足，文本中的雨林及其传说中的妖异，往往只作为故事的背景，在人物对白与禁忌中略过，并没有成为主角"②。这也是潘雨桐的自然写作中十分可惜的地方，或许他还没有意识到婆罗洲雨林在书写上的潜在价值。

### 三　李永平论：台湾与婆罗洲

李永平1947年出生于马来西亚婆罗洲古晋市，1967年高中毕业后赴台就读台湾大学外文系，大学毕业后曾留校担任助教，后赴美深造，先后获美国纽约州立大学比较文学硕士和华盛顿大学比较文学博士学位，学成后返回台湾任教多年并从事创作，先后出版《婆罗洲之子》、《拉子妇》、《吉陵春秋》、《海东青：台北的一则寓言》、《朱鸰漫游仙境》、《雨雪霏霏：婆罗洲童年记事》和《大河尽头》等作品。李永平1978年凭《归来》获第三届台湾《联合报》短篇小说佳作奖，此后相继获得第四届台湾《联合报》短篇小说第一名（《日头雨》）、第九届台湾《中国时报》文学奖小说推荐奖（《吉陵春秋》）、台湾《中央日报》"出版与阅读2001年十大好书"（《雨雪霏霏》）、台湾《联合报·读书人》2001年最佳书奖（《雨雪霏霏》）、台湾《中国时报》"2008年开卷好书奖"（《大河尽头》上卷）、香港第三届"红楼梦奖：世界华文长

---

① 张锦忠：《生活与生态》，载黄锦树、张锦忠主编《别再提起：马华当代小说选（1997—2003）》，麦田出版社2004年版，第80页。

② 陈大为：《最年轻的麒麟——马华文学在台湾（1963—2012）》，台湾文学馆2012年版，第139页。

篇小说奖”决审团奖（《大河尽头》）等文学奖。

在李永平的生命中（无论是现实生命还是写作生命），中国台湾和马来西亚婆罗洲①无疑是两个重要的据点，他曾自剖心迹地讲道："台湾和婆罗洲在我心中的分量，放在手心掂一掂，实在无分轩轾啊，难怪在我作品中这两座岛屿一在南海一在东海，却总是纠结在一起，难分难解……"② 中国台湾是李永平流寓的他乡，而马来西亚婆罗洲则是地缘的故乡，李永平不断游走于双乡之间，述说着一个个"浪游者"的传奇故事。

在李永平的观念里，"文学是洗涤"，"通过小说把罪恶赤裸裸呈现在大家面前，然后洗涤掉"，他在接受访谈时曾明确表示"小说对我来说，是一种救赎和忏悔。我曾经做错的事，我透过我的小说把它清除，用这个方式，对那些我伤害过的人，说对不起。所以我常常说，写小说是自私的行为，找一堆理由，为以前干的坏事作开脱。一生做过多少亏心的、违反人性的事情，都要一一去面对，去说对不起"；"一部小说能把内心的杂质清除掉，达到心平如镜的境界，这对我来说是小说的功能"③。黄锦树认为，"'败德'是李永平钟爱的母题"，它"让李永平把乌托邦写成反乌托邦；同样的，败德母题也让他笔下的桃花源、神话国度呈现出堕落与腐败，传统文人的'桃源'从此不再是洞天福地，

---

① 李永平 2008 年接受伍燕翎和施慧敏访问时，坦言："我不喜欢马来西亚，那是大英帝国，伙同马来半岛的政客炮制出来的一个国家，目的就是为了对抗印尼，念高中的时候，我莫名其妙从大英帝国的子民，变成马来西亚的公民，心里很不好受，很多怨愤"；"我这辈子没有接近过马来西亚，没写过马来半岛，只写婆罗洲，对其他人来说，也许很难理解，在身份认同上，你们从小就认定是马来西亚人，我却在大英帝国殖民地长大，拿英国护照，后来成立马来西亚了，我需要一个身份，才拿马来西亚护照，可是心里没办法当自己是公民，因为我不知道这个国家怎样冒出来的，到现在还在疑惑，所以离开后就没有再回去，尤其婆罗洲已经变成马来西亚联邦的一个州了"。参见伍燕翎、施慧敏《浪游者——李永平访谈录》，《星洲日报·文艺春秋》2009 年 3 月 14 日、21 日。因而本书使用婆罗洲而不用更大的一个政治地理概念"马来西亚"。

② 李永平：《文字因缘》，载李永平《迌迌 李永平自选集 1968—2002》，麦田出版社2003 年版，第 36 页。

③ 伍燕翎、施慧敏：《浪游者——李永平访谈录》，《星洲日报·文艺春秋》2009 年 3 月14 日、21 日。

而是以罪恶为主体的死亡国度"①。李永平的成名作《吉陵春秋》"以春秋笔法写罪恶昭彰的'吉'陵"②，讲述了一个恶报轮回的故事。这一母题后来在《海东青：台北的一则寓言》和《朱鸰漫游仙境》得以继续展开，只不过历史背景更加明确：20 世纪末的台湾（台北）。

李永平 1967 年赴台留学后，除其间有六年时间在美国进修外，一直都居住在中国台湾，至今已近五十年。作为李永平流寓的他乡，"台湾是李永平虽不满意，但能接受的第二故乡。然而台湾已经堕落，劫毁的倒数计时已经开始。在一片繁华靡丽的文字中，一种历史宿命的焦虑弥漫字里行间"③。《海东青：台北的一则寓言》和《朱鸰漫游仙境》都以台湾（台北）为叙事场景，就标题来看，《海东青：台北的一则寓言》源于一种传说中的鸟："在海西，在中国东北有一种鸟全身羽毛都是青色，很大很神气，一天能飞千里，是全世界最美丽最大的鸟"④，这种鸟的名字就叫"海东青"；《朱鸰漫游仙境》将台北喻为"仙境"，以传说中的桃花源为参照，企图营构一个美丽的"蓬莱仙岛"。但耐人寻味的是，李永平笔下的台湾，与其说是一个美丽的"乌托邦"，不如说是一个道德失范的"恶托邦"。

女性的沉沦与堕落是《海东青：台北的一则寓言》和《朱鸰漫游仙境》塑造的"恶托邦"的核心问题，尤其是对少女从身体到心灵的摧残，正如《朱鸰漫游仙境》中丁教授对朱鸰等人喟叹的："社会不仁，不让小女孩好好长大！短短一个夏季，三个月，相当于索多玛城的一百天，足以让八岁的小姑娘猝然长大成人，遍尝人事。揠苗助长，把一个女孩子的成长期压缩在短短三个月之内，这个社会在集体造孽哦！朱鸰丫头，祝福你了。"⑤ 丁教授对朱鸰的祝福，恰似靳五在《海东青：台北的一则寓言》最后对朱鸰的期盼："丫头，不要那么快长大！"然

---

① 黄锦树：《在遗忘的国度——读李永平〈海东青〉》（上卷），载黄锦树《马华文学：内在中国、语言与文学史》，华社资料研究中心 1996 年版，第 170、173 页。

② 朱崇科：《旅行本土：游移的"恶"托邦——以李永平〈吉陵春秋〉为中心》，《华侨大学学报》2007 年第 3 期。

③ 王德威：《原乡想象，浪子文学——李永平论》，《江苏社会科学》2004 年第 4 期。

④ 李永平：《海东青：台北的一则寓言》，联合文学出版社 1992 年版，第 361 页。

⑤ 李永平：《朱鸰漫游仙境》，联合文学出版社 1998 年版，第 233 页。

而，在这个道德失范的"恶托邦"，"这个丫头还是自顾自的走向时间陷阱，不得不长大"①。面对这些少女无可奈何地走向"深渊"，李永平只能借助朱鸰的一个梦给予恶毒般的诅咒："告诉你，我做过一个梦！你猜全省的中小学总共有几座国父铜像？五十座？嘻嘻，一千两百一十四座！我那个梦就是：有天半夜，岛上所有国民小学大门口的国父铜像，全都活起来了，一个个睁着眼睛，不声不响提着菜刀，到处搜索那些打着他的旗号扛着他的招牌祸国殃民的大官，还有，糟蹋小女孩作践小男孩的大人，不论男女，全都捉拿起来，用菜刀活生生血淋淋割下他们的头颅。"②

　　李永平虽自陈不喜欢马来西亚，却对婆罗洲情有独钟，他在接受访谈时说："其实我想回去婆罗洲，就和张贵兴一样，他一生的梦想是老了回到砂拉越丛林盖个小木屋，不接触外界，过原始生活。我也想在丛林河边盖一间小木屋，以观光身份回去，反正三个月嘛，两头跑。人啊，还是要落叶归根，我的根在婆罗洲这块土地上。"③ 他早期的两部小说集《婆罗洲之子》和《拉子妇》都以婆罗洲生活为叙说重点，成名作《吉陵春秋》虽被论者断为"四不像"（非中国非南洋、又中国又南洋）④，但在台马华学者林建国还是敏锐地发现其"具有南洋色彩"⑤。李永平在《吉陵春秋》中通过刻意抽除明显时空背景的方式去掩盖他的出生地——南洋（婆罗洲），却恰恰暴露了他不得不面对的结构性难题："在放逐历史与无法放逐历史之间，李永平必须寻找短暂的妥协，这便是他的历史位置。"⑥ 这一"妥协"使李永平在《吉陵春秋》之后连续创作了两部以台湾为背景的长篇小说：《海东青：台北的一则寓

---

①　王德威：《原乡想象，浪子文学——李永平论》，《江苏社会科学》2004 年第 4 期。

②　李永平：《海东青：台北的一则寓言》，联合文学出版社 1992 年版，第 924 页。

③　伍燕翎、施慧敏：《浪游者——李永平访谈录》，《星洲日报·文艺春秋》2009 年 3 月 14 日、21 日。

④　朱崇科：《旅行本土：游移的"恶"托邦——以李永平〈吉陵春秋〉为中心》，《华侨大学学报》2007 年第 3 期。

⑤　林建国：《为什么马华文学？》，载陈大为、钟怡雯、胡金伦主编《赤道回声：马华文学读本Ⅱ》，万卷楼图书股份有限公司 2004 年版，第 12 页。

⑥　同上书，第 15 页。

言》和《朱鸰漫游仙境》，但正如林建国所言，这种"妥协"只是"暂时的"，李永平终究"无法放逐历史"①，必须通过文字去直面他的原初位置：婆罗洲（南洋）。当李永平创作完《朱鸰漫游仙境》之后，他终于找回了勇气和自信，带着他的小缪斯朱鸰回溯他的婆罗洲岁月，这就是后来的"婆罗洲三部曲"（前两部《雨雪霏霏：婆罗洲童年记事》和《大河尽头》已出版，第三部《朱鸰书》仍在创作之中）。

　　收在《拉子妇》中的《围城的母亲》具有很强的预言性，它几乎暗示了李永平写作生涯无法逃脱的一个宿命：离去之后的回归。宝哥和母亲生活在婆罗洲一个由华人发展起来的城镇，由于发生了几十年未见的大旱，拉子们②将这个镇子包围了起来，试图进城掠食。面对拉子围城，大部分华人都选择弃城保命，宝哥和母亲也在坚守数天无果之后，于一个暗黑的夜晚划船逃离，但在船已离开城镇之后两人却选择重返"围城"，在宝哥看来，"这是一件很自然的事"③。有论者认为："移民、殖民、族裔的背景都是《拉子妇》基本的时空框架，而华人移民的第一代、第二代所蕴育的土地情感和乡愁，以及现实的政治恐惧与政治冷感都是《拉子妇》中南洋性的运作层次。"④ 证之于《围城的母亲》，宝哥与母亲去而又回，反映的正是华人第一代和第二代落地生根之后对马来西亚的认同意识和乡土情感，而城镇被拉子（意指马来土著）所围，也暗示了华人虽已成为马来西亚这块土地的子民，但却仍受到当地土著的政治破坏。有意味的是，当宝哥重返"围城"时，他却对码头、父母的照片等产生了陌生感：

　　　　船向码头摇过去，我看到了栈桥黑魆魆的形影。我将桨停歇下来，疑惑地打量这座桥。它孤单地伸向河面，桥下弯弯曲曲的树干

---

　　① 林建国：《为什么马华文学?》，载陈大为、钟怡雯、胡金伦主编《赤道回声：马华文学读本Ⅱ》，万卷楼图书股份有限公司 2004 年版，第 15 页。

　　② 婆罗洲原住民之一的陆达雅人，华人称为"拉子"。

　　③ 李永平：《围城的母亲》，载李永平《迌迌 李永平自选集 1968—2002》，麦田出版社 2003 年版，第 76 页。

　　④ 高嘉谦：《谁的南洋? 谁的中国? ——试论〈拉子妇〉的女性与书写位置》，《中外文学》2000 年第 4 期。

挨挤在一起支撑着它，宛如一只大爬虫的骨骸，高高地露出水面上。

　　我在桌旁坐下来，用手支着面颊。暗黄的油灯照着四周的墙壁，使斑驳的墙壁显得更加晦暗。墙上月历画中那个穿着旗袍咧嘴露齿的女人，笑得更加放荡；父亲和母亲的照片却变得模糊起来。①

这种复归之后的陌生感，似乎是在暗示对乡土既亲近又疏离的复杂情感，"意味他已从'本质'世界的高度来审视南洋身世的悲凉和无奈"②。

宝哥与母亲不愿舍弃父辈在"围城"创下的基业而选择坚守，李永平却在高中毕业后"逃离"了生养他的婆罗洲，但这次"逃离"使他能够在一定的距离之外去重新认识婆罗洲，正如另一位在台马华作家钟怡雯所讲："因为离开，才得以看清自身的位置，在另一个岛，凝视我的半岛，凝视家人在我生命的位置。疏离对创作者是好的，疏离是创作的必要条件，从前在马来西亚视为理所当然的，那语言和人种混杂的世界，此刻都打上层叠的暗影，产生象征的意义。"③ 李永平"从一个岛到另一个岛"④，也使婆罗洲在他的写作中具有了象征意义。在《雨雪霏霏：婆罗洲童年记事》中，李永平用9个故事一次性清空了他的婆罗洲童年记忆，正如其中的一个故事"望乡"所寓言的，李永平在"流寓的他乡"台湾回望"地缘的故乡"婆罗洲，这9个故事共同经验了他的婆罗洲乡土记忆。"婆罗洲三部曲"中的第二部《大河尽头》，是一部记录成长的小说，它以游历朝圣的形式，见证了一个生于婆罗洲的华人少年的成长。有理由相信，尚在创作中的《朱鸰书》，要面对的将是成年之后的婆罗洲经验，但此阶段的李永平已离开婆罗洲，他的相关

---

　　① 李永平：《围城的母亲》，载李永平《迢迢　李永平自选集1968—2002》，麦田出版社2003年版，第78、81页。

　　② 高嘉谦：《谁的南洋？谁的中国？——试论〈拉子妇〉的女性与书写位置》，《中外文学》2000年第4期。

　　③ 钟怡雯：《北纬五度》，载钟怡雯《钟怡雯精选集》，九歌出版社2011年版，第230页。

　　④ 陈琼如：《李永平——从一个岛到另一个岛》，《诚品好读》2002年第27期。

经验如何获得？又以何种形式输出？值得期待。

### 四　张贵兴论：雨林史诗与马共传奇

张贵兴 1956 年出生于马来西亚婆罗洲罗东镇，1976 年赴台就读于台湾师范大学英语系，1980 年毕业后居留台湾，1982 年放弃马来西亚国籍，入籍中国台湾。张贵兴 1978 年开始在《中国时报·人间副刊》和《中外文学》发表小说，先后出版《伏虎》（1980）、《柯珊的儿女》（1988）、《赛莲之歌》（1992）、《薛理阳大夫》（1994）、《顽皮家族》（1996）、《群象》（1998）、《猴杯》（2000）、《我思念的长眠中的南国公主》（2001）、《沙龙祖母》（2013）等小说（集）。与李永平一样，张贵兴也是台湾各种文学奖的常客，1978 年即以《侠影录》获得第一届《中国时报》文学奖短篇小说佳作奖，此后接连斩获第二届《中国时报》文学奖短篇小说优等（《伏虎》）、第三届《中国时报》文学奖短篇小说佳作（《出嫁》）、第五届《中国时报》文学奖佳作（散文《血雨》）、第十届《中国时报》文学奖中篇小说奖（《柯珊的儿女》）、《联合报·读书人》1997 年最佳书奖（《群象》）、第二十四届《中国时报》文学奖推荐奖（《猴杯》）等近 10 项文学奖。

张贵兴早期的创作（20 世纪 80 年代的作品），包括 1994 年出版的《薛理阳大夫》，处理的多是台湾题材和台湾经验，"那是一个试着用写作解释和融入台湾经验的张贵兴，以幽默、利落却又带有嘲讽的文字风格，实践和探索自己在台湾以写作为志业的路向"[1]。但恰如王德威所讲，"他主要的贡献还是在四部有关马华家乡的作品：《顽皮家族》、《赛莲之歌》、《群象》、《猴杯》"[2]，再加上 2001 年出版的《我思念的长眠中的南国公主》，张贵兴在台湾文坛建构了一幅以婆罗洲雨林为主的文学地景，这"是中文书写里未曾有的美学景观"[3]。本书将透过

---

[1]　高嘉谦：《台湾经验与早期风格——〈沙龙祖母〉代序》，载张贵兴《沙龙祖母》，联经出版事业股份有限公司 2013 年版，第 4 页。

[2]　王德威：《在群象与猴党的家乡——张贵兴的马华故事》，载张贵兴《我思念的长眠中的南国公主》，麦田出版社 2001 年版，第 23 页。

[3]　黄锦树：《最后的猪笼草》，载张贵兴《猴杯》，联合文学出版社 2010 年版，第 319 页。

《群象》、《猴杯》和《我思念的长眠中的南国公主》三部最具代表性的有关马华家乡的作品，解读张贵兴的雨林和马共书写。

张贵兴的出生地婆罗洲是一个雨林密布的世界第三大岛屿，对他而言，"进入雨林，仿佛婴儿回到母亲子宫，殷殷吸吮，不再苦恼。……雨林胸怀宽大，现实生活里无孔不入的不愉快和郁闷被雨林稀释得无影无踪，隐然是我们中学时期逃避和疗伤的地方"①。当张贵兴在台湾从事创作大约十年之后，他开始书写曾经生活过的那块土地——婆罗洲："对我来说最鲜明的记忆还是童年、少年的时候，虽然我没有办法再回到那个地方，但我知道很多作家花一辈子都是在写他童年、少年的记忆。如今年纪增长，反倒觉得那份记忆是最真实、最宝贵的。在那其中，有很多东西值得我去思考，而那也是我最了解、能比较深入的地方。"②"重返雨林"成为张贵兴书写童年、少年记忆的最佳途径，经过又一个十年的努力，"挟着台湾出版市场的强大优势，以及各种年度十大好书和中国时报文学奖的肯定，张贵兴俨然成为婆罗洲雨林真正的代言人，在马华文学版图上矗立他的雨林王国"③。他在相关作品中型塑的雨林美学地景，已然成为当代马华文学显著的区域标志之一。

婆罗洲雨林就像地母一样根植于张贵兴的早年记忆中，母性亦成为张贵兴雨林美学的重要特质，诸如下引对雨林的描绘在张贵兴的雨林书写中是一种常态：

> 绿青的植物和冶艳的花卉看多了，阴须累累的如蔓、如荄。肢参差无数，正被雨林同化。獠牙长毛的，有掠食活口的冲动。走一步，连根拔起雨林的多情啜吻。雨林鸭般的唇齿刨耳。水鸟般的长喙掏耳屎。雨林的母性使他们产生许多绮想、幻象。伊乳房像熟烂野果等他们去撷、去吮。私处如樱桃，皮滑瓢嫩。如猪笼草装满蜜水。阴茎化成无眼无毛香肠状的鼹鼠，在布满腐殖质的雨林土壤中

---

① 张贵兴：《重返雨林》，载张贵兴《猴杯》，联合文学出版社 2010 年版，第 13 页。

② 潘弘辉：《雨林之歌——专访张贵兴》，《自由时报·自由》2001 年 2 月 21 日。

③ 陈大为：《序：鼎立》，载陈大为、钟怡雯、胡金伦主编《赤道回声：马华文学读本Ⅱ》，万卷楼图书股份有限公司 2004 年版，第Ⅳ页。

扒穴觅巢。①

母性意象的恣意流淌，使张贵兴笔下的婆罗洲雨林"彻底的被情欲化"②。《群象》中对革命者余家同的描写，除了丛林里的猎象就是他与沁云、宜莉、凌巧等女性的原始交配；《猴杯》中曾祖、祖父和罗老师等，在光鲜的外表下无不暗藏着一个个色欲的肮脏故事；《我思念的长眠中的南国公主》更是将雨林进一步情欲化，母亲制造的迷宫花园成了父亲、林元以及达官贵人们寻欢作乐的场所，而原始雨林中的性杀伐旅更是父亲与林元乐此不疲的"爱欲之旅"。

"雨林孕育万物，是生命的源头；雨林包纳万物，是生命的归宿。寓有'生死'正反同体特性的榛莽丛林，是无垠而神秘的世界，它复杂多样的生态概貌，构成了一个巨大的隐喻和象征体系，潜入文学的底层结构，生发了相应的文化与文学的意义。"③ 张贵兴小说中的雨林，既是一个由人、动物、植物共同构成的生存空间，生命的存活与消逝成为不断繁衍的一个母题；同时，它还是一个族裔想象的异质空间，革命与理想，追寻与失落，殖民与反殖民，上演了一幕幕华人落地生根的"寓言"戏码。

张贵兴的雨林书写使婆罗洲不再陆沉，然而，"由于作者过分强调了小说的叙事性和美学性，反倒因为主体介入的过于强大而让书写对象变得扭曲和变形，又难以升格为文学/艺术的真实，而雨林里面所承载的许多意义（尤其是历史方面）也就很难经得起仔细推敲，为此也为论者所质疑"④。曾提出过"书写婆罗洲"这一命题的东马作家田思就曾提出张贵兴的雨林书写存在"失真"的问题：

　　他那部入围"中国时报百万小说奖"决审的《群象》，我认为

---

① 张贵兴：《群象》，麦田出版社 2006 年版，第 33 页。

② 黄锦树：《雨林梦土·传奇剧场——评张贵兴〈猴杯〉》，载黄锦树《谎言或真理的技艺：当代中文小说论集》，麦田出版社 2003 年版，第 442 页。

③ 陈惠龄：《论张贵兴〈群象〉中雨林空间的展演》，《高雄师大学报》2004 年第 16 期。

④ 朱崇科：《雨林美学与南洋虚构：从本土话语看张贵兴的雨林书写》，《亚洲文化》2006 年第 30 期。

是失败之作。失败的原因是扭曲了婆罗洲的真实面貌，文字与布局也无甚可取之处。《象群》（应为《群象》——引者注）书中有些"离谱"的描写比比皆是，有时到了令人难以卒读的地步。

　　由外国人来书写婆罗洲，读起来总有一种"隔了一层"的感觉（李永平与张贵兴出身砂州，长期定居台湾）。真正的婆罗洲书写，恐怕还是要我们这些"生于斯、长于斯、居于斯"，愿意把这里当作我们的家乡，对这块土地倾注了无限热爱，对它的将来满怀希望和憧憬的婆罗洲子民来进行。文学允许想象和虚构，但太离谱的编造与扭曲，或穿凿附会，肯定不会产生愉快而永久的阅读效果。我们要求的是在真实基础上的艺术加工。①

　　田思认为真正的婆罗洲书写应当由当地作家来进行的说法有待商榷，但他认为张贵兴的《群象》"扭曲了婆罗洲的真实面貌"却也不无道理。张贵兴过度地经营了他的雨林美学，文字的高度奇观化，带来的则是"雨林题材的被物化或者商品化"，进而"成为一种异化的起点"②，虽然满足了外国读者的猎奇需求，却也给马来西亚本土尤其是东马读者留下了失真的印象。

　　马来亚共产党（简称马共）成立于1930年，"二战"期间积极参与抗日，在马来西亚独立建国的进程中，因与英殖民政府政治理念的差异遭镇压，此后长期遁入森林从事武装斗争，直到1989年与政府签署协议结束对抗，马共才走出森林。作为一群曾经集体失踪，也一度被列为政治禁忌的群体，马共在相当长的时期里成为马华文学书写的禁区，这里面的政治逻辑黄锦树有很到位的推理：

　　　　马共其实是大马华人史一道极大的伤痕。马共（这里的指涉包括东西马）的历史是大马华人史中极具关键性的一个段落，纯粹从

---

　　① 沈庆旺：《雨林文学的回响——1970—2003年砂华文学初探》，载陈大为、钟怡雯、胡金伦主编《赤道回声：马华文学读本Ⅱ》，万卷楼图书股份有限公司2004年版，第635页。

　　② 朱崇科：《雨林美学与南洋虚构：从本土话语看张贵兴的雨林书写》，《亚洲文化》2006年第30期。

华人的观点看，它是马来西亚国族国家建构过程中华人唯一一次有
可能以武力（或和平）的方式做该地域的主人（虽然马共成员不
止华人，但华人居主导殆无可疑），而和中国之间过度紧密的联系
（中国意识、民族情感几乎自然的超越了阶级前提）也使得华人和
中国之间的一体感经过国民革命以来的想象共同体的长期建构达致
了空前的地步，达到了极致。……他们的革命乃成为在地华人的原
罪：会造反的、不忠诚的、不认同的、中共的间谍……等等污名的
想象乃成为统治阶级对具华人血统者、受华文教育者、捍卫华人中
国性者结构性排斥的情感及意识形态根源。职是之故，对政府和华
人都一样，马共必然会是禁忌，也必须是禁忌。①

因为马共必然也必须是一种"禁忌"，"在华人自我表达的现代领
域中，此一巨大的创伤要么长期缺席，要么以零星残缺的形式碎片化的
闪烁，仿佛无法被状写、被表达——被带到意识的层面"②。直到20世
纪80年代后期，马共书写才开始浮出马华文学的地表。

张贵兴的《群象》、《猴杯》和《我思念的长眠中的南国公主》都
涉及马共书写，但无一例外的，这些小说中的马共形象都是灰色的，情
欲化、残酷化和政治扩大化成为他们的共同特征，而他们的命运，恰如
林建国观察到的："都和死亡有关，都围绕在幽灵、遗骸和丧葬各个母
题上。"③《群象》是有关马共（砂共）题材的第一部长篇小说，着力塑
造了一个沙捞越共产党扬子江部队领袖余家同形象。作为一个革命领导
者，张贵兴丝毫没有着笔于他的理想与信念，反而大肆渲染他的个人情
欲，小说以余家同自述的形式描绘了他与多个革命女性的私情，这些描
绘大都极具香艳意味：

　　我……我……怎么说……坦白告诉你……沁云嫉妒我和其他女

---

　　① 黄锦树：《从个人的体验到黑暗之心——张贵兴的雨林三部曲及大马华人的自我理
解》，载张贵兴《我思念的长眠中的南国公主》，麦田出版社2001年版，第255—256页。

　　② 同上书，第256页。

　　③ 林建国：《有关婆罗洲森林的两种说法》，载陈大为、钟怡雯、胡金伦主编《赤道回
声：马华文学读本Ⅱ》，万卷楼图书股份有限公司2004年版，第467页。

同志来往……女人……妈的……坦白说……喜欢我的女同志又不只她一个……别的女同志可以忍受，为什么沁云不能忍受……

　　她（指沁云——引者注）乳房挺起来时像长了一层软骨，妈的简直像龟壳……乳头像子弹头……她乳房……被我像猴脑吮过，掏过……舐得一干二净……她……呼叫的骚劲像猴在餐桌上被削掉天灵盖……

　　在狭小的洞窟里和宜莉做爱，仿佛在烂泥浆里和鳄角力……仿佛有一条大蟒蛇将我们缠住一起，将我们同时吃下……我使尽力气，做不出一点动作，几乎进入宜莉那一霎，我就射精了。当政府队员离去时，我又疯狂的要了宜莉。以后在无数次行军中，我和宜莉常短暂脱队……她的乳房苍白透明，乳腺发达，仿佛触手奋张的二只水母，浮于柔软丰润的胸部……她兴奋的呼叫真奇怪，像来自河底的孤独海牛……

　　凌巧……她是我扬子江部队最后一个爱人……乳房阔厚，屁股密实……兴奋的呼叫……像……多奇怪……就像象叫……有时深沉遥远，有时震耳欲聋……有时温柔，有时粗暴……让我全身奋昂，想对着她脑袋扣下扳机……①

《猴杯》和《我思念的长眠中的南国公主》分别塑造了一个女共产党员的形象。《猴杯》写"北加里曼丹国民军"发动文莱政变失败后，党员四处窜逃，一个怀着五个月大孩子的女共产党员逃到余家请求祖父暂时收留，其中女共产党员与祖父的对话暗藏诸多玄机，反映了两者对于共产党决然不同的理解：

　　（女共产党员）说她是父亲的爱人同志，身上怀着他五个月大的孩子，又说父亲知道祖父有一笔钱，晓以祖父民族大义，请祖父义助共党，让社会主义散发祖国革命光辉发扬光大四海内外。我听说你们女共产党员生活不检点喜欢乱搞男女关系，祖父说，我怎么

────────────

① 张贵兴：《群象》，麦田出版社 2006 年版，第 132、133、145—146、158 页。

知道你肚子里的孩子是谁的？①

祖父虽然暂时收留了该女共产党员，但第二天天未破晓他就骑车到警察局告发，使她惨死于政府的乱枪中。《我思念的长眠中的南国公主》写父亲通过一个长头发的白衣女共产党员暗中经济援助共产党，但小说对这种援助的描绘，与其说是在写父亲对共产党理念的认同与同情，倒不如说是在写男女私通更为恰切，漫溢着父亲的个人私欲，最后该女共产党员同样死于政府的围剿。②

无论是《群象》中的余家同还是其他两部小说中的女共产党员，死亡都是她们的最后归宿。细究张贵兴的马共书写，"他其实仿照了康拉德《黑暗之心》的模式，把革命的骚动与激情内化为一场意识/形态的好戏。……张笔下侧重的不是革命者对义理的信仰辩证，而是他们精神面貌及行动方式间的相互投影、转移、及断裂。"③ 如果比照20世纪90年代以来出版的由马共党员书写的回忆录，如陈平的《我方的历史》、张佐的《我的半世纪——张佐回忆录》、拉昔·迈丁的《从武装斗争到和平——马共中央委员拉昔·迈丁回忆录》等，会发现张贵兴的马共书写多为个人的浪漫想象，甚至掺杂了诸多的仇共情绪。正如黄锦树所言："我认为这两部（《群象》和《猴杯》——引者注）状写雨林华人黑暗之心的小说，并不如其表面所显示的代现了历史，而是藉由高明的文学技术运用并绕过了历史，历史在其中其实是以传说的方式存在的，其确定性在美学中早已获得了确认。于是这两部小说便离史诗远而离传奇与神话近。就本文的修辞策略而言可以这么表述：表面上得黑暗之心其实仍然是个人的体验。前者乃是后者的延伸。"④

张贵兴绕过历史以个人体验的形式书写马共，自有其突破之处，

---

① 张贵兴：《猴杯》，联合文学出版社2010年版，第270页。

② 张贵兴：《我思念的长眠中的南国公主》，麦田出版社2001年版，第52—58页。

③ 王德威：《在群象与猴党的家乡——张贵兴的马华故事》，载张贵兴《我思念的长眠中的南国公主》，麦田出版社2001年版，第27页。

④ 黄锦树：《从个人的体验到黑暗之心——张贵兴的雨林三部曲及大马华人的自我理解》，载张贵兴《我思念的长眠中的南国公主》，麦田出版社2001年版，第258页。

但他的个人体验却烙下了政治意识形态痕迹。"马来（西）亚的官方历史，始终把马共视为阻碍国家发展、妨碍独立的绊脚石，同时型塑马共为杀人如麻的恐怖分子。"① 张贵兴的童年和少年时期一直受这种官方意识形态的影响，逐渐形成对马共的刻板印象。赴台留学定居之后，"30 余年的台湾的现实体验与意识形态宣扬会对他造成相当明显的影响。在台湾'解严'以前，有关乡土文学的论争、反共（反攻大陆）的不遗余力的宣传、西化等主要社会思潮事件以及政治存在，或多或少会进入张贵兴的视野以及成长记忆中。更具体地说，相当长一段时期内海峡两岸政治话语的紧张乃至仇视会给张贵兴带来一种可能的仇共惯性，这就意味着他在书写共产党时难免会带上一层贬义的色彩"②。

以上简要解读了商晚筠、潘雨桐、李永平和张贵兴等第二代在台马华作家的创作特色。作为依靠台湾文学奖崛起的一代，他们既得益于文学奖又超越了文学奖给他们创作带来的各种潜在限制，"初步完成了马华文学的地景建构"③，他们在小说领域取得的杰出成绩，型塑了在台马华小说的第一座高峰，进入了马华文学的经典殿堂。

## 第三节 "学院化的一代"：第三代在台马华作家

20 世纪 80 年代后期开始，一批出生于 20 世纪 60—70 年代的马来西亚华人成为赴台留学的主力，包括林幸谦、黄锦树、林建国、陈大为、钟怡雯、辛金顺等。1989 年，刚从马来亚大学中文系毕业赴台就读台湾政治大学中文所硕士班的林幸谦凭散文《赤道线上》获第 12 届《中国时报》文学奖（甄选奖），以此为标志，"在世纪末那段最后的（文学奖，引者注）黄金时期，林幸谦和钟怡雯以散文、陈大为以新

---

① 钟怡雯：《历史的反面与裂缝——马共书写的问题研究》，载钟怡雯《马华文学史与浪漫传统》，万卷楼图书股份有限公司 2009 年版，第 4 页。

② 朱崇科：《台湾经验与张贵兴的南洋再现——兼及陈河〈沙捞越战事〉》，《中山大学学报》2012 年第 5 期。

③ 陈大为：《最年轻的麒麟——马华文学在台湾（1963—2012）》，台湾文学馆 2012 年版，第 150 页。

诗、黄锦树以小说，四人几乎同时崛起"①，"全面掀开旅台文学在三大
文类的得奖时期"②，此后辛金顺、欧阳林和张草等也加入文学奖的征
伐行列（他们的获奖情况详见表3），是为第三代在台马华作家/学人。
这一代在台马华作家/学人与前两个代际最大的不同主要体现在两个方
面：第一，他们的创作实绩不再局限于某一文类，散文、诗歌、小说乃
至批评都成绩斐然；第二，这是学院化的一代，绝大部分在台湾完成学
业后都栖身大学③，成为学院派作家；与此相关，他们大多在创作的同
时也参与马华文学评论，因而也是创作与评论并行的一代。张锦忠④和
林建国虽较少从事创作，但他们的马华文学批评，与黄锦树、陈大为等
的创作与批评相互"唱和"，共同构筑了第三代在台马华作家"学院
化"的特质，因而亦将他们纳入这一代际进行讨论。

表3　　　　马华在台新生代在台湾获奖情况统计（1989—2012年）⑤

| [小说奖·11项次] | | |
|---|---|---|
| 获奖年份 | 获奖作家及作品 | 奖项名称 |
| 1993 | 黄锦树《落雨的小镇》 | 第七届联合文学小说新人奖·推荐奖 |
| 1995 | 黄锦树《说故事者》 | 第十七届《联合报》文学奖·短篇小说佳作 |
| 1995 | 黄锦树《鱼骸》 | 第十八届《中国时报》文学奖·短篇小说首奖 |

---

① 陈大为：《最年轻的麒麟——马华文学在台湾（1963—2012）》，台湾文学馆2012年
版，第156页。

② 陈大为：《序：鼎立》，载陈大为、钟怡雯、胡金伦主编《赤道回声：马华文学读本
Ⅱ》，万卷楼图书股份有限公司2004年版，第Ⅵ页。

③ 林幸谦自台湾毕业后转至香港攻读博士，现执教于香港浸会大学；张锦忠现执教于台
湾中山大学；黄锦树现执教于台湾暨南国际大学；陈大为现执教于台北大学；钟怡雯现执教于
台湾元智大学；林建国现执教于台湾交通大学。

④ 张锦忠1956年出生于马来西亚彭亨州，1981年赴台留学，毕业后返马，后又于20世
纪90年代初再次赴台，于台湾大学外文系就读博士班，现入籍中国台湾。如果从年龄、赴台
留学代际的角度来看，张锦忠并不是完全的"新生代"，但从在台马华文学发展谱系来看，张
锦忠真正在在台马华文学领域的崛起，是在90年代之后，且他的很多马华文学批评都与黄锦
树、林建国等有密切的关系，把他置于第三代在台马华文学的行列中，更能彰显他的意义和价
值。鉴于此，笔者将他视为马华在台新生代的代表之一。

⑤ 陈大为：《马华作家历年"在台"得奖年表（1967—2012）》，载陈大为《最年轻的麒
麟——马华文学在台湾（1963—2012）》，台湾文学馆2012年版，第253—258页。

续表

| 获奖年份 | 获奖作家及作品 | 奖项名称 |
|---|---|---|
| 1995 | 黄锦树《蟆》 | 《幼狮文艺》世界华文成长小说奖·首奖 |
| 1996 | 黄锦树《鱼骸》 | 第十四届洪醒夫小说奖 |
| 1996 | 黎紫书《蛆魇》 | 第十八届《联合报》文学奖·短篇小说首奖 |
| 2000 | 黎紫书《山瘟》 | 第二十二届《联合报》文学奖·短篇小说大奖 |
| 2000 | 张草《北京灭亡》 | 第三届《皇冠》大众小说奖·首奖 |
| 2005 | 黄锦树《土与火》 | 《联合报》读书人2005年最佳书奖 |
| 2006 | 吴龙川《找死拳法》 | 第一届温世仁武侠小说百万大赏·首奖 |
| 2011 | 黎紫书《告别的年代》 | 《中国时报》2011年开卷好书奖 |

［新诗奖·20项次］

| 获奖年份 | 获奖作家及作品 | 奖项名称 |
|---|---|---|
| 1991 | 钟怡雯《童谣》 | 《台湾新闻报》文学奖·首奖 |
| 1991 | 陈大为《回乡偶诗》 | 《台湾新闻报》佳作 |
| 1992 | 陈大为《尸毗王》 | 第十四届《联合报》文学奖·佳作 |
| 1992 | 陈大为《治洪前书》 | 第十五届《中国时报》文学奖·评审奖 |
| 1993 | 陈大为《尧典》 | 八十一年度"教育部"文艺奖·佳作 |
| 1994 | 陈大为《西来》 | 创世纪四十周年新诗创作奖·优选奖 |
| 1995 | 黄曍胜《惶恐滩头》等 | 第三届《台湾新闻报》年度最佳作家奖·副奖 |
| 1995 | 陈大为《再鸿门》 | 第十七届《联合报》文学奖·第三名 |
| 1996 | 陈大为《会馆》 | 八十四年度"教育部"文艺奖·第一名 |
| 1996 | 吴龙川《城市考古》 | 《中国时报》情诗征文·佳作 |
| 1998 | 陈大为《再鸿门》 | 八十六年度"新闻局"金鼎奖·推荐优良图书 |
| 1999 | 陈大为《在南洋》 | 第十一届《中央日报》文学奖·第一名 |
| 1999 | 陈大为《还原》 | 第二十一届《联合报》文学奖·第一名 |
| 1999 | 陈大为《僵硬》 | 第二届台湾省文学奖·佳作 |
| 1999 | 陈大为《在南洋》 | 第二届台北文学奖·台北文学年金 |
| 2001 | 辛金顺《过阜城门鲁迅故居》 | 第十三届《中央日报》文学奖·评审奖 |
| 2003 | 木炎 | 九十二年度优秀青年诗人奖 |
| 2003 | 冼文光《一日将尽》 | 第二十五届《联合报》文学奖·大奖 |
| 2006 | 辛金顺《注音》 | 第二十九届《中国时报》文学奖·首奖 |
| 2008 | 辛金顺《蚁梦》 | 第十届台北文学奖·首奖 |

［散文奖·32项次］

| 获奖年份 | 获奖作家及作品 | 奖项名称 |
|---|---|---|
| 1989 | 林幸谦《赤道线上》 | 第十二届《中国时报》文学奖·甄选奖 |
| 1989 | 林幸谦《赤道线上》 | 第六届吴鲁芹散文奖 |
| 1991 | 钟怡雯《天井》 | 《台湾新闻》报文学奖·佳作 |
| 1993 | 钟怡雯《人间》 | 第五届《中央日报》文学奖·甄选奖 |
| 1993 | 钟怡雯《尸毗王》等 | 第一届《台湾新闻报》年度作家奖·副奖 |
| 1993 | 钟怡雯《回音谷》 | 八十一年度"教育部"文艺奖·第三名 |
| 1994 | 林幸谦《繁华的图腾》 | 第十七届《中国时报》文学奖·评审奖 |
| 1995 | 钟怡雯《门》 | 第一届《中央日报》海外华文文学奖·第一名 |
| 1995 | 钟怡雯《河宴》 | 八十四年度"新闻局"金鼎奖·推荐优良图书 |
| 1995 | 钟怡雯《乱葬的记忆》 | 八十三年度"教育部"文艺奖·第二名 |

| 获奖年份 | 获奖作家及作品 | 奖项名称 |
| --- | --- | --- |
| 1996 | 钟怡雯《渐渐死去的房间》 | 第八届《中央日报》文学奖·第二名 |
| 1997 | 钟怡雯《莽林·文明的爬行》 | 第一届华航旅行文学奖·优等奖 |
| 1997 | 钟怡雯《给时间的战帖》 | 第十九届《联合报》文学奖·第一名 |
| 1997 | 钟怡雯《垂钓睡眠》 | 第二十届《中国时报》文学奖·首奖 |
| 1997 | 钟怡雯《说话》 | 第十届梁实秋文学奖·第三名 |
| 1997 | 陈大为《会馆》 | 第九届《中央日报》文学奖·第二名 |
| 1998 | 陈大为《茶楼消瘦》 | 八十六年度"教育部"文艺奖·佳作 |
| 1998 | 辛金顺《土》 | 第一届台湾省文学奖·佳作 |
| 1998 | 钟怡雯《垂钓睡眠》 | 九歌年度散文奖 |
| 1998 | 钟怡雯《热岛屿》 | 第二届华航旅行文学奖·佳作 |
| 1999 | 陈大为《木部十二画》 | 第二十一届《联合报》文学奖·第一名 |
| 1999 | 陈大为《从鬼》 | 第二十二届《中国时报》文学奖·评审奖 |
| 1999 | 钟怡雯《芝麻开门》 | 第二十二届《中国时报》文学奖·评审奖 |
| 2000 | 陈大为《流动的身世》 | 八十八年度"新闻局"金鼎奖·推荐优良图书 |
| 2000 | 钟怡雯 | 第四十一届"中国文艺奖章" |
| 2000 | 钟怡雯《听说》 | 《中央日报》"出版与阅读2000年十大好书" |
| 2001 | 钟怡雯《听说》 | 八十九年度"新闻局"金鼎奖·推荐优良图书 |
| 2001 | 钟怡雯 | 第十八届吴鲁芹散文奖 |
| 2004 | 龚万辉《隔壁的方面》 | 第二十六届《联合报》文学奖·第一名 |
| 2006 | 辛金顺《守候的阳光》 | 第一届怀恩文学奖·优胜 |
| 2006 | 辛金顺《鳖迹》 | 第九届台北文学奖·优选 |
| 2007 | 辛金顺《燕子》 | 第二十届梁实秋文学奖·散文优秀奖 |

## 一　赤道形声：学者型作家的崛起

"赤道形声"是陈大为和钟怡雯主编的一部马华文学作品选的名称："'形声'是汉字的特征，同时也暗喻了赤道文学独特的形貌和声容。"①笔者援用这一命名，用以代指第三代在台马华作家的文学创作。

第三代在台马华作家20世纪80年代后期赴台留学恰逢台湾解严前后，见证了台湾解严转型的社会脉动，此时，"台湾文学就从乡土与现

---

① 陈大为：《沉淀》，载陈大为、钟怡雯主编《赤道形声：马华文学读本Ⅰ》，万卷楼图书股份有限公司2000年版，第Ⅱ页。

代的混战中脱身而出，进入了多元化的发展时期。……被长期束缚的文学生产力获得了前所未有的解放与发展"①。在马华留台社群内部，滋生于 20 世纪 80 年代前期的知识分子意识继续发酵，"'知识分子'这四个字，在当时大马旅台同学心目中有着不可动摇的崇高地位"②。这种情怀使很多留台生完成本科学业后，选择考取研究所，继续留在台湾深造③，毕业后则成为高校教师，型塑了一支由黄锦树④、林幸谦⑤、陈大为⑥、钟怡雯⑦等组成的学者型创作队伍。

① 刘小新：《马华旅台文学现象论》，《江苏大学学报》2002 年第 2 期。

② 陈大为：《大马旅台一九九〇》，《台港文学选刊》2012 年第 1 期。

③ 第一代和第二代在台马华作家也有一些在完成本科学业后继续到研究所深造，但多选择欧美高校，与他们不同，第三代在台马华作家，除林幸谦到香港中文大学继续攻读博士学位、林建国前往美国攻读比较文学学位外，黄锦树、陈大为、钟怡雯、张锦忠等都是在台湾完成本硕博教育，毕业后均留在台湾高校执教。

④ 黄锦树 1967 年出生于马来西亚柔佛州居銮市，1986 年赴台就读台湾大学中文系，分别在台湾淡江大学中文所、台湾"清华大学"中文系取得硕士和博士学位，现为台湾暨南国际大学中文系教授。黄氏是一位具有典型中文学科背景的小说家，专长近代国学研究，代表性成果有《章太炎语言文字之学的知识（精神）系谱》（硕士学位论文）、《近代国学之起源（1891—1927）》（博士学位论文）、《魂在：论中国性的近代起源》等。

⑤ 林幸谦 1963 年出生于马来西亚森美兰州芙蓉镇，1989 年马来西亚大学中文系毕业后赴台就读于台湾政治大学中文所，获硕士学位，后又转赴香港中文大学攻读哲学博士，现为香港浸会大学中文系教授。作为一位学者，林幸谦善用 20 世纪下半叶以来的欧美文论，他以女性主义观点解读张爱玲的两部专著：《荒野中的女体：张爱玲女性主义批评 I》和《女性主体的祭奠：张爱玲女性主义批评 II》，拓展了张学研究的视野，被刘再复认为是该领域"最有分量的两部学术论著"。

⑥ 陈大为 1969 年出生于马来西亚霹雳州怡保市，1988 年赴台就读台湾大学中文系，后又取得台湾东吴大学中文硕士、台湾师范大学文学博士学位，现为台北大学中文系教授。陈大为是一位有着丰富诗歌创作实践的学者，专长为现代诗研究，代表性成果有《存在的断层描述：罗门都市诗论》、《亚洲中文现代诗的都市书写（1980—1999）》、《亚细亚的象形诗维》、《中国当代诗史的典律生成与裂变》等。

⑦ 钟怡雯 1969 年出生于马来西亚霹雳州金宝镇，1988 年赴台就读台湾师范大学国文系，先后取得学士、硕士及博士学位，现为台湾元智大学中文系教授。与陈大为相似，钟怡雯也是一位创作与研究紧密结合的学者，专长为现代散文研究，代表性成果有《亚洲华文散文的中国图像：1949—1999》（博士学位论文）、《无尽的追寻：当代散文的诠释与批评》、《灵魂的经纬度：马华散文的雨林和心灵图景》、《内敛的抒情》等。

　　作为一批大学时代就已屡获文学奖的作家，黄锦树等人完成学业后栖身高校，选择一种象牙塔的生存方式，成为游走于文学场与学术场的学者型作家，具有典型的学院化色彩。第三代在台马华作家的学院化，不光体现为他们学者与作家的双重身份，更主要的还在于文学场与学术场交叉之后，知识生产逻辑与文学创作逻辑的互涉：一方面，理论批评融于文学创作，进入文本与观念互证的跨界写作；另一方面，文学创作向学院知识靠拢，趋向精致化的审美标准。黄锦树与钟怡雯的著作可为例证。

　　黄锦树就像一位天赋异禀的武林奇才，理论批评与小说创作到了他的手里，"被融铸成一件杀伤力超强，却又充满写作/阅读乐趣的兵器"[1]。阅读黄锦树的小说，必须结合他的马华文学批评，否则很难进入其语境，透彻地理解黄氏小说独特的"杀气"，包括其反复玩转的后设手法；同样，解读黄锦树的马华文学批评，也必须佐以他的马华系列小说，否则无法得其三昧，更难以正确地看待充斥其马华文学批评中的"野性"，包括20世纪90年代屡受马华本土文坛及批评界诟病的"烧芭"做法。黄锦树有效地实现了其小说创作与马华文学批评的跨界融合，学院化的操弄，亦使两者形成互看、互释的关系。他的"马华文学史"系列小说，包括《死在南方》、《零余者的背影》、《补遗》、《M的失踪》、《大河的水声》、《胶林深处》等，均可看作黄锦树对马华文学史的几个关键问题，如文学史的起源、经典缺席、现实主义的困境等的美学化处理。

　　郁达夫与马来西亚（南洋）有着不解之缘，他的神秘失踪为这一区域"留下了一个象征性的技术难题"，成为一笔"更深刻更悲哀但也更难继承的遗产"[2]。面对这笔"遗产"，黄锦树从马华文学史起源的角度对它进行了转化吸收，他认为，"死在南方的郁达夫在星、马、印华文学的始源处凿出一个极大的欲望之生产性空洞"，"经由他的献祭，

---

① 陈大为：《最年轻的麒麟——马华文学在台湾（1963—2012）》，台湾文学馆2012年版，第220页。

② 黄锦树：《跋：死在南方》，载黄锦树《死在南方》，山东文艺出版社2007年版，第376页。

或许我们也可以重新命名马华文学/史的起源"：

> 其实马华文学的起源确实是个大问题，郁达夫的命运是个丰饶的个案，一个关于起源的新的象征点，他外来（南来）、他外在（不得不——跑到苏门答腊去，并且——无奈地——死在那里），他可能是南来新文学作家中最负盛名的，可是他的南洋时期留下的最好的作品很可能并不是新文学，而是早已被马华新文学研究者弃置勿道的旧文学——他所迷恋的骸骨。
>
> 于是郁达夫流亡与失踪的个案质疑了起源的线性时间观（前——后），更让马华文学史的起源处于流动的状态，使其暧昧不明——伸向地理上的外在，跨出民族国家与民族史学的界限，指向一种无限——失踪（无法入土为安、无以辨识、失去方向）——现代性暴力所造成的感伤行旅；它让文学史建制有着无法弥补的空洞，它指涉了暴力和缺憾；他以被新时代唾弃的骸骨来命名他最后的感伤，且让自身的骸骨成为无限的能指。①

在《死在南方》、《零余者的背影》、《补遗》等"郁达夫书写"系列小说中，黄锦树用文学书写的方式承接了他对郁达夫与马华文学史起源的辩证理解，他在这些小说中反复操演郁达夫的失踪，就是为了通过这种"献祭"书写，完成他对马华文学史起源的重新命名。很自然的，上引黄锦树有关郁达夫在南洋流亡与失踪的后殖民式解读，也可作为我们把握他的"郁达夫书写"系列小说的理论总纲。

在 20 世纪 90 年代的马华文坛，黄锦树是一位初生牛犊不怕虎的纵火者，他针对马华文学的每一次发声，往往都能引起火药味极浓的文学论争，王德威说他是一个可畏又可恨的"坏孩子"②，倒也是一个颇为恰切的戏称。1992 年和 1997 年，黄锦树分别以《马华文学"经典缺

---

① 黄锦树：《论郁达夫的流亡与失踪》，载黄锦树《死在南方》，山东文艺出版社 2007 年版，第 372—373 页。

② 王德威：《坏孩子黄锦树》，载黄锦树《死在南方》，山东文艺出版社 2007 年版，第 329 页。

席"》① 和《马华现实主义的实践困境——从方北方的文论及马来亚三部曲论马华文学的独特性》② 在马华文坛掀起了两场影响深远的文学论争："马华文学经典缺席"论争和"马华现实主义的实践困境"论争。

这两场论争针对的对象都是长期以来占据马华文学史主流话语权的现实主义文学及其创作理念，以一种后见之明来看，黄锦树确实找到了马华文学史结构性问题的关键所在。我们发现，黄锦树创造性地将理论领域的论争引申到了象征领域，"书写若非美学的救赎，就是美学的暴力，甚至同时包含了两者"③，在《M 的失踪》、《大河的水声》、《胶林深处》中展现的是他对现实主义美学的"救赎"与"暴力"。《M 的失踪》源于黄锦树"马华文学经典缺席"的焦虑，通过对一个代号"M"的马华现实主义作家戏谑式的书写，发泄了他对所谓的马华现实主义经典的不满，"这篇小说里有原本属于文化评论者的批判性质，也有针对国家文学议题的攻击与颠覆，当然少不了戏弄、嘲讽的对象"④。另一篇小说《胶林深处》同样是"小说创作与文化评论的跨界融合之示范性写作"，"任何熟悉马华文坛状况的读者或作家，读了《胶林深处》都会有很深的感触，因为黄锦树残酷揭露/批判的正是马华文学的伤口"⑤，其中的很多描写都可以和他对马华现实主义代表作家方北方的批判《马华现实主义的实践困境——从方北方的文论及马来亚三部曲论马华文学的独特性》一文对照阅读。

黄锦树将小说创作与马华文学批评跨界融合的尝试，"无论在马华或台湾都是空前绝后的，没人写过，更杜绝模仿"⑥，从美学和历史的角度看，黄锦树的这一尝试是可取的，他在将理论领域的问题引申到象

---

① 1992 年 5 月 28 日刊登在《星洲日报·星云》。

② 发表于 1997 年年末留台联总主办的"马华文学国际学术研讨会"上，后收录于黄锦树《马华文学与中国性》、张永修等主编《辣味马华文学——90 年代马华文学争论性课题文选》等书中。

③ 黄锦树：《跋：死在南方》，载黄锦树《死在南方》，山东文艺出版社 2007 年版，第 376 页。

④ 陈大为：《最年轻的麒麟——马华文学在台湾（1963—2012）》，台湾文学馆 2012 年版，第 220 页。

⑤ 同上书，第 220、222 页。

⑥ 同上书，第 220 页。

征领域过程中，并没有放弃对象征领域的感性追求，避免陷入观念化的泥淖，他的许多小说文本尽管可以和他的马华文学批评进行对照阅读，却丝毫不会影响文学文本应该具备的美感效果，这应是黄锦树创作学院化最为成功之处。

钟怡雯这位"多面的夏娃"①，以散文创作崛起于台湾及马华文坛，自 20 世纪 90 年代以来，几乎囊括了两地所有重要的散文大奖。她的散文是结构精致、形式完美、语言雅致且无懈可击的学院化散文的代表。钟怡雯走了一条与黄锦树类似的路："退则坚守学府，进则侵略文坛，这种稳健的持久发展，终于美满丰收，成就了学者兼作家的双赢正果。"② 如果我们还相信师道可以相传、相授的话，钟怡雯修学期间的授业老师杨昌年的一段夫子自道或许可以提供一些我们辨正钟怡雯与学院之间关系的可能性，他认为："时至今日，五四文风业已逐渐老化，代兴的精致文学始兆已现，即将以其优美精致的艺术特性，风行现代，成为文学上的主流。""这——是为我所秉持的教学理念之一，在如此理念的教导之下，影响着学生们的创作与研究，通过切磋琢磨，遂能有一颗颗年轻、闪亮的创作才华展现。而钟怡雯，她是散文方面最为灿煌的一颗。"③ 杨昌年的夫子自道不无夫子自夸的嫌疑，但钟怡雯散文创作向学院知识靠拢也是不争的事实，她依凭在高校汲取的丰富学养深耕散文创作，最终在马华文坛创下了以"完美散文"为代表的钟派风格。

钟怡雯的散文在学院评价体系内颇受好评，陈慧桦认为她"有清新亮丽的一面，也有较为浓艳的一面"④，余光中则称赞钟氏散文"巧于命题，工于运笔"⑤，陈万益亦夸奖钟怡雯"具有金圣叹所谓的才子独具之慧眼灵心，能从极微之处去观照娑婆世界，灵眼觑见，又能够灵手

---

① 陈慧桦：《〈河宴〉序》，载钟怡雯《河宴》，三民书局 1995 年版，第 1 页。

② 余光中：《狸奴的腹语——读钟怡雯的散文》，载陈大为、钟怡雯、胡金伦编《赤道回声：马华文学读本Ⅱ》，万卷楼图书股份有限公司 2004 年版，第 531 页。

③ 杨昌年：《华年锦绣——序钟怡雯散文集〈河宴〉》，载钟怡雯《河宴》，三民书局 1995 年版，第 9—10 页。

④ 陈慧桦：《〈河宴〉序》，载钟怡雯《河宴》，三民书局 1995 年版，第 1 页。

⑤ 余光中：《狸奴的腹语——读钟怡雯的散文》，载陈大为、钟怡雯、胡金伦编《赤道回声：马华文学读本Ⅱ》，万卷楼图书股份有限公司 2004 年版，第 531、536 页。

捉住"①。钟怡雯这种近乎完美、找不到任何缺点的散文满足了学院评价体制的精致口味，但在文学奖评选过程中却往往引起取舍之争，尤其遭遇美学与情感的拉锯时，评委们的取舍就会显得痛苦万分。且以马来西亚《星洲日报》主办的第 2 届至第 7 届花踪文学奖散文奖（包括散文推荐奖）评选为例②，来体味钟怡雯学院化散文是如何得到青睐又怎样受到指摘的。

第 2 届花踪文学奖散文评委由美国的陈若曦、新加坡的周维介与木子组成，情感的表达（令人感动）成为他们评选好散文的重要指标，钟怡雯在角逐散文推荐奖时落败，陈若曦给出的意见起到了重要作用，她认为："她的文字是最好的，但是我觉得她缺少生活，有很多是'为赋新词强说愁'"；"她很多篇的文字都安排得很美，每个字都安排得很难得，但就是令人不受感动"③。到了第 3 届花踪文学奖，散文奖评委换成中国台湾的蒋勋、马来西亚的永乐多斯和新加坡的木子，钟怡雯却凭《可能的地图》获得散文首奖，获奖的原因恰也是它形式的完美："所有作品中最没有缺点"，但蒋勋也表达了他的无奈："这是我看过的所有作品中最没有缺点的，但如果要我挑出最强的优点，我也说不出来。"④ 第 4 届花踪文学奖散文推荐奖，在钟怡雯和许裕全之间产生，虽然钟怡雯最后因受两位评委陶杰（中国香港）和林臻（新加坡）的共同推举而获选，但另一位评委、马来西亚作家何乃健仍认为，钟怡雯"有些地方写的太刻意了，有为文造情的感觉"，陶杰同时也觉得钟怡雯的散文对题材有过度经营之嫌，"不够精练"。⑤ 第 5 届花踪文学奖散文奖的评选颇费周折，评委李锐（中国）、张曦娜（新加坡）和永乐多斯（马来西亚）同样面临"最完美的散文"和"思想最深刻的散文"的艰难抉择，钟怡雯那完美得近乎无懈可击的散文再次引起争论，钟怡雯此次的参选作品是后来被余光中赞为"真正诡奇而达惊悚

① 陈万益：《换只眼看失眠》，载钟怡雯《垂钓睡眠》，九歌出版社 2003 年版，第 45 页。

② 花踪文学奖 1992 年开始评选，至今已举办 12 届，是马华文坛 90 年代以来最重要的文学奖，被誉为"文学奥斯卡"，为马来西亚以及中国台湾两地的马华作家所重视。

③ 萧依钊主编：《花踪文汇 2》，星洲日报 1995 年版，第 107 页。

④ 萧依钊主编：《花踪文汇 3》，星洲日报 1997 年版，第 198 页。

⑤ 萧依钊主编：《花踪文汇 4》，星洲日报 1999 年版，第 173 页。

境地的杰作"① 的《凝视》。这篇散文在三位评委的初次投票中获得最高票3票，但在讨论过程中，评委们都或多或少地表达了他们的遗憾。永乐多斯认为，"《凝视》是一篇完整的散文、虽然没有高峰突起，但是结构很好，前后呼应，比较无懈可击，虽然我不是很满意"，"从学院派的散文来看，它是无懈可击"。张曦娜也表达了相似的感受："（《凝视》）整体上表现均匀"，"比较无懈可击，却是四平八稳"。面对完美与创新孰轻孰重的问题，李锐认为，"华文不应只能表达一些被人曾经表达过的很完美的结构、篇章、主题和感情，华文应有更创新的东西，而评奖需有这种提倡"，"我认为首先文章要有原创性，感受要深刻，然后才是形式要完美"，"（《凝视》）的强处是感受入微，作者的文学感受很强"，"可惜，在思路上没有大的突破，不过是按照常规来写作"。② 由于评委们最后都同意散文的创新比完美更重要，钟怡雯的《凝视》最后只能入围佳作奖，而在散文推荐奖的评选中，钟怡雯同样因其雕琢的痕迹败给了陈大为。对钟氏散文的爱恨在第6届和第7届花踪文学奖散文奖评选中依然成为一个重要的话题，不同的是，第6届因为评委们的妥协折中，使钟怡雯和邝眉同获散文推荐奖，而在第7届，当钟怡雯与林幸谦角逐散文推荐奖时，评委们最后却认为思想情感要比文字形式更重要，把这一届的散文推荐奖颁给了林幸谦。

钟怡雯在花踪文学奖里的升降沉浮，反映了不同评委对其作品及风格的痛苦取舍，在他们的评价中，形式完美、语言精致、结构完整、无懈可击、四平八稳是比较一致的论断，由此将钟怡雯散文归为学院派一路应是恰切的。我们还可以通过她的一篇为众多评论家激赏、曾先后获得"第二十届《中国时报》文学奖散文首奖"和"九歌年度散文奖"的《垂钓睡眠》，来考察钟怡雯对散文的学院化经营。

《垂钓睡眠》一开篇就语出惊人，它将失眠比拟为"跷家的坏小孩"，并且断定"一定是谁下的咒语，拐跑了我从未出走的睡眠"③，这

---

① 余光中：《狸奴的腹语——读钟怡雯的散文》，载陈大为、钟怡雯、胡金伦主编《赤道回声：马华文学读本Ⅱ》，万卷楼图书股份有限公司2004年版，第531—532页。

② 萧依钊主编：《花踪文汇5》，星洲日报2001年版，第106—110页。

③ 钟怡雯：《垂钓睡眠》，载钟怡雯《垂钓睡眠》，九歌出版社2003年版，第33、34页。

样的开头，具备十足的视觉冲击力，不至于使读者随着作者的失眠也进入浑浑噩噩的状态。紧接着，作者继续发挥她对语言的驾驭才华，通过一系列形象生动的比喻，把失眠之后的精神状态和外在动静具体精细地刻画出来。例如这样的描写："我便这样迷迷糊糊的半睡半醒，间中偶尔闪现浅薄的梦境，像一湖涟漪被清风吹开，慢慢的扩散开来。然而风过水无痕，睡意只让我浅尝即止，就像舔了一下糖果，还没尝出滋味就无端消失。"① 将半睡半醒状态的梦境比喻为一湖被清风吹开的涟漪，但那种感觉只能是像舔了一下糖果那样浅尝即止，把一种无以名状的失眠状态刻画地具体可感，且迷离梦幻。失眠是生活中"不痛不痒"的小事，"《垂钓睡眠》是书写苍蝇一类的小文章"②，但钟怡雯却用近4000字的篇幅给予铺写，就像狸奴腹语，喃喃独吟，倒也饶有趣味，这样的题材书写却也暗合了知识阶层对日常生活的审美化追求，甚至颇有周作人散文之风和趣。

《垂钓睡眠》属取材于身边小事的美文，代表了钟怡雯散文创作的一大特色："钟怡雯散文胜在语言的灵性与个性，不再追求宏大或罕见的题材，她总是能够把一些很不起眼的素材，写出味道和门道。"③ 这也是钟怡雯与林幸谦在散文创作上的最大不同，同为学院化作家，"林幸谦散文走的是大散文路线，那是一种在长篇大幅的叙述中，站在一个感伤的制高点，动用庞大且沉重的民族符号或象征，以激昂的口吻和手势来展示一道国家级的巨大伤口。那里头常常堆积着我们都很熟悉的中国传统文化事物，虽然无比慷慨的宣言有时显得大而无当，对问题的探勘显得肤浅且刻板，但保证是忧国忧民的，有血有泪，还是很高的分贝"④。

学院给黄锦树等提供了一个相对清静的思考空间，在其间用学养来深耕创作，同时又不为学院体制所束缚，以才摄情，更以才驭识，在创作与学术上都获得发展，成就了他们作家兼学者的双赢，十分难能可贵。

---

① 钟怡雯：《垂钓睡眠》，载钟怡雯《垂钓睡眠》，九歌出版社 2003 年版，第 34 页。

② 陈万益：《换只眼看失眠》，载钟怡雯《垂钓睡眠》，九歌出版社 2003 年版，第 44 页。

③ 陈大为：《最年轻的麒麟——马华文学在台湾（1963—2012）》，台湾文学馆 2012 年版，第 160 页。

④ 同上书，第 156 页。

### 二 赤道回声："我们"的"共图"

"赤道回声"本为陈大为、钟怡雯和胡金伦主编的一本马华文学评论选:《赤道回声：马华文学读本Ⅱ》的名称，本书援引这一书名，用以指称第三代在台马华作家的（马华）文学批评。第三代在台马华作家多兼具作家与学者双重身份，左手创作，右手评论，在马来西亚及中国台湾两地开辟了一块相对边缘的马华文学学术版图，黄锦树、张锦忠①、林建国、陈大为和钟怡雯乃这一版图内的主要耕耘者。

如果说创作奠定了黄锦树在马华文坛的发声基础，那么评论则使他一跃成为热门的话题人物。从1989年在台大中文系系刊《新潮》第48期发表《马华文学的困境》起步，到20世纪90年代末，黄锦树出版了两本马华文学论文集，即《马华文学：内在中国、语言与文学史》（1996）和《马华文学与中国性》（1998），再加上那些散落在大马和中国台湾刊物上的论战文章，黄锦树俨然是20世纪90年代以来马华文学研究的一个"重镇"（庄华兴语）。

黄锦树的马华文学研究基本围绕着以下几个问题展开："一、生产问题：重估马华文学产品及其生产条件、产品的结构及上层建筑（意识形态）诸问题；二、语言问题；三、独特性问题的重新思考：什么是独特性？它是怎么来的？如何可能？相对于什么问题它被提出？四、经典、典律的问题：马华文学如何可能？五、中国性问题：也即'断奶'的问题。"②当黄锦树用美学现代主义来观照这些问题时，就从一条稳定的结构性链条中找到了马华文学的症结所在，即马华文学最大的困境是写作本身的问题，他在《马华文学"经典缺席"》、《马华文学的酝酿期？——从经典形成、言/文分离的角度重探马华文学史的形成》、《拓荒播种与道德写作——小论方北方》、《马华现实主义的实践困境——从

---

① 张锦忠1956年出生于马来西亚彭亨州，1981年赴台就读台湾师范大学英文系，1985年毕业后返马，1986年再度赴台，先后就读于台湾中山大学外文所和台湾大学外文所，获硕士和博士学位，1995年入籍中国台湾，现为台湾中山大学外文系教授。著有《文学影响与文学复系统之兴起》（博士学位论文，英文书写）、《南洋论述：马华文学与文化属性》（2003）、《关于马华文学》（2009）和《马来西亚华语语系文学》（2011）等研究马华文学论著。

② 林春美：《当文学碰上道德——夜访林建国、黄锦树》，《蕉风》1998年第482期。

方北方的文论及马来亚三部曲论马华文学的独特性》等文章中，反复申论美学和经典性是马华文学不能规避的尺度："文学史必然是由里程碑砌成的，是经典性的文本（text），而非泛泛之作。因此严格而言，没有杰作便没有文学史。没有经典文学史便只是一片空白"①；"方北方及其同时代人在马华文学史上的意义必须摆在这样一个社会——思想史脉络下来加以评估和理解，从他们的文学实践中可以看出马华文学史的一大特质：它是一个把文学当做非文学的场域的、独特的'非—文学史'。而从我们对方北方的个案讨论中可以看出，在他身上实践出来的所谓的特殊性既与地域特色无关，也无关于民族形式，而是一种苍白贫乏、低文学水平的普遍性——所谓的马华文艺的独特性其实是一种无个性的普遍性，充盈着华裔小知识份子喋喋不休的教条和喧嚣"②。其他诸如语言、独特性、中国性等都是马华文学"被合理化至'无解'状态"的"基本问题"，同时也是"结构性的问题"③，黄锦树将它们重新议题化，试图发现解决的可能性，这些努力成为推动 90 年代马华文坛秩序重建和文学思潮嬗变的重要力量。

　　黄锦树的马华文学批评因其言辞尖锐激烈而充满火药味，他也因此"树敌无数"，"成为众矢之的"，他自己有这样的解释："部分原因来自于个性，好恶过于分明；再则，对我来说。也许也是一种必要的策略。因为我不仅想解释世界，更企图改变世界。'学术本以救偏，及其所至，偏亦随之'，这就是所谓的'矫枉过正'——不发挥十分的力道，无法打破这封闭的结构，也不会有人对你谈的问题当真。"④ 这种"策略"的确帮助黄锦树由边缘进入中心，成为 20 世纪 90 年代马华文坛最耀眼的学术"明星"，甚至结构化为"黄锦树现象"，但是，它在某种程度

---

　　① 黄锦树：《马华文学的酝酿期？——从经典形成、言/文分离的角度重探马华文学史的形成》，载黄锦树《马华文学：内在中国、语言与文学史》，华社资料研究中心 1996 年版，第 42 页。

　　② 黄锦树：《马华现实主义的实践困境——从方北方的文论及马来亚三部曲论马华文学的独特性》，载黄锦树《马华文学与中国性》，元尊文化企业股份有限公司 1998 年版，第 196—197 页。

　　③ 林春美：《当文学碰上道德——夜访林建国、黄锦树》，《蕉风》1998 年第 482 期。

　　④ 同上。

上也削弱了黄锦树马华文学批评的学理性，从而暴露了诸多"破绽"：
"他的一些断言一些怀疑明显缺乏史料上的支持，有大胆假设的勇气与
魄力却缺乏小心求证的耐心与功夫"，"他自己也深陷在以一种主义否
定另一种主义、以一种文学意识形态否定另一种意识形态的单向思维的
泥淖里"。① 另外，黄锦树对自己秉持的美学现代主义也缺乏必要反省。

张锦忠在第三代之中，算是一个"大哥"了，早在 1984 年就于
《蕉风》杂志发表《华裔马来西亚文学》，思考马华文学的命名和定位
问题，而 1991 年发表的《马华文学：离心与隐匿的书写人》，则是他
个人"在台湾论述马华文学的开始"②，历史就是这样的巧合，黄锦树
和林建国马华文学研究的重要论文《神州：文化乡愁与内在中国》与
《为什么马华文学?》也在同一年产生，在台马华文学论述"铁三角"
由此开始了长达十余年针对马华文学的各种颠覆性解读，而这一年也被
张锦忠界定为在台马华文学论述的起点③。

张锦忠的马华文学论述与黄锦树、林建国多有共鸣，主要围绕四个
方面展开："（一）马华文学的定义与属性；（二）马华文学的历史发
展；（三）马华文学在马来西亚文学复系统里的位置与境况；（四）在
台马华文学的过去与现况。"④ 外文系出身的张锦忠，在开展自己的马
华文学论述时，"多了一些'挟洋自重'的'大国理论'，这些洋理论，
潜藏在我们的潜化知识里头"⑤，而以色列理论家易文－左哈尔
（Even－Zohar）的复系统理论则成为张锦忠的理论奥援，同时也是张锦
忠马华文学论述的最大理论特色。

复系统理论源于俄国形式主义，由于"没有预设美学立场，且企图
以宽广的理论涵盖、最大可能的顾及文学历时演变过程中文学事实的多
元交错的系统复杂性"，尝试"描绘出一个较为全面的文学建制的历史

---

① 刘小新：《黄锦树的意义与局限》，载刘小新《华文文学与文化政治》，江苏大学出版
社 2011 年版，第 306 页。

② 张锦忠：《南洋论述——马华文学与文化属性》，麦田出版社 2003 年版，第 257 页。

③ 张锦忠：《再论述：一个马华文学论述在台湾的系谱（或抒情）叙事》，去国·汶
化·华文祭：2005 年华文文化研究会议论文，台湾交通大学，2005 年 1 月 8—9 日。

④ 张锦忠：《关于马华文学》，台湾中山大学文学院 2009 年版，第 1 页。

⑤ 张锦忠：《南洋论述——马华文学与文化属性》，麦田出版社 2003 年版，第 260 页。

场景（文学史场景）"①，张锦忠的马华文学论述在马华文学的定义与属性②、马华文学与中国文学及国家文学的关系③、马华现实主义文学与现代主义文学的关系④、重写马华文学史⑤等方面都提供了全新的思路。以重写马华文学史为例，在复系统理论的观照视野下，张锦忠发现了传统马华文学史叙述中一元与多元的矛盾对立："十九世纪以来，在星马华人文学复系统内运动操作的文学系统，至少可分为旧体华文文学系统、翻译文学系统、白话华文新文学系统、英文文学系统、与马来文学系统。过去马华文学史家笔下的'马华文学'，往往有意无意地顾此失彼，或受限于'中国影响论'，独尊白话华文新文学系统，而无视于其他华人文学系统的存在。"⑥ 此外，在张锦忠的马华文学复系统中，"在台马华文学"也是未来马华文学史必须要处理的重要课题："以往马华文学史书写不是不太处理'不在'马来西亚、而在台湾发生的马华文学现象，就是大而化之视之为'留台生文学'……以往马华文学史或台湾文学史不处理或无法处理的问题，在当今'重写（马华/台湾）文学史'的思考中，却是不得不面对的课题。"⑦

----

① 黄锦树：《反思"南洋论述"：华马文学、复系统与人类学视域》，载张锦忠《南洋论述——马华文学与文化属性》，麦田出版社2003年版，第18页。

② 见张氏《马华文学与文化属性：以独立前若干文学活动为例》、《书写离心与隐匿：七、八〇年代马华文学的处境》等文以及《关于马华文学》和《马来西亚华语语系文学》等书。

③ 见张氏《国家文学与文化计划：马来西亚的案例》、《中国影响论与马华文学》等文以及《关于马华文学》和《马来西亚华语语系文学》等书。

④ 见张氏《文学史方法论：一个复系统的考虑：兼论陈瑞献与马华现代主义文学系统的兴起》、《陈瑞献、翻译与马华现代主义文学》、《旧雨问答》、《马华文学与现代主义》等文以及《关于马华文学》和《马来西亚华语语系文学》等书。

⑤ 见张氏《离境，或重写马华文学史：从马华文学到新兴华文文学》、《（八〇年代以来）台湾文学复系统中的马华文学》、《典律与马华文学论述》、《跨越半岛，远离群岛：论林玉玲及其英文书写的漂泊于回返》、《海外存异己：马华文学——朝向"新兴华文文学"理论的建立》等文以及《关于马华文学》和《马来西亚华语语系文学》等书。

⑥ 张锦忠：《〈南洋论述：马华文学与文化属性〉绪论》，麦田出版社2003年版，第44页。

⑦ 张锦忠：《（八〇年代以来）台湾文学复系统中的马华文学》，载张锦忠《〈南洋论述：马华文学与文化属性〉绪论》，麦田出版社2003年版，第135页。

张锦忠的马华文学论述，因受到复系统理论的支撑，跳脱了以往中心/边缘二分的思考陷阱，妥善地安置了马华文学研究中长期存在的一些结构性难题，提供了未来重写马华文学史一种相对超越和全面的操作模式。但是，由于过度依赖复系统理论，甚至视为一把万能钥匙，企图去解开马华文学所有的"暗结"，这就造成张锦忠的马华文学论述呈现一定的模式化，仿佛任何马华文学问题，通过复系统理论的包装，都能迎刃而解；同时，张锦忠对复系统理论本身存在的缺陷也缺乏必要的警惕，因为这一理论"只能用来讨论有着'大传统'的文学史，并且仅仅看重典律的循环理则和评价流程"，"这种文学史谈法有把文学史形式化的危险"①，细观张锦忠的马华文学史论述，确有形式化的问题。

林建国1964年出生，台湾"清华大学"文学所硕士，美国罗彻斯特大学比较文学博士，任教于台湾交通大学外文系。外文系和比较文学系的学术背景造就了林氏深厚的理论学养和开阔的视野，他的马华文学批评量虽不多但每每发言都堪称上乘，20世纪90年代发表的《为什么马华文学？》、《等待大系》、《再见中国——"断奶"的理由再议》及2000年发表的《方修论》无一例外都成为相关议题的典范之作，改变了马华文学批评重描述不重阐述、重印象批评不重/无力理论阐发的贫弱面貌。

1991年1月黄锦树在《星洲日报·文艺春秋》发表《"马华文学"全称之商榷——初论马来西亚的"华人文学"与"华文文学"》，掀起一股马华文学"正名"的讨论热潮，同一时期，留学台湾的林建国也在思考马华文学的属性和定义问题，并于当年9月在台湾淡江大学举办的"东南亚华文文学研讨会"上宣读他长期思考的一个结果：《为什么马华文学？》②，从理论角度深入剖析"马华文学"存在的各种结构性问题。在《为什么马华文学？》中，林建国首先指出了传统比较文学方法在面对马华文学属性和定义困扰时的无能，"因为比较文学无法指出，

① 林建国：《方修论》，《中外文学》2000年第4期。

② 该文最早发表在1991年9月台湾淡江大学举办的"东南亚华文文学研讨会"上，1993年经修改后又在台湾《中外文学》1993年第10期上发表，后收入《辣味马华文学》、《赤道回声》等论文选中。

我们——马华文学研究者——的主体位置在当下的历史情境中应该摆在哪里？应该如何提问？如何拆解摆在眼前所有'事实'背后之意识形态？既然如此，比较文学也无力解决以中国为本位的学者作家，他们的偏见在哪里。"① 在检视马华文学"怎么来？""哪里去？"时，林建国敏锐地发现中国本位论者与国家文学论者分享了相同的意识形态：血缘中心观。因而，林建国认为，要解决马华文学的属性和定义困扰就必须改变提问的方式："如果只问'什么是马华文学？'是很无力的，容易被各种意识形态宰制；更彻底的问题恐怕是：为什么马华文学？这问题有多重意思：马华文学为什么存在？为什么我们质询/研究对象是马华文学？为什么我们要问'什么是马华文学'？甚至，为什么更彻底的问题是'为什么马华文学'？那么，又是谁在提问？他们为什么提问？如果是我们提问，我们为什么提问？我们又是谁？……这些问题处理下来，不只检视了马华文学研究者主体性的由来与历史位置，同时也发现有关马华文学的论述，实为各种意识形态交锋的场域，马华文学也找到了它的历史位置。"② 林建国的辩证分析，不在为这些问题寻找答案，按照林建国的理解，答案或许并不存在，因为随着提问者历史位置的变化，答案也在诡谲地发生着变异，他的目的在于从盘根错节的结构关系中建立合理的提问方式，以拓展马华文学的阐释空间。

《等待大系》毫无疑问是 1996—1997 年《马华当代文学大系》的讨论中最富启发性的一篇文章，它的意义在于从理论的高度辨正了大系与经典之间的吊诡关系。林建国认为，"在概念的层次上，'经典只以绝对性（对'独一无二'的坚持）'为思考前提，所贯彻的是它（其实是我们）偏执的欲望法则"，如此，"经典"必然遭遇"缺席"的命运，大系的价值也将归于荒诞："如果大系的工作不在肯定我们拥有'经典'，或者所收集的不是马华文学的'经典'，大系就没有什么好编了。"③ 因而林氏提出不能把大系与寻找/确认经典完全等同起来，"'经

---

① 林建国：《为什么马华文学？》，载陈大为、钟怡雯、胡金伦主编《赤道回声：马华文学读本Ⅱ》，万卷楼图书股份有限公司 2004 年版，第 5 页。

② 同上书，第 28—29 页。

③ 林建国：《等待大系》，《南洋商报·南洋文艺》1997 年 4 月 18 日。

典'与否只能是次要的关怀"，"如果'经典'可以成立，必是在未来，并犹待指认"，当代马华文学大系的编撰者必须"了解编撰过程也是自我'废功'的过程"。①

方修在马华文学史上有着特殊的地位，他所编选的《马华新文学大系》以及撰写的《马华新文学史稿》、《马华新文学简史》和《战后马华文学史初稿》等对马华文学产生了深远的影响，成为后人谈论马华文学史无法绕开的一个"经典"。但是，在 20 世纪 90 年代由黄锦树等在台学者主导的重写马华文学史运动中，方修却吊诡地成为笔伐的对象。2000 年 9 月，林建国在台湾《中外文学》发表《方修论》，站在一个新的角度重新阅读和定位方修。在文章的前言，林建国开宗明义地指出，今天对方修的工作下评断，必须考虑在当时的历史情境中方修所遭遇的困境："首先他并未真正隶属学院，身份上只是报馆的记者和资深编辑，实际操作时，他先要克服史料搜集和整理上各种人力物力的困难，其次是拼装一套可用的理论解读史料，推演一个具备解释效力的文学史观。"在这样的情境中，"马华文学研究便不得不带些田野性格，和人类学越走越近"，20 世纪 90 年代对方修的批判，却没有意识到这一点，"泰半停留在他教条的左翼立场，特别是对他偏颇的品味（所谓的'现实主义'的坚持）最有意见，怀疑他编选大系作品时略去不少（特别是战前）流有现代主义血统之作"，从而简单化了马华文学及方修的复杂性，相应地也过度放大了"美学价值"，而在西方，美学现代主义早就"气数已尽"，"走到了尽头"。作为例证，林建国批判性地检视了张锦忠的马华文学史论述及其所援引的复系统理论。在回顾哈伯玛斯和李欧塔冷战后期关于现代性与后现代情境的辩论后，林建国提出他的一个设想："方修的文学史写作，是否可以提示另一条可能的现代性出路——至少是对第三世界？""表面上，方修的史料整理工作和'现代性'的问题没有关连。他的文学史写作虽然始于 1957 年马来亚独立，开始写作却出于偶然……然而我们还是很难说这种文学史自觉和'国家的诞生'没有关系，因为如果'国家的诞生'是一种和西方遭遇的结果，'文学史自觉'又何尝不是？""我们的思考出路在于知道诠释必须有局

_____

① 林建国：《等待大系》，《南洋商报·南洋文艺》1997 年 4 月 18 日。

限，抵达局限时接触的必须是结构。只有这样的人类学视野下，我们才了解，原来方修的文史实践触及了'现代性'的结构，承担了所有'现代性'要命的后果，变成第三世界文学史写作的'共同诗学'。"① 林建国对方修现代性的肯定，建构在他对当代西方资本主义及其文化资本的透彻了解上。《方修论》既为方修重新定位，也是对黄锦树、张锦忠包括他自己的反省，特别是对美学现代主义的思考。

　　与黄锦树相比，林建国的马华文学批评在理论性方面走得更远，这也难怪黄锦树要自嘲是"土法炼钢"②，同时，对各自操持的理论，黄锦树似乎也更为自信，而林建国则多了一份自省意识。当 2000 年林建国已经在《方修论》中反省 20 世纪 90 年代对方修的批判时，黄锦树却仍在同一期《中外文学》发表的《反思"南洋论述"：华马文学、复系统与人类学视域》中津津乐道"我们"（指黄锦树、林建国和张锦忠）20 世纪 90 年代的"共图"，继续重复 20 世纪 90 年代重写马华文学史论述中对方修的固有评价："就方修而言，在理论立场上明显的倾向社会写实主义，也以那样的政治正确做横断的基础，究竟多少可贵的资料在他的大系中被'处理'掉仍然是个谜。……整体上看来，在理论的层面上是过于素朴的，和当代文学理论也没有什么对话。"③ 反讽的是，林建国却在《方修论》中正面否定了黄锦树的以上论断，并用大量的篇幅阐述美学化的局限及美学现代主义的"过时"。很显然，虽然同属在台诠释群，黄锦树与林建国之间远不像外界（甚至黄锦树本人）所认为的那样分享同一个马华文学研究的诠释学视域。

　　陈大为与钟怡雯这对在台马华新生代的"金童玉女"，也是创作与评论并行的文坛多面手，他们的马华文学论述多依托诗歌与散文展开，补充了黄锦树、张锦忠、林建国这组"铁三角"之不足。

　　1995 年 10 月，当时尚在台湾东吴大学中文所读硕士一年级的陈大为受《南洋商报·南洋文艺》主编张永修之邀，发表了一篇评论马来

---

　　① 林建国：《方修论》，《中外文学》2000 年第 4 期。

　　② 黄锦树：《反思"南洋论述"：华马文学、复系统与人类学视域》，《中外文学》2000 年第 4 期。

　　③ 同上。

西亚中生代诗人叶明的诗评：《蛹的横切面——析论叶明的创作理念的形成与写作技巧的演进》①，该文因为是陈大为的第一篇马华文学评论，顺理成章地成为他个人马华文学研究的起点/开端，在文坛却没有像黄锦树、林建国那样初试啼声就引起轰动，甚至陈大为的马华文学论著《思考的圆周率：马华文学的板块与空间书写》都没有收入。但紧接着第二年，陈大为就凭一篇《马华当代诗选（1990—1994）》的"内序"：《从"当代"到诗"选"——〈马华当代诗选（1990—1994）〉》② 而名满马华文坛，成为与黄锦树一类被文坛前辈挞伐的人物，引发了一场有关"马华文学视角"与"台湾风味"的文学论争。

作为一个学者，陈大为的研究重心在台湾现代诗、亚洲都市诗和中国大陆当代新诗发展史，"马华文学始终不是我的研究主力"③，尽管如此，在近二十年的时间里（1995—2013），陈大为还是累积了一定的马华文学论述成果。2006 年出版的《思考的圆周率：马华文学的板块与空间书写》一书，收入了此前发表的 10 篇马华文学论文，讨论了世界华文文学的定义与属性、中国学界的马华文学论述、当代马华文学的三大板块、马华都市散文、地志书写、马华都市诗、辛金顺诗歌的原乡图景和潘雨桐的自然写作等话题，既有对彼时马华文学研究的不满与批判，也提出了一些新颖独到的观点，例如他将当代马华文学区分为"西马、东马、旅台"三个独立发展的文学板块，它们"如同一个文学的'联邦'"，"鼎足而三"④，提出要摒弃以西马为中心的马华论述与想象，恢复当代马华文学的应有面貌；另外，他对马华都市诗和都市散文的研究，虽借鉴了台湾许多已有成果，却使这两大长期受冷遇的书写题材浮出了马华文学的地表。

2009 年出版的《马华散文史纵论（1957—2007）》，是他一部独立的马华散文史专著，该书从马来西亚独立建国写起，依照历史发展的纵轴展开，讨论了 5 个时期马华散文不同的创作思潮与重要主题。

---

① 参见《南洋商报·南洋文艺》1995 年 10 月 10 日。

② 参见《蕉风》1996 年第 471 期。

③ 陈大为：《思考的圆周率：马华文学的板块与空间书写》，大将出版社 2006 年版，第 212 页。

④ 同上书，第 82 页。

2012 年出版的《最年轻的麒麟——马华文学在台湾（1963—2012）》，是目前所知第一部以在台马华文学为书写对象的文学史著作，该书系统梳理了在台马华文学自 1963 年产生到 2012 年的发展脉络，虽然描述重于阐释，且多为以往论文的改写整合，但仍不失史的意义和价值。

钟怡雯的学术研究经历了一个"亚洲华文散文论述—当代散文研究—马华散文论述"的递变过程，她的马华文学论述具有两个重要特征。一是以马华散文为对象，探析蕴藏其间的以原乡中国为中心的文化乡愁、知识分子的忧患意识以及以赤道雨林为场景的自然写作，2006 年出版的《灵魂的经纬度：马华散文的雨林和心灵图景》，收入的 6 篇论文是这一研究成果的集中展现。二是通过对马华散文和诗歌的研究，在马华文学史现实主义和现代主义之外，发现了长期被遮蔽的浪漫主义传统，2009 年出版的《马华文学史与浪漫传统》，重新确立浪漫主义在马华文学史上的地位和价值，她对马共书写、砂华自然写作以及马华杂文的研究，更是填补了马华文学史研究的相关空白。

陈大为与钟怡雯的马华文学论述，与黄锦树、林建国和张锦忠相比，除了更集中于散文和诗歌研究外，他们的研究也较少援引西方后学理论。此外，陈大为与钟怡雯虽很少从理论层面去探讨诸如重写等马华文学史话题（这些话题是 90 年代以来黄锦树等人十分热衷的），但他们却通过各种选集实践，间接地参与甚至实现了马华文学史的重构/重写，近二十年的时间，他们或独自或合作先后编选了《马华当代诗选（1990—1994）》（陈大为，1995）、《马华当代散文选（1990—1995）》（钟怡雯，1996）《赤道形声：马华文学读本 I》（陈大为、钟怡雯，2000）、《赤道回声：马华文学读本 II》（陈大为、钟怡雯、胡金伦，2004）、《马华散文史读本 1957—2007》（钟怡雯、陈大为，2007）和《马华新诗史读本 1957—2007》（钟怡雯、陈大为，2010）等马华文学选集，这些选集在重构马华文学典律、拓展马华文学研究等方面发挥了不可替代的作用。[①]

---

① 在本书的第四章，笔者还将深入探讨包括陈大为、钟怡雯等人在内的选集实践与重写马华文学史之间的理论关系。

1998 年张锦忠在回溯性文章《文学批评因缘，或往事追忆录》中，追忆了一件发生在 1991 年的"往事"：

> 那年初秋，我在台大男生第十四宿舍给林建国看稿子，请他提供意见，他那时正在撰写日后深获好评的《为什么马华文学》宏文，差不多同一时期，在台大念中文系的黄锦树也在撰写关于马华文学的文章。那一阵子感到很兴奋，因为马华文学是我们的"共图"，因为我们可以在这里用学术的角度探讨马华文学的课题，而不受马华文学的论战传统影响，同时也是马华文学论述"攻占"台湾学界公共空间的开始。①

这段话首次从当事人的角度提出了两个集体性概念："我们"和"共图"，虽然这里的"我们"还只是指张锦忠、黄锦树和林建国三人，不包括陈大为和钟怡雯，"共图"也只大而化之为"马华文学"。无独有偶，另一位当事人黄锦树在 2000 年《中外文学》第 4 期"马华文学专号"上发表的论文《反思"南洋论述"：华马文学、复系统与人类学视域》中再次提及"我们"及"共图"：

> 那时林建国在念清华大学文学所，我记得他曾在翻检既有成说后抱怨："后殖民论述一点也用不上。"而我还在念着"惨绿"的中文系，完全缺乏理论资源，讨论马华文学只能土法炼钢。然而我也还记得，那时我们对张锦忠带着后殖民论述色彩的《马华文学：离心与隐匿的书写人》并不满意——严格说来，它对我们这些"在地人"而言并没能提供多少东西。或者换句话说，我们期待的更多：重新建构一个马华文学研究的较为广阔的（诠释学）视域。从"共图"的角度来看，这一方面的基本工作也已经（接力式的）完成：从我的《"马华文学"全称刍议：马来西亚的华人文学与华文文学初探》、林建国的《为什么马华文学》而最终集大成于张锦忠的博士学位论文《文学影响与文学复系统之

---

① 张锦忠：《文学批评因缘，或往事追忆录》，《蕉风》1996 年第 471 期。

兴起》。①

这里除了进一步明确"我们"之存在外，还细化了"共图"的内涵："重新建构一个马华文学研究的较为广阔的（诠释学）视域。"

借用张锦忠和黄锦树的自我确认，第三代在台马华作家以 1991 年为起点，通过二十多年的时间，在马、台两地学界营构了一个具有广阔视域的在台诠释群，这一群体包括黄锦树、张锦忠、林建国、陈大为和钟怡雯等，他们以丰沛的学养，在创作的同时，积极开展马华文学研究反哺马华本土文坛及学界，虽引起了一些意气之争，却也彻底扭转了马华文学研究积贫积弱的局面，他们所建构的学术版图也成为 90 年代以来最具活力/冲击力的三大马华学术板块之一。

### 三　幽暗角落：大众文学、在台得奖与出版

历史梳理到黄锦树等，本应就此打住，开始下一个话题，然"存在即合理"，以武侠、科幻为主的大众文学作家以及黎紫书等在台出版和得奖的马华作家，理应在在台马华文学史上也有他们的位置，说他们暂居"幽暗角落"，并非对其下的价值判断，只是为了指出他们在当前的在台马华文学研究中受到冷遇的状态。

武侠小说于在台马华文学可谓源远流长，第一代在台马华作家温瑞安是一位享誉华文世界的新派武侠作家，他的"四大名捕系列"和"神州奇侠系列"奠定了其在在台马华文学史上的武侠宗师地位，但以往的在台马华文学研究受精英意识的影响，多不讨论武侠等大众文学，即使在研究温瑞安时，也多集中在他中国意识浓厚的诗歌和散文创作。温瑞安之后，在台马华文学的大众文学创作一度后继无人，直到 20 世纪 90 年代以后，吴龙川、张草、王经意等人的出现，这一创作流脉才有复苏的气象。②

———————————

① 黄锦树：《反思"南洋论述"：华马文学、复系统与人类学视域》，《中外文学》2000 年第 4 期。

② 由于缺乏充足的资料，以及必要的阶段性跟踪，下文对吴龙川、张草和王经意的分析，只能停留在现象描述的层面，且主要参考陈大为《最年轻的麒麟——马华文学在台湾（1963—2012）》一书的相关论述，更加深入的研究还留待以后进行。特此说明。

吴龙川，1967 年出生于马来西亚槟城大山脚镇，台湾大学动物系本科毕业后，转赴台湾"中央大学"中文系和台湾师范大学国文所修习中文，先后取得文学硕士和博士学位。2006 年，吴龙川以笔名"沧海未知生"，凭长篇武侠小说《找死拳法》摘得"第一届温世仁武侠小说百万大赏"首奖，"成为马华武侠小说史上一座重要的里程碑"①。《找死拳法》作为武侠小说，在门派与武斗的设计、文笔与思想性方面都有许多可圈可点的地方，突破了传统武侠小说固有模式，"其叙事语言的精确和生动程度，远远超过一般武侠小说的浏览性或交代性文字"，"吴龙川根本就是用纯文学的叙事语言和架构来写武侠小说"，"作为一部内在追寻的成长小说"，它在思想上也呈现了"一般武侠小说未能触及的深度"。②

张草，1972 年出生于马来西亚沙巴州，1991 年赴台就读侨大先修班，第二年考入台湾大学牙医系。1997 年至 2000 年，张草在台湾皇冠出版社出版了《无所不能的人》、《前生迷》等合称"云空行"系列的 8 部短篇小说集，此后又完成了合称"灭亡三部曲"的《北京灭亡》、《诸神灭亡》和《明日灭亡》，另外还有 3 部以惊悚为主题的中短篇小说集。张草的小说涵盖了科幻、武侠、灵异、玄怪等，是马华科幻文学的开拓者和重要作家。

王经意，1975 年出生于马来西亚，现定居台湾新竹。王经意曾获得多项台湾通俗文学大奖，包括第一届倪匡科幻奖首奖（《百年一瞬》，2004）、第五届温世仁武侠小说百万大赏短篇小说首奖（《杀人者》，2009）、台湾武侠金像奖、第三波奇幻文学奖等。王经意目前尚未结集出书，在创作方面，"还没有找到属于自己的一套武斗设计，仅有的短篇也看不出对江湖结构的规划，不过他是目前唯一的后进写手"③。

张锦忠认为，"广义而言，'在台马华文学'不一定限于马华作者在台，也指'马华文学'在台，即作品在台湾出版流通"④，即在台出

---

① 陈大为：《最年轻的麒麟——马华文学在台湾（1963—2012）》，台湾文学馆 2012 年版，第 240 页。

② 同上书，第 239、240 页。

③ 同上书，第 245—246 页。

④ 张锦忠：《关于马华文学》，台湾中山大学文学院 2009 年版，第 41 页。

版和得奖也应成为判断"在台马华文学"的要素之一。如果按照这种理解，屈居在台马华文学幽暗角落的，恐怕还不止大众文学，还包括一些经常在台出版书籍和得奖的马华作家。1996 年，不具留台背景的马华本土作家黎紫书，凭《蛆魇》获得第十八届《联合报》小说首奖，开启了马华本地作家在台得奖的先河，此后的十余年间贺淑芳①、李天葆②等也多次获得台湾各种文学奖。在台得奖的同时，马华作家也选择在中国台湾出版书籍，黎紫书最重要的长篇和短篇小说集都在台湾出版，此外，李天葆、陈志鸿、贺淑芳等人也都在台湾出版了个人作品。从收编的角度出发，我们大可将黎紫书等在台得奖与出版的马华作家的作品纳入在台马华文学的范畴进行研究，事实上，这也是 21 世纪以来马华文学与台湾文坛关系的一个重要走向，代表了一种新的文学现象。但是，从学理的角度来看，在台留学和在台创作应该是定义在台马华文学的最关键要素，在台得奖和在台出版可作为参考要素，正如陈大为所讲，"'在台'的马华文学很难讨论，人多书杂，尤其近几年在台出版的书越来越多，质量逐渐失控，有些言情小说或软性读物也加入'在台'阵容，导致这个名称的含沙量越来越高"③。

## 第四节　台湾的意义：场域、中介与经验

　　一代又一代的旅台写手带走了属于他的台湾经验，慢慢消化、融入日后的创作思维当中。说起台湾，总是一番缅怀与不舍。④

　　　　　　　　　　　　　　　　　　　　　　　　——陈大为

　　在过去的五十年里，中国台湾就像马华文学的一块海外"租借地"，一代又一代的马华写作人在这里学习、生活和创作，最后有的选

---

① 贺淑芳 2002 年以《别再提起》获第二十五届《中国时报》文学奖评审奖，2008 年以《夏天的旋风》获第三十届《联合报》文学奖评审奖。

② 李天葆 2009 年以《指环巷九号电话情事》获第三十二届《中国时报》文学奖短篇小说评审奖，2011 以《灯月团圆》获第二届桐花文学奖短篇小说首奖。

③ 陈大为：《从马华"旅台"文学到"在台"马华文学》，《华文文学》2012 年第 6 期。

④ 陈大为：《大马旅台一九九〇》，《台港文学选刊》2012 年第 1 期。

择居留，有的则返回大马，无论前者还是后者，台湾都在他们的写作生涯中留下了或浅或深的印迹，以致"说起台湾，总是一番缅怀与不舍"。对在台马华作家来说，台湾既是场域，也是中介，更意味着经验。

## 一　台湾作为场域

"场域"是布迪厄1975年在《科学场域的特殊性》中提出的一个概念，他认为："从分析的角度来看，一个场域可以被定义为在各种位置之间存在的客观关系的一个网络，或一个构架。正是在这些位置的存在和它们强加于占据特定位置的行动者或机构之上的决定性因素之中，这些位置得到了客观的界定，其根据是这些位置在不同类型的权力（或资本）——占有这些权力就意味着把持了在这一场域中利害攸关的专门利润的得益权——的分配结构中实际的和潜在的处境，以及它们与其他位置之间的客观关系（支配关系、屈从关系、结构上的同源关系，等等）。"① 台湾是一个特殊的场域，在台马华作家"在这里业经多年刻苦经营以谋求学者/作家的（文化）身份证"②；台湾提供了他们在各种结构关系中的象征资本，其中最关键的莫过于文学文化资本的累积及参与台湾文学场文化资本的调整分配。台湾之于在台马华作家的意义，正如黄锦树所言："犹如30年代的东京之于日据下受日本教育长大的台湾青年——以日语写作的那些人，作品亟求在日本文坛获得认可，以期鱼跃龙门，荣归故里。亦如20世纪初期以来的巴黎之于拉丁美洲的文学青年。"③

李永平就如黄锦树所讲的这两个时代的文学青年，中国台湾是他获得作家身份的文学母体，"鱼跃龙门"，虽未荣归婆罗洲"故里"，却也在他儒慕的原乡中国觅得了一方心灵栖息之地。李永平赴台前就开始创作诗歌和散文，但创作素养的形成，还是在赴台留学之后："来台湾是我命运的一个转折点，我在沙捞越成长，受教育，对文学懵懵懂懂，根

---

① ［法］皮埃尔·布迪厄等：《实践与反思》，李猛等译，中央编译出版社1998年版，第133—134页。

② 黄锦树：《绪论：在马华文学的边界》，载黄锦树《马华文学：内在中国、语言与文学史》，华社资料研究中心1996年版，第2页。

③ 同上。

本不懂得文学是什么，进入台大外文系才真正接触到文学，才知道写小说不是写一个故事而已，是有意思的，还是境界极高的艺术啊，这是我的启蒙，是在这个特殊环境里开窍的……那些年是我一生里心灵最丰富的收获，我是被熏陶养成的一个小说家。"① 担任李永平文学启蒙导师的正是他在台湾大学外文系求学期间的两位恩师——王文兴和颜元叔。李永平在《文字因缘》一文中对此进行过追认。

1967 年，顺利进入台湾大学外文系就读的李永平并没有外人想象的那种兴奋，反而是整日"游魂似地逡巡在新生大楼门前青草地小径上"，"心中一片茫然"②，此时的李永平，文学非其所想，倒是很想去读国贸，面对这位茫然的热带浪子，外文系一位老师指引他去听小说家王文兴的课，希望对他"有所启发"。正是这次无意间的指引，改变了李永平对文学的看法，开启了他的文学熏陶之旅："原来人世间竟也有'小说'这门'艺术'呢！这一发现对浪子而言不啻石破天惊，因为，这之前，浪子以为小说也者只不过是讲一个精彩的故事而已。"③ 听完王文兴小说课的李永平，"心头慕一亮：我也要写一篇小说"④。那年暑假年轻的李永平果真写出了一篇名叫《拉子妇》的小说，机缘巧合，这篇小说恰好被那年刚从美国留学回来的外文系教师颜元叔看到，这位李永平生命中的"贵人"发现了他的创作潜质，于是召他到研究室恳谈，这又是一段文学启蒙之晤："背对着一窗斜阳，抚摸着他那颗傲岸挺拔的小平头，睥睨着，畅论小说家的时代责任和文学的社会意识。他伸出蒲扇一般大的手掌，叭、叭，在浪子细瘦的肩膀上猛拍两下，接着又在浪子心窝上打一拳：'好好写作吧！将来说不定会有一点小成就哦。'这一拳擂得浪子浑身战栗，两腿虚软，有如醍醐灌顶，心中登时一片清凉。"⑤ "沉睡"的李永平终于"开窍"，从《拉子妇》到《吉陵春秋》再到《大河尽头》，这个来自南洋的"侨生"借助台湾的出版和

---

① 伍燕翎、施慧敏整理：《浪游者——李永平访谈录》，《文景》2012 年第 3 期。

② 李永平：《文字因缘》，载李永平《迟迟 李永平自选集 1968—2002》，麦田出版社 2003 年版，第 27 页。

③ 同上书，第 27—28 页。

④ 同上书，第 28 页。

⑤ 同上书，第 29 页。

文学奖机制，成为享誉华人世界的中文作家。

　　李永平是在台马华作家在台湾获得作家身份的典型案例，而非孤立的个案。台湾作为一个场域，恰似文学母体，对在台马华写作人产生了直接影响："那是一个完整的教育体制与文学资源，在一定的时间长度中（大学四年或更久），从单纯的文艺少年开始启蒙—孕育—养成—茁壮其文学生命（中间或经由各大文学奖的洗礼而速成），直到在台结集出书，终成台湾文坛的一份子的过程。"① 张贵兴、商晚筠、潘雨桐、黄锦树、陈大为、钟怡雯等在台马华作家，都是借助台湾这一场域的文学文化资本完成他们从文艺少年到作家的成长仪式，即使诸如林幸谦等在马来西亚已经小有名气的作家，也离不开台湾场域对他们的提携。正如张锦忠在与李有成一次有关"离散经验"的对谈中所述："台湾文学场域除了提供一个离散空间让在台马华作家去思考家国的问题外，也提供一个相当健全的创作空间让这些作家发挥才华。如果李永平、张贵兴或黄锦树当年不来台，他们会不会写出那些在台湾出版的作品呢？张贵兴在砂捞越时已发表了不少感性浪漫的散文，但如果不来台，他会写出《猴杯》和《群象》这样的小说吗？李永平的《海东青》写台北，可是近年来他又回头写婆罗洲。这个离散空间让李永平找到重新回顾原乡的距离，也让黄锦树在小说里遥望南马的园坵与土地。"②

　　在 1996 年马华文坛发生的围绕《马华当代诗选（1990—1994）》及其"内序"的论争中，马华本地评论家端木虹指责《诗选》及"内序"的作者陈大为是用台湾的视角/口味在审视马华文学。端木虹的论点虽遭陈大为、黄锦树等批驳，并否认"台湾文学视角"的存在，但端木虹的观察也绝非空穴来风，毫无依凭。在台马华作家置身台湾场域学习、生活和创作，台湾文学的各种观念和思潮必然会对他们产生影响。例如在台马华中生代作家商晚筠"对文化的理解明显受到'三三集刊'创刊理念的影响"③，同时，商晚筠在台湾学习创作的阶段，"不

---

　　① 李永平：《文字因缘》，载李永平《迌迌 李永平自选集 1968—2002》，麦田出版社2003 年版，第 28 页。

　　② 李有成、张锦忠：《在文学研究与创作之间：离散经验》，《思想》2010 年第 17 期。

　　③ 金进：《台风蕉雨中的迷思与远蹰——试论马华作家商晚筠小说中的台湾文学影响》，《世界华文文学论坛》2010 年第 1 期。

但赶上了台湾的文学奖黄金时期，同时也赶上20世纪70年代的乡土文学论战，黄春明等年轻作家对乡土小说的革命性创作，打开了商晚筠的视野"，"尤其以母语/台语入文的写作技巧，在乡土文学创作中取得重大的成果，对商晚筠也起了一定的激励作用"①。陈大为"在大一时苦读的三百本诗集和散文集，全是台湾文学作品"，而据他的观察，这在当时的马华留台生中是一种普遍的现象，"印象中除了黄锦树，似乎没有人阅读或谈论马华文学，大陆新时期文学引进来的很有限，我们真正承接、吸收的是台湾现代文学"②。而钟怡雯也敏锐地发现："新诗方面比较明显影响来源是夏宇、陈克华、罗智成三人，写得比较好的马华年轻诗人，很少没读过这三位诗人的作品。小说和散文也差不多如此。就以杨为例，当年的大马青年社，杨牧对社员们的影响，相当惊人。多位学长的作品都有杨牧的影子。"③

## 二　台湾作为中介

借用传播学的理论，对在台马华作家而言，台湾是一个空间中介，在他与西方各种文论思潮之间起着一种桥梁作用，"使传受两者通过它交流信息、发生关系"④，可以说，每一代在台马华作家都或多或少地受到了西方文论思想的影响，而大多也都是借助台湾中介实现的。

20世纪50年代中期至60年代初，一股波及诗歌、小说、散文和戏剧等各文类的西方现代主义思潮在台湾文坛涌动，"那个时候，风起云涌，很多派别和主义一下子涌进了台湾，有的还没弄透彻，就已经付诸实验了，非常之纷繁"⑤。与此相关，也诞生了一批主张现代主义的文学社团和刊物，如"现代派"、"蓝星"诗社、"创世纪"诗社等社团及《文学杂志》、《创世纪》、《现代文学》等期刊。这股产生于60年代前

---

① 陈大为：《最年轻的麒麟——马华文学在台湾（1963—2012）》，台湾文学馆2012年版，第130页。

② 陈大为：《大马旅台一九九〇》，《台港文学选刊》2012年第1期。

③ 陈大为、钟怡雯：《发展与困境：90年代马华文学》，《南方学院学报》2005年创刊号。

④ 邵培红：《传播学》，高等教育出版社2000年版，第148页。

⑤ 余光中：《现代主义文学与台湾文学》，《世纪论评》1998年第1期。

后的台湾现代主义思潮，强调"在历史精神上做纵的继承，在技巧上
（有时也可以在精神上）做横的移植"①，文学实践"受到西方现代主义
文学强调的意象、象征、暗示等艺术手法的强烈影响，在运用这些手法
的同时，又将其与意境、比兴、含蓄等典型的中国手法熔于一炉，形成
一种独特的东方现代主义文学风格"②。第一代在台马华作家，尤其是
王润华、陈慧桦、淡莹等恰好赶上了这股现代主义的尾声，通过台湾这
一中介接受西方现代主义洗礼，联合其他校园诗人，创办星座诗社，
"提倡现代主义，积极介绍理论和新思潮"③，在文学创作中，则积极践
行现代主义的前卫和创新精神，追求不拘一格的艺术风貌。笔者在本章
第一节讨论过的星座成员王润华的《第几回》一诗，就是一首将现代
主义手法与中国古典意象相融合的典范之作，收入在《高潮》诗集中
的其他诗歌同样没有脱离现代主义技巧的运用，正如翱翱在诗评中所
讲："在技巧的运用中，王润华更糅合了戏剧诗的独白与对白，造成一
片波浪起伏的效果，诗人本身的情感动机，经验，剧中的情节，神话原
型，均是一片此起彼伏的波涛，分不出是水花，是浪，抑是大海。"④
除了王润华，第一代在台马华其他作家也都受到西方现代主义的影响，
在创作上力求创新、不拘一格。

　　1987年台湾解严后，整个社会趋向多元化，理论思潮风起云涌、
变幻莫测，西方各种后现代和后殖民理论思潮，"你方唱罢我登场"，
第三代在台马华作家正是在这样一种社会文化背景下进入台湾高校就
读，耳濡目染各种"后学"理论。20世纪90年代初进入台湾大学外文
系攻读博士学位的张锦忠对此深有感触，他在《文学批评因缘，或往事
追忆录》中特别谈及他在台湾对"后学"理论的接受情况："在台大念
博士班那几年，新历史主义、后殖民论述、少数族群论述、文化研究等

---

① 痖弦：《当代中国新文学大系·诗》，转引自黄万华《战后至1960年代台湾文学辨析》，《文学评论》2008年第1期。

② 张渝生：《台湾现代主义文学的中西艺术融合》，《文艺研究》2001年第2期。

③ 陈慧桦：《校园文学、小刊物、文坛——以〈星座〉和〈大地〉为例》，载陈鹏翔、张静二合编《从影响研究到中国文学》，书林出版有限公司1992年版，第70页。

④ 翱翱：《评王润华波浪型诗集〈高潮〉》，载王润华《高潮》，星座诗社1970年版，第66页。

更当代的西方理论新浪开始登陆台湾，我躬逢其盛，加上身为马来西亚人的后殖民身份属性，我几乎不加深思地接受了这些论述模式与意识形态。"①

　　同样在台湾高校外文系就读的林建国，其深厚的西方"后学"理论基础大部分也是通过台湾这一中介扎下的，与张锦忠稍微不同，林建国90年代中期转往美国攻读比较文学博士学位，因而他对当代西方理论的把握和运用（尤其是在分析马华文学时）少了一些斧凿痕迹。

　　黄锦树自陈"念着'惨绿'的中文系"，在讨论马华文学时"完全缺乏理论资源"，"只能土法炼钢"②，但他在小说创作中却将后设等后现代技巧"玩弄"得炉火纯青。后设小说③20世纪80年代初随后现代主义思潮被介绍到台湾，1983年台湾作家伍轩宏在《中外文学》发表小说《前言》，开台湾后设小说创作先河，此后，"迭经黄凡、张大春、蔡源煌、林耀德、平路等人的努力，'后设小说'（metafiction）已成为台湾'后现代'文学表达形式中的一个重要环节"④。1987年解严到20世纪90年代中期，是"后设小说在台发展的精华时期"⑤，黄锦树也在1994年出版了他的第一本小说集《梦与猪与黎明》，该小说集最大的一个艺术特色是后设技巧的大量使用。黄锦树强调"后设是不得已的"，因为他"比较喜欢复杂的形式"，林建国也认为在后设技巧背后尚有"伦理的维度"，"黄后设策略因应的是大马历史书写的苦难局面，与大马历史情境内的政治纠葛、意识形态以及知

----

　　①　张锦忠：《文学批评因缘，或往事追忆录》，《蕉风》1996年第471期。

　　②　黄锦树：《反思"南洋论述"：华马文学、复系统与人类学视域》，《中外文学》2000年第4期。

　　③　"后设小说"英文名"metafiction"，中国大陆一般译为"元小说"，它是一种反身观照"自身虚构"特质的虚构文体，这样的"观照"是借助呈现"进行小说创作"的"自我指涉"行为，来凸显"小说/虚构"的事实。简言之，后设小说是以小说为对象的小说，即关于小说的小说。

　　④　黄清顺：《后设小说的理论建构与在台发展——以1983—2002年作为观察主轴》，丽文文化事业股份有限公司2011年版，第3页。

　　⑤　同上书，第212页。

识谱系有很深的牵扯"。① 黄锦树的后设策略因应的不光是大马历史，它还因应了当时台湾文坛兴起的后设风潮。由此观之，黄锦树并非完全缺乏西方后学理论资源，只不过林建国等用于马华文学论述，而黄锦树则在马华文学创作中进行操练。

### 三　台湾作为经验

　　台湾是在台马华作家的受业之地、流寓之乡，他们成年之后的大部分时间都在这里度过，其中李永平、张贵兴、黄锦树、陈大为、钟怡雯等在台生活时间甚至已经超过了在大马的时间。在台湾几十年的生活体验必然养成有别于出生地大马的台湾经验，尽管每个在台马华作家的台湾经验可能千差万别。即使像黄锦树在面对"为什么不写你的台湾经验"这一问题时显得很不屑："不过是念书教书的台湾经验，有什么好写的？"② 他在与骆以军的对谈中，仍直言"我有我的台湾经验"："这十八年（1986—2004 年，引者注）都是成年以后的生活，十八年来亲历旁观台湾的戒严解严，日日读报看新闻读这里各式各样的出版品，不知不觉也和台湾人重叠了部分集体记忆。虽然我的生活空间相对的窄，大都在校园内，城市。但从台北到淡水，从新竹到台中、埔里，倒也走过半个台湾。当然，我有我的台湾经验。"③ 这种置身台湾场域近二十年获得的亲身体验，使黄锦树能够很自如地游走于台湾文学场和学术场："我的台湾经验也让我有机会如人类学家般就近观察，获得在地知识，比其他旅台先辈及同辈更大规模的介入当代台湾文学的论述场域。"④ 这恐怕也是黄锦树、陈大为、张锦忠等在台留学、就业、创作、生活的马华作家与黎紫书、李天葆等在台获奖、出版的马华作家最大的不同：他们经由台湾经验获取了一套自成系统的台湾在地知识。

　　"书写台湾经验"或许是在台马华作家最常被问及的话题之一，他

---

　　① 林建国：《反居所浪游》，载黄锦树《死在南方》，山东文艺出版社 2007 年版，第321 页。

　　② 黄锦树：《台湾经验》，载黄锦树《土与火》，麦田出版社 2005 年版，第 14 页。

　　③ 黄锦树：《与骆以军的对谈》，载黄锦树《土与火》，麦田出版社 2005 年版，第316 页。

　　④ 同上书，第 317 页。

们在台留学、就业、生活所累积的经验多以文学养分的形式被转化，成为在台马华文学的书写维度之一。以张贵兴为例，他在 1981 年至 1991 年这十年间的早期创作，多为台湾经验的投射："他清楚意识到自己对写作经验的捕捉，以及试图摸索从旅居到移居台湾过程中，对台湾文坛写作趋势，以及在地感觉结构的初步掌握。"① 即使是张贵兴后期以婆罗洲雨林书写享誉中国台湾及马来西亚两地文坛的《猴杯》和《我思念的长眠中的南国公主》等作品，同样不乏台湾痕迹。《猴杯》中的主人公雉是一个在台教书的大马青年，因与自己的学生发生不当关系被校方开除返回大马，恰逢自己的妹妹逃回婆罗洲雨林，雉不得已展开了一场寻找之旅，在叙述上，这部小说最大的特色之一是雉的婆罗洲寻找之旅与他在台湾的生活交叉进行，台湾经验成为小说不容忽视的组成部分。另一部长篇小说《我思念的长眠中的南国公主》中的台湾色彩更加浓厚，"我"的父亲是一位在台留学的大马侨生、母亲和父亲的同学都是台湾人，他们厌倦了台湾的都市生活，"回到"婆罗洲过着骄奢淫逸的人造雨林生活，在叙述上同样是大马和中国台湾两个生活场景交叉进行。

对于在台马华作家而言，大马的童年记忆和中国台湾的成年经验，都成为他们创作生命的结构组成。台湾作为经验，拓展了在台马华文学的书写维度，也丰富了其在文学创作中的跨界意义；而大马作为乡愁的起源，攸关在台马华作家的身份和认同，在创作中自有其无法取代的价值。笔者将在第三章通过不同代际在台马华作家的文本着重分析在台马华文学的书写特色，以及它在跨界书写与多乡纠葛中生发的独特价值。

---

① 高嘉谦：《台湾经验与早期风格——〈沙龙祖母〉代序》，载张贵兴《沙龙祖母》，联经出版事业股份有限公司 2013 年版，第 4 页。

# 第三章

# 跨界的文学书写：出走南洋与回望马华

目前在台的这一批学者、作家，他们的作品堪称是"马来商标与台湾条形码"。①

——简文志

在台马华作家通过留学渠道从马来西亚到中国台湾，"他们无论是旅居台湾或以自我流放心态在台湾教书写作，整体上来说他们的地理位置既不在本土，又不属于台湾族群的处境，形成一种漂泊离散的现象"②。这种地理位置的"尴尬"造成在台马华文学属性的错位与移动："一方面既是台湾文学也是马华文学，另一方面也是马华文学的流离失所：作品既不在马华场域发生，作者又不具台湾身份，何况还写胶园雨林。"③从血缘的角度看，在台马华文学既不是纯正的马华文学，当然更算不上是正宗的台湾文学，它应为马华文坛与台湾文坛"联姻"的产物，在美学上具备跨界的特质：出走南洋与回望马华。

## 第一节 被误读的"另类美学"：马来商标与台湾条形码

台湾和婆罗洲在我心中的分量，放在手心掂一掂，实在无分轩轻啊，难怪在我作品中这两座岛屿一在南海一在东海，却总是纠结

---

① 简文志：《张贵兴小说的叙述辩证——兼以想象旅台马华文学的未来》，新世纪华人文学与文化学术研讨会论文，马来西亚，2004 年 4 月 1—3 日。

② 张光达：《马华旅台文学的意义》，《南洋商报·南洋文艺》2002 年 11 月 1 日。

③ 张锦忠：《〈离散〉在台马华文学与原乡想象》，《中山人文学报》2006 年第 22 期。

在一起，难分难解。①

——李永平

20 世纪 80 年代以降，随着李永平、张贵兴、潘雨桐、黄锦树、陈大为、钟怡雯等屡屡斩获中国台湾和马来西亚两地各种大型文学奖，批评界亦开始将目光转向这批"特殊"的获奖者，解读他们作品所呈现的"另类美学"。有趣的是，来自中国大陆、中国台湾及马来西亚等学术场域的批评者，多从文学奖评审机制出发，认为在台马华文学是"马来商标"与"台湾条形码"的结合，迎合了文学奖评委对异域情调的渴求以及台湾读者的南洋消费欲望。

大陆学者刘小新长期关注马华文学与台湾文学，早在 20 世纪 90 年代中期就开始从事在台马华新生代文学研究，由于对马来西亚与中国台湾两地的文学生态都有清醒的认识，刘小新的相关研究深受黄锦树、陈大为等人的首肯②，尤其是当三地批评界还被 20 世纪 90 年代马华文坛的系列文学论争搅得"头晕目眩"时，刘小新就清醒地意识到"黄锦树现象"，"是马华文坛思潮流变美学范式转型和话语权力转移的聚焦式体现或象征性表征"③。

刘小新也是大陆较早从台湾文学奖评审机制的角度考察在台马华文学"另类美学"生成原因的学者，他在 2002 年发表于吉隆坡《人文杂志》上的《论黄锦树的意义与局限》一文中认为："总体上看，马华旅台文学有一种与台湾文学不太相同的另类品格。在一个喜欢另类文化消费的社会，旅台作家的南洋情调或马华性是打入台湾文化市场的最佳卖

---

① 李永平：《文字因缘》，载李永平《迌迌 李永平自选集 1968—2002》，麦田出版社 2003 年版，第 36 页。

② 相关成果可参见 2011 年集中收入由江苏大学出版社出版的刘小新专著《华文文学与文化政治》一书中的《解构与逃遁：马华新世代诗的一种精神向度》、《九十年代马华诗坛新动向》（与黄万华合作）、《近期马华的马华文学研究管窥》、《海外文界的异数：马华作家林幸谦创作论》、《"黄锦树现象"与当代马华文学思潮的嬗变》、《世代更替与范式转换——近十年马华文学发展考察》、《从方修到林建国：马华文学史的几种读法》、《论黄锦树的意义与局限》、《马华旅台文学现象论》、《当代马华文学思潮与"承认的政治"》等论文。

③ 刘小新：《"黄锦树现象"与当代马华文学思潮的嬗变》，《华侨大学学报》2000 年第 4 期。

点”，“以异国情调、‘他者’身分和‘另类’美学成功介入台湾文学场是旅台作家的生存策略”。① 此外，他在后来发表的《马华旅台文学现象论》②、《马华旅台文学一瞥》③ 等文中也重复了《论黄锦树的意义与局限》中的类似观点。很显然，刘小新从台湾文学的角度，敏锐地看到了在台马华文学的异质性，但他却过多地将这种“另类美学”的生成原因归结于迎合台湾社会的文化消费心理，难免存在一定的误读。

其实产生误读的何止大陆学界的刘小新，来自中国台湾及马来西亚的学者同样存在类似的思维定式。陈大为就曾抱怨他的马来西亚同乡们，“根本不能了解台湾文坛、出版界和书市的习性”，“部分西马作家对旅台作家能够在台湾频频得奖，深感不以为然。他们认为那是旅台文学作品的异国题材，迎合了台湾评审的猎奇心理”④。反观中国台湾，陈大为同样有些失望：“在很多台湾读者脑海里，想到马华文学的时候，首先浮现那一片丛林，然后再想到一些具有象征意义的走兽，接着是传奇故事和族群历史，这个区块相当丰富。”⑤ 台湾联经出版公司副总编辑胡金伦，在谈到在台马华文学与台湾本土文学的差异时，也认为主要反映在主题上，而这种主题上的差异间接造成台湾阅读市场对在台马华文学的接受：“像张贵兴、李永平所写的婆罗洲岛、热带雨林、马共，那绝对是台湾作家没办法写出来的，因为他们完全没有那种生活经验，即使用想象也很难想象出来。某些读者对他们的作品的兴趣主要也是来自于这种生活经验跟背景的不同。”⑥ 即使在台湾文坛已经声名显赫的陈映真、苏伟贞等，也对在台马华文学的“另类美学”颇有“怨言”：“在台湾写一点蕉风椰雨，异国情调，在台湾文坛受到瞩目，可是毕竟

---

① 刘小新：《论黄锦树的意义与局限》，载刘小新《华文文学与文化政治》，江苏大学出版社 2011 年版，第 299—300 页。

② 刘小新：《马华旅台文学现象论》，《江苏大学学报》2002 年第 2 期。

③ 刘小新：《马华旅台文学一瞥》，《台港文学选刊》2004 年第 6 期。

④ 陈大为：《序：鼎立》，载陈大为、钟怡雯、胡金伦主编《赤道回声：马华文学读本Ⅱ》，万卷楼图书股份有限公司 2004 年版，第Ⅺ页。

⑤ 陈大为、钟怡雯：《发展与困境：90 年代马华文学》，《南方学院学报》2005 年创刊号。

⑥ 周富标、胡金伦：《从“世界华文文学”的观念看马华文学》，《书香两岸》2012 年第 3 期。

那是装扮出来的蕉风椰雨，不是具体生活的题材"（陈映真）；"（张贵兴）显然来自东马。雨林是作者个人写作的主体，亦是大马以华文写作者全体所背负的共同记忆。雨林，长出生命，也消失生命；类似的故事内容，雨林成为一个书写的道场，似曾相识，同样长出作品生命，也混淆了创作者自主性。作者仿佛在转述一个流传在东马华人间的传说，使我们产生一种阅读上的熟悉感，这是我对这篇小说质疑的地方"（苏伟贞）。①

　　从李永平、张贵兴到黄锦树，他们的文字的确被茂密的雨林覆盖着，但并不能因此就草率地判定在台马华文学是在贩卖南洋情调，更不能就此认为在台马华文学的书写题材局限于马来西亚，只要稍微把阅读的视域扩大，且不说钟怡雯的散文和陈大为的诗歌，即使如李永平、张贵兴和黄锦树的小说，在题材上也早已超越了马来半岛。

　　关于在台马华文学与台湾消费市场的关系，我们必须慎重地思考以下几个问题："究竟台湾人接受了什么？他们接受的是题材？还是作者处理题材的手段，以及语言上的表现？"②答案恐怕并没有想象得那么简单。作为一个有着深厚中文传统的地区，台湾的读者和文学奖对马华文学的期望不至于只停留在题材的异质性上，"不是说只抓几棵树几只动物，读者就得全盘接受马华文学。……目前我们旅台作家在马华最畅销的作品是《吉陵春秋》，十九年来，累积了一万多本的销量。九十年代最畅销的是《垂钓睡眠》，八年卖了一万本，但《垂钓睡眠》的马华色彩相当低。马华散文在台湾被接受的是散文创作本身的素材经营、语言技巧，和创意，而不是马华性。那是非常个人风格的书写成果。……我过去很努力在写南洋史诗，刚开始以为被台湾读者接受了，实际上这个'接受'主要在文学奖的版图里。换言之，我可以用南洋史诗去征服评审和主编，可是这个陌生的题材在面对广大读者时，很难才推得出去。……马华文学在台湾的生存，必须同时面对文学奖、副刊发表、出

---

　　① 杨宗翰：《马华文学与台湾文学史——旅台诗人的例子》，《中外文学》2000年第4期。

　　② 陈大为、钟怡雯：《发展与困境：90年代马华文学》，《南方学院学报》2005年创刊号。

版、评论、销售等诸多环节的考验。"①

　　之所以会对在台马华文学的"另类美学"产生误读，与误读者对马来西亚及中国台湾两地的文学生态缺乏深入体察有关，同时"缘于对人文地理景观的不熟悉，缘于中文世界对边陲的异族区域也有'东方主义'式的理解，以至于离散作为一种情调，构成了消费的美学氛围"②。在台马华作家的创作，应该是马来记忆与中国台湾经验的跨界融合，马来西亚借助雨林等意象深植文本，但中国台湾也成为作家们"由岛及岛"（马来半岛到台湾岛）之后的叙事观照对象，在美学上表现为"出走南洋"与"回望马华"的结合。

　　陈大为在散文集《木部十二画》的自序中讲："台北是我留学的所在，中坜是我定居的家园，怡保是我成长的家乡。三个地方，各有重要性。"③对李永平、张贵兴、黄锦树、陈大为、钟怡雯等在台马华作家而言，赴台留学之前，他们在马来西亚度过了十多年的童年时期，不管快乐还是忧伤，都已通过童年记忆的形式转化为日后创作的丰富资源。很多人在中国台湾生活的时间都已超过其马来西亚出生地，但他们在心灵上从没有离开过这片土地，他们的文学生命，从这里出发，又在另外一个岛对马来西亚深情凝眸，如此才有李永平、张贵兴的婆罗洲、黄锦树的胶林、陈大为的南洋和钟怡雯的新神州。

　　出走南洋之后，在台马华作家选择台湾的某个城市求学、定居，这里成为他们成年之后重新开始生活的地方，虽是异乡，却也经历了他们日常生活的辛酸苦辣。文学来源于生活，台湾经验自然也成为在台马华作家创作的源泉之一，于是我们在张贵兴的小说中看到他的主人公不断游走于马、台两地，李永平也写出了"海东青：台北的一则寓言"，钟怡雯更是在散文中不断铺陈她的台湾感受。

　　正如陈大为所讲，对大部分在台马华作家而言，有三个地方对他们

────────

　　①　陈大为、钟怡雯：《发展与困境：90年代马华文学》，《南方学院学报》2005年创刊号。

　　②　高嘉谦：《当代马华文学中的寓言书写》，去国·汶化·华文祭：2005年华文文化研究会议论文，台湾交通大学，2005年1月8—9日。

　　③　陈大为：《岁月（自序）》，载陈大为《木部十二画》，九歌出版社2012年版，第5页。

的创作都有很重要的意义：于陈大为是怡保、台北和中坜，于李永平是古晋、台北和大半个台湾，于张贵兴是罗东、台北和宜兰，于黄锦树是居銮、台北和埔里，于钟怡雯是怡保、台北和中坜，于林幸谦则是芙蓉、台北和香港。他们在这些地方建构了自己的精神家园，写作对他们而言，是一种身体的出走，也是一种精神的回归，正因为如此，如果非得将他们的书写归入"另类美学"，那也应该源于他们的跨界，而非"东方主义"式的误读。

## 第二节 "岛屿纪事"：台湾的一则寓言

> 台湾苍凉，却也绮丽万端。①
>
> ——李永平

在台马华作家十几岁或二十岁高中毕业即离马赴台，除商晚筠、潘雨桐、林幸谦、辛金顺等外，大多在中国台湾生活的时间都已超过在马来西亚时期。这种经由留学及就业定居所累积的台湾经验，转化为在台马华作家创作的宝贵资源，并透过艺术形式呈现到文学作品中。借用钟怡雯的一篇散文名称，笔者将在台马华作家的台湾书写命名为"岛屿纪事"，其特质之一是铺陈"台湾的一则寓言"。

### 一 骊歌满城：堕落的伊甸园

在南洋好不容易念完高中，一九六七年回国就读台湾大学。搭乘轮船初抵宝岛，在基隆港登岸，雇一辆出租汽车运载行李沿麦帅公路直奔台北。进城之际正值傍晚，秋夏之交西北雨欲来，只见黑云压城。偌大的城市暗沉沉悄没声，暮一亮，城心楼台深处忽地飞绽起一簇烟花，转眼夜幕垂落，万家灯火次第点燃，天女散花般沿着城中条条通衢大道中山南北路南京东西路……四面八方飞洒开来，染红了淡水河口那一轮暗淡的落日。车潮大起。满城汽车金光

---

① 李永平：《文字因缘》，载李永平《迌迌 李永平自选集1968—2002》，麦田出版社2003年版，第42页。

灿烂，夕阳下好似千百条花火蛇蜿蜒穿梭灯火中，中山北路早已弦
歌四起，九条通火烧火燎，各式霓虹争奇斗艳，满坑满谷兜舞旋
转，将巷弄中那一座座歌台酒馆妆点得有如火坞洞房一般。……琼
安，当时我乘坐出租汽车进城，简直看呆啦。我这个出生在婆罗洲
蛮荒小城的华侨小伙子，长到二十岁了，几时看过这样繁华的
灯火。①

这是李永平第一次进入台北时留下的印象：弦歌四起、繁花似锦，
用"震撼"两字当属恰切之评，其他在台马华作家，尤其是 20 世纪 80
年代台湾经济迅速发展之后赴台留学的马华"侨生"，第一次进入台北
的观感应与李永平相差无几。夜幕下的台北城以及那争奇斗艳的各式灯
火，成为李永平对台北的永恒烙印。1986 年，已经年近不惑的李永平
写下他第一部以台北为场景的长篇小说：《海东青：台北的一则寓言》。
这部被批评家视为"怪胎"的作品，李永平直言灵感源自受到台北夜
色中一簇簇七彩霓虹灯火的蛊惑②。他想在《海东青》中展现 20 世纪
80 年代台湾"笙歌处处的景象"，但他的叙事内容却某种程度上背离了
他的叙事欲望，正如王德威所言："李永平花费大力气构筑一个完美的
文字原乡，但他诉说的故事却背道而驰。"③ 证之于《海东青：台北的
一则寓言》和《朱鸰漫游仙境》两部书写台北的长篇小说，李永平的
叙事欲望的确屡屡被他的叙事内容所颠覆，我们在这两部小说看到的恰
恰是表面骊歌满城，实则已堕落的"伊甸园"：一个美丽而败德的恶
托邦。

《海东青》既是"寓言"，也是李永平个人强烈的主观"欲言"：
"那次旅行，目睹台湾经济起飞后一派物阜民丰繁灯似锦笙歌处处的景
象，心中感动不能自已，有话直欲要说，而我这种人偏偏又只能透过小
说，用讲故事的方式陈诉心事，于是，无可无不可，就这样一路寻幽探

---

① 李永平：《文字因缘》，载李永平《迢迢 李永平自选集 1968—2002》，麦田出版社
2003 年版，第 41—42 页。

② 同上书，第 37 页。

③ 王德威：《原乡想像，浪子文学——李永平论》，《江苏社会科学》2004 年第 4 期。

胜一路构思小说情节，旅程结束了，《海东青》这部长篇小说也在心中
孕育完成。"① 在这则构思于行旅中的"寓言"里，台湾经济的繁荣乃
故事之底色：

> 风中，眺望着珠海时报大厦顶楼灿烂着曙光闪烁起的电动新闻
> 字幕：据最新统计，迄昨日为止，我"中央银行"持有的外汇存
> 底，已由十月九日……七百亿美元，增加到七百二十亿美元……②

在这片繁华绮靡的动人景象中，一种历史宿命般的焦虑却弥漫在
《海东青》的字里行间，这焦虑源于女性的沦落及人子无能为力的伤
痛。从《拉子妇》、《吉陵春秋》等早期创作开始，女性的沉沦就是李
永平创作的一个重要母题，到了《海东青》，这一母题被完全地铺展开
来。当"广岛原爆被害者协会"、"长崎南星会亲善交流团"、"日本武
道振兴同盟友好亲善交欢团"、"国际武道交流协会会见学团"等日本
"买春团"浩浩荡荡游走于台湾各大都市寻欢作乐，各式皮条客明目张
胆牵线搭桥，李永平脆弱的神经已经无法直视他心中歌舞升平的"桃花
源"，而朱鸰等少女的逐渐堕落更成为压弯驼背的最后一根稻草，彻底
击碎了他的乌托邦之梦。《海东青》最后，靳五抛下那句话："丫头，
不要那么快长大！"是多么的苍凉和无力，身为人子的李永平眼看她们
走向沉沦却无计可施。到了《朱鸰漫游仙境》这部《海东青》的续编
里，延续了李永平对恶托邦之城的哀悼，七个聪明美丽的小女生最后消
失于台北的红尘灯火中，不知下落。台湾经济繁荣背后的罪恶成为李永
平台湾书写的永恒之痛。

张贵兴的雨林书写在马华文学谱系里早已成为显学，殊不知，他
20 世纪90 年代中期以前的早期创作，却充满台湾色彩，即使两部以婆
罗洲雨林为场景的小说《猴杯》及《我思念的长眠中的南国公主》，台
湾也占据重要篇幅。张贵兴1988 年出版的第二部小说集《柯珊的儿

---

① 李永平：《文字因缘》，载李永平《迌迌 李永平自选集 1968—2002》，麦田出版社
2003 年版，第 36 页。

② 李永平：《海东青：台北的一则寓言》，联合文学出版社 1992 年版，第 263 页。

女》，收入《如果凤凰不死》（1981）、《弯刀·兰花·左轮枪》（1983）、《围城の进出》（1986）和《柯珊的儿女》4 部中短篇小说，这部小说集"大概可以视为大学毕业后经过几年宜兰岁月的沉潜，决定留在台湾教书，也同时决定着自己持续写作的可能性的实践成果"，"这前后几年的写作，处理的台湾题材和经验，投映了作家处身台湾异乡，却要落地生根成为在地者的转换阶段"①。这些以台湾题材和经验为书写对象的小说，体现了张贵兴个人写作生命的多样性，换言之，雨林书写并不能完全概括他的全部写作，但包括这部小说集在内的张贵兴早期创作却并未获得广泛讨论，同名小说《柯珊的儿女》在高嘉谦看来，也不过是一部"突出都市文体的俏皮、嘲谑和荒诞"的寻常作品②，实则不然。这部小说透过汤哲淮的荒诞离奇遭遇，透视出台湾经济繁荣之后，人际关系异化为金钱与利益关系，那个无处不在的幽灵"柯珊"，正是资本的象征，控制不住却又摆脱不了。其他如《马诺德》、《影武者》、《潮湿的手》等收入小说集《沙龙祖母》中的张贵兴早期小说，台湾恰似一个被诅咒的"伊甸园"：金钱当道、利益至上、道德败坏、人性沦落。

张贵兴比李永平晚将近十年赴台（张氏 1976 年赴台，李氏则 1967 年赴台），这时的台湾经济有了更大发展，但由此暴露出的各种问题也更加复杂，尤其是物质时代人的异化更加明显和严重。因而，张贵兴的台湾书写，少了一层李永平式的苍凉和赎罪意识，在他看来，这是一个恶托邦：夏娃因偷吃禁果早已被逐出了伊甸园。

### 二　铅华尽洗：满眼台湾灯火

> 我总是想，对于台北，在情感上我也许并不认同，记忆，却已不知不觉地选择在这里扎根了吧！③
>
> ——钟怡雯

① 高嘉谦：《台湾经验与早期风格——〈沙龙祖母〉代序》，载张贵兴《沙龙祖母》，联经出版事业股份有限公司 2013 年版，第 3—4 页。

② 同上书，第 5 页。

③ 钟怡雯：《回荡，在两个纬度之间》，载钟怡雯《岛屿纪事》，山东文艺出版社 2007 年版，第 103 页。

　　在台马华作家的一个"在"字，透视出他们与台湾在空间上的一种共时性关系，对李永平、张贵兴、黄锦树、陈大为、钟怡雯等而言，台湾尽管是异乡，却是他们生活了几十年的一个岛屿，情感上也许并不认同，"记忆，却已不知不觉地选择在这里扎根"。扎根之后的记忆最终以日常生活体验的形式在文学创作中生长，所谓"铅华尽洗：满眼台湾灯火"，是指作家们最终回到在台湾的日常生活，以文学的形式书写他们的"柴米油盐"，尤其在钟怡雯、黄锦树、陈大为等人的散文、诗歌中，台湾都市体验成为书写的一个重要维度。

　　台北早在"亚洲四小龙"时代就已成长为一个国际化的大都市，心思细腻的钟怡雯曾仔细揣想这种国际化在她日常生活中所衍生的意义："其实不过意味着生活节奏的压缩，让左脚不断追赶右脚，人赶人，时间追逐时间，不容生活有余韵可以稍作休息，偷个懒像犯罪一样心虚。"①　"瞬息万变"恐怕是钟怡雯最为强烈的台北都市体验，早在1992年创作的第一篇描写台北的散文《山野的呼唤》中，尚是一名在校大学生的钟怡雯就写下了这样的文字："久住台北，冷眼静观街景瞬息万变，令人不肯轻言永恒。在这新陈代谢迅速得令人措手不及，甚而压迫窒息的后现代城市，以打败时间为胜利者的方式不断更新市容。"②　当钟氏回忆这座记录了她9年大学和研究所生活的国际化都市时，这位生性慢节奏的作家最终发现自己也被打磨成了"随着城市生活节奏打拍子的都市人"："都说台北也是国际化的都市，难怪走在那条Z字形路上，我永远是迈开大步目不斜视地往前走，通常是下班后为了搭上那趟脾气捉摸不定的公车。它把我喜欢慢吞吞东张西望的个性磨得光溜溜，那开步往前走的姿态是典型的、随着城市生活节奏打拍子的都市人。"③

　　在一种"脚步打着急促的拍子跟着一个个快速慌乱的音符急走"④的都市节奏中生活，钟怡雯"开始与失眠打起交道"，这"不知缘由的

---

①　钟怡雯：《回荡，在两个纬度之间》，载钟怡雯《岛屿纪事》，山东文艺出版社2007年版，第100页。

②　钟怡雯：《山野的呼唤》，载钟怡雯《河宴》，三民书局2012年版，第153页。

③　钟怡雯：《回荡，在两个纬度之间》，载钟怡雯《岛屿纪事》，山东文艺出版社2007年版，第100页。

④　钟怡雯：《节奏》，载钟怡雯《钟怡雯精选集》，九歌出版社2011年版，第116页。

惩罚"使"我"犹如"坠入深渊永劫不复"，甚至月光也"令人恐慌得发狂"，只能在暗夜中"垂钓睡眠"①。"说话"与"睡眠"同样是人的生理本能，但在物质化、信息化的都市中，它们却都或多或少地发生了变异。钟怡雯的《说话》一文，记述自己离开都市刚搬到山上，没有电话，左邻右舍又全都是陌生的人，于是过起了一种"不必交谈、不必说话的自闭日子"，本以为抛开了凡尘俗事，钟氏却发现并"没有放下累积的沉郁"，在与金鱼的默默相望中，逐渐看到了"围绕着我的庞大空虚和寂寞"，积累的过剩话语和想法，"慢慢阻塞了我的头脑和心房"，此刻，钟氏深切地体悟到了"人"的麻烦"同时也是会说话的麻烦"，因为"人"必须借助"说话"去完成它的排泄和清理功能："清除心里的负担，保持生活的平衡和心理的健康。"②

《豹走》中，钟怡雯是一位在丈夫陈大为眼中"开车很勇敢"的女人，开车兜风成为钟氏释放心理压力的一种方式，"一到傍晚，我的开车瘾就犯"，市区交通不畅使钟氏无法体会到开车的乐趣，她喜欢在高速路上"豹走"，"只要一上高速公路，油门总要加到一百以上，我才觉得那是开车"，"我能感受车子脱离市区蠕动不良的肠道后，亟须高速滑行的解放和愉悦"。③类似的散文还有很多，例如《统统回收》、《红颜悦色》、《我和我豢养的宇宙》等，这些散文处理了钟怡雯在台湾生活二十多年的都市经验，这种经验带有很强的后现代性，且与她另一部分散文所处理的马来西亚油棕园经验形成强烈反差和对比。

向以小说和批评见长的黄锦树，极少在创作中正面处理他的台湾经验，他认为："不过是念书教书的台湾经验，有什么好写的？"④ 黄氏在台生活 28 年（1986—2014 年），"从台北到淡水，从新竹到台中、埔里，倒也走过半个台湾"，但"生活空间相对的窄，大都在校园内，

---

① 钟怡雯：《垂钓睡眠》，载钟怡雯《岛屿纪事》，山东文艺出版社 2007 年版，第 124—129 页。

② 钟怡雯：《说话》，载钟怡雯《钟怡雯精选集》，九歌出版社 2011 年版，第 71—77 页。

③ 钟怡雯：《豹走》，载钟怡雯《钟怡雯精选集》，九歌出版社 2011 年版，第 144—154 页。

④ 黄锦树：《台湾经验》，载黄锦树《土与火》，麦田出版社 2005 年版，第 14 页。

城市"。① 在他看来，小说似乎更宜处理有深刻寓言性的生活经验，对
"念书教书的台湾经验"颇有不屑之意。2007 年，黄锦树出版第一部散
文集《焚烧》，在这部再现黄氏来台至今种种彷徨的书中，我们终于依
稀可见其"念书教书的台湾经验"的庐山真面，人与事，景与物，匆
匆二十余载，虽多局限于校园，却在字里行间透露出漂泊流离的几许沧
桑意味。

　　《聊述师生之谊》记述的是黄锦树在台念硕士和博士时的"台湾经
验"，犹如台版的"新儒林外史"。既是"聊述师生之谊"，当有老师对
学生的谆谆教导及学生对老师的感恩情怀，然黄氏却偏偏反其道而行
之，作了一篇"他们不一定会要"的散文。在黄氏的笔下，龚鹏程这
位曾经的硕士学位论文指导老师和博士论文口试委员，是位"传奇"
人物，"印象最深的是他对学生毫不保留的蔑视，以及难以跨越的生疏
和冷漠"，硕士学位论文请他"挂名指导"，"但他实在太忙，我猜我的
论文他一直到口试那当下才开始翻阅"；关于龚鹏程的学术思想，黄氏
同样缺乏为师者讳的"高明"，当淡江大学的学姐带着惊吓的语气向自
己宣导"龚教授的课有多困难多吃力"、"涉及的知识领域有多难以应
付"时，黄锦树却直言"这和我的感受差很多"，在他看来，"龚老师
注定和自称是中华民国遗民的章太炎是意识形态上的同时代人，也分享
了斯辈的思想局限"。② 这样一篇记述昔日师生情谊的散文，不被龚鹏
程暖寿活动主办者采纳当是意料中事，如此写法，在好事者眼中确有些
"冒犯"之嫌，黄锦树实在不够"友善"和"世故"。但不够"世故"
的《聊述师生之谊》，却可见出黄氏"既狂又狷的真性情"："狂者未必
如他人所说的'飞扬跋扈'，但总是不愿世故，狷者则有所为有所不
为。另一方面，也可以看到一个离散他乡的马华子弟如何在学术路上走
过孤寂无依的历程"③。借用同样收入于《焚烧》中的两篇散文文题，
《聊述师生之谊》真正要表达的，正是身在台湾异乡的黄锦树，虽置身

---

① 黄锦树：《与骆以军的对谈》，载黄锦树《土与火》，麦田出版社 2005 年版，第
316 页。

② 黄锦树：《聊述师生之谊》，载黄锦树《焚烧》，麦田出版社 2007 年版，第 181—
189 页。

③ 张锦忠：《散文与哀悼》，载黄锦树《焚烧》，麦田出版社 2007 年版，第 6 页。

高等学府，流离漂泊的命运却决定了他终究是一棵"流泪的树"①，只不过真性情的他倔强地要生活"在自己的树下"②，即便孤寂无依！因为几十年念书教书的台湾经验让黄锦树深深地感受到了"学院政治的可怕"："青年才俊们小鼻子小眼睛的互相瞧不起，各自尽力保护宠爱的学生。"③

因过早见识到学院政治的凶恶，1996年黄锦树即逃离台湾政教中心台北，执教于甫在台中埔里成立的暨南国际大学，由念书转为教书，《焚烧》第三辑中的大部分文章是回顾到暨南国际大学教书十年间（1996—2006）的台湾经验。由大都市台北到多山的台中小镇，黄锦树逐渐远离适应不良的都市，但暨南国际大学并非化外之地，黄氏摆脱了都市的喧闹却终究未能克服学院政治的纠缠："两年的讲师，终究被淌进学院政治的浑水，痛苦不堪，一言难尽"；"总是不解，不是教育的场所吗？为什么那么多人都对权力看不开，视学界如政界，那么爱当官"④。

《哀暨南》即为不胜其扰之后的哀伤之文。该杂感以"9·21"台湾大地震之后暨南国际大学复学风波为切入口，指出"这次的地震对于暨南大学，恐怕更多的是人祸，而非天灾"，学校当局的专断与高傲更是进一步"陷学校于不义，也陷学生于不义"，发酵其间的凶恶学院政治，"让大学退回到象牙塔去，甚至退化到褟襶的状态"，当黄氏在文末发出"呜呼！知识分子！哀哉！暨南大学！"的叹语时，表达的恰是对高等学校内在精神沦丧的忧虑。⑤ 正是这种烦恼和忧虑，使黄锦树对这种以教书为主的台湾经验也充满困扰，无怪乎我们在《岁末杂感》中体会到黄氏一种近乎无奈的感触："我在这学校，一待就已经十年了。紧张生活的十年，疲惫不堪的一周复一周，一月复一月，求生存而已。"⑥

---

① 黄锦树：《流泪的树》，载黄锦树《焚烧》，麦田出版社2007年版，第163—170页。

② 黄锦树：《在自己的树下》，载黄锦树《焚烧》，麦田出版社2007年版，第245—254页。

③ 黄锦树：《聊述师生之谊》，载黄锦树《焚烧》，麦田出版社2007年版，第187页。

④ 黄锦树：《在一座岛屿中间》，载黄锦树《焚烧》，麦田出版社2007年版，第193、195页。

⑤ 黄锦树：《哀暨南》，载黄锦树《焚烧》，麦田出版社2007年版，第81—87页。

⑥ 黄锦树：《岁末杂感》，载黄锦树《焚烧》，麦田出版社2007年版，第140页。

　　埔里这座被群山包围的盆地小镇，有着与黄锦树出生地马来西亚居銮小镇相似的自然地景："周遭一样多丘陵地，覆盖着次生林，或经济作物。多雾，多日照，人口稀疏。"① "住在这样的地方，多少有点隐居的感觉，至少远离多交际应酬的大都会。往来的文坛朋友并不多，外头的活动能不去就不去，一动不如一静。"② 无疑，黄锦树很享受这样的生活及环境，他在这里安家，养花、种菜、饲养各种小动物/家禽，在"一座岛屿中间"③，黄氏托身"四狗大学一隅"④，硬是觅得了自己的生活滋味。

　　从马来西亚到中国台湾的漂泊，从故乡到他乡的流转，黄锦树的十余载埔里岁月，是在跌跌撞撞的彷徨中走过的⑤，故即使在《一座岛屿中间》和《四狗大学一隅》等记述闲淡埔里生活的散文中，仍能于字里行间读出黄氏淡淡的沧桑感，以下这段关于数次搬家的记述，可见一斑："三个月后搬到明德路，两层的排楼，养猫三只；又一年搬到隆生路，埔里盆地边郊，半座三合院，妻最爱的荒废老宅；父亡于故乡，生子一，轻度脑溢血。年余，搬虎山，台湾地理中心旁。遇大地震，幸房子坚固。猫失其一，流亡北部半年，生女一。迁学校宿舍，猫又失其一，住三年。迁牛尾，盆地另一边郊的大农舍，迄今又近两年，老猫失其一，又失一黑猫。养小猫三只，小鸡三只，乌龟二。"⑥ 这一段书写迁徙伤逝的文字，以白描的方式记录居无定所的流离状态，以及新生伴随故亡的悲喜，颇多哀悼之情，着实让人动容！

　　在诗文兼擅的陈大为看来，国际化大都市台北既是自己留学执教生涯的第一站，也是熔铸了各种情感的第二顺位家乡。都市生活成为陈大为台湾经验的重要内核，与其妻钟怡雯相似，陈氏直接将这种都市经验

———————————

　　① 黄锦树：《在一座岛屿中间》，载黄锦树《焚烧》，麦田出版社 2007 年版，第 192 页。

　　② 同上书，第 195 页。

　　③ 同上书，第 191—199 页。

　　④ 黄锦树：《四狗大学一隅》，载黄锦树《焚烧》，麦田出版社 2007 年版，第 201—213 页。

　　⑤ 黄锦树在散文集《焚烧》的自序《生命的剩余》中讲："大体而言，这本小书大致再现了我来台以后，跌跌撞撞走到今天的历程，我二十年来的彷徨。"见该书第 14 页。

　　⑥ 黄锦树：《在一座岛屿中间》，载黄锦树《焚烧》，麦田出版社 2007 年版，第 195 页。

诉诸诗文，而陈氏对都市诗歌及散文的长期研究[①]，使他的台湾（台北）都市书写兼具感性和理性。陈大为深受法国建筑学及都市学大家柯比意（Le Corbusier）经典名著《都市学》影响，倡导一种现代性的都市观："（都市）它是人类对于自然的操控。它是人类对抗自然的行为，一种庇护与劳动的人类组织机构。它是一种创作。"[②] 但他不满于纯粹的理论研究，逐渐转向都市诗的创作实践，台北成为书写的重要对象："朝着都市和诗的腹部挺进，我不能老呆在都市诗的论文里，指指点点，不满整个世界。但我能选择的，全是台北百逛不腻的地景。把台北视为第二顺位的家乡，能否让我的诗像越洋的潜艇，找到上岸的港？我依旧困惑的是：在东区，该不该保鲜昨天写下的情感？好让诗里每一个词，都很弹牙。"[③]

2001 年出版的诗集《尽是魅影的城国》收入了陈大为以"台北百逛不腻的地景"为书写对象的 6 首都市诗：《在东区》、《埋怨》、《音乐》、《这个词》、《前半辈子》和《从不打算》，它们共同组成了一个系列："都市，和它倾颓的身影"，在类型上属"以某一特定都市为对象，刻画其历史、地志、社会脉动、文化特质、独特的个人记忆的诗作"[④]，既有

---

① 主要成果包括《亚洲中文现代诗的都市书写》、《存在的断层扫描：罗门都市诗论》等专著，以及《台湾都市诗歌理论的建构与演化》、《马华都市散文的诠释差异》、《马华散文的地志书写》、《马华都市诗的街道空间结构与意义链结》、《九〇年代马华新诗的都市影像》等专论，是较早系统从事马华都市文学研究的学者。

② ［法］柯比意：《都市学》，叶朝宪译，转引自陈大为《风格的炼成：亚洲华文文学论集》，万卷楼图书股份有限公司 2009 年版，第 60 页。

③ 陈大为：《都市，和它倾颓的身影》，载陈大为《尽是魅影的城国》，时报文化出版公司 2001 年版，第 91 页。

④ 陈大为曾将当代都市诗分为三大类型："（一）所有发生在都市空间内的素材/主题，包括：社会制度、人格构成、人际关系、生活方式、消费文化、政治言行、文化表现、价值观、思想、知识、欲望、建筑、事件等，都可以定义为'广义的都市诗'"；"（二）在书写过程中特别强调'都市'的概念，热衷于本质性的形上辩证，诗人们深信他们洞悉了一个放诸天下皆准的都市文明本质，再借助现象的表述来完成本质的思辨。这种以探讨'都市本质'为题旨的都市诗，跟前一类型最大的差异在于它具有一个理念先行的，明确的深层结构。也就是说，它是先锁定某个形而上的本质（或议题），然后才去寻找或创造一个适用于此的现象/事件，来加以印证"；"（三）以某一特定都市为对象，刻画其历史、地志、社会脉动、文化特质、独特的个人记忆的诗作。在台湾的例子，以特定商圈和特定街道的空间内容或（转下页）

感性的生活经验，又有理性的文化观照。

　　"任何一片我们踏踏实实生活过的土地，都会引诱情感与理智伸出它的根须"，陈大为认为，"都市生活亦非一无可取"。① 在"都市，和它倾颓的身影"系列组诗中，诗人"从不打算""抽离温馨和熟悉的元素"，"把台北写得/像诗里的都市一样冷/一样陌生"，四季轮换的街道和"甜酸苦辣的街景"成为诗人永恒的台北记忆②；可仍有不少人不满于都市给他们带来的物质和精神利益，"好比青蛙埋怨它的井"，"我们喜欢埋怨"，诗人无奈地质问："有什么好埋怨的呢?"这或许是当下都市人普遍的心理病态，唯有"埋怨一切"，才能彰显个体的存在③。

　　回溯台北的历史，诗人陈大为在一组老照片中，"读出台北隐匿的身世"，"画面清晰"，表情丰富：台北的童年时期呈现为"黑白两色"，有"大稻埕"、"牛的道路"和"鱼的沟渠"；"有克难街的三轮车夫/和牛屁股"，"又有龙山寺前的说书人"；老照片记录了台北城鲜活的"前半辈子"，也见证了"很多人的一生"；当诗人为画册中"小憩在书摊旁的周梦蝶"而动容时，他或许也想到了自己多年来在台北古巷流连时的场景。④ 从历史回到当下，诗人假借音乐来透视台北的现代病症：人与人之间需要通过说话进行沟通，但物质时代的都市人，"都只顾着讲　讲讲讲"，"内容像大雨落在湖面/像骆驼走在沙暴正中央/听觉于是有了/深不可测/却又不肯打开天窗的大负担"，交流变得复杂，隔膜也随之产生，甚至相互算计；诗人最后只能感叹：

---

（接上页）生活经验为题者居多"。按照这样的分类，陈大为的台北都市诗应属第三类。见陈大为《台湾都市诗歌理论的建构与演化》，载陈大为《风格的炼成：亚洲华文文学论集》，万卷楼图书股份有限公司 2009 年版，第 62、63、64 页。

　　① 陈大为：《思考的圆周率：马华文学的板块与空间书写》，大将出版社 2006 年版，第 172 页。

　　② 陈大为：《从不打算》，载陈大为《尽是魅影的城国》，时报文化出版公司 2001 年版，第 116—119 页。

　　③ 陈大为：《埋怨》，载陈大为《尽是魅影的城国》，时报文化出版公司 2001 年版，第 98—103 页。

　　④ 陈大为：《前半辈子》，载陈大为《尽是魅影的城国》，时报文化出版公司 2001 年版，第 112—115 页。

"音乐是耳膜苦苦铺好的双人床"，"我们躺在互不侵犯的位置"，"互相侵犯"。①

　　街道作为都市具体可感的空间地标，在都市书写中具有重要的价值："街道不仅仅是一个表现性系统，它更把日常生活中所有活动现象综合起来，成为生活戏剧的展示窗口，同时也是消费文化的磁场。"②东区是台北的一个重要商业区，《在东区》③一诗中，诗人透过这一繁华的商圈展现了台北的双重性格：一方面，高楼林立，物质丰富，生活糜烂；另一方面，以诚品为代表的都市文化地标，尽管苍老得摇摇欲坠，却仍可看出这座现代化都市的丰厚文化底蕴。

　　陈大为在总结马华文坛的都市诗成绩时，曾说道："马华诗人笔下的吉隆坡，大多是简单或负面的；除了一系列关于茨厂街的街道书写，比较能融入主体的情感，其余诗作的思考框架稍嫌固定，现象的陈述多于问题的探究。总而言之：缺乏一种学理上的纵深。"④比照陈氏自己书写台北的都市组诗："都市，和它倾颓的身影"，不能说他已经完全克服了自己所意识到的这些问题，但细读这些组诗，可以肯定的是，陈大为笔下的台北，丰富而多元，既融入了诗人多年学于斯执教于斯的生活体验，也有学者的理论高度。

　　"城市让生活更美好！"这是每一个都市人的愿景。钟怡雯、黄锦树、陈大为等在台马华作家，在台湾的都市/小镇定居，每个人都有不同的生活感悟，这些台湾经验透过书写的方式呈现出来，个性不同，形态各异，虽不如李永平、张贵兴等人小说中的台湾经验那样剑拔弩张，却也因具有生活的厚度而真实亲切。

---

①　陈大为：《音乐》，载陈大为《尽是魅影的城国》，时报文化出版公司 2001 年版，第 104—107 页。

②　陈大为：《思考的圆周率：马华文学的板块与空间书写》，大将出版社 2006 年版，第 131 页。

③　陈大为：《尽是魅影的城国》，时报文化出版公司 2001 年版，第 92—97 页。

④　陈大为：《思考的圆周率：马华文学的板块与空间书写》，大将出版社 2006 年版，第 86 页。

### 三 "神州"幻象：海外华人的永恒欲望

"神州"也许是海外华人永恒的欲望。①

——黄锦树

1986 年，《吉陵春秋》在台北结集出版，这本被台湾文坛视为"异数"的小说，使李永平迅速成为文坛炙手可热的人物，由于没有明确指涉，关于"吉陵"所指到底是中国台湾、中国大陆抑或东马古晋的讨论一度成为学界热点，好事者甚至特地前往李永平的出生地婆罗洲古晋考证，断言吉陵即为古晋。2013 年，《吉陵春秋》简体版在大陆面世，李永平在其序言《一本小说的因果》中，自剖最初的写作动机是要写一则曾让自己"刻骨铭心的童年往事"，"那是发生在婆罗洲烈日下，闹哄哄巴刹中，阴魂般一路追随我，跟随我来到万里外的北美洲，现身在风雪夜里的一桩冤屈"，然而在写作过程中，阴差阳错，"这个南洋故事竟变成了一则古老唐山传说"："我笔下的吉陵镇，和居住在镇里的那群'吉陵人'，他们的生活习俗和语言情感，倒让人联想到清末民初时期，中国南方某省、某县的一个村镇——我这一辈子还不曾回去过的'唐山'。"② 百思不得其解的作者情急之下把整篇小说彻底修改三次，"将遗失的蕉风椰雨、甘榜纱笼等热带意象，一股脑儿塞回故事中"，甚至"添上浓浓的赤道海岛风情"，然而，"改写后的《万福巷里》读来总觉得不对劲"，"初稿中那股强大的力道——那赤裸裸、不经修饰、近乎原始的东方式因果报应——经过蕉风椰雨一洗礼，莫名地被冲散掉了大半"。③ 其间的症候或许出在李永平对纯正中文的执着追求上："个人希望，《吉陵春秋》的风格意境更能够保持中国白话特有的简洁、亮丽，以及那种活泼明快的节奏和气韵、令人低回无限的风情。这一来，作者对中国语文的高洁传统，就有了一个交代，而个人的

---

① 黄锦树：《神州：文化乡愁与内在中国》，载黄锦树《马华文学与中国性》（增订版），麦田出版社 2012 年版，第 161 页。

② 李永平：《一本小说的因果》，载李永平《吉陵春秋》，上海人民出版社 2013 年版，第6、7 页。

③ 同上书，第 7 页。

文学和民族良心也得到抚慰。"① 或许当初的李永平也没有意识到，他所谓纯正中文的实践，已不是纯粹的语言实践或文学甚至美学实践，它已经"涉及深层的民族认同，血缘文化的属性的自我认定"②。

黄锦树认为："'神州'也许是海外华人永恒的欲望。"可能每一位从中国流离出去的华人及其后代，在其隐匿的内心深处都为"神州"保留了一个位置，从温瑞安、李永平到陈大为、林幸谦等，出生于大马的在台作家有此"欲望"者不在少数，只是程度不一，形态有别。在台马华作家的"岛屿纪事"，除了正面书写居于斯的台湾经验外，亦有许多作家在刻写更广意义上的"神州欲望/中国经验"，包括温瑞安神州诗社时期的诗文创作、陈大为以"治洪书"、"再鸿门"为代表的历史诗和林幸谦铺陈民族符号的大散文，借用李永平"'吉陵'是个象征，'春秋'是一则寓言"③ 的自述，笔者将上述诸子的"神州欲望"（文化的、历史的甚至政治的），名之为"神州幻象"，既为"幻象"，当含象征及寓言之意。

温瑞安20世纪70年代中期在马来西亚国内种族政治愈演愈烈的情势下赴台留学，组建神州诗社，同时在海峡两岸紧张的对抗中，被台湾当局成功地"重新中国化"，原属于第一代海外华人的中国集体记忆也在温瑞安身上被唤醒。作为在台马华作家中标榜中国意识的极端个案，温瑞安在其诗文中频频召唤神州梦魇。

由于特殊的政教环境，居马期间的温瑞安就萌发了强烈的传承中华文化的使命意识，我们在他创作于赴台之前的散文名篇：《龙哭千里》、《八阵图》等中，由弥漫的阴郁基调及密布的中华传统文化意象即可感受到温氏沉重的文化忧虑。赴台后，面对岛内言必称欧美、东洋之风，温瑞安的文化使命意识逐渐发酵为文化选民意识，乃至日益膨胀的神州情结（想象的中国）：

---

① 李永平：《二版自序》，载李永平《吉陵春秋》，洪范书店有限公司1987年第5版，第 ii 页。

② 黄锦树：《流离的婆罗洲之子和他的母亲、父亲——论李永平的"文字修行"》，载黄锦树《马华文学与中国性》（增订版），麦田出版社2012年版，第207页。

③ 李永平：《一本小说的因果》，载李永平《吉陵春秋》，上海人民出版社2013年版，第 5 页。

> 中国：这两个我梦魂牵系，荡气回肠的名字。我知道我不顾一切写下她的后果，也许引起别人的诧异、误解或怀疑、但却是我终生努力的方向。这些年来，无数个彻宵寒夜白昼酷暑，我无时无刻不为中国的问题在深思吟咏；中国的出发？未来的方向？找到答案时的狂喜？失去依凭时的怅惘！然而我深深感觉到我的生命我的作品与中国一齐成长着，一齐煎熬着，一齐追寻着，从来没有间歇过。①

　　这样的言语出自一个海外侨生，意外却也正常，在当时的台湾，对"中国"念兹在兹的温瑞安或许比本地的同辈人还要"中国"。带着"为中国做点事"的雄心壮志，温瑞安创建神州诗社，强调文武兼修，倡导"书生报国"："如果说神州是藉文的力量，求一笔扫千军的长干行，书生报国以文章的横槊赋，那'刚击道'便是武的力量，习武以强身报国，'莫道书生空议论，头颅掷处血斑斑'的身兼力行。"② 很显然温瑞安对自己的处境存在诸多的错觉，他或许并没有意识到自己只是一个拥有马来西亚国籍的侨生，一个可能留学时间届满就要被迫离开的过客。用历史的后见之明来看，以温瑞安为首的神州诗社，只是"一群错把海市蜃楼当真实看待的浪漫青年"，他们的"报国之志"对彼时的台湾当局而言，"有象征意义却没有实质的作用"③。

　　当温瑞安无法在台湾的现实环境中施展浪漫抱负时，他只能将"神州"引渡到想象/象征领域，于是，我们在温氏留台期间（1974—1980）的诗文中，看到了大量指称大中国意识形态的"神州"符码和地理坐标，如：

> 我们只是千里外，离乡背井的一撮五陵年少，坚持要发出我们的声音罢了。因为我们恰巧生长在异域，我们就非承担起这责任不

---

① 温瑞安：《序》，载温瑞安《坦荡神州》，长河出版社1978年版，第1页。
② 温瑞安：《想当年》，载温瑞安《狂旗》，皇冠出版社1977年版，第82页。
③ 黄锦树：《神州：文化乡愁与内在中国》，载黄锦树《马华文学与中国性》（增订版），麦田出版社2012年版，第146页。

可……不是我们选择了她（中国），而是我们的心在那儿，我们的根在那儿，我们的血液像黄河一般歌唱在那儿。①

　　我们是这样的一群五陵年少；我们曾经是浮云游子，在天涯比邻的日暮长城远的背景里，甘作泣血望神州的龙哭千里。②

　　在上引两段文字中，"五陵年少"、"黄河"、"长城"和"龙"都是典型的神州符码，温瑞安自比离乡的"五陵年少"，虽生在异域，却根系"中国"。再如：

　　那风声，黄帝以来它吹过尧舜以来它吹过夏商周以来它吹过秦以来它吹过吹过，吹过大吕拂过杨柳岸，摸过九鼎抚过布衣，伴过晓寒陪过残月，魏晋以来唐以来宋以来明以来清以来民国以来，掠过钟鼎彝器送过荆轲聂政，终于来送你。③

　　这段文字，从黄帝时期一直历数到民国，象征着悠长古老的中国历史；"杨柳岸"、"晓寒"、"残月"等是中国文学的经典美学意象，象征着丰饶幽远的中国文学；"大吕"、"九鼎"、"钟鼎彝器"等，象征着厚实博大的中国文化。温瑞安将这些具有典型象征意蕴的符号密集地组合在一起，气势强劲又不失美感，似乎是在向他心中的"神州"朝谒。

　　除了散文外，温瑞安在台期间的诗歌同样充斥着大量的神州符码，典型者如《山河录》。该组诗完成于 1976 年，包括《长安》、《江南》、《长江》、《黄河》、《峨眉》、《昆仑》、《少林》、《武当》等 10 首叙事抒情诗，温氏通过调动来自古典中国地理、历史、文化和文学等方面的元素，以浪漫的手法创造了一个"想象的共同体"：神州。创作此组诗时，温瑞安并没有到过长安、江南、峨眉、武当等地方，缺乏直接的在地经验，但恰恰是这种经验的匮乏，使温瑞安能够超越现实地理的羁

　　① 温瑞安：《长信》，载温瑞安《狂旗》，皇冠出版社 1977 年版，第 115—116 页。

　　② 温瑞安：《碧落红尘里的见证》，载温瑞安《狂旗》，皇冠出版社 1977 年版，第 140 页。

　　③ 温瑞安：《风动》，载钟怡雯、陈大为编《马华散文史读本 1957—2007》（卷一），万卷楼图书股份有限公司 2007 年版，第 276 页。

绊，驰骋于想象的世界自由地构造，因而，存在于这系列叙事抒情诗里的神州被意象符号化，定格于古中国的时空中，在美学上，犹如桃花源，梦幻而绮靡。如《黄河》一诗，融叙事和抒情于一体，浪漫手法的运用，使整首诗的美学意蕴始终介于静默与雄壮之间："我"本是一道穿出幽谷的静静水流，悠闲而明澈，但经历无数次汇合后，"化成一条万古云霄万古愁"的大河，"上可以几千万里/成千军万马的降临"，"下可以成瀑布/把岩石冲激成冲激的岩石"；当"我"幻化成人，柔情时，"我是那上京应考而不读书的书生/来洛阳是为求看你的倒影"，激越时，"秋水成剑，生平最乐/无数知音可刿项"。①

陈大为最早以诗歌创作崛起于文坛，1996 年后才开始兼及散文。"他不甘于只是一个不受国家承认的大马华文诗人，也不甘于只是个在台湾的边缘诗人，他似乎想成为华文世界的'国际诗人'。"② 在南洋与台北之外，踌躇满志的陈大为更将他诗歌的触须伸向另一个时空：神州。"（陈大为）是诗的游牧民族，总能找到水草最美的地方。"③ 陈氏的神州系列诗歌，"跟历史对话，跟鬼神对话，跟迥异的诗歌美学对话"④，以一种解构的气魄，重新书写神州英雄、历史与文学。

从远古的神话到皇皇的历史著作里，"我们都胡乱读过那么几个/环肥燕瘦　假假真真的英雄"⑤。诗人陈大为有着强烈的英雄情结："我不喜欢读一卷太平盛世的历史，都是小老百姓平庸的名字，都是麦子无聊的数据，以及全身押韵绣满僻字的文学肉体。我很容易沉迷于乱世，尤其一个戟光剑影的乱世，可能孵出一两个顶天立地的英雄，将整个神州踏在蹄下，将所有壮烈与超越壮烈的风景，粉碎在剑

---

① 温瑞安：《黄河》，载钟怡雯、陈大为主编《马华新诗史读本 1957—2007》，万卷楼图书股份有限公司 2010 年版，第 107—112 页。

② 黄锦树：《论陈大为治洪书》，载黄锦树《马华文学与中国性》（增订版），麦田出版社 2012 年版，第 318 页。

③ 黄万华：《陈大为：新生代意识的诠释者》，载陈大为《方圆五里的听觉》，山东文艺出版社 2007 年版，第 2 页。

④ 同上书，第 3 页。

⑤ 陈大为：《我们都读过英雄》，载陈大为《尽是魅影的城国》，时报文化出版公司 2001 年版，第 31 页。

的轨迹之间。历史因为英雄才拥有迷人的肌理、雄浑的血气。"① 古老的神州不乏各种类型的英雄，但这些英雄早已在前人的连篇累牍中被定型，这不是年轻诗人苦苦等待的"麒麟"，他要用诗笔"撬开野史松软的夹层/聆听那阴险的鹤唳　熊燃的马鸣"②，还英雄于野性和血气。

意气风发的诗人不断给人们所熟悉的神州英雄重新素描，其中包括屈原（《招魂》、《屈程式》）、鲧（《治洪前书》）、尧（《尧典》）、曹操（《曹操》）、公孙大娘（《公孙大娘》）、女娲（《女娲》）等。给历史人物重新素描，一方面必须借助历史细节的还原颠覆读者固有的刻板印象，保持英雄人物重新"出土"后的鲜活性，以免陷入为翻案而翻案的窠臼；另一方面又必须借助现代意识及技巧赋予英雄人物新的时代气息，以达到重塑的目的。"无论是神话或历史，作为旧题新作的诗篇，诗人所营造建构的时代氛围乃是融合了历史感与现代感，一实一虚，或出虚入实，都有迹可寻有史为凭……避免再度陷入前代诗人僵化制式的写法，尤其是对某些历史人物的典型刻板看法和书写模式，更是诗人书写相关题材时的一大考验。"③ 在这方面，陈大为是经受住了考验的，他采用后设的各种技法，铺以相关历史细节，使书写的英雄人物既达到了重塑的目的又不失立体与鲜活。如《曹操》一诗。五四以来，为曹操翻案的文学作品不在少数，但陈大为不落前人窠臼，通过历史、诗歌、说书、戏曲四个维度对曹操形象进行辩证，本诗最大的亮点在于最后一部分："齐聚一堂"。"我"与罗贯中、曹操相聚于书房，杀气腾腾的曹操"夺过罗子的龙蛇单掌把玩"，胆小的书生只能战战兢兢地向曹操求饶，谄媚地要求还曹操以"清白"，此时，"魏初的血腥似狼群蹿出冷气机"，曹操果决地回以"不必"二字，这一巧妙的转折，极具反讽效果，一个富于个性、洒脱超然的

---

① 陈大为：《等待麒麟》，载陈大为《方圆五里的听觉》，山东文艺出版社 2007 年版，第 273 页。

② 陈大为：《我们都读过英雄》，载陈大为《尽是魅影的城国》，时报文化出版公司 2001 年版，第 32 页。

③ 张光达：《马华当代诗论：政治性、后现代性与文化属性》，秀威资讯科技股份有限公司 2009 年版，第 142 页。

曹操形象也立于纸上。

　　陈大为"喜欢古老的事物,有历史的色泽和思想的厚度"①,深谙历史叙事的种种策略,引史入诗成为陈氏诗歌创作的一大特色,他的前两部诗集《治洪前书》和《再鸿门》,游走于神州正史与野史之间,驱遣各种表现技巧,探求历史的隐喻空间,在史事、史实与史识之间彰显解构之张力,相较于他在《尽是魅影的城国》中书写的南洋史诗,可将这类历史诗归纳为神州史诗,包括《治洪前书》、《这是战国》、《再鸿门》等。

　　陈大为的神州史诗,"摒弃了一般平铺直述或交代历史的书写方式,而是对史事进行颠覆,或对史中人物进行辩证和翻案,以逆向思维揭示自己独特的见解"②。如《这是战国》。"战国"是秦始皇统一中国之前战乱频仍的时代,"剑,吃尽骨折的梆声;天,摊开/录鬼的手卷",到处都在"算着尸体的密度",从鄢陵到城濮,从云梦到葵丘,无不"充斥着蛇以及狼的、尺还有秤/的、尸体和剑的人间",诗人只能感叹:"这是近乎残废的人间。"③ 整首诗围绕"战国"的"战"字展开反复辩证,焦点集中在"王"与"民"的关系。诗人摒弃历来史书对战国诸侯的习惯性认定:战争只是君王间玩弄虎符的游戏,他们只顾自家江山,"只/关切领土的五谷牛羊",这是一群"穴道毒素扩张"的"狼",从而拆解了战争所谓的正当性和正义性,还原了各诸侯王的欲望面孔。面对战争中"民"的凄惨,抒情主人公"用血或不血的换算/去说服王。去说服狼——捆住对羊的冲动,肉的念头","让草民有个安全地方,在大雪/里点燃火把;拆掉彼此心中的/墙,恢复中原的坦荡"④,全诗的要旨,大致浮现。《这是战国》在现代史识的观照下,颠覆了以往正史对战争的评价,从"民"的角度还原诸侯王"狼"的本性,代表了陈大为神州历史诗的基本创作风格。

<hr>

　　① 陈大为:《代跋:换剑》,载陈大为《再鸿门》,文史哲出版社1998年版,第138页。

　　② 辛金顺:《历史旷野上的星光——论陈大为的诗》,载陈大为、钟怡雯、胡金伦主编《赤道回声:马华文学读本Ⅱ》,万卷楼图书股份有限公司2004年版,第540页。

　　③ 陈大为:《这是战国》,载陈大为《方圆五里的听觉》,山东文艺出版社2007年版,第31、32页。

　　④ 同上书,第32页。

　　陈大为的第三部诗集《尽是魅影的城国》系列 1 "灵魂深处的拓本"收入了以中国古典诗题为诗题的 4 首诗：《大哉问》、《大江东去》、《将进酒》和《观沧海》，诗人在序言中讲："这不是一场借古喻今的老把戏，在古意象的背面，你将听到我灵魂虎虎运转的高音。究竟是创作心灵的共振呢，还是两个古今诗灵的缠斗？"① 既然不是"一场借古喻今的老把戏"，那么在这些"古意象的背面"，到底蕴藏了诗人怎样的灵魂高音？从技巧的角度看，这 4 首诗运用了互文的手法，也收获了互释的效果，在与原诗作者孔子、苏轼、李白、曹操心灵对话的基础上，完成了诗人自我的塑造，因而，这 4 首诗不同于英雄史诗和神州史诗，诗人借神州言说自己的欲望更加明确和强烈。如《观沧海》，风格上延续了曹操诗作的豪放和神韵，也化用了原诗大量的经典意象，如碣石、岛、海等。这是一首向曹操致敬的诗，诗人仰慕曹操的英雄气概，"企图靠近五百年难得的枭雄"，"套用他的视野"，在波涛巨浪中航行，"我握紧""枭雄笔下的风云　掌中的剑气"，"感到久违的大雨自血脉沁出"，最后，"是碣石　和枭雄的古诗"，"见证了我的宇宙/苏醒　在鹰目之极大地之东"。② 在这首旧题新作的诗中，我们确乎听到了诗人"灵魂虎虎运转的高音"：苍鹰展翅的雄心！

　　林幸谦由马来西亚到中国台湾再转赴中国香港，表面上，他实现了从中华文化边缘向主流的回归，但他只不过从一种边缘转向了另一种边缘，成为故土中的异客。林幸谦的散文，"从故国梦中出发"（陈慧桦语），于破碎之秋，呢喃"边陲人的自白"（白先勇语），最后成就为一部"异客之书"（林幸谦自评）。③ 漂泊衍生愁绪，"独在异乡为异客"的林幸谦虽仍"像一个失恋者，一直对旧情人（中国，引者注）恋恋不忘"④，但台北及香港给了林幸谦一个反思自我身份的机会，"在文化

---

　　①　陈大为：《尽是魅影的城国》，时报文化出版公司 2001 年版，第 1 页。

　　②　陈大为：《观沧海》，载陈大为《尽是魅影的城国》，时报文化出版公司 2001 年版，第 16—20 页。

　　③　见林幸谦《狂欢与破碎——边陲人生与颠覆书写》（三民书局 1995 年版）一书的 3 篇序言。

　　④　黄锦树：《两窗之间》，《南洋商报·南洋文艺》1995 年 6 月 9 日。

乡愁中意外地解构了漂泊与回归的迷思"①，由于亲历了原乡神话的幻灭，"前世代华人作家所建构的完整的放逐诗学和一再重写的羁旅主题到新华裔作家林幸谦笔下逐渐演化为一种颠覆书写和解构主题"②，这就使传统的神州书写在林幸谦这里产生了一种新的面向。

　　文化乡愁是林幸谦散文的书写对象之一，黄锦树甚至认为："过度泛滥的文化乡愁，业已成为他个人创作的专题。"③ 收入于《狂欢与破碎——边陲人生与颠覆书写》的《盘古氏的伤口》、《漂泊的诸神——北台湾的边缘岁月》、《黄河是中国的隐喻》、《狂欢与破碎——原乡神话、我及其他》、《候鸟情结》、《诸神的黄昏——一种海外人的自我论述》等散文，在一种大散文的模式下，"站在一个感伤的制高点，动用庞大且沉重的民族符号或象征，以激昂的口吻和手势来展示一道国家级的巨大伤口"④，学术化倾向比较明显。但是，林幸谦的文化乡愁书写，绝不是为了"展示一道国家级的巨大伤口"这么简单，其目的在于解构和颠覆。

　　在林幸谦看来，"原乡""只是一种无可理喻的幻影"，一旦离开，即使怎样努力，都"注定无家可归"："自从祖先离乡背井，他们就往回家的路上走，而不是往离乡的路上走，却永远也回不了家，愈走愈远，终其一生，恐怕都回不到故国。"⑤ 身为海外华人第二代的林幸谦，"由于历史文化的牵引，加上个人的选择，我也走上了寻找回家的路"⑥，这正好应和了黄锦树"'神州'也许是海外华人永恒的欲望"的判断，这种致命的欲望驱使林幸谦回到"原乡"，但他却发现包括自己在内的海外华人早已"被拒绝于故乡的记忆之外"，"在身份上成为异

　　① 林幸谦：《过客的命运》，载林幸谦《狂欢与破碎——边陲人生与颠覆书写》，三民书局 1995 年版，第 90 页。

　　② 刘小新：《马华作家林幸谦创作论》，《华侨大学学报》1998 年第 4 期。

　　③ 黄锦树：《两窗之间》，《南洋商报·南洋文艺》1995 年 6 月 9 日。

　　④ 陈大为：《最年轻的麒麟——马华文学在台湾（1963—2012）》，台湾文学馆 2012 年版，第 156 页。

　　⑤ 林幸谦：《漂泊的诸神——北台湾的边缘岁月》，载林幸谦《狂欢与破碎——边陲人生与颠覆书写》，三民书局 1995 年版，第 35 页。

　　⑥ 同上书，第 34 页。

乡客"①，再一次被钉在了无家可归的十字架上。

原乡神话的幻灭并没有使林幸谦陷入无尽的苦痛之中，"这处境反而助我摆脱了民族迷思的神话"，"处在颠覆与重构的时代里，我允许自己在中国社会的核心外被疏离、被边缘化"②，林氏在经历一番曲折的追寻之后，终于确认了自己的位置：边陲/边缘。"边缘化的身份让他无论是在马在台抑或今之香港，是一种合法化的不归，因为边缘化解构了漂泊与回归的迷思，既然处处是异乡，处处都是他者，则亦意味着处处可以是故乡。"③ 颠覆自我之后重生的林幸谦最终找到了他与神州之间的恰切位置。

## 第三节　回到南方：不再陆沉的马来半岛

时间埋葬了属于个体的，一如林中的落叶，代代的化为泥土，滋养新叶。④

——黄锦树

在台马华作家跨越南中国海从南洋来到中国台湾，恰好与他们的祖辈走了一条相反的路：向北方。离开往往也是另一种形式的重新开始，正如黄锦树所言，时间可能埋葬了属于个体的南洋记忆，但在台马华作家却通过书写的方式重新回到"南方"：马来半岛，这个他们出生成长的地方。只要肉身不死，记忆就能永恒，不管掩藏多深，总能破土而出，成为创作的源泉，"一如林中的落叶，代代的化为泥土，滋养新叶"。"回到南方"，使马来半岛的地景不因作家出走而陆沉，中国台湾反而成为马华本土之外，书写南洋情境的重要文学版图。

---

① 林幸谦：《漂泊的诸神——北台湾的边缘岁月》，载林幸谦《狂欢与破碎——边陲人生与颠覆书写》，三民书局1995年版，第35页。

② 同上书，第279页。

③ 钟怡雯：《灵魂的经纬度：马华散文的雨林和心灵图景》，大将出版社2006年版，第47页。

④ 黄锦树：《火与土》，载黄锦树《土与火》，麦田出版社2005年版，第25页。

## 一　迟来的说书人：历史怎能消瘦

我乃三百年后迟来的说书人。①

——陈大为

"任何历史都只是一种论述"，必须借助言说，"也就是文本化之后才能被理解"。② 华人移民马来西亚早已有之③，他们在马来西亚垦殖拓荒、落地生根、繁衍后代的历史，恰也是马来西亚开发发展、走向独立建国的历史，但在马来西亚官方的霸权历史中，华人作为马来西亚三大种族之一，却长期缺席或部分失语："在南洋历史饿得瘦瘦的野地方/天生长舌的话本　连半页/也写不满"④。泰勒（C. Taylor）认为："为了保持自我感，我们必须拥有我们来自何处、又去往哪里的观念。"⑤ 对于马来西亚华人而言，"下南洋"的历史即"我们来自何处"的历史，也是华人移民的历史起点，亦是中国文化走出"神州"的关键节点。"过去不仅是我们发言的位置，也是我们赖以说话的不可缺失的凭藉。"⑥ 建构华人在马来西亚的身份合法性，华人移民史无疑是"赖以说话的不可缺失的凭藉"。面对马来西亚华人历史的长期缺席，在台马华作家犹如"三百年后迟来的说书人"，回到历史大河的尽头，"带着记忆的勘误表"，"循入

---

① 陈大为：《在南洋》，载陈大为《方圆五里的听觉》，山东文艺出版社 2007 年版，第173 页。

② 钟怡雯：《历史的反面与裂缝——马共书写的问题研究》，载钟怡雯《马华文学史与浪漫传统》，万卷楼图书股份有限公司 2009 年版，第5 页。

③ 华人下南洋的历史最早可以追溯到两千年前的汉代，据史籍《汉书·地理志》和《梁书》等记载，当时就有使者乘船抵达都元国（今马来西亚），但华人移民到马来西亚一般认为开始于 15 世纪的马六甲王朝时期，大规模的移民则始于 19 世纪中期。

④ 陈大为：《在南洋》，载陈大为《方圆五里的听觉》，山东文艺出版社 2007 年版，第 172 页。

⑤ 转引自［英］安东尼·吉登斯《现代性与自我认同》，赵旭东等译，生活·读书·新知三联书店 1998 年版，第 60 页。

⑥ 李有成：《〈唐老亚〉中的记忆政治》，载单德兴、何文敬主编《文化属性与华裔美国文学》，台湾"中研院"欧美研究所 1994 年版，第 121 页。

移民史的大章节"①，不停述说祖父辈在马来西亚的开拓史、落地生根史，推演家世源流的可能路径，并试图从幽深曲折而又断裂的历史中找寻真相，确证华人在马来西亚的身份合法性。

1. 陈大为的南洋史诗：还原"我的南洋"

"在历史饿得瘦瘦的南洋"，诗人陈大为甘当"三百年后迟来的说书人"，"储备彻夜不眠的茶和饼干"，他要为"一伙课本错过的唐山英雄"，做传立说，"重建那座会馆　那栋茶楼/那条刀光剑影的街道"②。千禧年 12 月，自负的诗人"耗尽所有的技艺，所有的氧"，"终于完成在心中密谋多年的南洋"③，一部旨在不使历史消瘦的南洋史诗。"还原"是陈大为给这部南洋史诗定下的基调："是时候了"，"是时候向蛮横的词汇　说不"，"尤其那严重倾斜的注释"，"别活活夹扁　帝国六百年"，很显然，诗人要与马来官方历史决裂，因为"学院那副年久失修的肺叶"，"无法还原　一个呼吸的郑和"，太多的华人历史在马来官方的意识形态下变得干瘪甚至遭到遮蔽，于是，"我阖上《马来纪年》/从诏书　甲板　到郑和站过的山冈/我尝试培植一些鲜嫩的注疏"，还原华人历史以本来的面貌。④ 张光达认为，这种"还原"的叙事姿态，可以看作诗人由对抗记忆出发形成的对抗叙述的言说和表意方式："既可用来暴露出马来西亚国家历史对华人的有意抹煞或漠视，又可用来质疑和瓦解官方主流话语对南洋华人的刻板简化印象。"⑤

会馆与茶楼是早期华人留在马来西亚的历史印迹，既是唐山乡愁的寄托处也是华人历史变迁的见证者。《会馆》通过几代人眼中会馆的变

① 陈大为：《我出没的籍贯》，载陈大为《方圆五里的听觉》，山东文艺出版社2007年版，第176页。

② 陈大为：《在南洋》，载陈大为《方圆五里的听觉》，山东文艺出版社2007年版，第173、174页。

③ 陈大为：《尽是魅影的城国》，时报文化出版公司2001年版，第121页。

④ 陈大为：《还原》，载陈大为《方圆五里的听觉》，山东文艺出版社2007年版，第169、170页。

⑤ 张光达：《马华当代诗论：政治性、后现代性与文化属性》，秀威资讯科技股份有限公司2009年版，第145页。

迁，间接反映华人社会在马来西亚发展演进的轨迹。曾祖父的时代，会馆初成，它是华人帮派的标志、一面以籍贯为砖砌成的高墙、"一座热带的唐山"，"反复扇动心灵的合院"；到了爷爷和父亲的时代，会馆逐渐没落，由"心灵的合院"演化成消闲娱乐的麻将馆，长辈们收工回家，草草饭后便溜到会馆，"汗衫没有挣扎成望乡的帆/麻将是更动人的桂林"；到了"我"的时代，会馆已经衰败成老去的大堂，"瘦成三行蟹行的马来文地址"，"只剩下老广西的老呼吸"，"连麻将也萎缩成一盒遇潮的饼"。①富于历史气息的茶楼遭遇了与会馆相似的命运，昔日热闹非凡如今却已废弃消瘦："十足一座草蚀的龙坟/白蚁饿饿地行军，飞蝇低空盘踞"②。《甲必丹》以后设手法书写"甲必丹"叶亚来的历史与传奇③，有别于国家官方版本和华社主流话语，诗人笔下的叶亚来更加丰满立体：既是开发吉隆坡的历史英雄，也是一位为了利益手腕凶狠的黑道大佬。《会馆》、《茶楼》和《甲必丹》这三首诗，"延伸入族人集体的潜意识里，以诗去书写马来半岛上华裔民族历史文化的生命情景"④。

　　在陈大为的南洋史诗中，占主体地位的是由《我出没的籍贯》、《暴雨将至》、《简写的陈大为》、《在台北》等10首诗建构的"我的南洋"。它摒弃了宏大历史的叙事模式，将族群的历史浓缩到家族的历史中，"有计划地整理了热带童年的记忆，重写了在侨乡的家族史，重现了一个被忽略、被淹没的南洋移民史观"⑤。

　　《我出没的籍贯》和《别让海螺吹瘦》是家族南洋史的前传：广西乃"我出没的籍贯"，当时间返回9世纪中叶太平天国起义的年代，

①　陈大为：《会馆》，载陈大为《方圆五里的听觉》，山东文艺出版社2007年版，第159—162页。

②　陈大为：《茶楼》，载陈大为《方圆五里的听觉》，山东文艺出版社2007年版，第165页。

③　"甲必丹"即荷兰语Kapitein的音译，本意为首领。

④　辛金顺：《历史旷野上的星光——论陈大为的诗》，载陈大为、钟怡雯、胡金伦编《赤道回声：马华文学读本Ⅱ》，万卷楼图书股份有限公司2004年版，第544页。

⑤　罗智成：《在"边缘"开采创作的锡矿》，载陈大为《尽是魅影的城国》，时报文化出版公司2001年版，第13页。

"我正好看到"饥饿的先祖与贫瘠的大清，在这样"一个无法归纳的南方"，"天国的败寇"只能往"南方的南方"窜逃，先祖就这样被一纸卖身契永远地定格在"婆罗洲的扉页"。①

《岁在乙巳》、《整个夏季，在河滨》、《在诗的前线行走》、《接下了掌纹》和《八月，最后一天》5 首诗，以一个孩童的视角讲述了"我"的先辈（曾祖父、爷爷、父亲）在南洋的历史，"这个由诗人以孩童视角来叙述其家族成员史的'小叙述'或'小历史'"，"试图重现被政治权力话语和主流道德挂帅的宗法观念所抹煞消音的历史内涵，改写那已被一再书写得到强化的正史，透过个人化的叙述视野来解读历史的含义，通过诗句的叙述语调来展开历史的辩证，让历史的血肉更加真实而充实，更加接近普罗大众的生活经验与感受"②。虽然是孩童视角的小叙述，但透过这些个人化的小历史，依然能够感受到大历史的风云变幻。如《八月，最后一天》。该诗以马来西亚独立建国日为叙事起点，掺杂爷爷与父亲对这个新生国家的情感认同：爷爷将唐山的"乡愁倒进小烧杯"，"蒸馏成泪"，而"我父亲跟大伙儿的父亲一样  无所谓/蕉风椰雨  照常呼吸"③，说明到了父亲这一辈华人，已经落地生根，在认同上开始接受了这个新生的国家；同时在个人化的叙述中，我们也看到了华人在这个新生国家被逐渐边缘化："华人闪进  权力上锁的抽屉/用手语在暗中交谈/一些傀儡  把线交给异族巨大的手掌/大部分人视若无睹  小部分人裂土为王/五百万个象形的名字/把自己显眼地冷落在旁"④。

南洋史诗的最后两首：《简写的陈大为》和《在台北》，将笔触转向了南洋家族的当代史，被张光达认为是陈大为南洋史诗中"最具历史

---

① 陈大为《别让海螺吹瘦》，载陈大为《方圆五里的听觉》，山东文艺出版社 2007 年版，第 177—179 页。

② 张光达：《马华当代诗论：政治性、后现代性与文化属性》，秀威资讯科技股份有限公司 2009 年版，第 150 页。

③ 陈大为：《八月，最后一天》，载陈大为《方圆五里的听觉》，山东文艺出版社 2007 年版，第 196 页。

④ 同上。

叙事的解构颠覆与再建构作用的"①。这两首半自传性质的诗歌，"以自我的成长历史为主要内容，将个人经历放入政治现实与历史叙事的角色中"②，探讨当代马来西亚华人主体认同、文化身份与现实政治之间的复杂关系。

陈大为的南洋史诗，深具新历史主义的精神内核，"以个人家族的民间记忆与生命历程为主体的叙述欲望中，呈现了极其微妙的小人物与大历史的对话关系"③，在小叙述中完成了对大历史的观照，同时也在大叙述的可能限度里建构了一个家族的小历史："我的南洋"。

2. 黄锦树的离散之书：重建一个消逝世界的深度

"历史是话语建构起来的文本，是透过'历史的诗意想象'和'合理的虚构'而成。"④ 这提示我们，文本是重塑历史的必要手段。"背景是必须经由反思性的建构的，不论是对第一代移民者还是他们的后裔（哪怕已经太多代以致自觉够资格数典忘祖），经由经验（身体行旅的追体验）、知识（档案或殖民档案）、想象，背景的重构本身即是意义的重建，重建出一个已然消逝的世界的深度；而那多少也是对当代的反应。"⑤ 在马来西亚的官方历史中，马共因被视为阻碍国家发展的绊脚石而长期消失："马共其实是大马华人史一道极大的伤痕"，"在华人自我表达的代现领域中，此一巨大的创伤要么长期缺席，要么以零星残缺的形式碎片化的闪烁，仿佛无法被状写、被表达——被带到意识的层面"⑥。20 世纪 80 年代后期，马共与当局达成政治和解，这一段一度消失的历史逐渐引起作家的关注，包括张贵兴、黄锦树等在内的一批作家试图借助经验、知识和想象，去重建出马共已然消逝的那段历史以及属

① 张光达：《马华当代诗论：政治性、后现代性与文化属性》，秀威资讯科技股份有限公司 2009 年版，第 150 页。

② 同上书，第 151 页。

③ 同上书，第 158 页。

④ 钟怡雯：《历史的反面与裂缝——马共书写的问题研究》，载钟怡雯《马华文学史与浪漫传统》，万卷楼图书股份有限公司 2009 年版，第 5 页。

⑤ 黄锦树：《身世、背景，与斯文——〈华太平家传〉与中国现代性》，《联合报·联合副刊》2003 年 3 月 22 日。

⑥ 黄锦树：《从个人的体验到黑暗之心——张贵兴的雨林三部曲及大马华人的自我理解》，载张贵兴《我思念的长眠中的南国公主》，麦田出版社 2001 年版，第 255、256 页。

于他们那个世界的深度。黄锦树从马来西亚到中国台湾，广义而言，他也可归为离散的一类，这种离散情境使黄锦树"获得一种看清背景的位置与目光"①，在反思性建构马共方面无疑也助益良多。②

黄锦树的小说《鱼骸》、《大卷宗》、《撤退》和《猴屁股，火与危险的事物》等都具有明显的马共背景。由于历史长期被掩盖，绝对真相又无从寻觅，马共一度成为一个被遮蔽的"他者"，而由官方话语和民间传说建构出来的"马共图像"则经常相互矛盾，以上种种造成了马共的不明确性，因而，黄锦树的马共书写，不是依靠经验和知识的背景重构，更多的是发挥想象的意义重建。正是出于这样的写作动机，黄锦树并不执着于历史的绝对真实以及谁对谁错的价值判断，马共在他的小说中甚至不是以被还原的历史对象的身份出现，这一点有些类似于他的郁达夫书写，郁达夫只是黄锦树用来演绎中国性的书写工具而已，他绝非潜心要为郁达夫在南洋树碑造像，同样，黄锦树的马共书写，也并非是为了使笔下的这些人物名垂青史，而是为了展现后殖民情境中历史的断裂与荒诞。

《大卷宗》是一部历史寓言，主人公的祖父是一位马共叛逆者，为了躲避追杀，乔装隐匿，在逃命的几年里终于悟出一个道理："历史的整理工作也许更迫切"，"因为太多的华人在这块土地定居下来。而人们是善于遗忘的。"③ 于是祖父穷毕生心血开始撰写那部篇幅浩瀚的历史：大卷宗，快完成时，甚至特地去了一趟伦敦邱园，"在 RO573 的其中一卷档案里留下线索，在百年后当这一族群在这块土地上消失时，让后世的研究者像寻找秘笈一样地寻找"④。从这里来看，祖父有着强烈的历史使命意识，他要为这个族群（华人？马共？）立言，以抵抗意识形态对它的侵蚀。但是，当祖父的后代"我"费尽心思终于觅得这部融过去、现在与未来于一体的"伟大"著作时，"很嘲讽的我将在时空

---

① 黄锦树：《原乡及其重影》，载黄锦树《文与魂与体：论现代中国性》，麦田出版社 2006 年版，第 319 页。

② 笔者在本书第二章讨论张贵兴时已重点分析过他的马共书写，故这里就不再赘述。

③ 黄锦树：《大卷宗》，载黄锦树《死在南方》，山东文艺出版社 2007 年版，第 61 页。

④ 同上书，第 62 页。

中不着痕迹地消失，消失在历史叙述的边缘"①，这恐怕是对撰写大卷宗的祖父之最大讽刺。故事的最后，一阵清风吹过，主人公自觉一种震动，然后是漂浮，接着是一种感觉：无。付出巨大代价撰写大卷宗的祖父最后尸骨不存，花费大量时间寻找大卷宗的主人公最后消失于无，黄锦树果决地宣告：历史充满荒诞与断裂。其他几部马共题材的小说也都是断裂与荒诞并存，《鱼骸》中的主人公被一个恐怖的梦魇笼罩，始终陷于亦真亦幻的臆想旋涡内；《撤退》里的那个"他"始终分不清自己到底是在梦里还是现实，以致分裂出四个自己；《猴屁股，火与危险的事物》那个被当权者流放到荒岛上的马共头目，同样也是虚实颠倒，沉浸于自己的幻想之中。

黄锦树在评述张贵兴的《群象》和《猴杯》时认为："这两部状写雨林华人黑暗之心的小说，并不如其表面所显示的代现了历史，而是藉由高明的文学技术运用并绕过了历史，历史在其中其实是以传说的方式存在的，其确定性在美学中早已获得了确认。于是这两部小说便离史诗远而离传奇与神话近。就本文的修辞策略而言可以这么表述：表面上的黑暗之心其实仍然是个人的体验。前者乃是后者的延伸。"② 这样的分析同样可以用来解释黄锦树的马共书写：由于绕过历史而过多掺杂个人体验，最后"便离史诗远而离传奇与神话近"。其实就黄锦树而言，他并非要书写一部高度契合历史真实的马共史诗，恰恰相反，他的解构意图使他更注重大历史下个体的存在/生命体验，他要在这个消逝的马共世界里重建个体生命的深度。

某种程度而言，黄锦树有点类似于他在《大卷宗》里塑造的那位祖父，面对华人历史被遗忘的现状，有着强烈的书写欲望，希望经由书写去抵抗历史的消逝。黄锦树曾直陈自己的"离散之书"有一个"非写不可的理由"："余生也晚，赶不上那个年代，只有以一种历史人类学家的研究热诚，搜寻考古，捕风捉影，定影成像，凿石为碑。这一条路还会继续走下去，和任何文学风潮无关，只因非写不可——

---

① 黄锦树：《大卷宗》，载黄锦树《死在南方》，山东文艺出版社2007年版，第63页。
② 黄锦树：《从个人的体验到黑暗之心——张贵兴的雨林三部曲及大马华人的自我理解》，载张贵兴《我思念的长眠中的南国公主》，麦田出版社2001年版，第258页。

在重写马华文学史之前，必须（在某种形式上）'重写'马华文学。"① 这段话是黄锦树以创作实践重写马华文学（史）的"宣言"，如果宽泛地来看，马华文学史也是大马华人史的一部分，黄氏生于1967年，没有赶上先祖下南洋在马来西亚落地生根的史前史，甚至也没有赶上1957年马来西亚独立的建国史，但他具备历史人类学家的热忱，"搜寻考古，捕风捉影，定影成像，凿石为碑"，他的离散之书重建了大马华人史的某些遗忘角落，我们相信，这一条路他还会继续走下去，只因历史不容遗忘。

## 二　阿拉的旨意：族裔伤痛

　　我身份暧昧，处处尴尬。属于这块土地，不属于这个国家。无奈无奈!②

——黄锦树：《非法移民》

　　上引这段拿督公③的感慨，道出了大马华人沉重的族裔伤痛。1957年，马来西亚独立后，在"一切应该本土化"的观念指导下，作为"外来者"的华人丧失了与土著马来人"平起平坐"的权利，沦为被"宰制"的对象，马来人在这个多元族群构成的国家逐渐建构了一种"土著特权"。1969年，"五一三"事件爆发，"由于族群创伤和国会民主中断，华人政治一时陷入低潮。随后，政府施行扶持马来人的新经济政策，并筹组'国民阵线'以扩大联盟的执政基础，同时宣布以土著文化为核心的国家文化政策，还收紧民主运作的空间。五一三事件对华人政治带来巨大冲击，马来族群政党巫统的政治支配地位因官僚体系和军队的支持，得以进一步巩固。独立后建构起的执政联盟各族菁英的协和式民主运作不复存在，反而架设一套'后五一三架

---

①　黄锦树：《非写不可的理由》，载黄锦树《乌暗暝》，九歌出版社1997年版，第11页。

②　黄锦树：《非法移民》，载黄锦树《死在南方》，山东文艺出版社2007年版，第129页。

③　拿督公在概念上有点类似土地公，是华人到南洋后，顺应新的生存状况而生产出来的地方神。

构'的政经策略"①。"后五一三"时代的马来西亚，马来人以"土地之子"自居，而华人则遭遇"属于这块土地，不属于这个国家"的尴尬。

成长于"后五一三"时代的黄锦树对种族政治偏差给华人带来的伤痛有切身的感受："我们是被时代所阉割的一代。生在国家独立之后，最热闹、激越、富于可能性的时代已成过住，我们只能依着既有的协商的不平等结果'不满意，但不得不接受'的活下去，无二等公民之名，却有二等公民之实"②；"我来台来得勉强，然而如果不走，在马来西亚也许一点机会也没有。华人人口占三分之一，税照缴，可是在本地受高等教育、公费留学等，百分之八十以上的名额都保留给了马来人。高中快结束时，前途茫茫，更常陷入不知何去何从的苦闷之感。如果不走，或走不成，也许这辈子了不起当个某行业的'头手'"③。

《乌暗暝》正是经历了这样一种族裔伤痛之后写出来的经典文本。小说通过一名游子归乡途中的飘忽思绪和恐惧心理，将大马华人的边缘险境与历史阴霾在断裂的叙述中交互呈现出来。小说中的家位于茂密的胶林之中："一直到搬出来的三十多年间，没有自来水，也没电……政府不是没有为乡区提供水电，水管和电线直奔马来 Kampung（村庄）而去，吾家就因为'不顺路'而被排除在外。"④ 幽森、黑暗的自然环境与入侵的野生动物虽然让主人公心生胆怯，但真正让他害怕的还是来自异族的潜在威胁："最近印度尼西亚非法移民打劫华人的新闻经常见于报端，抢劫、杀戮、强奸……已令乡间的住户日日活在紧张之中。报载，非法移民都是三五成群作案的，清一色男性，握着巴冷刀，即使是家门紧锁，也会被强行撬开。"⑤ 作者用文字编织的巨大夜幕却掩盖不住充斥其中的暴力与血腥，浓郁的悲凉与恐惧，以及无法逃出的黑暗与看不见希望的未来："走过几户邻家之后，他心里突然有一股莫名的不安，狗的吠叫和灯火的紧张，无端的制造了恐怖气氛——仿佛什么糟糕

---

① 潘永强：《抗议与顺从：马哈迪时代的马来西亚华人政治》，载何国忠编《百年回眸：马华社会与政治》，华社研究中心 2005 年版，第 206 页。

② 黄锦树：《非写不可的理由》，载黄锦树《乌暗暝》，九歌出版社 1997 年版，第 11 页。

③ 同上书，第 7—8 页。

④ 黄锦树：《乌暗暝》，《南洋商报·南洋文艺》1995 年 3 月 7 日。

⑤ 同上。

的事情即将发生，或者已经发生。"①

对于移民及其后裔而言，身份不被认同是一种永恒之痛。在马来西亚，经过数百年的发展整合，到 1957 年独立前夕，"马来西亚华人已经是一个完整自足，并且有着自己特色的群体"②。1955 年，中国政府宣布取消双重国籍，许多长期在马来西亚生活、对这片土地产生深厚感情的华人开始放弃中国国籍。1957 年马来西亚独立后，继续留在这块土地的华人纷纷宣誓效忠这个新生的国家，并入籍成为马来西亚公民。但是，华人的政治表态并没有获得马来人的认可，或者说消除他们心中的疑虑："在许多马来人的心目中，要效忠马来西亚，一切应该本土化。"③ 张贵兴 20 世纪 80 年代创作的短篇小说《弯刀·兰花·左轮枪》处理的正是身份不被认同的族裔伤痛。留学中国台湾的大马华裔青年沈不明是一位"不会讲马来话的马来西亚人"，在马来人看来，他"就像家里死了老公的小淫妇，贞节有问题"④，在机场通关和跨越边境的过程中屡遭马来官员的刁难，甚至诱发劫持人质事件，最后酿成被马来警方枪杀的悲剧。"小说凸显了被定义的华人身份与国家认同，必须经由马来语的通关认证。"⑤

黄锦树的《由岛至岛》是一部记录大马华人集体记忆的寓言，其中的很多篇章都涉及华人的族裔伤痛。《阿拉的旨意》中，作为革命失败者的"我"被迫与当权者签下"卖身契"，改名"文西·鸭都拉"，放弃华人传统、信仰、语言、习俗，断绝与亲族的联系，在荒岛上被强制马来化，娶马来人为妻，生下 17 个混血后代。表面上看，"我"正朝着当局设计的同化目标靠近，但"我"却始终被视为不被信赖的人遭受

---

① 黄锦树：《乌暗暝》，《南洋商报·南洋文艺》1995 年 3 月 7 日。

② 何国忠：《导论》，载何国忠编《百年回眸：马华社会与政治》，华社研究中心 2005 年版，第 i 页。

③ 何国忠：《马来西亚华人：身份认同、文化与族群政治》，华社研究中心 2006 年版，第 100 页。

④ 张贵兴：《弯刀·兰花·左轮枪》，载张贵兴《沙龙祖母》，联经出版事业股份有限公司 2013 年版，第 297 页。

⑤ 高嘉谦：《台湾经验与早期风格——〈沙龙祖母〉代序》，载张贵兴《沙龙祖母》，联经出版事业股份有限公司 2013 年版，第 6 页。

着政治上的监视和精神上的排斥，即使文化被换血，"我"的身份原罪仍然决定"我"只能是被阿拉遗弃的他者。另一篇小说《开往中国的慢船》，似乎是在讲述一个寻找的故事、一个回归中国文化原乡的传奇，但本质上它却是一个被遗弃和回不去的故事。"开往中国的慢船"十年起航一次，所有未超过 13 岁的孩子均可搭乘归返中国，符合条件的华人移民后代铁牛决意寻找这艘传说中的宝船，但这终究是离散在外的华人代代相传的一个"中国梦"，无论怎样努力，他们都无法摆脱被遗弃的宿命，铁牛也在寻找失败之后被马来家庭收养，割了包皮归依了真主阿拉，变成"鸭都拉"。《天国的后门》及《猴屁股、火及危险事物》两篇均为政治狂想曲，一个以大马国内马哈蒂尔与政敌安华的政治倾轧为背景，一个以李光耀驱逐"马共"政敌及争取意识形态领域主导权的政治斗争为背景，揭露了大马政治沉重的历史背负和现实存在的荒谬。两个故事都有很明显的中国背景，意在揭示大马华人身处的政治环境及其对华人施加的结构性影响。"黄锦树是大声呼吁走出'华极'思维的新生代，但他在这个马来化趋于极端的孤岛'寓言'中清醒感受到的仍是华人异教徒般'他者'化的命定。黄锦树'天生反骨'，正是他的忧患意识所致。"①

从落叶归根到落地生根，马来西亚由异乡变为故乡，飘零此间的华人重新建立了自己的家园。无论是故乡还是家园，都应该给流离的人们以精神慰藉和护佑，早期的大马华人积极参与了马来西亚的开发建设，其后代更是植根于此，但他们却仍被视为不可信任的"外来者"，"五一三"事件之后更是被各种种族偏差政策所排挤。大马华人始终处于有家园却可能随时失去的心理恐慌之中，此一族裔伤痛在李永平早年创作的《围城的母亲》和《黑鸦与太阳》中有深刻反映。

《围城的母亲》中，父亲和乡亲们"只凭着一双手、一把斧头和一柄锄头"在太阳底下开荒建立起来的支那小城，却陷入拉子围城的困境，家园随时面临被洗劫的可能。《黑鸦与太阳》中，母亲是个精明能干的支那女人，暗自与共产党游击队做买卖，最后却惨遭马来士兵强

---

① 黄万华：《黄锦树的小说叙事：青春原欲，文化招魂，政治狂想》，载黄锦树《死在南方》，山东文艺出版社 2007 年版，第 8 页。

奸。无论是被拉子围困的支那小城还是惨遭马来士兵强奸的支那女人，都有它在象征上的影射。"（李永平）生长在华人政治权益被马来人大肆压榨的历史时刻，在中国置身事外的情形下，这些'支那人'犹如集体的失怙，母亲的贞操也岌岌可危。在马来化政策之下，中文教育一度几将被扑灭，而中国人传统上一向以文化来定义自身的种族属性，如此的境遇，便等同近乎灭族。"① 两篇小说始终笼罩在恐慌压抑的氛围中，也对应了彼时马来西亚国内华人与马来人日益紧张的族群关系以及华人日益边缘化的尴尬境遇。《围城的母亲》和《黑鸦与太阳》在人物结构上是典型的"寡母—独子"模式，即父亲长期缺席，只剩下受难的母亲及孩子。从象征的层面来看，父亲的缺失，意味着一种强大保护力量的荡然无存。《围城的母亲》中宝哥与母亲无奈弃城逃命，在暗夜中最大的感受是孤立无援："母亲和我仿佛被丢弃在旷野里，四面都是阴暗的森林，静悄悄一个人影也没有"；"她仰起脸庞凝望河面前方。那儿一片黑暗，一片迷蒙，方向几乎无法分辨"②。《黑鸦与太阳》中，母亲遭受凌辱时，父亲的神主牌也一并被踢碎，最后的一点儿精神寄托亦破碎无形。"寡母—独子"模式也是当时马来西亚华人生存形态的经典譬喻，强大的国家机器只护佑他的马来子民，而华人就像惨遭流放的"异教徒"，成为被种族政治阉割的一类。

### 三　旧家的火："我的新神州"

> 离开岛屿，我唯一带走的，便是那几瓶相思子。闲时把玩，昔日便又一颗一颗的凝聚。所以我常想，也许我并没有完全失去那座岛屿。③
>
> ——钟怡雯：《岛屿纪事》

在台马华作家均为移民第二代或第三代，当他们出走到中国台湾，

---

① 黄锦树：《流离的婆罗洲之子和他的母亲、父亲——论李永平的"文字修行"》，载黄锦树《马华文学与中国性》（增订版），麦田出版社 2012 年版，第 224 页。

② 李永平：《围城的母亲》，载李永平《迌迌 李永平自选集 1968—2002》，麦田出版社 2003 年版，第 72、76 页。

③ 钟怡雯：《岛屿纪事》，载钟怡雯《河宴》，三民书局 2012 年第 2 版，第 111 页。

成为离开家园的人，"空间在时间变易过程中的失落转化为记忆（时间）的存在与失落对象的追寻"①，马来西亚自然成为他们寄托乡愁的"新神州"，正因为如此，钟怡雯才会自觉"并没有完全失去那座岛屿"。马来西亚乡土不仅承载着祖父辈的落地生根史，也承载着在台马华作家的亲情与童年，它比原乡中国要来得更加真实。因而，当他们在台湾隔着一个南中国海眺望自己的出生地时，地缘故乡马来西亚则被不断召唤到文学作品中。

在黄锦树的《旧家的火》、《火与土》、《土地公》、《乌暗暝》等旧家系列小说中，旧家虽已不复存在，作者却依然执拗地怀念那曾经的水井："我终究怀念潮湿的井壁爬满鲜嫩羊齿植物的情状，以及大雨后见着水满时的喜悦"②；还有那父亲的烟味："那烟味此后成了记忆，一如父亲抽的红烟丝二手烟，都足以让人上瘾，构成乡愁最隐蔽的部分"③。这些略带自传性的小说，用朴实的语言将淡淡的感伤乡愁勾勒出来："我"所怀念的一切细小的事物，串起来就构成"我"对故乡的所有依恋，那都是依靠感官来记录的乡愁。譬如属于父亲的烟味，有烟的地方，"我"便能感觉他的存在，所有属于旧家的情绪与记忆在此刻通通被唤醒。旧家有絮絮叨叨总是抱怨父亲的母亲，有沉默寡言热爱土地勤于耕种的父亲，有茵茵可喜的一草一木。亲情即是永远的乡愁！故乡才是"我"情感的源头和依归，"我"终于以回望的姿态醒悟：父亲虽已化作土，然而父亲即是土地，土地即是父亲，这块养育了家族三代人的土地早已与血缘亲情、家族记忆融为一体。"当乡愁无法抒发，我就往那奔赴，体验那种百年停滞的荒凉。"④

对钟怡雯而言，马来西亚金宝小镇"就是我的神州"，离开这个地方许多年后，"我也开始了无止尽的寻觅，寻找那片消失的神州"，"原来，我遍寻不获的'合兴'猪肠粉，就是爷爷怀念不已的梅干猪肉"⑤。

---

① 张锦忠：《〈离散〉在台马华文学与原乡想象》，《中山人文学报》2006年第22期。

② 黄锦树：《旧家的火》，载黄锦树《死在南方》，山东文艺出版社2007年版，第149页。

③ 黄锦树：《火与土》，载黄锦树《死在南方》，山东文艺出版社2007年版，第172页。

④ 同上书，第166页。

⑤ 钟怡雯：《我的神州》，载钟怡雯《河宴》，三民书局2012年第2版，第71页。

视野中消失的故乡马来西亚却在文学这一象征领域重现，钟怡雯通过一系列散文寻回了她的童年旧事以及乡土记忆，复活了个体曾经走过的生命旅程。

钟怡雯自小生活在油棕园里，"没有住过油棕园的人大概很难想象，那样广袤美丽的大园坵，蕴藏了多少惊喜"，这里就像她心灵上的一块乌托邦，即使在台定居多年，仍"极度渴望重回油棕园，去呼吸林野的香气"，"想再看一眼以前的自己"。① 钟怡雯第一部散文集《河宴》即以童年经验架构了一个广袤美丽的"童年花园"：钟氏魂牵梦绕的新神州。"回忆中的童年乐园是她的精神王国，而那乐园附属于她生命的原乡——马来半岛之上。"② 这里是作者驰骋幻想的"人间"（《人间》），有脑海翻滚复活千百次的花园（《童年花园》）、仙境般的回音谷（《回音谷》）、水质极佳的老井（《天井》）、姿态万千的凤凰花（《凤凰花的故事》），还有不被家人认同的小祖母（《人间》）、一生念念不忘唐山的爷爷（《我的神州》）、充满生活智慧的外公（《外公》）、夜行不寐的古怪村长（《村长》）、半神半人的灵媒（《灵媒》）等，这些都沉淀为钟怡雯永恒的童年记忆，即使赴台深造，隔着一个望不到边际的南中国海，"最牵绊我的，便是这片童年时心灵的避难所、完美的休憩地"③，"若记忆是浩瀚无垠的宇宙，岛屿便是亿万星球中最闪烁的一颗"④。《河宴》是一部追忆童年时期成长故事的散文集，"有别于林幸谦过度学术化的家国思考，她笔下的马来西亚社会是感性的，以个人家庭生活的小历史取代了华社的大历史，她在散文里建构了自己的世界，同时蕴藏着光明与黑暗的油棕园，所有血肉肌理都是触感十足的"⑤。

钟怡雯第五部散文集《漂浮书房》收入了一组五篇写出生地怡保

---

① 钟怡雯：《后记：渴望》，载钟怡雯《垂钓睡眠》，九歌出版社1998年版，第242、243页。

② 辛金顺：《乌托邦的祭典——论钟怡雯〈河宴〉中的童年书写》，载自辛金顺《秘响交音——华语语系文学论集》，秀威资讯科技股份有限公司2012年版，第108页。

③ 钟怡雯：《人间》，载钟怡雯《河宴》，三民书局2012年第2版，第11页。

④ 钟怡雯：《岛屿纪事》，载钟怡雯《河宴》，三民书局2012年第2版，第115页。

⑤ 陈大为：《最年轻的麒麟——马华文学在台湾（1963—2012）》，台湾文学馆2012年版，第158页。

的千字文：《不老城》、《湿婆神之乡》、《糖水凉茶铺》、《饱死》和
《狗日子》，作者自言这是"个人最喜欢的几篇"，"发现'故乡'对
个人潜在的影响力"①。怡保是一个让钟怡雯保持"微微的优越感"
的城市，这里"好山好水"，"出产美食和美女"，"鸡蛋里挑骨头的
人，也只挑出'怡保很热'这几近废话的缺点"，如此美妙的城市自
然深得钟氏喜爱："我喜欢这座老城市。殖民地底子厚，修养深，没
有老态龙钟的迟暮，怡保老出闲云野鹤的优雅，透出晚霞般的瑰丽色
泽，九重葛在路边沟旁或庭院里烧出英殖民地时代的烟霞。"② 怡保历
史悠久却是一座"不被时间分解的""不老城"："二十年前如此，现
在依然。"③ 老城华人居多，被誉为广东城，但也不乏异国风情：向晚
的街道到处都是盛装的印度小姐，随处可见住满神祇的印度庙和殖民
地时期的建筑，如果吃腻了华人早茶，还可以尝一尝又酸又辣的印度
炒面，外加各种好看又好吃的零食。说起饮食，怡保绝对称得上是美
食天堂，钟怡雯在《糖水凉茶铺》和《饱死》就用不少的篇幅介绍
了多种富于地方特色的美食：红豆沙、摩摩喳喳、六味、凉粉、罗汉
果、煎堆、凉补等甜品，"茶精"、菊花茶、乌蔗汁等凉茶，"怡保那
么热，怡保人那么爱吃酸辣，如果既没糖水也没凉茶，日子可难过
了"④；除了各种美味的糖水凉茶，各种小吃也是让人吃到"饱死"，
有"老鼠粉"、猪肠粉、肉骨茶、咖喱面、鱿鱼雍菜等，"食'嘢'
是怡保人的生活重心，精神支柱，怡保人想尽办法'饱死'"⑤。整天
处于"饱死"状态的怡保人过着一种文火慢熬的"狗日子"生活，
闲散而享受，容易失眠的钟怡雯在这样的城市生活，也能"碰到枕头
就入眠，外加奢侈的午睡"，相较于快节奏的台北，怡保"是个不太

---

① 钟怡雯：《留给下一本（自序）》，载钟怡雯《漂浮书房》，九歌出版社 2005 年版，
第 7、8 页。

② 钟怡雯：《不老城》，载钟怡雯《漂浮书房》，九歌出版社 2005 年版，第 12 页。

③ 同上书，第 13 页。

④ 钟怡雯：《糖水凉茶铺》，载钟怡雯《漂浮书房》，九歌出版社 2005 年版，第
20 页。

⑤ 钟怡雯：《饱死》，载钟怡雯《漂浮书房》，九歌出版社 2005 年版，第 21 页。

需要费脑袋生活的城市"①，"慵懒的闷热午后，花白的阳光蜷缩在老
建筑上，街市寂寂，时间在怡保的巷道空转，城市抽离了现实感，只
有失去重量的历史躲进阳光照不进的巷弄"②，闲适如斯，难怪钟氏
"考虑在怡保养老"③。这一组怡保系列散文，写出了这座城市骨子里
的神韵，而在这些好山好水、美食美景的背后，流淌着作者淡淡的乡
愁。跟《河宴》塑造的"神州"相比，这组散文里面的怡保更加感
性，完全是生活化的，语言也更加清新自然，有点类似于文学性较高
的城市旅游读物，这或许与这组散文的专栏刊载方式有关，受专栏篇
幅限制，作者只能采取零碎化的方式处理。

　　在台马华作家去国离乡，那个曾经记录了他们美好童年岁月的马来
半岛，现在已经成为有待记忆填补和想象修复的失乐园。乡愁衍生的地
方——马来半岛，亦是在台马华作家不断追寻的乐土与梦土，虽然他们
选择定居甚至入籍中国台湾，但这片乐土无形中也成就了他们的创作。
在台书写马来半岛，与黄锦树、张锦忠等在台讨论马华文学一样，是一
种与身世有关的命运；书写马来半岛对他们而言，是一种精神的回归，
而不仅仅是向台湾文坛输入来自第三世界的南洋情调。

---

① 钟怡雯：《狗日子》，载钟怡雯《漂浮书房》，九歌出版社 2005 年版，第 25 页。
② 钟怡雯：《不老城》，载钟怡雯《漂浮书房》，九歌出版社 2005 年版，第 14 页。
③ 钟怡雯：《狗日子》，载钟怡雯《漂浮书房》，九歌出版社 2005 年版，第 25 页。

# 第四章

# 阐释的焦虑：与身世有关的命运

> 如果我们不是出身大马，大概就不会研究马华文学，至少不会像现在这样探讨马华文学。……或许从事其他范围的研究是机缘（至少我的情况是如此），可是从事马华文学的研究却成为我们的命运，不论我们处身哪个学术领域、哪个地理疆界、国内或国外。①
>
> ——林建国

1997 年年底，林建国接受马来西亚《蕉风》杂志编辑林春美"夜访"，面对"为什么选择在去国之后探索马华文学——既然你们的学位研究范围是晚清学术史、思想史和电影？"的提问时，做了上述的一种回应，认为他们在台从事马华文学论述是与身世有关、是"挥之不去的命运"。这一年，黄锦树因《马华现实主义的实践困境——从方北方的文论及马来亚三部曲论马华文学的独特性》一文卷入马华文坛一场有关"文学研究与道义"的论争中，针对来自各方的道义指责，黄氏重申："对于我们而言，其实有许多其他更有趣、更丰富的研究对象，为什么始终不能忘情于马华文学，要投注那么大的心力在上头呢？正由于'研究马华文学是我辈痛苦的道义'。"②

同年，陈大为也因《马华当代诗选（1990—1994）》"内序"被马来西亚本土批评家指责为以台湾文学马首是瞻，而陈氏同样将自己

---

① 林春美：《当文学碰上道德——夜访林建国、黄锦树》，《蕉风》1998 年第482 期。

② 黄锦树：《痛苦的道义——给方北方先生的公开信》，《南洋商报·南洋文艺》1998 年1 月 7 日。

的马华文学论述上升到"道义"的层面："其实我们大可将否定的观点隐藏于心中，任它自生自灭，以不得罪众人为上策，当个受欢迎的文坛新人，不必到处树敌。为什么我们甘于付出这个代价？为何要否定极可能成为新人模仿对象的马华名家？""其实旅台创作群的批评，是一个正面的声音，它的目的不是在打击马华文学，而是志在'棒喝'——将那许多不求长进的作家喝醒，将那许多被不入流的作品涂炭了眼睛的读者喝醒。我们无法昧着良心自欺欺人，更不知自卑为何物，只是焦虑。"①

从林建国、黄锦树到陈大为，都对马华文学持有强烈的阐释焦虑，无一例外地，他们也都将这种焦虑归结为自己的马华身份。20世纪90年代，包括张锦忠、黄锦树、林建国、陈大为、钟怡雯等在内的第三代在台马华作家崛起之后，由于他们大多具备学院化背景，马华文学论述是与创作同时进行的一项志业。经过他们二十余年的苦心经营，马华文学论述已经成为在台马华文学另一重要"业绩"。

## 第一节　本土以外：马华文学论述的台湾系谱

在台马华文学论述②的开展远落后于在台马华文学创作的冒现，前面已经谈到，早在20世纪60年代初，以星座诗社同仁为代表的在台马华文学创作就已经小有成就，但从目前已有文献来看，较早的在台马华文学论述产生于20世纪70年代初。1972年，赖瑞和在高信疆主编的《中国时报·人间副刊》"海外专栏"发表《中文作者在马来西亚的处境》，指出很多马华作家赴中国台湾或赴美后都鲜少返马，是一种自我放逐，该文发表后引起出生于马来西亚的林绿等人的回应（林文见《关于"自我放逐"》），这次不大不小的讨论被认为是"马华文学"第

---

① 陈大为：《"马华文学视角"V.S."台湾风味"》，《南洋商报·南洋文艺》1997年1月17日。

② 这里的"在台马华文学论述"是指在台马华作家/学人的马华文学研究，可以在台湾发表，也可在马来西亚或其他地区和国家，但不包括非马华身份学者的马华文学研究，以及在台马华作家/学人的中国文学、欧美文学等其他国别文学研究。

一次在马来西亚和新加坡以外的地区被人提出来讨论①。20 世纪 70 年代、80 年代，虽也有零星的在台马华文学论述产生，比如温瑞安的《漫谈马华文学》②、陈鹏翔的《写实兼写意：星马留台作家初论》③等。总体而言，20 世纪 90 年代之前的在台马华文学论述还处于萌发阶段，是此一论述史的史前时期，不仅相关成果少，而且"论者不是将马华文学视为……中国文学支流，就是将之当作海外华侨文学，要不就是不知如何处理这些在台湾文坛流通多时的'荒文野字'"④。

在台马华文学论述 20 世纪 60—80 年代这样一段较长时期创获甚微，张锦忠认为应归结为以下四点外部原因："（一）中国文学中心论或台湾文学中心论作祟，马华文学向来被视为中国文学支流或海外版"；"（二）文学市场，没有多少马华文学的产品，除了李永平、商晚筠、张贵兴、潘雨桐、戴小华等人的书，坊间不易找到进口或国产的马华文学书刊"；"（三）学院里的研究学科没有马华文学这一门，缺乏学术建制活动支援，故无从散播"；"（四）因为缺乏学术行情和消费市场，甚少台湾学者有计划地研究马华文学，只有极少数的刊物愿推出马华文学专辑，学术期刊也对论述马华文学缺乏兴趣"。⑤ 此外，还与此一时期在台马华作家的身份构成有关，第一代和第二代在台马华作家，除星座同仁后来多留在学院外，其他作家多以创作为"事业"，很少涉及批评，野心勃勃如温瑞安者此时还沉溺于他的神州梦魇无暇顾及，反观第三代在台马华作家则不同，黄锦树、陈大为和钟怡雯都是学院派作家、创作与批评的双面手，而张锦忠和林建国更是以批评为主业的在台马华学者，他们具备开展深度批评的可能，20 世纪 90 年代（在台）马华文

---

①　赖瑞和：《"文化回归"与"自我放逐"》，转引自张锦忠《马华文学论述在台湾》，载戴小华、尤绰韬编《扎根本土·面向世界：第一届马华文学国际学术研讨会论文集》，马来西亚华文作家协会、马来亚大学中文系毕业生协会 1998 年版，第 103 页。

②　1977 年，收于《回首暮云远》一书。

③　分上、下两篇发表于《文讯》1988 年第 38、39 期。

④　张锦忠：《再论述：一个马华文学论述在台湾的系谱（或抒情）叙事》，去国·汶化·华文祭：2005 年华文文化研究会议论文，台湾交通大学，2005 年 1 月 8—9 日。

⑤　张锦忠：《马华文学论述在台湾》，载戴小华、尤绰韬编《扎根本土·面向世界：第一届马华文学国际学术研讨会论文集》，马来西亚华文作家协会、马来亚大学中文系毕业生协会 1998 年版，第 101 页。

学的持续发展以及马来西亚和中国台湾政经文教环境的巨大变化也为在台马华文学论述的推进提供了支援。

20 世纪 70 年代、80 年代，是马来西亚建国后华人处境最为艰难的时期。进入 90 年代，马来西亚政治形势开始出现一些变化："国际环境方面就是冷战结束，意识形态淡化，经济建设成为时代的主旋律。国内环境方面就是 2020 年宏愿目标的提出。配合这种变化，马来西亚政府实行开放政策，使种族关系的紧张程度有所舒解。在政治上，逐步淡化意识形态的色彩，放宽华人到中国旅游探亲的限制。在经济上，鼓励华巫合作，华商到中国投资不再被视为不效忠的表现。在文化教育上，提倡回儒交流，鼓励马来人学习华文，对华文教育采取灵活的政策，批准设立南方学院和新纪元学院等。在民族关系上提出建设马来西亚国族的概念，冲淡非土著的不满情绪。"① 政治上的开放，使族群关系一度较为缓和，20 世纪 90 年代也成为马来西亚建国以来各族矛盾较少的时期。这就为"国家文化"、"国家文学"、"华人文学"等议题的深入讨论提供了较为宽松的舆论环境，不至于因为政治的因素遭受压制。

1987 年台湾当局解除戒严法，第二年开放党禁、报禁，"三十多年来一直处于严密禁锢状态的社会政治开始松动，台湾社会日趋多元化，文化的空间也较以前更为开阔"②，张锦忠、黄锦树、林幸谦、林建国、陈大为、钟怡雯等均在此前后赴台留学，正好切身感受到台湾社会多元化的脉动。政治文化空间的松动也为文学包括各种思潮的百舸争流提供了契机："1980 年代末至 90 年代的台湾文坛，是一个没有任何大的文学风潮的年代，所有作家、评论者都拥有绝大的写作自由，因此是众声喧哗而无一特出。"③ 西方各种后学思潮纷纷登陆台湾，女性主义文学、少数族裔文学等小文学开始呈现大气候，马华文学作为研究客体所隐藏的理论潜力在此背景下被张锦忠等人意识到。

---

① 张应龙：《百年回眸：马来西亚华人政治史之变迁》，载何国忠编《百年回眸：马华社会与政治》，华社研究中心 2005 年版，第 12—13 页。

② 赵咏冰：《在台湾的马华文学——以李永平、张贵兴、黄锦树为例》，《华文文学》2011 年第 1 期。

③ 同上。

20 世纪 80 年代末以来台湾社会相对宽松的政治文化氛围，给黄锦树等人的在台马华文学论述开展提供了两重"自由"："一方面，从大马的政治高压环境中解脱，使他可以对马华文学严酷的处境深刻反省和抨击，对马华文学作大胆而严厉地批评"；"另一方面，他又可以假台湾言论之极大自由之机为'落籍斯地的同乡叫屈'，为马华文学争取各种发言空间，对抗马来西亚政府文学、中国大陆文学和台湾文学这三个相对马华文学而言的中心"①。

　　"关于马华文学的研究应该比创作发达才是——并非客观条件不成熟，主观的选择大概还是最主要的原因。"② 20 世纪 80 年代以来的马华留台学生认同意识渐趋转向大马，甚至出现"回归的一代"。大马青年社和《大马青年》经常性选取马华文化、文学方面课题进行讨论，1990 年年底林建国即应大马青年社之邀发表了一篇题为《马华文学研究：理论的建立》的演讲，而黄锦树更是直接参与了《大马青年》杂志的编辑。弥漫于此一时期大马留台学生社团间的知识分子意识，强化了在台马华作家对马来西亚的家国使命感，对马华文学及其研究的沉重焦虑，实质上是对大马华人前途命运之焦虑的一个表征，甚至可以视为他们去国离乡之后的心理补偿/救赎。例如，1987 年年底，马来西亚政府采取"茅草行动"③，马来西亚重要的华文报纸《星洲日报》因"触犯出版准证条例"被吊销出版准证半年，一批华人意见领袖遭到逮捕。这一事件在大马留台社群中产生很大反响："马来西亚留台同学会发起大马留台生连署签名抗议，表达了知识分子对国家社会的关怀。林建国与我这时都人在台湾，隔海想望锁雾家

---

① 赵咏冰：《在台湾的马华文学——以李永平、张贵兴、黄锦树为例》，《华文文学》2011 年第 1 期。

② 黄锦树：《反思"南洋论述"：华马文学、复系统与人类学视域》，《中外文学》2000 年第 4 期。

③ 1987 年 10 月 18 日半夜时分，在吉隆坡的中南区一马来青年，手持莱福枪，向群众乱枪扫射，造成三人死伤，受害者有华巫裔人士。经过报章报道后，种族间的关系变得紧张起来。接着由于"华小高职事件"，各语文报章发表激烈言论，使紧张气氛加剧，大有一触即发之势。当局因此采取"茅草行动"，展开大逮捕，激进分子如林吉祥等人遭扣押，一时风声鹤唳，人人自危。当局以《星洲日报》刊登危险言论为由而勒令其停刊。参见崔贵强《东南亚华文日报现状之研究》，华裔馆、南洋学会 2002 年版，第 66 页。

国，难免也思有所作为。我们都具英文系/外文系背景知识，透过英文系/外文系的学科训练与接触，以欧美当代理论的视野落实我们对马来西亚文化政治的关注，或是书生报国最佳途径。"① 张锦忠甚至认为，他们的在台马华文学论述是对自己流散身份的"救赎"："后来陈界华、廖咸浩编《中外文学》的若干专号邀稿时，我也都以马华文学为例，讨论身份、文化属性、后殖民等课题。之所以拿马华文学，而非以欧美或中国文学当案例，只是想让马华文学在台湾见见光，希望有心人了解马华文学的本质与处境，勿再因马来西亚华人与中国汉人同文同种就视之为中国文学的支流，勿以移台马华作家（如李永平、张贵兴）或非留台亚细安作家（如陈瑞献、黎紫书）能运用中文自如为奇迹"；"仿佛在台湾出版一本马华文学论文集，仿佛书写，可以作为自己当年远走高飞——没有留在那个第三世界的发展中国家，为多元族群文化理想、为公理与社会正义打拼——之救赎"②。这就可以解释，为什么张锦忠、林建国和黄锦树等人的在台马华文学论述，最后总是指向政治与文化维度，因为"那把火的背后，有使命"③，这"使命"即"我不仅想解释世界，更企图改变世界"④（黄锦树语），这里的"世界"既是现象层面的马华文学及论述的贫弱，也是结构层面的大马华人身处的困境。

1990 年，黄锦树在台湾大学中文系系刊《新潮》第 49 期发表《"马华文学"全称之商榷——初论马来西亚的"华人文学"与"华文文学"》，作为一种反馈，此文 1991 年 1 月又分两期刊登在马来西亚《星洲日报·文艺春秋》上，于马华文坛引起一场关于马华文学正名与定位的争论。这篇论文"尝试从一个称谓的简称中挖掘它的蕴涵歧义，且企图通过再'正名'借以探讨当前马来西亚华人的文学认知与文学

① 张锦忠：《再论述：一个马华文学论述在台湾的系谱（或抒情）叙事》，去国·汶化·华文祭：2005 年华文文化研究会议论文，台湾交通大学，2005 年 1 月 8—9 日。

② 张锦忠：《南洋论述——马华文学与文化属性》，麦田出版社 2003 年版，第 257、262—263 页。

③ 陈大为：《大马旅台一九九〇》，《台港文学选刊》2012 年第 1 期。

④ 林春美：《当文学碰上道德——夜访林建国、黄锦树》，《蕉风》1998 年第 482 期。

史视野的问题"①，敏锐地发现了马华文学的内部复杂性，而黄锦树花大量篇幅讨论峇峇文化史研究对马华文学的启示，就是想在一个更深广的层面去探讨马华文学的结构性困境，尤其是质疑国家文学与以华文文学为主体的"马华文学"概念的合理性，虽然不可能完全颠覆旧有的马华文学史框架，却为黄氏日后对马华文学的"烧芭"式论述埋下了伏笔。

"起点总是和时间、地点以及问号息息相关。"② 1991 年，台湾学者李瑞腾在台湾淡江大学中文系主办第一届东南亚华文文学研讨会，林建国受邀发表了一篇后来被黄锦树和张锦忠共同视为在台马华文学论述起点的重要论文：《为什么马华文学?》③，黄锦树则毛遂自荐提交了以神州诗社为研究对象的论文：《神州：文化乡愁与内在中国》，同年，张锦忠也在《中外文学》发表《马华文学：离心与隐匿的书写人》，至此，在台马华文学论述的"铁三角"均已登场。此后，陈大为、钟怡雯等也加入这一批评行列，一个本土之外（台湾）的马华文学论述系谱渐趋形成。在台马华文学论述的起点产生于一个问号：为什么马华文学? 林建国将之细化为两个结构性命题：为什么马华文学一定非是中国文学的支流? 为什么马华文学不能进入马来西亚的国家文学? 这就从两个最根本的问题——马华文学从哪里来? 往哪里去? ——找到了马华文学研究盘根错节的根源。

马华文学与中国文学的关系从前者产生起就是一个巨大的困扰，这个关系不解决，就很难解释马华文学何以有自己的道路/独特性，而马华文学的定义与属性也很难有满意的答案。很长一段时间，持中国中心论的学者将马华文学视为中国文学的支流，典型者如温瑞安。他在《漫谈马华文学》中认为马华文学不是真正的马来西亚文学，只是"中国文学的一个支流"而已："第一，'没有中国文学，便没有马华文学'；第二，马华作家使用的仍是标准的中国文字；第三，马华作品中的传说

---

① 黄锦树：《"马华文学"全称——初论马来西亚的"华人文学"与"华文文学"》，载黄锦树《马华文学：内在中国、语言与文学史》，华社资料研究中心 1996 年版，第 26 页。

② 张锦忠：《再论述：一个马华文学论述在台湾的系谱（或抒情）叙事》，去国·汶化·华文祭：2005 年华文文化研究会议论文，台湾交通大学，2005 年 1 月 8—9 日。

③ 后刊登在《中外文学》1993 年第 10 期。

和神话，乃至心理状态，仍是中国的。"① 温瑞安看似无法拆解的逻辑推论，实际上却是中国文学本质主义作祟的思考结果，正如林建国在《为什么马华文学?》中批驳的，马华文学一旦产生，便已经有了自己的命运，这命运即使与中国文学有关，却非中国文学决定："别说马华文学完蛋了中国文学不会怎样，事实是中国文学对马华文学一无所知仍可运作得很好"；"自'流'便有自己的命运，源头切断了还有天地带来的造化，可以自灭，可以自生，与'主干大河'无关"②。

马华文学（包括其他区域的华文文学）之所以会与中国文学关系暧昧，最主要的还是两者都使用相同的文字：中文，中国文学本质主义论者，实际上与中国文字本质主义论者分享了相同的意识形态，甚至后者为前者提供了巨大的理论支持，"他们非常天真地认为，中国文字/符表与其指涉物（中国历史情境）未曾切分；他们不晓得若不切分，表义活动将是不可能的事，中国文字被锁在它生发的源头，惟有停顿和死亡"③。林建国以马华作家游川和李永平的例子深刻地指出，中国文字一旦出走，它同样有自己的命运："当中国'文字'居住在另一个世界里，在那里使历史成为可能时，它再也不是'中国'文字；中国'文字'的命运，于是是'马'华文学的命运。"④ 经过对中国文学本质论及中国文字本质论的反复辨正，林建国最终觅得了马华文学与中国文学之间血缘和属性的真正关系："'马华文学'并非中国文学为其'海外支部'所取的名称，也非英国殖民地政府封赐的爵位，更非星马政府立国后的官方设计。'马华文学'是马来亚中文作者在解释他们的历史情境时所产生的概念；这概念甚至在这名词产生前便有了（如二十年代末期的'南洋色彩'），并在战后有了周延完整的内容。换言之，'马华文学'是早期马华作者对他们历史位置的解释，因此是马来亚部分人民记

---

① 林建国：《为什么马华文学?》，载张永修等主编《辣味马华文学——90 年代马华文学争论性课题文选》，雪兰莪中华大会堂、马来西亚留台校友会联合总会 2002 年版，第26 页。

② 同上书，第 27 页。

③ 同上书，第 33—34 页。

④ 同上书，第 41 页。

忆（popular memory）的具体呈现。"①

《为什么马华文学?》也对由马来国家机器打造的"国家文学"进行了回应。1971 年，马来西亚文化、青年及体育部在马来亚大学召开国家文化大会，首次明确了"国家文化"的基本内涵：一是马来西亚的国家文化必须以本地区原住民的文化为核心；二是其他适合及恰当的文化元素可被接受为国家文化的元素，唯必须符合第一及第三项的概念才会被考虑；三是伊斯兰教为塑造国家文化的重要元素。这一决议把华人文化等马来西亚其他族裔的文化视为"外来文化"而排斥在"国家文化"之外，同时，"国家文学"作为"国家文化"的一部分也借助政治的力量加以建构和推进。

1971 年，时任马来作家协会主席的依斯迈·胡辛在《文学》杂志 9 月号发表了《马来西亚国家文学》，对"国家文学"的内涵进行界定："只有以马来西亚马来文写作的作品才可以接受成为国家文学。其他土著语系文学（譬如伊班、马拉瑙、比沙雅、慕禄、柯拉必、加央、肯雅、普南等）可以视为地方文学。而以中文、淡米尔文以及其他族群语文书写的作品可视为马来西亚文学，但是基于这些作品的读者只限于某些群体，则我们不把它视为国家文学。"② 在文章中，依斯迈·胡辛认为将马来语作为"国家文学"的创作媒介语包含了文化与政治的考虑："马来文是本邦原生者的语文，它在本区域生长、扎根。与本邦其他土著语言比较，马来文拥有最悠久的文学传统，因而它被赋予上述功能是非常合理的。此外，为了塑造主体性，我们不能挪用外界的基础。中文、淡米尔文、英文是外来语文，各自都有博大精深的文学与文化传统。当我们使用那些语文，我们将活在外来文化的阴影之中，我们将无法自由地以自己的辞汇创造自己的文化。"③ 很显然语言被高度政治化，表面上看是为了防止外来语种文化或文学对"国

---

① 林建国：《为什么马华文学?》，载张永修等主编《辣味马华文学——90 年代马华文学争论性课题文选》，雪兰莪中华大会堂、马来西亚留台校友会联合总会 2002 年版，第 44—45 页。

② ［马来西亚］依斯迈·胡辛：《马来西亚国家文学》，载庄华兴《国家文学：宰制与回应》，雪隆兴安会馆、大将出版社 2006 年版，第 35 页。

③ 同上书，第 36 页。

家文学"的侵蚀，内在地却处处表现出纯正马来人血缘意识，掉入了"一个民族，一种语言"、"一种语文，一个传统"的单元化思维泥淖中。

　　从方北方、陈应德到张锦忠、黄锦树与庄华兴等，马华文学的几代人都有沉重的"国家文学情结"。林建国认为，面对当下大马华人的历史情境，思考马华文学与马来文学及其他语种文学的关系，"我们必须先行暴露国家机器的运作逻辑，才能走出第一步，找出适当位置建立全新的问题架构"①。黄锦树《"马华文学"全称之商榷》走出了这关键性的第一步："黄锦树的概念虽有人类学支撑，可是视野超乎陈志明的设计，使'马华文学'成为更广延、更具动力和颠覆力量的概念，使马华文学既在马来文学之内，又在其外，整个摇撼了'国家文学'的族群语言中心论。换言之，黄锦树重新定义马华文学的同时，也重新解释了马来文学，并将'国家文学'解构。"②

　　作为在台马华文学论述的起点，《为什么马华文学?》重新建构了一个更为广阔的马华文学阐释视域，林建国所开拓的"马华文学的源流"、"中华属性"、"国家文学论"等文学/文化政治议题，一直成为黄锦树等人"在台论述马华文学的共同关注"③，这些成果后来都结集成书，包括黄锦树的《马华文学：内在中国、语言与文学史》、《马华文学与中国性》，张锦忠的《南洋论述：马华文学与文化属性》。

　　20世纪90年代以降，黄锦树、林建国、陈大为等在台马华学者频频挑起或介入马华文学各种议题的讨论，接二连三在马华本土引发文学论争，甚至造成了本土传统批评力量与在台诠释群的敌对；同时，他们也在台湾各种刊物评介马华文学作品，探究在台马华文学的美学意义，"他们的马华文学论述生产出了马华文学的意义，也建构了马华文学的

---

　　① 林建国：《为什么马华文学?》，载张永修等主编《辣味马华文学——90年代马华文学争论性课题文选》，雪兰莪中华大会堂、马来西亚留台校友会联合总会出版2002年版，第53页。

　　② 同上书，第47页。

　　③ 张锦忠：《再论述：一个马华文学论述在台湾的系谱（或抒情）叙事》，去国·汶化·华文祭：2005年华文文化研究会议论文，台湾交通大学，2005年1月8—9日。

知识成规"，"既影响了旅台作家的创作，也影响着人们对旅台文学的阅读接受"①。

2000 年，张锦忠在台北《中外文学》策划推出"马华文学"专号，内容涵盖马华文学论述、史料、访问与创作，是对过去十年在台马华文学论述的集中检视，"意味着旅台文学知识建制的初步完成"②。专号中黄锦树的《反思"南洋论述"：华马文学、复系统与人类学视域》一文，提出要对"我们"（黄锦树、张锦忠和林建国）已有的马华文学论述"是时候做一番大致的整体评估和反思：'我们'究竟做了什么？这是否可以作为往后马华文学研究的新视域和基础？"③

2002 年，黄锦树、张锦忠在埔里暨南国际大学举办台湾第一个马华文学研讨会，大会主题是他们跟踪了十多年的一个话题："重写马华文学史"，会后出版了同名论文集。"大体上，在台马华文学论述从起点——淡水——出发，走到这个景点——埔里，可以说已完成学术建制化的阶段性任务了。"④ 所谓在台马华文学论述的学术建制化，应包括有一批人在学院内开展马华文学研究、产生了一些具有影响力的马华文学研究成果、召开过专门性马华文学研讨会以及公开出版物对马华文学研究的关注，从这个角度来看，张锦忠谈到的阶段性任务确实已经完成。

二十余年来，在台马华文学论述可圈可点的地方很多，虽然它只是在本土之外开展，却已经从根本上改变了以往马华文学论述的贫弱局面，正如黄锦树自我总结的："（在台马华学者）建立了文学论述品质上的高标，不是时兴理论的套用，而是就马华文学这一特殊对象发展我们的框架和论题，以和大中文世界对话。……以后不论是台湾大马还是大陆，要讨论马华文学，都不可能绕过我们建立的座架；而且这些既有论述，也成了衡量未来马华文学论述水平的

---

① 刘小新：《马华旅台文学现象论》，《江苏大学学报》2002 年第 2 期。

② 同上。

③ 黄锦树：《反思"南洋论述"：华马文学、复系统与人类学视域》，《中外文学》2000 年第 4 期。

④ 张锦忠：《再论述：一个马华文学论述在台湾的系谱（或抒情）叙事》，去国·汶化·华文祭：2005 年华文文化研究会议论文，台湾交通大学，2005 年 1 月 8—9 日。

基本参考坐标。"① 诚哉斯言！在黄锦树等人的马华文学论述脉络中，我们"清晰见到了一个越趋成熟且理论化的'马华'观念"，"这十余年以来他们持续发表相关的论述，着实替在台马华文学建构了在作品之外一个起码的理论实践与论述层次，或大胆的说是马华文学'认识论'的工作"②。

## 第二节　南方喧哗："黄锦树现象"

> 对过去的对象的意识形态的批判正是为了开展我辈当下的历史性，而把属于历史的还回给历史。③
>
> ——黄锦树

"我们的在台马华文学论述共图，其实旨在隔（南中国）海向本土马华文学界发声，也就是说，期盼对马华文学有所建树。"④ 带着这样的"期盼"，20 世纪 90 年代以来，黄锦树、张锦忠、林建国、陈大为等在台马华学者，频频隔海向马华本土发声，他们恰好又赶上马华文学进入典范转移和思潮嬗变空前激烈的时期，两厢遭逢，便引发了一系列充满火药味的文学论争，包括：1991 年马华文学正名论争、1992 年马华文学"经典缺席"论争、1995 年"马华文学与中国性"论争、1996—1997 年《马华当代诗选（1990—1994）》及其《内序》论争、1996—1997 年《马华当代文学大系》讨论、1997—1998 年马华文学"断奶"论争、1997—1998 年"马华现实主义的实践困境"论争和

---

① 黄锦树：《在两地本土论的夹缝里》，载黄锦树《焚烧》，麦田出版社 2007 年版，第 135 页。

② 高嘉谦：《当代马华文学中的寓言书写》，去国·汶化·华文祭：2005 年华文文化研究会议论文，台湾交通大学，2005 年 1 月 8—9 日。

③ 黄锦树：《马华现实主义的实践困境——从方北方的文论及马来亚三部曲论马华文学的独特性》，载张永修等主编《辣味马华文学——90 年代马华文学争论性课题文选》，雪兰莪中华大会堂、马来西亚留台校友会联合总会 2002 年版，第 226 页。

④ 张锦忠：《再论述：一个马华文学论述在台湾的系谱（或抒情）叙事》，去国·汶化·华文祭：2005 年华文文化研究会议论文，台湾交通大学，2005 年 1 月 8—9 日。

1999 年"旅台与本土作家跨世纪对谈"论争等。

马华文学正名论争拉开了在台马华学者 20 世纪 90 年代向本土发声的序幕。这场发生于 1991 年的论争，起源于黄锦树旨在对"马华文学"范畴进行重新界定的《"马华文学"全称之商榷——初论马来西亚的华文文学与华人文学》①一文，该文借助人类学的视域，试图通过将"马来西亚华文文学"修改为"马来西亚华人文学"，解构笼罩在马来西亚国家文化与国家文学上的官方意识形态与马来人血缘意识，消解"华极"模式对"华文"的盲目崇拜②，以回应马华文学史困境及大马华社长期积淀的政治与文化焦虑问题。文章在《星洲日报·文艺春秋》发表后，引起华社诸多不解与"挞伐"。1 月 30 日，杨善勇在《星洲日报·星云》发表《马华文学正名》，认为黄锦树的举措是"用种族立场"，"替超越种族的文学正名"③。

1992 年 5 月 1 日，留日学生禤素莱在《星洲日报·星云》发表《开庭审讯》，触及马来西亚华人长久积累的政治、文化隐痛，即马华文学在"国家文化"和"国家文学"的霸权体系下如何定位并确立存在价值。同年 5 月 28 日黄锦树在《星洲日报·星云》发表《马华文学"经典缺席"》，回应《开庭审讯》所提出的马华文学名实问题，认为《开庭审讯》暴露的马华文学研究在日本的种种窘境，"归根结底，还是马华文学'经典缺席'的问题"，"似乎所有马华作家都带着拓荒者的形象，然而也仅仅是'拓荒'而已"④。文章发表后，很快引起关注，许多不同的声音在马华报纸副刊上出现，并导致了另一场更加激烈持久的论争：马华文学经典缺席。陈雪风、端木虹等马华本土批评家都不同程度地参与了这场论争。

20 世纪 90 年代中后期，陈大为、黄锦树、钟怡雯、林幸谦、陈强华、辛金顺等在台马华作家，开始在新的文学观念指导下开展系列有计

---

① 发表于《星洲日报·文艺春秋》1991 年 1 月 19 日、22 日。

② "华极"以华文为中心并绝对化，与"华极"相对的是"巫极"，即以马来文为中心并绝对化。

③ 杨善勇：《马华文学正名》，《星洲日报·星云》1991 年 1 月 30 日。

④ 黄锦树：《马华文学"经典缺席"》，《星洲日报·星云》1992 年 5 月 28 日。

划的选集活动①。1995 年，由陈大为主编的《马华当代诗选（1990—1994）》（下文均简称《诗选》）出版，作为一部以国外学者和诗人为首要预设读者的选集，它采用字辈断代法，收入了 1990—1994 年马华诗坛十五位诗人的优秀作品，其中包括两位五字辈、八位六字辈和五位七字辈。《诗选》出版后，引起了部分马华本土文人的不满。为了回应这些"怨言"，1996 年陈大为在《蕉风》发表给国内读者看的"内序"：《从"当代"到诗"选"——〈马华当代诗选（1990—1994）〉（内序）》。出乎意料的是，这篇"内序"不仅没有使"怨言"减少，反而火上浇油，一场由《马华当代诗选（1990—1994）》及其"内序"引发的讨论，逐渐演变成 20 世纪 90 年代马华文坛有重要影响的论争，陈大为、黄锦树、端木虹、叶啸、张光达等在台与本土批评家都参与了这场论争，焦点集中在"台湾视角/口味"。端木虹认为这一事件背后的实质是用他者（台湾）的视角来审视马华文学②。在台马华学者深受台湾文学影响，黄锦树并不否认，但他反对以此来贬低或否定这一群体的相关创作和阐释活动，"我们是马华文坛的纵火者，但何尝不是播种者？或者，更为狂妄一点说，我们都是'盗火者'——企图从域外盗来他乡之火，以照明故乡黑暗。悲哀的是，故乡的人并不领情"③。

　　1997 年年底，在留台联总主办的"马华文学国际学术研讨会"上，黄锦树发表论文《马华现实主义的实践困境——从方北方的文论及马来亚三部曲论马华文学的独特性》，再次引起一场激烈论战。论战大致围绕两个方面展开：一是批评黄锦树的行止品格，聚焦文学研究与道义的关系；二是批评黄锦树对马华现实主义的"极端"阐释，聚焦马华现实主义及其文学史价值。这场论争是"两代人"之间，由于文学观点的不同，导致的一次"克服"马华现实主义的"文学史事件"，其意义

---

①　如陈大为主编，陈强华、钟怡雯和黄暐胜参与编选，文史哲出版社 1995 年出版的《马华当代诗选（1990—1994）》；钟怡雯主编，林幸谦、辛金顺和陈大为参与编选，文史哲出版社 1996 年出版的《马华当代散文选（1990—1995）》；黄锦树主编，九歌出版社 1998 年出版的《一水天涯：马华当代小说选》。有意味的是，这三本囊括诗歌、散文和小说三大文类的选集，均冠之以"当代"，即新生代所处的"当下"，很明显具有"为自己写史"的强烈意图。

②　端木虹：《马华文学的"狂飙运动"》，《南洋商报·言论》1996 年 9 月 25 日。

③　黄锦树：《马华文学的悲哀！》，《南洋商报·南洋文艺》1996 年 12 月 18 日。

"不只给予马华文学流派分歧和争论作了一个论断，同时亦与垄断马华文学的现实主义流派在文学史上作了一个决裂。"①

　　马华文学/文化与中国文学/文化的关系，在马华文坛是一个不断被讨论的议题。20 世纪 90 年代之前，曾发生多次与此相关的论争，如 1927—1930 年南洋色彩的提倡、1934 年马来亚地方作家论争和 1947—1948 年"马华文艺独特性"论争等。进入 90 年代，在台马华学者再度将之引入公共空间，产生了两场与此相关的论争：1995 年关于"马华文学与中国性"的论争和 1997—1998 年关于"马华文学与中国文学奶水关系"的论争。1995 年的论争发生在黄锦树与林幸谦之间，表明马华文学与中国文学及文化的关系也给在台马华作家造成了极大的困扰；"中国性"是马华文学发展的重要资源，但相对地也累积成一个巨大的负担。1997—1998 年的"断奶"论争，陈雪风、林建国和黄锦树都卷入其中。与以往的数次文学论争一样，这次"断奶"论争的双方也没有形成有效的对话关系，甚至出现"对牛弹琴"（黄锦树语）、"鸡同鸭讲"（安焕然语）现象，进一步激发了本土批评者对在台学者的敌视。

　　以上这些论争多由在台马华学者挑起或主导，一度也造成在台与本土批评力量的紧张对抗，马华学者何启良将之概括为"黄锦树现象"②。"'黄锦树现象'是由一特定的文学群体的文学活动构成的。这个群体的成员有陈大为、钟怡雯、林幸谦、张锦忠、林建国、陈强华、黄暐胜、辛金顺、吕育陶、邱琲钧、林金诚、吴龙川、林春美、赵少杰、廖宏强、禤素莱、欧文林、林惠洲、许裕全、刘国寄……黄锦树是其中在评论和小说创作方面颇有建树的代表人物。这个群体成员大多出生于 60—70 年代，也大多有留学中国台湾地区的人文背景。"③

　　以论争发声是在台马华文学论述开展的重要形式之一，黄锦树、林建国等人的许多重要论文都衍生于这个过程，论争本身也许并没有明确

　　①　何启良：《"黄锦树现象"的深层意义》，《南洋商报·人文》1998 年 1 月 18 日。

　　②　同上。

　　③　刘小新：《"黄锦树现象"与当代马华文学思潮的嬗变》，《华侨大学学报》2000 年第 4 期。

的结局，但其影响不容小觑，不仅有力地触及了马华文学长久积淀下来的诸多结构性难题，也推动了马华文学美学范式的转型和文坛权力结构的变更。

## 第三节　"烧芭余话"：在地与在台的龃龉

"烧芭"原指焚烧芭蕉树，后引申为在东南亚尤其是印度尼西亚流行的一种传统原住民农耕文化，它直接在茂密的热带雨林中放火烧出一块空地用于耕作，有点类似"刀耕火种"。20世纪90年代，以黄锦树为代表的在台学者隔海向马华本土文坛发声，言辞激烈，充满火药味，被称为"放火的人"①，而他们对马华现实主义文学及传统文学史的批判，更被指责为"烧芭"式批评，很少留有余地。黄锦树亦将自己在文学论争中的相关回应当成是"烧芭"的后续："想看看芭有没有烧干净，有些枯枝败叶那时可能还湿着，没被烧到"，在他看来，"杀个片甲不留，或者烧成一片焦土"才算是"搞得过瘾"②。难怪在地批评者对黄氏"咬牙切齿"，与此地文坛毫无关联的王德威也说他是个"坏孩子"③，无论如何，"烧芭"确非一种"可爱"的表达方式。"烧芭"作为一种严酷的耕作方式，是对生态的极大破坏，产生雾霾，影响环境；作为一种批评方式，"烧芭"也造成了马华批评生态在地与在台的龃龉，"烧芭"之后还有更多的"余话"要论，如是否真的是"台湾视角"在作祟，在地批评者到底担忧什么，在台批评与台湾学术资源的关系，等等。

20世纪90年代以来的数次马华文学论争中，在地与在台的对峙交锋已成常态，甚至超越文学议题本身，成为论争最大的亮点或收获。在"经典缺席"论争中，在地批评者端木虹认为黄锦树等在台学者是欧美文风东渐的推波助澜者，"一脸忿怒，伺机噬人"，"一时间，马华文坛

---

① 李开璇：《放火的人》，《星洲日报·自由论谈》1998年2月22日。

② 黄锦树：《烧芭余话》，《星洲日报·自由论谈》1998年1月25日。

③ 王德威：《坏孩子黄锦树：黄锦树的马华论述与叙述》，《中山人文学报》2001年第12期。

河山变色，名宿所建基业，几乎荡然无存"①，言语间可看出端木虹颇多不满与怨气。在"马华现实主义实践困境"论争中，在地批评者甚至失去了讨论文学问题的耐心，干脆叱责黄锦树为道德败坏之人；所有的交锋最后又简单化为"马华视角"与"台湾视角"的对抗。两种视角或如陈大为所讲："所谓的'马华文学视角'只是以一种'排外情绪视角'的形式存在着，它的宗旨就是排除一切'外来'的'负面批评'"，"所谓'台湾文学视角'根本不存在，只是他们逃避批评的假想敌"②；或如端木虹等认为的，的确存在台湾视角，他们很难苟同在台诠释群"一切都以他人为马首是瞻，一切都照单全收的作风"③。

在文学论争中，双方都不应将问题过度复杂化，当然更不该情绪化或简单化，回到文学话题本身，平心静气对话交流才不至于浪费时间，否则论战结束，问题还是问题，却给双方造成很深的嫌隙。其实不管是"马华视角"也好，"台湾视角"也罢，只要是文学视角，多一种视角未尝不是件好事，两者未必就非得呈现为对立的姿态，在其背后，实际上是本土论者的在地/出走二元对立思维在作祟。

在地与在台的区分，从一开始就陷入了二元的思维模式中，为后来两者的对立埋下了祸根。吊诡的是，论争双方都不自觉地掉入了这一预设的圈套，习惯性地占位。因而，无论在地还是在台，都必须对自己的心态进行深刻反省，在地是否与本土完全等同？在地是否就能代表文学的正统？在台是否意味被他者化而丧失对本土文学的诠释权？这些问题，都值得双方反复琢磨。

对于在地批评者而言，"心态上宜谨慎，避免以马华文学的正统心态或主流团体自居，动辄抬出马华道地的、权威的、专断的诠释者文学史家姿态自诩"，同时，"必须时时提防地理决定论的陷阱，以自己身处马来西亚本土的位置来衡量判断旅台文学的偏差错误"④。他们的很多问题恰恰出在这两个方面：心态上不够谨慎，总是以主流或正统自

---

① 端木虹：《经典缺席?》，《南洋商报·言论》1996 年 2 月 26 日。

② 陈大为：《"马华文学视角" V. S. "台湾口味"》，《南洋商报·南洋文艺》1997 年 1 月 17 日。

③ 端木虹：《马华文学的"狂飙运动"》，《南洋商报·言论》1996 年 9 月 25 日。

④ 张光达：《马华旅台文学的意义》，《南洋商报·南洋文艺》2002 年 11 月 1 日。

居，而偏偏又没有提防住地理决定论的陷阱，过度地排斥在台诠释群的声音。

对于在台批评者而言，方式上宜和缓，避免过激的言辞和情绪化的推论，动辄端出美学现代主义的理论权威姿态，同时，也必须时时提防自己源自台湾的阅读经验，以此去判断马华文学的诸种问题。遗憾的是，他们的很多问题也是出在这两个方面：在一个论战习气根深蒂固的文坛，在台诠释群不够讲究发难的方式技巧，总是以理论权威自居，并佐以阅读台湾文学的经验，过于自信，刻意形塑一副反叛者形象，造成两地诠释群的决裂。

客观而论，"（在台马华学者）的文学书写、论述和活动已经深刻地影响了当代马华文学史的进程和 90 年代以来马华文学和文化思潮的演变"①。但对于部分在地者而言，在台学者犹如一个他者代表一种外在力量严重地"干扰"了马华文学的"自然发展"："他（黄锦树，引者注）搞乱了马华文学历来形式与内容、外在和内在、手段和目的的区分，搞混了现实主义者坚持的信念。"② 这样的"指控"看似危言耸听，却普遍存在于传统在地批评者当中。

1997 年，一场由黄锦树、张锦忠、胡金伦、李天葆等参与的马华文学对谈中，《星洲日报》记者陈绍安谨慎地向黄锦树、张锦忠等表述了他对在台批评的某种担忧：

> 陈：以马华文学来说，尤其是这几年，在留台生的评论出现之前，马华文学一般是很"自然发展"的，完全不追究所谓的"研究"。留台生的冲击，让马华文学产生省思，重新思考。这会否影响本来的马华文学和自然发展的特色？例如在文字上，我们无法否认有"恐怖母体"的阴影。可是很多马华作家不觉得那是一个恐怖的阴影。他们最直接的恐怖阴影应该是来自在马来西亚政治、经济、文化环境的压抑。
>
> 陈：在这种情况下，如果我用"干扰"可能是不对的字眼，但

---

① 刘小新：《马华旅台文学一瞥》，《台港文学选刊》2004 年第 6 期。

② 何启良：《"黄锦树现象"的深层意义》，《南洋商报·人文》1998 年 1 月 18 日。

是我找不到更合适的字眼。你们的存在，好比是"干扰"一种本来
很稳定的状况，让它产生一种"乱局"。我们不知道这个乱局是好
或坏？在这个乱局里，会否引发一种局面，就是本来很自然发展的
马华文学会"台湾化"……?①

　　陈绍安的"担忧"代表了很多马华在地者的心声。黄锦树曾在
"马华当代诗选内序"论争中愤懑地讲道："野火烧不尽，春风吹又生。
我们是马华文坛的纵火者，但何尝不是播种者？或者，更为狂妄一点
说，我们都是'盗火者'——企图从域外盗来他乡之火，以照明故乡黑
暗。悲哀的是，故乡的人并不领情。"② 故乡的人确实对这伙"纵火
者"、"盗火者"和"播种者"的"菩萨心肠"并不领情，甚至颇多埋
怨。因为在地者看来，他们从域外盗来的"他乡之火"具有明显的台
湾色彩，使"自然发展"的马华文学突生"乱局"，甚至引发马华文学
的"台湾化"，使马华文学丧失本土性，沦为"台湾口味"的衍生品，
这是在地者最不希望看到的局面，因而端木虹 20 世纪 90 年代中期提出
要在马华文坛发起一场类似 18 世纪德国的"狂飙运动"，以纠正彼时文
坛流行的台湾风：

　　　基于目前马华文学的前景，我认为马华文坛实有再掀起一个文
学运动，以纠正当前曳轨的文艺思潮的必要。这运动就是类似十八
世纪的德国"狂飙运动"。当时的德国文人，"对于法国文学，都
认为至高无上，他们的工作，只是翻译仿效。法国文学的理论规
律，他们也信奉遵守，作为衡量一切的标准。"这畸型现象一直到
著名的批评家雷兴、名诗人克罗卜希托克以及哈芒、黑尔德等人的
挺身而出，才以"德国的民族性，有丰富的想象，奔放的情感，梦
幻的感觉"。宣言式的命题运动才纠正过来。（台马文学虽同文同

---

　　① 胡金伦整理：《让马华创作回到原处——一场"干扰"的文学对谈录》，《星洲日报·
星洲人物》1997 年 9 月 7 日。

　　② 黄锦树：《马华文学的悲哀!》，《南洋商报·南洋文艺》1996 年 12 月 18 日。

宗，亦可作如是观。）①

端木虹的联想显然有些过于丰富，他已经陷入了本土性与台湾色彩的二元对立中，同时也将本土性本质主义化，狭隘地理解为封闭的在地色彩，且不说在台诠释群的批评并非唯台湾文坛马首是瞻，陈大为本人即否定了"台湾视角"的存在，即使有那种倾向，也应该意识到所谓的马华性是一种开放的本土，坐井观天或者杞人忧天都非正确的应对策略，一味地故步自封只会使自己在面对在台诠释群时显得更加被动。"乱局"并不可怕，可怕的是缺乏反思的勇气。

"台湾"是在台诠释群的发声位置，也是许多在地批评者疑虑重重的他者化背景。在20世纪90年代的一系列文学论争中，在台诠释群的台湾背景曾两次引起马华在地者的格外关注：一为"1996—1997年《马华当代诗选》及其《内序》论争"，在地者端木虹指责陈大为用台湾文学视角品评马华文学；二为"1997—1998年马华文学'断奶'论争"，马华本土批评家陈雪风认为持"断奶"论观点的林建国等明显受到台独思想的影响，他们将台湾的特殊课题拿到马华文坛来讨论，是"东施效颦"②，"别有居心"，"台湾的问题在我们只是某种假想"③。既然在地者那么介怀在台诠释群的台湾背景，就有必要深入探讨在台诠释群与台湾学术资源之间的结构关系。

在台诠释群并不否认他们与台湾的关联性，黄锦树即承认："'我们'的马华文学论述确实是在我们所能掌握的台湾当代人文资源的条件上所建构的"④；陈大为也认为："旅台创作群对马华文学作品的不满，源自于阅读经验的积累"⑤，这里的"阅读经验"基本是在台湾文学场域中获取的；20世纪90年代张锦忠以马华文学作为博士论文选题，与

---

① 端木虹：《马华文学的"狂飙运动"》，《南洋商报·言论》1996年9月25日。
② 陈雪风：《华文书写和中国文学的渊源》，《星洲日报·尊重民意》1998年3月1日。
③ 陈雪风：《访谈的补充与解释》，《星洲日报·自由论谈》1998年3月15日。
④ 黄锦树：《反思"南洋论述"：华马文学、复系统与人类学视域》，《中外文学》2000年第4期。
⑤ 陈大为：《"马华文学视角"V.S."台湾口味"》，《南洋商报·南洋文艺》1997年1月17日。

斯时后殖民论述在台湾学术界的流行有很大关系，如果提前十年甚至更早，这样的选题很难获得台湾学术环境的认可。

在中国台湾意味着不在马来西亚，"旅台作家因为其地理位置的处境可能提供了他们一个有利（有力）的批判距离，让他们得以采取学术专业的角度来探讨马华文学课题，也因此提供或开拓有别于马华本土学者作家的观视角度和思考"①。类似的观点张锦忠也表述过："作为在台马华文学论述，我们的共同点是就事论事，不受学术讨论以外的因素所干预，这也是隔海发声的好处；若是在马来西亚境内书写，情绪难免受到若干好论战者非—文学因素影响而失控。"② 在台诠释群对马华现实主义的批判如果不是"隔海发声"，恐怕很难如此深入透彻，至少不会选取方北方这一典型人物作为靶子进行开展。尽管摆脱了人情世故的羁绊，黄锦树的《马华现实主义的实践困境——从方北方的文论及马来亚三部曲论马华文学的独特性》发表后，还是在马华文坛引发众怒，在这"痛苦的道义"里，倔强的黄锦树也深感"斯道惟难"③。由此可见要完全摆脱学术以外因素的干扰绝非易事，即使在台，这从另外一个侧面也透视出台湾作为一个"他者"对马华文学论述的重要性。此外，因为离境，一些涉及马来西亚政治与文化的敏感话题，马华本土批评者因为禁忌欲言又止，在台马华文学论述却可以在学术的层面就事论事。例如对"国家文学"的批判，林建国、黄锦树、张锦忠等均直面它背后的意识形态操作，尖锐地指出其显在的马来人血缘意识。

在地与在台并不存在必然的矛盾，在地者也并非先天地占有对文学正统的绝对诠释权，在台者更非代表一种他者力量，马华文学都是两者共同的、与身世有关的命运，刻意地将两者对立，或互相敌视，都是对整个马华文学论述的人为撕裂。冷静地看待两者自20世纪90年代以来的各种龃龉，会发现很少是建立在学理层面上的，反而更多的是意气之

---

① 张光达：《马华旅台文学的意义》，《南洋商报·南洋文艺》2002年11月1日。

② 张锦忠：《再论述：一个马华文学论述在台湾的系谱（或抒情）叙事》，去国·汶化·华文祭：2005年华文文化研究会议论文，台湾交通大学，2005年1月8—9日。

③ 黄锦树：《痛苦的道义——给方北方先生的公开信》，《南洋商报·南洋文艺》1998年1月7日。

争。在台马华文学论述不是洪水猛兽，在地者应该正面地看待他们这二十多年来为推动马华文学及其研究的发展所做的各种努力，毕竟"烧芭"也伴随着重建。

# 第四节　重写文学史：一场延续十余年的文学思潮

在重写文学史这一世界性思潮的影响下，黄锦树、张锦忠等在台学者20世纪90年代在马华文坛掀起了一场重写马华文学史运动。这场持续了十多年的运动，源于倡导者的文学史焦虑，而引发这一焦虑的，除了文学本身的原因，还包括马来西亚华人长期所面对的特殊政治与文化语境。黄锦树、张锦忠从命名入手，反思传统马华文学史内部的各种结构性问题，提出采用"马来西亚华人文学"来重写马华文学史；他们的重写马华文学史论述既有洞见也有不见，对20世纪90年代以来的马华文学研究产生了重要影响。

## 一　文学史的焦虑：文学、政治与文化语境中的变奏

马华文学史理应重修——撇开其中学术训练之不足，见解的过度保守不谈，单是"视野"一项就必须对马华文学史做全盘整顿、探源、瞻远，以便和大马华人史相契合。当然，更希望将来甚至有人能抛开种族的藩篱，来一部多元色彩的马来西亚文学史——同时用多种语文刊布。[①]

——黄锦树

1991年1月19日与22日，黄锦树在马来西亚重要的文艺副刊《星洲日报·文艺春秋》发表《"马华文学"全称之商榷——初论马来西亚的华文文学与华人文学》，采用人类学方法开始对"马华文学"的范畴进行重新界定，引发了90年代至今马华文坛重要的一场文学思潮：重

---

① 黄锦树：《"马华文学"全称之商榷——初论马来西亚的华文文学与华人文学》（下），《星洲日报·文艺春秋》1991年1月22日。

写文学史①。2002 年，张锦忠、黄锦树等在台湾埔里暨南国际大学举办"重写马华文学史学术研讨会"，2004 年出版由张锦忠主编的《重写马华文学史论文集》，配合马华文学诸多选本的出版②，重写马华文学史运动在这一年达到了高潮。这场持续了十多年的思潮，源于倡导者的文学史焦虑，而引起这一焦虑的除了文学本身的原因还包括马来西亚华人长期所面对的特殊政治与文化语境。

就文学本身而言，重写文学史是文学内部规律运作的必然结果，例如作家代际的成长更替、文学观念的演进以及文学话语权的争夺与易主，都可能会造成文学史的重写，特别是在后结构主义等后学思潮的影响下，文学史进入了一个不断被书写和重写的时代。20 世纪 90 年代，马华文学进入作家代际更替和文学思潮嬗变的时期，一大批六七十年代出生的新锐作家包括在台作家进入文坛，他们大都接受了西方现代主义和后现代主义的各种文学理念，当他们用新的文学观与美学观重新检视旧有/现有的马华文学史叙述时，问题亦随之产生。

在黄锦树的文学史意识里，美学和经典性是不能规避的尺度，"文学史必然是由里程碑砌成的，是经典性的文本（text），而非泛泛之作。因此严格而言，没有杰作便没有文学史。没有经典文学史便只是一片空白"③。在这样的文学史观指导下，黄锦树认为：现有的马华文学史"是'自我经典化'的产物"，"是一部经典缺席的文学史，只是外缘资

① 早在 1984 年，马华留台诠释群的另一位重要人物张锦忠就在吉隆坡的纯文学期刊《蕉风》第 374 号上发表了题为《华裔马来西亚文学》一文，该文最早发现"马华文学"这一简称内部蕴藏的歧义，并提出将"马华文学"更名为"华马文学"，即"华裔马来西亚文学"，可视为 20 世纪 90 年代重写文学史运动的先声，但是该文发表后并没有引起很大反响，其解构意图在当时并没有被及时发现和深入阐发，因而，本书还是将黄锦树《"马华文学"全称之商榷》一文视为 90 年代重写马华文学史的起点。

② 2004 年在台北出版的马华文学方面的选集有：陈大为、钟怡雯、胡金伦主编，万卷楼图书股份有限公司出版的《赤道回声：马华文学读本Ⅱ》；陈大为著，海华基金会出版的《诠释的差异：当代马华文学论集》；黄锦树、张锦忠主编，麦田出版社出版的《别再提起：马华当代小说选（1997—2003）》等。

③ 黄锦树：《马华文学的酝酿期？——从经典形成、言/文分离的角度重探马华文学史的形成》，载黄锦树《马华文学：内在中国、语言与文学史》，华社资料研究中心 1996 年版，第42 页。

料的堆砌与铺陈"，"只是'马华文学拓荒史'，它的象征意义大于实质意义"，因而马华文学史还在"酝酿之中"。①

"复系统"是张锦忠文学史话语的核心，用它来检视旧有/现有的马华文学史，张锦忠看到了传统马华文学史叙述一元与多元的矛盾对立："十九世纪以来，在星马华人文学复系统内运动操作的文学系统，至少可分为旧体华文文学系统、翻译文学系统、白话华文新文学系统、英文文学系统、与马来文学系统。过去马华文学史家笔下的'马华文学'，往往有意无意地顾此失彼，或受限于'中国影响论'，独尊白话华文新文学系统，而无视于其他华人文学系统的存在。"②　此外，在张锦忠的马华文学复系统中，"留台/在台马华文学"也是未来马华文学史必须要处理的重要课题③："以往马华文学史书写不是不太处理'不在'马来西亚、而在台湾发生的马华文学现象，就是大而化之视之为'留台生文学'……以往马华文学史或台湾文学史不处理或无法处理的问题，在当今'重写（马华/台湾）文学史'的思考中，却是不得不面对的课题。"④

黄锦树和张锦忠对传统马华文学史的批判，把一些在以往的马华文学史论述中被当作常识的话题问题化/议题化，并赋予它们新的答案和价值。重写文学史，既是为了彰显在台诠释群与传统马华文学史论者的对抗与不妥协，也是为了以一种反抗/拒绝的姿态进入当代马华文学，并建构他们在当代马华文学史上的主体价值，正如黄锦树在1996年接受胡金伦采访时坦言的："今日我们对于'马华文学'范畴的界定，不

---

① 黄锦树：《马华文学"经典缺席"》，《星洲日报·星云》1992年5月28日。

② 张锦忠：《〈南洋论述：马华文学与文化属性〉绪论》，麦田出版社2003年版，第44页。

③ 除了张锦忠外，黄锦树、陈大为等留台学者都在他们的相关论述或选集中提到了"留台/在台马华文学"，并呼吁重视对它们的研究。特别是陈大为，在《赤道回声：马华文学读本Ⅱ》序言"鼎立"中提出，当代马华文学应该是"西马、东马、旅台"三足鼎立，没有中心与边缘之分，三者共同构成当代马华文学的全部内容。详细内容可参见陈大为、钟怡雯、胡金伦主编的《赤道回声：马华文学读本Ⅱ》"序：鼎立"，万卷楼图书股份有限公司2004年版，第Ⅰ—ⅩⅧ页。留台诠释群在重写马华文学史中对"留台/在台马华文学"的"发现"和重视，与他们的留台背景有重要的关系，由此也可以看出，重写马华文学史实际上也是在重写/书写留台诠释群自己的文学史。

④ 张锦忠：《〈八〇年代以来）台湾文学复系统中的马华文学》，载张锦忠《〈南洋论述：马华文学与文化属性〉绪论》，麦田出版社2003年版，第135页。

该是为了寻求一个公认的结果，而是寻找一个新的起点，以开展我们这个时代的马华文学研究。"①

　　当然，如果将视野放大到整个世界文坛，我们还可以发现，"重写马华文学史"与 20 世纪 70 年代以来西方学界及中国大陆、香港、台湾所兴起的"重写文学史"一脉相承②，显然也受到了这一世界性思潮的影响③。

　　长期以来，文学在政治语境下受到的干扰以及国家文化（国家文学）和中国文化（中国文学）带来的困惑，一直影响着马华文学的发展并成为不同时期不断被讨论的话题。20 世纪 90 年代以来，大马华社的政治文化环境并没有发生根本变化④，黄锦树、张锦忠仍然需要面对大马华社特殊的政治文化语境，并思考马华文学与两者的关系及出路。"旧调重弹"，黄锦树、张锦忠却意外地"弹"出了新意。就重写马华文学史而言，"将马华文学重新拆解，重新审视'马'、'华'及'文学'，主要是指出马华文学发展的一些盲点，但这种做法与其说是文学的，不如说是文化或政治的，因为它引起焦虑的原因更多的是在文化或政治的认同上"⑤。正因为"引起焦虑的原因更多的是在文化或政治的认同上"，我们在黄锦树、张锦忠的重写马华文学史论述中，才能见到

---

　　①　胡金伦专访：《寻找马华文学的定位——马华文学实质为何》，载张永修等主编《辣味马华文学——90 年代马华文学争论性课题文选》，雪兰莪中华大会堂、马来西亚留台校友会联合总会 2002 年版，第 95 页。

　　②　20 世纪 70 年代开始，在各种后学思潮及女性主义等的影响下，西方学界开始以新的视野重读经典、重写文学史，西风东渐，中国大陆及港台也在 80 年代中后期出现了各种重写文学史的呼声。

　　③　张锦忠、黄锦树、林建国等都于 20 世纪 80—90 年代在台湾的外文系或中文系深造，"台湾"作为一个开放的学术"场域"、"中介"对他们产生了重要影响，西方及中国大陆、港、台的各种文学思潮成为他们重新思考马华文学的重要参照和理论资源。陈大为在给笔者的一次电邮中也直言："重写马华文学史，可说是陈思和等人重写中国文学史的跟风。"

　　④　有关大马华社政治与文化状况，可参阅以下书籍：林开忠《建构中的"华人文化"：族群属性、国家与华教运动》，华社研究中心 1999 年版；何国忠编《百年回眸：马华社会与政治》，华社研究中心 2005 年版；何国忠《马来西亚华人：身份认同、文化与族群政治》，华社研究中心 2006 年版。

　　⑤　何国忠：《马华文学：政治与文化语境下的变奏》，《马来西亚华人研究学刊》2000 年第 3 期。

大量建构华人族群属性、主体意识与身份认同的渴望。

马来西亚华人一直热衷于经济领域而在政治领域鲜少作为，马来西亚独立建国后，特别是"五一三"事件之后，被视为"外来者"的华人更是失去了政治主导权，多元种族构成的马来西亚却发展为由单一马来族主导的政治模式。在政治霸权的推动下，文化、文学领域也形成了以马来族为中心的话语霸权体系，突出的表现即"国家文化"①与"国家文学"② 概念的出现。有宰制就有抵抗："为了维护本身的权益及文化特征，马来西亚华人也不得不调动各种资源来抵抗马来政治精英的文化霸权。社团、学校与报纸是华人操作抵抗的三大支柱，而从一九一九年发展起来的马华文学则是另一个抵抗机制——生产抵抗话语的机制。"③ 从方北方④、陈应德到张锦忠、林建国、黄锦树与庄华兴，马华文学的几代人都有沉重的"国家文学情结"，尽管由于文学观念、立场等的不同，不同代际对国家文学的回应与提出的思路并不一致，但是，却都不同程度地"彰显了论者从失落到追寻的循环往复的焦虑感与两极紧张（华极与巫极，引者注）"⑤。

---

① 1971 年 8 月 16—20 日，国家文化大会在马来亚大学召开，这次大会的重要影响是明确了"国家文化"的基本内涵：一、马来西亚的国家文化必须以本地区原住民的文化为核心；二、其他适合及恰当的文化原素可被接受为国家文化的原素，唯必须符合第一及第三项的概念才会被考虑；三、伊斯兰教为塑造国家文化的重要原素。这一决议把华人文化等马来西亚其他族裔的文化视为"外来文化"而排斥在"国家文化"之外，使得马来西亚华人的文化身份再次变得模糊，而必须重新定位和寻找认同。

② 与"国家文化"概念如出一辙，"国家文学"被限定为以单一马来文创作的文学，华文文学等以其他语种创作的文学则被视为"族群文学"而排斥在"国家文学"之外。显然，"语言"已经被高度政治化。

③ 许文荣：《南方喧哗：马华文学的政治抵抗诗学》，南方学院出版社 2004 年版，第23 页。

④ 方北方被认为是马来独立后最早对"国家文学"做出回应的马华作家之一，他曾经写了三篇这方面的文章：《马来西亚文学概念：文学是时代的产物》（1978）、《马华文艺与马来西亚文艺》（1980）、《马华文学与马华社会的关系：从"马华文学"、"国家文学"、"华文文学"说开去》（1986）。有关解析可参见庄华兴《国家文学：宰制与回应》，雪隆兴安会馆、大将出版社 2006 年版，第 112—114 页。

⑤ 庄华兴：《国家文学：宰制与回应》，雪隆兴安会馆、大将出版社 2006 年版，第12 页。

1991 年，黄锦树在《"马华文学"全称之商榷——初论马来西亚的华文文学与华人文学》中提出将"马华文学"由"马来西亚华文文学"修改为"马来西亚华人文学"，这一重命名举动①，回应的既是文学史的问题，也是大马华社长期以来积淀的政治与文化焦虑问题。正如林建国在《为什么马华文学?》中指出的："黄锦树的概念虽有人类学支撑，可是视野超乎陈志明的设计，使'马华文学'成为更广延、更具动力和颠覆力量的概念，使马华文学既在马来文学之内，又在其外，整个摇撼了'国家文学'的族群语言中心论。换言之，黄锦树重新定义马华文学的同时，也重新解释了马来文学，并将'国家文学'解构。"②

文学有它自身发展的一套艺术逻辑，但文学也不是孤立地存在，它总是与政治、文化复杂地纠缠在一起，尤其在马来西亚这样一个特殊的语境中。20 世纪 90 年代以来的重写马华文学史，既在文学之内运作也受政治与文化的牵制，归结起来，它是马来西亚华人文学、政治与文化语境中的变奏。

## 二　命名的限度：语种的? 还是族裔的?

马华文学的"定义"和大马华人的身份息息相关。③

——黄锦树

不管是作为族裔文学还是语系文学，"马华文学"一词其实充满了政治身份与文化认同的重重问题。④（张锦忠）

在黄锦树和张锦忠重写马华文学史论述中，他们一再追问"马华文

---

① 类似的还包括张锦忠 1984 年在《蕉风》第 374 期发表的《华裔马来西亚文学》提出将"马华文学"更名为"华马文学"即"华裔马来西亚文学"。

② 林建国：《为什么马华文学?》，载张永修等主编《辣味马华文学——90 年代马华文学争论性课题文选》，雪兰莪中华大会堂、马来西亚留台校友会联合总会 2002 年版，第 47 页。

③ 胡金伦专访：《寻找马华文学的定位——马华文学实质为何》，载张永修等主编《辣味马华文学——90 年代马华文学争论性课题文选》，雪兰莪中华大会堂、马来西亚留台校友会联合总会 2002 年版，第 95 页。

④ 张锦忠：《马华文学的定义与属性》，载张锦忠《马来西亚华语语系文学》，有人出版社 2011 年版，第 21 页。

学是什么"，最后却诡谲地宣称"马华文学不是马华文学"。"重命名"是黄锦树和张锦忠实现传统马华文学史常识①异质化的重要"手段"。对一个区域的文学进行命名或重命名是为了更好地解释或重新解释这一区域的文学，命名与重命名不可避免地与某一文学社群的文学、文化乃至政治诉求复杂地纠缠在一起。

"'马华文学'是马来亚中文作者在解释他们的历史情境时所产生的概念；这概念甚至在这名词产生前便有了（如二十年代末期的'南洋色彩'），并在战后有了周延完整的内容。换言之，'马华文学'是早期马华作者对他们历史位置的解释，因此是马来亚部分人民记忆（popular memory）的具体呈现。"② 在传统的马华文学史论述中，"马华文学"即"马来西亚华文文学"已成为一种集体无意识，被广泛接受和引用。这一界定沿袭了语种文学的命名模式，将语言置于最根本的位置，反映了一种"语言—文化—民族"中心论的思维模式。

语言是文化的重要载体，文化又是维系一个民族的重要纽带。马来西亚虽然是一个多元民族国家，但马来裔、华裔、印裔等族群却始终处在一个不平衡的关系中："五一三"事件后，华人在政治上更是因其"外来"身份流于边缘；华人文化虽然在马来西亚有重要影响，但在"国家文化"的"打压"下也步履维艰；而华文在争取成为马来西亚官方语言失败之后，也成为弱势语文。在这样的政治文化语境中，华文被马来西亚华人视为延续华人文化、彰显族裔属性的重要元素，甚至沦为华人潜在的斗争工具③，华文已经不再是纯粹的语言问题，而上升到身份与文化认同的高度。因而，当黄锦树1991年提出将"马华文学"的全称由"马来西亚华文文学"改为"马来西亚华人文学"时，虽然只是一字之差，却引来华社诸多"挞伐"，其中的一些原因也在此。

张锦忠从语种文学的概念出发认为："过去'马华文学'自以为

---

① 这里的"传统马华文学常识"包括马华文学的定义、范畴、内涵、起源等。

② 林建国：《为什么马华文学?》，载张永修等主编《辣味马华文学——90年代马华文学争论性课题文选》，雪兰莪中华大会堂、马来西亚留台校友会联合总会2002年版，第45页。

③ 关于这一点，在马来西亚华社历次轰轰烈烈的华教运动中可见一斑。

（或马华文学史家或论者以为'马华文学'）代现与代表了华社或华人族群的文化面向及其文化消费与诠释社群，其实是忽略了华社另一群说英语或写马来语的华裔的声音。"① 如果联系马来西亚华人所面对的政治文化语境，传统的马华文学史家可能并非想代表华社所有人的"文化面向及其文化消费与诠释社群"，甚至也是在有意"忽略""华社另一群说英语或写马来语的华裔的声音"，以维护马华文学的"纯正性"。

1984 年张锦忠提出将"马华文学"置换为"华马文学"，并进行了简单的界定："'华马文学'乃'华裔马来西亚文学'（'Chinese Malaysian Literature'）之简称，为马来西亚文学中由华裔马来西亚人以中文写作之作品。"② 这一观点在当时并没有引起关注，而且这里的"华马文学"界定与 90 年代之后黄锦树、张锦忠等在多篇文章中的界定也有所不同。在由张锦忠、黄锦树、庄华兴主编的《回到马来亚：华马小说七十年》中，张锦忠将"华马文学"界定为：华裔作家在"马来西亚语境内"生产的"包含华文、马来文、英文的文学创作"，在类型上可细分为"华裔马华文学（华马华）"、"华裔马英文学（华马英）"、"华裔马来文学（华马马/华马巫）"③。虽然同为"华裔马来西亚文学"之简称，20 世纪 90 年代之后的"华马文学"概念已经不再局限于华文创作而包含了华文、马来文、英文等诸多创作，这与张锦忠在 20 世纪 80 年代后期在台湾所受的复系统文学观念有直接关系。

作为族裔文学概念，无论是张锦忠的"华马文学"还是黄锦树的"马来西亚华人文学"，都试图把传统马华文学概念中被忽略的部分（如华裔英文、马来文创作、峇峇文学、文言文学等）建构成可以解释和言说的对象，并在马来西亚华人族群内部不同语种文学之间建立起一种可以相互了解、交流与沟通的机制，使人们能够"以一种整体的视野

---

① 张锦忠：《前言：回到华马文学》，载黄锦树、张锦忠、庄华兴主编《回到马来亚：华马小说七十年》，大将出版社 2008 年版，第 4 页。

② 张锦忠：《华裔马来西亚文学》，《蕉风》1984 年第 374 期。

③ 张锦忠：《前言：回到华马文学》，载黄锦树、张锦忠、庄华兴主编《回到马来亚：华马小说七十年》，大将出版社 2008 年版，第 4 页。

来观照生活于大马的华人在不同的语言世界中留下的心灵记录"①。

如果说"马来西亚华文文学"是"华极"思维模式产生的封闭概念，黄锦树、张锦忠的重命名则是为了打破这种自我的封闭与束缚，走向开放多元，在"华极"与"巫极"之间寻找另一条出路，因而也显现出"深层的政治意涵"："表面上它以血缘界定华人族群文学，实则藉这族群的多语与多元文学现象，突显大马人书写活动的真实面貌。这是伦理和道德的问题，旨在打破官方的血缘中心历史诠释视野，免受意识形态国家机器收编、分裂和操纵……如此暴露血缘观意识形态的逻辑是一石二鸟之计，划出了马华文学与中国文学的相对位置，也摧毁了大马'国家文学'的依据。"②

除了族裔文学的概念，2000 年之后，张锦忠受"华语语系文学"概念的影响③，将"马华文学"还原为"马来西亚华语语系文学"：

> 作为"马来西亚华语语系文学"的简称，"马华文学"一词泛指马来亚（含新加坡）或马来西亚（含婆罗洲的沙巴、砂拉越及一九六五年前后的新加坡）的华文文学作品，尤其是指一九二〇年代以降在这个东南亚地区冒现的白话华文文学。换句话说，广义而言，马华文学（或马华文艺）即"华裔马来西亚人在马来西亚境内或境外用华文书写的文学作品"。④

这里的"马来西亚华语语系文学"似乎与传统的"马华文学"并无多大区别，只是在文学板块上增加了"境外"（主要指中国台湾），

---

① 胡金伦专访：《寻找马华文学的定位——马华文学实质为何》，载张永修等编《辣味马华文学——90 年代马华文学争论性课题文选》，雪兰莪中华大会堂、马来西亚留台校友会联合总会 2002 年版，第 96 页。

② 林建国：《为什么马华文学?》，载张永修等编《辣味马华文学——90 年代马华文学争论性课题文选》，雪兰莪中华大会堂、马来西亚留台校友会联合总会 2002 年版，第 54—55 页。

③ 华语语系文学（Sinophone Literature）是王德威、史书美等倡导的一个学术概念，相关内容可参见王德威《华语语系文学：边界想象与越界建构》，《中山大学学报》2006 年第 5 期。

④ 张锦忠：《马华文学的定义与属性》，载张锦忠《马来西亚华语语系文学》，有人出版社 2011 年版，第 17 页。

这种"回归"是否是对族裔文学反思的结果呢？毕竟在马来西亚华人族群内，能够同时精通华文、英文、马来文的多语作家和研究者还微乎其微，撰写一部完整的"华马文学史"更是难上加难，这也许是为什么重写马华文学史倡导了十几年，黄锦树、张锦忠至今也未能撰写出一部体现自己文学史观的马华文学史著作的重要原因。

重命名的价值在于还原命名对象的本来面貌或对命名对象进行重新解释，黄锦树、张锦忠对"马华文学"的重命名，客观而论深具时代意义，它使20世纪90年代以来的马华文学（史）研究容纳了更多异质性的声音。但是，落实到重写马华文学史的实践中，却也可见其命名的局限与繁琐，以"华马文学"为例，就会出现至少以下几种组合。

表4

| 族裔 | 书写语种 | 类型名称 | 全　称 |
|---|---|---|---|
| 华裔 | 华　文 | 华马华文学 | 华裔马来西亚华文文学 |
| | 马来文 | 华马马文学 | 华裔马来西亚马来文文学 |
| | 英　文 | 华马英文学 | 华裔马来西亚英文文学 |
| | 淡米尔文 | 华马淡文学 | 华裔马来西亚淡米尔文文学 |

在一部马华文学史（或华马文学史）中同时处理这么多语种的"华裔马来西亚文学"显然不切实际，而且就马来西亚华社的现实情况看，华马华作品的数量最为庞大，华马马、华马英、华马淡可列入的作家作品十分有限，名实之间差距甚大；同时，强行把不同语种的文学置于一部文学史中，如果在语言上过不了关，板块之间的互动沟通也将落空，到时将呈现为不同语种文学的生硬粘贴。

### 三　洞见与不见：人类学视域、复系统理论与台湾语境

在后现代语境中，文学史始终陷于不断被重写的命运中，任何文学史书写都是在重写某人的文学史，因而，就某种意义上讲，我们大可不必对文学史书写（重写）抱太大期望，因为（文学）历史一旦诉诸文字，必然是选取性的，其间既有洞见也有不见。黄锦树与张锦忠的重写马华文学史论述亦可作如是观。

黄锦树借助人类学视域，在马华文学（史）研究稳固的结构性链条中，找到了一个缺口，即"马华文学"名称潜藏的内在歧义性，由此

"发现"了一个包含华、巫、英等在内的马来西亚华人文学（史）。就洞见而言，黄锦树在传统马华文学史中剥离出了与巫极相对的华极思维，这使得黄锦树在马华文学与国家文学、中国文学的关系中，既能摆脱中国文学影响论的迷障又能抵制国家文学的宰制。方修等建构的马华文学史是一套以现实主义为主导的话语体系，黄锦树以美学现代主义为考量标准，对方修与方北方等进行批判，将审美现代性引入马华文学史中，结束了现实主义文学理念与写实主义文学史观在马华文坛的"霸权统治"。黄锦树的价值还体现为他的叛逆姿态本身，他的每一次发声几乎都在马华文坛造成相当大的争议，这些争议尽管并非每次都触及问题的核心，却有效地使马华文坛特别是批评界"热闹"了起来。

在重写马华文学史论述中，黄锦树的不见与洞见同样明显。有学者曾略带惋惜地假设："如果黄锦树不走极端、偏激的读法，如果他也像方修那样从浩繁的史料里爬梳出现代主义的脉络，如果他不把纯美学当作唯一的历史标准，那么他的写法就可以与方修的写法互相补充，共同构成一部完整的马华文学史。"[①] 这种假设恰恰暴露了黄锦树的诸多"破绽"："他的一些断言一些怀疑明显缺乏史料上的支持，有大胆假设的勇气与魄力却缺乏小心求证的耐心与功夫"，"他自己也深陷在以一种主义否定另一种主义、以一种文学意识形态否定另一意识形态的单向思维的泥淖里"。[②]

具有台湾大学外文系背景的张锦忠擅长援引西方文艺理论来解读马华文学，其博士论文《文学影响与马华文学复系统之兴起》即借用了易文·左哈尔的复系统理论。在复系统理论的观照下，张锦忠认为应该"视马华文学为一包含白话中文文学、古典中文文学、峇峇马来文学、英文文学、马来文学的复系统"[③]。张锦忠的洞见在于：一方面，"以系统的观点，彰显那诸多的、作为次系统的文学的社会事实（诸如文学翻

---

① 刘小新：《从方修到林建国：马华文学史的几种读法》，载刘小新《华文文学与文化政治》，江苏大学出版社 2011 年版，第 134—135 页。

② 刘小新：《黄锦树的意义与局限》，载刘小新《华文文学与文化政治》，江苏大学出版社 2011 年版，第 306 页。

③ 张锦忠：《中国影响论与马华文学》，载张锦忠《南洋论述：马华文学与文化属性》，麦田出版社 2003 年版，第 128 页。

译、发表及前述诸议题）之间的结构关系（消长更替或交错支援），试
图描绘出一个较为全面的文学建制的历史场景（文学史场景）"①；另一
方面，在马华文学与中国文学的关系上，张锦忠能够"跳脱中心/边缘
窠臼思考的泥沼，把'支流'置换成独立的'系统'，强调经过'在地
化'的马华文学书写，早已经呈现出迥异于中国文学的新貌，不再属于
中国文学的一部分，'它们做为异域新兴华文文学的意义其实大于做为
（处于边陲或海外的）中国文学'。按照复系统的思考，中国（文学）
对马华文学所产生的不是'影响'（influence），而是'干预'（interfer-
ence）。马华文学只是吸收/借贷作为溯始文学（source literature）的中
国文学养分，转化为异质性的在地（华文）文学"②。

　　与黄锦树相比，张锦忠"能相对客观地还原文学史的历史场景"③，
两人虽然都认为方修的文学史缺失了现代主义的部分，但黄锦树却"缺
乏小心求证的耐心与功夫"，不愿在纷繁的文学史料中爬梳出一条马华
现代主义发展演进的历史轨迹，而张锦忠却能利用史料去支撑他对方修
的批评，在其博士论文及新近出版的《马来西亚华语语系文学》等著
作中张锦忠都曾花较大的篇幅论述马华现代主义文学的发展历史。

　　张锦忠看似完美的复系统论述，在林建国看来却也有所缺陷："首
先它（复系统理论，引者注）只能用来讨论有着'大传统'的文学史，
并且仅仅看重典律的循环理则和评价流程，这种文学史谈法有把文学史
形式化的危险。"④另外，张锦忠试图将马华文学建构为内部子系统之
间相互交流沟通的复系统，这样的企图具有一定的主观性，就目前马华
文学的现状来看，各文学子系统之间的交流沟通并不明显，更多的是一
种界限分明的互不干涉。

　　"台湾"是黄锦树和张锦忠重新思考马华文学史的发声位置，他们

---

　　① 黄锦树：《张锦忠与马华复系统的起源》，载许文荣主编《回首八十载，走向新世纪：
九九马华文学国际学术研讨会论文集》，南方学院 2001 年版，第 52 页。

　　② 钟怡雯：《经典的误读与定位：华文文学专题研究》，万卷楼图书股份有限公司 2009
年版，第 157 页。

　　③ 刘小新：《从方修到林建国：马华文学史的几种读法》，载刘小新《华文文学与文化政
治》，江苏大学出版社 2011 年版，第 136 页。

　　④ 林建国：《方修论》，《中外文学》2000 年第 4 期。

的重写马华文学史论述具有明显的台湾学术背景。张锦忠曾自述："在台大念博士班那几年，新历史主义、后殖民论述、少数族群论述、文化研究等更当代的西方理论新浪开始登陆台湾，我恭逢其盛，加上身为马来西亚人的后殖民身份属性，我几乎不加深思地接受了这些论述模式和意识形态。"① 在 1996—1997 年由《马华当代诗选（1990—1994）》及其《内序》引起的争论中，马华学术界也注意到黄锦树等人的台湾背景。就重写马华文学史而言，"台湾"的确给黄锦树、张锦忠提供了一个很好的发声位置，这个"位置"既能"入"又能"出"，能及时地运用西方理论新潮观照马华文学史，而且又不至于深陷马华本土文坛的利益关系中；当然，他们在台湾语境中接受的那一套理论资源和言说方式，处理马华文学未必处处恰如其分。

作为两位深受西方各种后学思潮影响的在台学者，黄锦树、张锦忠对马华文学史的兴趣，或许并不在真正地撰写出一部体现他们文学（史）观的马华文学史，而在于以一种"重写"的姿态介入当代马华文学，寻找并确立他们在当代马华文学史上的位置与价值；他们的"介入"的确给马华文学带来了新的变化，让人们思考马华文学史可以或者应该有另一种面貌。

## 第五节　艰难的实践：如何马华？怎样台湾？

> 在台马华文学，其位置正在两地民族国家文学的边上，其双重的既内又外，这样的皱褶存在本身即在质疑两地民族国家文学的狭隘。②
>
> ——黄锦树

在黄锦树等主导的重写马华文学史思潮中，书写在台马华文学的历史也成为诉求之一，张锦忠即认为："以往马华文学史或台湾文学史不

---

① 张锦忠：《文学批评因缘，或往事追忆录》，《蕉风》1998 年第 486 期。

② 黄锦树：《在两地本土论的夹缝里》，载黄锦树《焚烧》，麦田出版社 2007 年版，第 136 页。

处理或无法处理的问题（指在台马华文学，引者注），在当今'重写（马华/台湾）文学史'的思考中，却是不得不面对的课题。"① 话虽如此，真正付诸实践却显得异常艰难，其间缘由正如黄锦树所言，在台马华文学处于马、台两地"本土论的夹缝里"，"双重的既内又外"，如何马华？怎样台湾？尽管面临诸多的书写困难，在台马华作家还是走出了第一步，他们自 20 世纪 90 年代以来大规模的文学选集活动，已经具备很深刻的塑史意义，而陈大为 2012 年出版的《最年轻的麒麟——马华文学在台湾》可谓是拓荒之作。

## 一　文学属性的错位与移动

在台马华文学是一批具有马华身份的作家出走到台湾之后的产物。李永平、张贵兴、黄锦树、陈大为等不出走，没有处身台湾场域中的马华文学生产，就还是没有争议的地道马华文学作家；出走之后，创作出一批视野、腔调发生变异的文学作品，给文学史家的归类留下了巨大的难题。在台马华文学生产于马来西亚本土之外，李永平、张贵兴、张锦忠、黄锦树等也已经入籍中国台湾，这对马华文学的定义、身份归属及文化属性都形成了巨大挑战。李永平等到底是马华作家还是中国台湾作家？《吉陵春秋》应该归为马华文学还是台湾文学？这些涉及在台马华作家作品身份的问题已经日渐凸显和棘手。

在台马华作家延续了他们先辈的宿命，成为双重意识的携带者，只不过先辈们是纠结于马来与中国大陆之间，而在台作家则是横跨马来西亚与中国台湾两地，这厢望那厢。作为移民文学，马华文学本身对文化身份与属性就十分敏感和焦虑。"在台"现象的产生，导致了马华文学属性的错位与移动，它的复杂性既丰富了马华文学的内涵，同时也使传统马华文学定义面临破产与颠覆的危险。作为跨界的文学现象，在台马华文学必然与马华文学和台湾文学有着千丝万缕的勾连，无论是重返马华文学史，还是进入台湾文学史，或自成一段文学史的第三条道路，都必须谨慎处理它与马台两地文学及美学传统的关系。

尽管很多在台马华作家的文学身份是在台湾获得的，但并不能因此

---

① 张锦忠：《南洋论述：马华文学与文化属性》，麦田出版社 2003 年版，第 135 页。

就否认他们与马华文学的血缘关系，林建国讲到的与身世有关的命运，不仅适用于在台马华文学论述，同样也适用于在台马华文学创作，他们作品所呈现的南洋情境，与马华文学有着紧密的关联性，李永平的婆罗洲系列、张贵兴的雨林书写、黄锦树的胶林意象、陈大为的南洋史诗和钟怡雯的油棕园等均渗透着作家本人浓烈的马华情怀。从"在台马华文学"命名可看出，这一批出走的作家是认同马华身份的，背后是血缘与伦理的问题。李永平曾多次强调自己不是马华作家，"马来西亚对我来说是一个陌生的，没切身关系的概念而已"①，但他却允许自己的作品收入马来西亚相关文学选集中，如《回到马来亚：华马小说七十年》，这说明李永平也无法摆脱他与马华文学的血缘关系。

在台马华作家无论出走多久、多远，终有一天他们必将"回到马来亚"，因为这里是他们生命与文学的起点。在台马华文学虽在境外"运营"，却对马华文学产生了深远影响："旅台文学为当代马华文学输入了一种新鲜的美学元素，进而引起文学思潮的嬗变和文学典律的转移。在60至70年代，旅台文学的现代主义引发了马华文学现代主义与现实主义的论争，对马华文学悠久而强大的现实主义传统构成巨大的挑战；90年代以后，旅台文学的后现代主义和后殖民主义倾向更为激烈地冲击了马华文坛的原有格局和艺术典律，旅台作家的介入已经开始改写20世纪的马华文学史。"②

在台马华文学的台湾背景是显而易见的，可以发现，很多的在台马华作家都是"台湾制造"，被赋予台湾身份，王德威即认为李永平是一位台湾作家，"因为台湾，他的文字事业得以开展；也因为台湾，他的原乡——不论是神州还是婆罗洲——才有意义可言"③。台湾给在台马华作家提供了文学养分和素材，使他们得以进入台湾文坛，同时他们中的一部分也积极参与台湾文学批评，黄锦树和张锦忠2001年主编了一部论文集：《重写台湾文学史》，成为当代台湾文学史的建构者。"所以

---

① 伍燕翎、施慧敏整理：《我想用小说来洗涤人性中的罪恶——李永平访谈录》，《星洲日报·文艺春秋》2009年3月14日。

② 刘小新：《马华旅台文学一瞥》，《台港文学选刊》2004年第6期。

③ 王德威：《原乡想象，浪子文学——李永平论》，《江苏社会科学》2004年第4期。

从另一个角度而言，马华旅台文学也算是台湾现代文学的一环，尽管他们关注的题材、文学视野、发声的姿态有异于一般台湾作家。"①"马华旅台/留台人'在'台湾写作，就等于进入了台湾文学场域，必然是一种台湾的声音、会留下在地的足迹"②，因而在很多台湾学者看来，当代台湾文学史必须给在台马华文学预留一个位置，"（在台马华文学）不是侨民文学，也不是本土文学，而是新移民（流放文学），也就是使用非母语在外地产生的文学，像哈金或高行健在西方，温瑞安、李永平与黄锦树在台湾，他们的复杂性更丰富台湾的文学"③。

　　表面上看，在台马华文学既可以写入马华文学史，也可以置身于台湾文学史，但问题远比表面来得复杂："作为小流寓群体，在台马华文学显然介入了台湾文学史的流寓结构，既在内部又在外部。一如不同历史阶段的流寓，都是既内又外的两属及两不属。双重的有国或无家；双重的写在家国之外。对马华文学史而言也是如此，既外又内，既内又外，处于可疑的位置。可能是两属，但也可能只被挤在两者重叠的微小阴影地带，漂流在两个无国籍文学之间。"④ 马、台两地的本土论者都不可能轻易地接受这一属性含混的文学："台湾文学史从来就没有留下马华旅台文学的位置，旅台作家如果不放弃其马华属性，只可能扮演台湾文坛外来的匆匆过客和'他者'角色。而在'正宗'的马华文学视域里，他们的'马华性'又变得十分可疑，一些马华文学论述已经将他们划入台湾文学圈内，拒绝把他们纳入马华文学史框架。"⑤ 面对这样的尴尬处境，在台马华作家偏偏又"拒绝大中国的施舍与收编，一如过往之拒绝两岸海外华文文学、世界华文文学之类文化民族主义收编"，

---

　　① 陈大为：《序：鼎立》，载陈大为、钟怡雯、胡金伦主编《赤道回声：马华文学读本Ⅱ》，万卷楼图书股份有限公司 2004 年版，第Ⅶ页。

　　② 杨宗翰：《重构框架：马华文学、台湾文学、现代诗史》，《中外文学》2004 年第1 期。

　　③ 周芬伶：《鬼气与仙笔——钟怡雯散文的混杂风貌》，载钟怡雯《钟怡雯精选集》，九歌出版社 2011 年版，第 16 页。

　　④ 黄锦树：《无国籍华文文学：在台马华文学的史前史，或台湾文学史上的非台湾文学——一个文学史的比较纲领》，去国·汶化·华文祭：2005 年华文文化研究会议论文，台湾交通大学，2005 年 1 月 8—9 日。

　　⑤ 刘小新：《马华旅台文学现象论》，《江苏大学学报》2002 年第 2 期。

同时"更不愿接受文化民族主义的支流收编"，因而，黄锦树只能自嘲在台马华文学是"无国籍华文文学"①。

当文学属性发生错位和移动之后，王德成认为，在台马华文学及作家的归属的确成为一个问题，相对于马来、中国台湾及大陆中原的语言、文化、政治霸权，台湾马华作者的危机感在于他们被三重"去地盘化"的威胁："华人超过马来西亚人口数的四分之一，华文却不是马来西亚的官方语言；台湾一度自命是文化正统，马华写作不过是聊备一格的华侨文学；而大陆挟其强大政治实力，台湾文学都不曾看在眼里，何况马华？"② 以张贵兴为例，他的雨林书写早已使他立于中文世界优秀作家行列，即使如此，张氏仍然成为马台两地文学史书写的"他者"："偏狭的本土台湾文学史家甚至可以从台湾文学场域中刬除长居台湾的外省作家，在本土浪潮甚嚣尘上的精神狭隘化（本土至上）与利益偏重（本土文学研究基金雄厚）夹击和排挤下，外来的哪怕后来入籍的张贵兴实在是边缘得可以；同样，在近乎同样狭隘的马华本土批评者（文学史书写者）那里，已经归化……张作为外人的身份自然证据确凿，于是乎，作为最优秀马华小说家（之一）的张贵兴就难免成了文学史论述中的'他者'——常常被拒之门外，对他作品的定位和归类似乎就实践了海外华人惯常的'离散'（Diaspora）精神和身份假定。"③ 张贵兴尚且如此，何况其他文学成就不如他者。

由是观之，在台马华文学"非但'不在'马华文学里，甚至也'不在'台湾文学之内"，"它既是马华文学史的一个缺口，也从台湾文学史中间爆诞"④。既然"相应的文学史位置是建构的、力争而来的"⑤，

---

①　黄锦树：《无国籍华文文学：在台马华文学的史前史，或台湾文学史上的非台湾文学——一个文学史的比较纲领》，去国·汶化·华文祭：2005年华文文化研究会议论文，台湾交通大学，2005年1月8—9日。

②　王德威：《在群象与猴党的家乡——张贵兴的马华故事》，载张贵兴《我思念的长眠中的南国公主》，麦田出版社2001年版，第19—20页。

③　朱崇科：《雨林美学与南洋虚构：从本土话语看张贵兴的雨林书写》，《亚洲文化》2006年第30期。

④　张锦忠：《南洋论述：马华文学与文化属性》，麦田出版社2003年版，第149页。

⑤　黄锦树：《制作马华文学——一个简短的回顾》，《星洲日报·文艺春秋》2011年2月27日。

在拒绝施舍与收编的同时，在台马华作家从编选马华文学作品集着手，为未来的文学史重写矫正视野。

## 二　选集的意义："回到马来（西）亚"

> 任何一部选集都很重要，因为它是一段文学史的纪录。①
>
> ——陈大为

针对（在台）马华文学史及其重写的讨论，张锦忠、黄锦树、林建国、陈大为等已精耕细作十数年，相关成果也都足以颠覆旧识建构新知，但却没有人愿意担此重任，就连最有可能的撰写者张锦忠，也直言自己"对马华文学史的兴趣，也并不在书写一部彰显我的文学观点与史观的马华文学史"②，因而这部被高度期待的（在台）马华文学史始终没有出现，"迟迟无法问世的原因很多，其中最主要的是每一位马华学者都太慎重，视之为经国之大业，不朽之盛世。逐渐凝聚起来的共同认知是：文学史不是谁都可以写的"③。既然文学史不是谁都可以写，或者也可以理解为不是谁都愿意写，文学选集尤其是有计划、大规模的选集活动，就必然担负起建构文学史蓝图的重大责任，因为选集往往也是"一段文学史的纪录"（陈大为语），甚至"涉及了一种系谱的建构"④，在文学史问世之前，选集所建构的文学视野总能提供该文学史的粗略形态。

选集对建构文学史的意义，在台马华学者早有认知，20 世纪 90 年代中期，陈大为、钟怡雯和黄锦树先后在台湾主持编选了三部"马华当代文学选集"：《马华当代诗选（1990—1994）》（1995）、《马华当代散文选（1990—1995）》（1996）和《一水天涯：马华当代小说选》

---

① 陈大为：《序：沉淀》，载陈大为、钟怡雯主编《赤道形声：马华文学读本 I》，万卷楼图书股份有限公司 2000 年版，第 I 页。

② 张锦忠：《南洋论述：马华文学与文化属性》，麦田出版社 2003 年版，第 48 页。

③ 陈大为：《序：基石》，载钟怡雯、陈大为主编《马华新诗史读本 1957—2007》，万卷楼图书股份有限公司 2010 年版，第 I 页。

④ 黄锦树：《小说·我们的年代》，载黄锦树主编《一水天涯：马华当代小说选》，九歌出版社 1998 年版，第 8 页。

（1998），刚好涵盖新诗、散文和小说三大文类。以此为起点，他们又联合张锦忠、庄华兴、黄俊麟等继续编选出版了多部马华文学选，使之上升为具文学史意识的大规模选集活动，包括《赤道形声：马华文学读本Ⅰ》（陈大为、钟怡雯主编，2000）、《赤道回声：马华文学读本Ⅱ》（陈大为、钟怡雯、胡金伦主编，2004）、《别再提起：马华当代小说选（1997—2003）》（黄锦树、张锦忠主编，2004）、《马华散文史读本1957—2007》（钟怡雯、陈大为主编，2007）、《回到马来亚：华马小说七十年》（黄锦树、张锦忠、庄华兴主编，2008）、《马华新诗史读本1957—2007》（钟怡雯、陈大为主编，2010）、《故事总要开始：马华当代小说选（2004—2012）》（黄锦树、黄俊麟、张锦忠主编，2013）等。

编辑马华文学选集是在重写马华文学史背景下产生的一项策略性文学活动，其成果选择在台湾出版[①]，也隐含这样一些"企图"："集中展示新世代旅台作者的创作实绩，表明旅台作家群的形成；建构马华文学新形象，改变以往人们对马华文学的刻板印象；同时也表明旅台作家是以马华文学的身份介入台湾文学场的，'凸显出旅台文学作为一种新势力在台湾文化市场的形成。'也凸显出活动在台湾的马华文学社群有一种与台湾文学不太相同的另类品格。"[②] 从书写在台马华文学史的维度来考察他们的选集活动，可以发现：每一部选集都不同程度地包括了在台马华作家及作品，这一选集行为不光潜移默化地重写了马华文学史，同时也尝试为在台马华作家及作品进入马华文学史进行探索。借用黄锦树等2008年出版的《回到马来亚：华马小说七十年》的书名，在台马华学者选集活动的意义之一就在于，使长期以来出走到台湾的马华文学重新"回到马来（西）亚"：真正的马华文学史应该有他们的位置！

20世纪90年代出版的三部马华文学选集均冠以"当代"，"当代"可以说是"我们的年代"[③]，选集时间跨度都很短，最长的小说选也才

---

① 除了2008年，由黄锦树、张锦忠、庄华兴主编的《回到马来亚：华马小说七十年》是在马来西亚出版外，20世纪90年代以来在台学者编的马华文学选均在台湾出版。

② 刘小新：《马华旅台文学现象论》，《江苏大学学报》2002年第2期。

③ 黄锦树：《小说·我们的年代》，载黄锦树主编《一水天涯：马华当代小说选》，九歌出版社1998年版，第9页。

11 年，具有明显为自己写史的意味。《马华当代诗选（1990—1994）》"无意编一本以史料意义为旨的诗选，而志在聚集近五年来马华诗坛最优秀的诗作，以建构马华新诗的新形象"①；《马华当代散文选（1990—1995）》希望"提供一个崭新的马华散文创作的蓝图，以更新大家的马华文学视野"②；《一水天涯：马华当代小说选》的编者黄锦树则执着于"我们存在的历史性"③。这些"宣言"意在表明：马华文学史应该有新的面貌。这新的面貌在当时编选者理念中主要是美学意义上的，即所谓选好的作家好的作品，但现在看来，这是在台马华文学进入马华文学史的一次有益实践，在台马华文学与在地马华文学的有机组合应是这三部选集最大的特色之一，它们共同呈现了一幅在台与在地共生的马华文学史生态图景。见表5。

**表5　　　　三部马华当代文学选入选在台作家及所占比例④**

| 选　集 | 入选在台作家 | 入选在台作家所占比例（%） |
| --- | --- | --- |
| 《马华当代诗选（1990—1994）》 | 林幸谦、辛金顺、吴龙川、钟怡雯、陈大为 | 33 |
| 《马华当代散文选（1990—1995）》 | 林幸谦、辛金顺、黄锦树、钟怡雯 | 40 |
| 《一水天涯：马华当代小说选》 | 潘雨桐、李永平、商晚筠、张贵兴、黄锦树 | 50 |

　　仅从入选作家的代表性来看，三部选集都达到了遴选经典的目的。黄锦树在《一水天涯：马华当代小说选》的序言中讲："立足于台马边缘地带的我们——也是许多被选的对象的立足之地——所编的"马华当代文学选集"，在理论上及隐喻上应是马华本土作家编的《马华当代文

①　陈大为：《序》，载陈大为主编《马华当代诗选（1990—1994）》，文史哲出版社1995年版，第8页。

②　钟怡雯：《序》，载钟怡雯主编《马华当代散文选（1990—1995）》，文史哲出版社1996年版，第12页。

③　黄锦树：《小说·我们的年代》，载黄锦树主编《一水天涯：马华当代小说选》，九歌出版社1998年版，第9页。

④　这里只统计目前认定为在台马华作家的这一部分，不包含当时或曾经留学台湾后返马的作家，如收入于诗选中的陈强华、林惠洲、许裕全等人，如果包括这些具备留台背景的作家，那么在台作家的比例将会更高。

学选》和台湾作家编的《台湾当代文学选》的一个可能和不可能的交集。"① 什么是"可能和不可能的交集"？编选者的边缘处境对他们的选集产生了怎样的象征意义？回答这些问题不妨采取一种迂回的方式，如果不是在台学者来编选，"我们"很可能就会从"马华文学史"中无故消失。比照 2001 年由马来西亚华文作家协会编选出版的《马华文学大系》就可看出"我们"所编的《马华当代文学选》与马华本土作家编的《马华当代文学选》难有交集。例如《马华文学大系·散文二》收入 1981—1996 年马华作家的散文，除林幸谦外，《马华当代散文选（1990—1995）》所收辛金顺、黄锦树和钟怡雯均没有收入；同样地，《马华文学大系·短篇小说二》除已经返马的潘雨桐和商晚筠外，《一水天涯：马华当代小说选》收入的李永平、张贵兴和黄锦树也都惨遭淘汰②。这些例子进一步印证了在台马华文学的文学史位置只能是自我建构力争而来的，同时似乎也在暗示，"我们"的历史只能由"我们"自己来撰写，正如黄锦树所讲："八年后的现在，应该更清楚的表达，我们只能靠自己，纵使人少、资源有限，还可以种一些瓜果豆子野菜。"③

由陈大为、钟怡雯等主编的《赤道形声：马华文学读本Ⅰ》和《赤道回声：马华文学读本Ⅱ》，在规模上颇有点马华 20 世纪 90 年代文学大系的意味，包含诗歌、散文、小说和评论，几乎囊括了 20 世纪 90 年代所有在台马华作家/学者，包括陈慧桦、林幸谦、辛金顺、吴龙川、钟怡雯、陈大为、潘雨桐、胡金伦、李永平、商晚筠、张贵兴、黄锦树、张锦忠、林建国等。这是两部以当代马华文学为编选视野的文学读本，初具文学教材之形貌，进一步落实了西马、东马、在台三足鼎立的当代马华文学生态格局："如同一个文学的'联邦'，没有所谓'中心'和'边缘'之分，它们一起构成'当代马华文学'的全部内容。"④

此后同样由陈大为和钟怡雯主编的《马华散文史读本 1957—2007》

---

① 黄锦树：《小说·我们的年代》，载黄锦树主编《一水天涯：马华当代小说选》，九歌出版社 1998 年版，第 9 页。

② 李永平和张贵兴被收入于中篇小说卷中，而黄锦树连这一卷也没有被收入。

③ 黄锦树：《故事总要继续》，《星洲日报·文艺春秋》2013 年 8 月 11 日。

④ 陈大为：《序：鼎立》，载陈大为、钟怡雯、胡金伦主编《赤道回声：马华文学读本Ⅱ》，万卷楼图书股份有限公司 2004 年版，第 XVIII 页。

和《马华新诗史读本 1957—2007》，具有更加明显的重写文学史意图：（读本）"透过五十年跨度的大规模编选工作，针对马华文学史的新诗和散文质量进行初步勘探；同时，也企图建构一个马华新诗或散文史的蓝图。"① 在这个马华新诗或散文史的蓝图里，陈大为和钟怡雯为在台马华文学找到了它的位址，即使是《赤道形声》和《赤道回声》所遗漏的李有成、温瑞安、方娥真等早期在台马华作家，也得以"重回马来西亚"。陈大为和钟怡雯起步于 20 世纪 90 年代中期的马华文学选集实践，不仅使一部全新视野的马华文学史呼之欲出，十多年的艰辛探索也为在台马华文学进入马华文学史提供了参考。

黄锦树和张锦忠的马华文学选集实践集中在小说领域，在十五年左右的时间先后编选了三部"马华当代小说选"：《一水天涯》、《别再提起》、《故事总要开始》，一部华马小说选：《回到马来亚：华马小说七十年》。三部"马华当代小说选"在时间上具有一种延续性，入选作品年限介于 1986 年至 2012 年，时间跨度 26 年，正好是黄锦树等亲身参与的"当代"。

《一水天涯》和《别再提起》入选作家多有重复，李永平、潘雨桐、张贵兴、黄锦树、黎紫书和李天葆都被同时收入这两部选集，一方面说明上述六人一直保持着一定的创作活力和实绩，而选来选去，当代马华小说都以这六人最具代表性，从另一个方面也说明当代马华文坛的写作生态并不十分健全，作家代际的生成演进略显和缓。到了《故事总要开始》，入选作者的格局已经有所变化："《别再提起》只有四位作者'幸存'下来（黄锦树、黎紫书、贺淑芳、梁靖芬）；如果从《一水天涯》看，更只有两位'幸存'（黄锦树、黎紫书）——我们的当代还延续着——但愿没有'自肥'之嫌。《故事总要开始》中'新人'达八位之多，其中还有三位复返的老将温祥英（1940—）、洪泉（1952—）、丁云（1952—）。"② 老生代作家由在地的温祥英、洪泉和丁云取代连续入选前两部选集的在台作家李永平、

---

① 陈大为：《序：基石》，载钟怡雯、陈大为主编《马华新诗史读本 1957—2007》，万卷楼图书股份有限公司 2010 年版，第Ⅲ页。

② 黄锦树：《故事总要继续》，《星洲日报·文艺春秋》2013 年 8 月 11 日。

潘雨桐和张贵兴，中生代则以在台的黄锦树和在地的黎紫书最具代表性，此次入选的新人吴道顺、黄玮霜和张柏榗，前两位都毕业于台湾东华大学创作研究所，张柏榗则是一位获得多项文学奖的在地作家，这说明当下的马华小说生态仍将维持在地与在台共生的面貌，至于新晋在台作家能否像他们的前辈一样保持旺盛的创作力，并以强劲的势头回馈在地文坛，则有待观察。

2008 年编选出版的《回到马来亚：华马小说七十年》有点类似陈大为等编的散文史读本和诗歌史读本，旨在通过选集建构小说专史的基本形态，但这部"小说史读本"的历史起点并不是定格在马来西亚独立建国的 1957 年，而是回溯到建国前的日据时代：1937 年。这一做法凸显了小说文本与历史文本的共振关系："这些小说文本走过的岁月，也是国家与族群走过的历史轨迹。"① 此外，不同于以往的马华文学选集，这部选集从题目"华马小说"即"清楚表示了编者的重族裔文学甚于族语文学的立场"②，因而它也可以看作 20 世纪 90 年代以来，黄锦树、张锦忠等在重写马华文学史思潮中，一再主张以"华裔马来西亚文学"取代传统"马来西亚华文文学"理念的一次小说方面的实践："对华裔马来西亚文学而言，'将来的社群'势必要'回到华马文学'，跨越语文的局限，而不是仍然只在个别语种内活动（对马来西亚文学而言也是如此）。换言之，要让语文成为华马文学的资产，而非局限或负债。目前我们能做的，就是透过翻译的整合，将过去彼此间关系疏离的华裔马华文学、华裔马英文学、华裔马来文学纳入一本华文的华马小说选。"③ 这部小说集的价值与缺陷几乎都是从娘胎中带来的，与"华裔马来西亚文学"这一理念密切相关，可以说，华裔马来西亚文学史的书写还有很长的路要走，这部选集只是迈出了尝试性的第一步。《回到马来亚：华马小说七十年》收入的在台马华作家也有不少，包括李有成、李永平、张贵兴、商晚筠、张锦忠、黄锦树等，这说明，无论从族裔还

① 黄锦树、张锦忠、庄华兴：《序论：七十年家国》，载黄锦树、张锦忠、庄华兴主编《回到马来亚：华马小说七十年》，大将出版社 2008 年版，第 5 页。

② 同上。

③ 同上书，第 6 页。

是语种的角度建构马来西亚华人的文学史，在这"七十年家国"中，在台马华作家都是一群不能忽视的参与者。

选集是遴选经典的方式之一，而经典也是构成文学史的要素之一，缺乏经受过时间汰洗的代表作家和作品，文学史书写将难以开展。在台马华作家的选集活动，实现了遴选经典的目的，为下一步重写马华文学史甚至书写在台马华文学史打下基础。除了判定经典之外，在台马华作家的选集实践具有很明确的文学史意图，在他们看来，在台马华文学虽然在本土之外生产，但应该"回到马来亚"，成为马华文学史/华马文学史的构成板块之一。

通过这些文学选集，客观上使在台马华文学回到本土阅读市场，有助于减少在地者对它的误读与敌视。当然，选集毕竟是选集，离真正的文学史书写还有一定的距离，它能够改变在地者对未来马华文学史的设想，却无法代替文学史本身。在台马华文学究竟以怎样一种姿态进入马华文学史，端赖撰写者的史识和视野，同时也是一项巨大的考验，尤其对在地者来说。"故事总要继续"①，不再提起的总是那些经典之外的作家和作品，对于在台马华文学而言，不断培育优秀的作家作品才是继续走下去的唯一选择。

### 三 吊诡的书写

如何马华？怎样台湾？是在台马华文学史书写的永恒话题。本土马华学者、在台马华学者和中国台湾学者，位址不同，立场不一，所提出的应对策略也各有侧重，而他们对在台马华文学的书写也恰恰暴露了各自的文学史意识形态立场。2011 年，台湾学者陈芳明出版《台湾新文学史》，专辟一节讨论马华文学；2012 年，本土马华学者许文荣和孙彦庄主编出版《马华文学文本解读》，按照不同主题将在地与在台作家融合为一体；同年，在台学者陈大为出版《最年轻的麒麟——马华文学在台湾（1963—2012）》，可视为首部以在台马华文学为书写对象的文学史专著。就以这三部出版时间接近且由三地学者撰写的著作为对象，讨论当前在台马华文学史书写的合理性与错位之处。

---

① 《故事总要开始：马华当代小说选（2004—2012）》的序言题目。

作为一部由台湾本土派论者撰写的史著，陈芳明的《台湾新文学史》可视为一个镜像，从中观察在台马华文学与台湾文学的结构关系，尤其是这部文学史背后隐含的台湾本土意识形态，如何安顿作为外来者的在台马华文学。早在 21 世纪初，台湾学者杨宗翰就意识到"马华旅台文学是台湾文学史写作有待填补的空白"，进而提出在台马华文学应该进入台湾文学史的呼吁："这些在台湾构思写作、出版流传的作品，早已形成一支庞大的队伍，台湾文学史写作没有必要也不应该以'异乡人文学'的目光狐疑、排斥之。我认为马华旅台文学本来就是台湾文学史的一部份，并不因作者的身分是否入籍而异。"① 十一年之后，另一位台湾本土派学者陈芳明用一部《台湾新文学史》回应了杨氏的期待。

这部以"新"（新台湾、新文学、新历史）标榜的文学史，从 20 世纪 20 年代的台湾新文学运动一直讲述到 21 世纪头十年，分上下两卷共二十四章，体制宏大，耗时十二载方才完成。陈芳明宣称他的"本土"是一个"开放的观念"，"所有在历史之河漂流的族群，所有在现实之镜映照出的移民，选择在海岛停泊时，他们的情感与美学也都汇入了本土"②，因而，他在《台湾新文学史》第二十二章"众神喧哗：台湾文学的多重奏"中以一节的内容安顿了马华这一在历史之河漂流、在海岛停泊之族群的"情感与美学"，同以"众神喧哗"名义被安顿在这一章的还包括：20 世纪 80 年代的后现代诗、后现代小说和 20 世纪 80 年代回归台湾的海外文学。

在《台湾新文学史》中，陈芳明强调"在台马华作家所建立的文学艺术与文学论述"是台湾文坛"不容忽视的重要声音"，"台湾文坛对于马华文学的登场，并没有任何排斥，已经视为台湾文学不可分割的一环"，因而，"马华文学及其论述如果从一九八〇年代以后的历史脉络抽离，台湾文学必然出现巨大的缺口"③。这是陈氏在台湾新文学史

① 杨宗翰：《马华文学与台湾文学史——旅台诗人的例子》，《中外文学》2000 年第 4 期。

② 陈芳明：《序言：新台湾·新文学·新历史》，载陈芳明《台湾新文学史》，联经出版事业股份有限公司 2011 年版，第 8—9 页。

③ 陈芳明：《台湾新文学史》，联经出版事业股份有限公司 2011 年版，第 702、703、714 页。

的架构下，对在台马华文学做出的总体论断，可见，虽然是台湾本土论的重要代表，陈芳明也认可在台马华文学应该进入台湾文学史。在总计十三页（702—714）的篇幅里，陈芳明重点讨论了李永平、张贵兴、陈大为、钟怡雯和黄锦树的"中国性"与"台湾性"，虽然他在引述陈大为的在台作家三个世代论时，也提及商晚筠、潘雨桐和林幸谦等人，但却没有专门讨论这些已经离台的作家，由此可看出陈芳明十分看重马华作家是否"在"台湾，即此在性。

陈氏的《台湾新文学史》将在台马华作家视为"众神"之一，把他们的"喧哗"载入台湾文学史，代表了一种开放的本土姿态，自有其深刻的价值和意义。但将讨论的主题框定在"中国性"与"台湾性"，却暴露了陈芳明文学史立场的意识形态性，表面看似开放实则仍然狭隘。在论述的过程中，陈氏总是有意无意地将在台作家的创作与论述牵引到"台湾性"上，而在台马华文学的"马华性"或"南洋情境"，他却"王顾左右而言他"。例如他认为李永平的南洋记忆始终寄存于"在台湾安身立命的经验"上①；钟怡雯的散文美感，"非常中国性，却又充满异国情调，但最后都属于（中国）台湾"②；等等。在台马华文学只是作为一个他者被陈芳明所收编，最后又沦为其开放性本土的陪衬/点缀。陈氏完全没有意识到，经过几十年的发展，在台马华文学已经结构化为台湾文学的组成部分，李永平、张贵兴、黄锦树等重要作家甚至已经具备"干扰"台湾文学场的能力，但陈芳明却仍然褊狭地认为是台湾文学"接纳"了李永平③。以往黄锦树等总担心在台马华文学被中国大陆及中国台湾的文化民族主义收编，《台湾新文学史》的例子在告诉他们，大台湾意识的施舍与收编同样需要警惕。总体而言，《台湾新文学史》对在台马华文学的"接纳"是一种失焦的结果，成为论证"大台湾意识"的棋子，如果一味站在台湾的立场处理在台马华文学，最后不是失焦就是出丑。

---

① 陈芳明：《台湾新文学史》，联经出版事业股份有限公司 2011 年版，第 707 页。

② 同上书，第 712 页。

③ 同上书，第 707 页。

在地马华学者许文荣和孙彦庄主编的《马华文学文本解读》是"第一部为马来西亚高校马华文学课而编的文本分析与解读的教材"[1]，教材往往也具有文学史色彩，而通过投票方式选出的文本其经典性必然在马华本土有一定的公认度，因而，透过这部不以文学史命名的教材，可考察本土马华文学史对在台马华文学的接受情境。

《马华文学文本解读》选取二十一种马华文学中最常见的书写类型，收入了四十八篇马华文学文本，其中在台马华文学文本十五篇，分别是：温瑞安《龙哭千里》、林幸谦《中文系情结》、黄锦树《鱼骸》、商晚筠《七色花水》、潘雨桐《东谷纪事》、黄锦树《天国的后门》、潘雨桐《纯属虚构》、张贵兴《群象》、林幸谦《边界》、李永平《拉子妇》、商晚筠《南隆·老树·一辈子的事》、辛金顺《吉兰丹州图志》、陈大为《会馆》、钟怡雯《垂钓睡眠》和陈大为《句号后面》，几乎囊括了在台马华老中青三代重要作家。其文本也涵盖"中国性"、"女性文学与女性主义文学"、"生态文学"、"仿拟"、"后设小说"、"魔幻写实"、"离散书写"、"少数民族书写"、"地志书写"、"历史书写"和"自我书写"11 种书写类型。

这套教材的编选者都是来自马来西亚新纪元学院中文系、韩江学院中文系、拉曼大学中文系、博特拉大学中文组等大专院校从事马华文学教学的教师，代表了本土马华文学最集中的学院力量，主编许文荣更是 20 世纪 90 年代以来马华学院派批评的重要人物，他们的马华文学史视野有很强的学理性。从以上这些来看，在台马华文学似乎已经介入了马华文学史，在地者也在调整他们对马华文学史的诠释视域。

"在台"并不仅仅是一个看似简单的书写位置，它对马华文学史的意义，更主要的还在于，迫使在地撰史者必须重新审视作者国籍身份、自我认同、作品发表于马来西亚/中国台湾、作品是否以大马为背景等，寻找到一套更为恰切的文学史话语去统筹这些具有争议性的议题。但这些我们在《马华文学文本解读》还不能完全看出端倪，而且在编选体

---

[1] 许文荣、孙彦庄：《代序》，载许文荣、孙彦庄主编《马华文学文本解读》，马来亚大学中文系毕业生协会、马来亚大学中文系 2012 年版，第 3 页。

例等方面也还存在一些不足①。希望未来能有一部由马华在地者撰写的更理想的马华文学史去回应以上那些期待。

《最年轻的麒麟——马华文学在台湾（1963—2012）》（以下简称《最年轻的麒麟》）是由局内人写的一部在台马华文学专史，因而就不像马华文学史或台湾文学史，在台只是聊备一格。这部著作以陈大为早年提出的"马华文学三大板块论"和"旅台文学世代论"为基本架构，详细梳理了1963年至2012年，马华文学在台湾发展的历史，是目前专门书写在台马华文学发展史的首开先河之作。正因首开先河，优点和缺陷都十分明显。

陈大为身兼书写者与被书写者双重身份，这使他对在台马华作家的内在心理结构有深刻的体悟，能够深入地把握这些作家与台湾之间的复杂"情缘"，因而他对在台马华文学与台湾文学的结构关系也不像其他学者一样多靠想象与猜测，不会流于表面化和泛化。然而，正如另一位局内人黄锦树讲的，这也是"一本相当奇怪的书"，从体例到篇幅配置都存在许多怪异之处：陈大为"并没有个完整的文学史视野"，而文学史方法论又存在"严重缺陷"，导致"整本书只有三个主要作者：温瑞安、陈大为、钟怡雯"，"而大部分写作者的时间都被冻结在他们登场的时刻"。② 此外，重描述不重阐释的书写思维，也导致这部书有清晰的历史线索而缺乏一定的理论提升③。首开先河之作往往也是草创之作，《最年轻的麒麟》最大的意义在于，在马华文学史的格局之外，重新找到了书写在台马华文学的一条途径，陈大为的尝试为日后更加完善的在台马华文学史书写奠定了基础、积累了经验。

---

① 参见黄锦树《野性的思维？——〈马华文学文本解读〉的怪异分类及其他》，《星洲日报·言路》2012年4月6日。

② 黄锦树：《这只斑马——评陈大为〈最年轻的麒麟——马华文学在台湾（1963—2012）〉》，《华文文学》2013年第5期。

③ 陈大为自己在该书的后记中讲："至于某些经常套用在马华文学研究上的理论，我都没用上，学术研究不一定要套用理论来证明自己的说法有多深奥，有些事物其实是很简单的，没有必要把它复杂化或深涩化之后，再回到同样的结论，那会沦为一场马戏，浮夸过度的阐释对马华文学的实质发展毫无帮助，把事情说得简单明了比较重要。"参见《最年轻的麒麟——马华文学在台湾（1963—2012）》，台湾文学馆2012年版，第270页。由此看来，陈大为倒是有意为之。

表面上看，《最年轻的麒麟》也是对台湾文学史书写在台马华文学的反叛，但事实恰好相反，《最年轻的麒麟》的出版，使在台马华文学再次掉入台湾文学史的"陷阱"中，笼罩其上的大台湾意识形态始终没有消逝。据陈大为透露，《最年轻的麒麟》其实并不是他"计划中的著作"，"比较像是接下一项任务，在有限的心力和时间内完成"①，换言之，这是被外力提前催生的一个产物，这"外力"即是时任台湾文学馆馆长李瑞腾主持编撰的"台湾文学史长编"，正是这一缘故，《最年轻的麒麟》才会被冠以"台湾文学史长编 31"的名目。这部在台马华文学专史，原来也是大台湾文学史的"聊备一格"，无处不在的大台湾意识形态再一次收编了这只"最年轻的麒麟"！

2010 年，李瑞腾赴台南任台湾文学馆馆长，随即启动"台湾文学史长编"的构想，并将该计划成果呈送有关部门审查，这套"长编"的基本理念是："把台湾文学视为在台湾这个地理空间所产生的文学，不论其族群、国籍及使用语言"，"这是一个宽泛的属地主义，除了在地的本土作家，从外移入或是移出去者，我们统统把他们编进台湾文学的范畴"②。"宽泛的属地主义"理念包容了在台马华文学，使它成为通过审查预定出版的 33 册丛书之一，而陈大为也在自己的计划之外被台湾文学馆邀请作为第 31 册的撰写人。由此看来，黄锦树要将在台马华文学打造成"无国籍华文文学"的欲念，恐怕也终将落空，无论是马华本土派还是台湾本土派，都不会轻易放下"收编"它的执念，毕竟对他们来说，在台马华文学聊胜于无，必要的时候还成为他们展示其"开放性"的极佳案例。

最后必须回到这样一个话题：到底谁比较合适来撰写在台马华文学史？黄锦树曾讲："我们这些身在其中的人不该去写这类的书"，"原因很简单，因为我们很难恰如其分地在文学史写作里评估自己"③。黄锦

---

① 陈大为：《后记》，载陈大为《最年轻的麒麟——马华文学在台湾（1963—2012）》，台湾文学馆 2012 年版，第 271 页。

② 李瑞腾：《台湾文学史长编总序》，载陈大为《最年轻的麒麟——马华文学在台湾（1963—2012）》，台湾文学馆 2012 年版，第 1 页。

③ 黄锦树：《这只斑马——评陈大为〈最年轻的麒麟——马华文学在台湾（1963—2012）〉》，《华文文学》2013 年第 5 期。

树的话不无道理，陈大为在撰写《最年轻的麒麟》时就陷入了这样的困局，毕竟文学史书写需要面对权力的考量和伦理的纠缠。因而，"只要不是身在其中，局内外人均可。老的有李有成、张锦忠。年轻的如高嘉谦，或仍在写博论的如詹闵旭、刘淑贞、陈允元等。而我判断，由年轻一代来写会更好，因为他们学术刚起步，必然全力以赴"①。虽然黄锦树强调"只要不是身在其中，局内外人均可"，但从他所列举的一些人来看，黄氏还是更属意（在）台湾学者来撰写，他似乎对中国大陆及马华本土学者仍不大放心。

只要对马、台两地政经文教环境有深入了解，且对在台马华文学有丰厚的学术积累，无论是马华本土学者、马华在台学者或台湾本土学者，甚至中国大陆学者，都是未来撰写在台马华文学史的合适人选，由不同政治、学术场域的学者来书写同一个对象，往往也能在一种多声部中产生共鸣，在这方面，马华本土学者、马华在台学者和台湾本土学者都已经积累了一定的成果，未来我们也期盼有一些中国大陆的学者能够参与进去，形成学术对话。

---

① 黄锦树：《这只斑马——评陈大为〈最年轻的麒麟——马华文学在台湾（1963—2012）〉》，《华文文学》2013 年第 5 期。

# 结　语

# 台湾作为问题与方法

　　"台湾"作为"问题"与"方法"，即通过台湾寻找进入马华文学复杂世界之路，在本书的研究中有这样两个具体的指向：第一，借助对马华文学在台现象的考察，探求丰富马华文学内涵的可能。中国台湾对20世纪60年代以来的马华文学影响深远，西方很多文学观念都通过这一中介传入马华本土，是推动和促进马华文学现代转型的关键外来因子。在台马华文学的生成颠覆了传统马华文学观念对于属地主义的刻板强调，所谓的"境外营运中心"，正是要打破固有的马华文学只能在马来西亚生产的保守看法。第二，借助对在台马华文学的研究，探索丰富马华文学研究的向度。以往的马华文学研究有意无意忽略了马华文学的这支台湾"兵团"，20世纪90年代，马华文学论述在台湾的兴起以及在台学者携其理论优势强势回馈马华本土，客观上打开了马华文学研究的一扇台湾窗口。

　　在台马华文学作为一种跨界的文学活动，与马华文坛和台湾文坛都有极为密切的关系，站在不同的立场研究，相同的对象却有不同的理解。由马华文坛看在台马华文学，它就是一种出走的文学，我们考察这种"出走"在马华文学体系内衍生的象征意义。站在台湾文坛的立场看在台马华文学，它就是一种"回归"的文学、移民的文学和"留学生"的文学，在20世纪90年代日益泛滥的本土派眼中，它又可能是外省第一代文学，莫名地成为多元化论调的一颗棋子。本书选择的是马华文坛的立场，因而"台湾"只能作为问题与方法。

　　在台马华文学脱胎于马来西亚留台学生的校园文学，1963年成立的星座诗社是一个典型的跨校诗歌社团，20世纪70年代的神州诗社其成员也多为在校大学生，第三代在台马华作家黄锦树、陈大为、钟怡雯、林幸谦、辛金顺等都在大学期间已有较为成熟的作品面世。马华文学渡海北上，最终选择台湾作为"租借地"，与 20 世纪 60 年代马来西亚的华文教育及中国台湾的侨生教育有直接的关系，可以说，正是这两者意外地造就了马华文学在台湾的开枝散叶。在台马华作家顶着"侨生"的身份符号赴台留学，他们恰恰与自己的先辈下南洋走了一条相反的路：向北方，这是一段很不寻常的"再华化"的生命旅程，同时也必然遭遇认同上的纠缠，面对"马"、"台"、"华"三重身份属性，不同世代、不同历史语境的在台马华作家做出了不同的回应。以神州诗社为代表的第一代在台马华作家向想象的"中国"偏航，声称要"为中国做点事"；20 世纪 80 年代赴台留学的马华"侨生"，是"回归的一代"，拥有强烈的马来乡土意识和学术报国信念；张锦忠、黄锦树、林建国、陈大为等第三代在台马华作家，或入籍中国台湾，或持有永久居留证，因为地缘的关系，马来西亚成为他们的伦理选择。

　　20 世纪 50 年代台湾当局实施侨教政策以来，超过五万余名马来西亚华人赴台留学，他们中的一些人在求学之余，也投入文学创作，并日渐产生影响，取得作家身份，形成一个离境的马华文学传统。从 1963 年马来西亚"侨生"王润华等在台湾大学校园创立星座诗社以来，至今恰好半个世纪，形成了风格不一的三个世代：以星座诗社和神州诗社为代表的第一代在台马华作家；以李永平、潘雨桐、商晚筠、张贵兴为代表的第二代在台马华作家；以张锦忠、黄锦树、陈大为、钟怡雯等为代表的第三代在台马华作家。这种明确的世代划分只是为了提供一个相对清晰的考察脉络，以便从纷繁复杂的文学现象中找到在台马华文学的知识系谱，但历史事实远比本书描述的复杂，例如傅承得、罗正文、安焕然、陈强华等已经返马的留台"侨生"，他们在台留学期间也创作了不少优秀的文学作品/论述，返马后亦有不俗的文学表现，以往的研究倾向把这些人归为"留台"，但始终未能给予恰切的研究，尤其是他们在台湾期间所累积的文学经验对马华本土文坛的影响，至今仍缺乏关注。对在台马华文学而言，"台湾"既是场域、中介，也意味着经验，许多在台马华作家在这里完成了身份的转型，获得了对文学的全新认知，其意义自不待言。

　　马来西亚是在台马华作家出生成长的故乡，这里有他们终生难忘的童年经验和先辈落地生根的族群记忆；中国台湾是在台马华作家求学、就业、定居的流寓之乡，这里有他们成家立业的艰辛体验和海外华人念兹在兹的神州幻象。马来西亚与中国台湾两地的双乡经验成就了在台马华作家的跨界书写，这是"马来商标与台湾条形码"相结合的"另类美学"。一方面，他们出走南洋，站在台湾的场域"纪事"，书写一则台湾的寓言，从这个角度看，在台马华文学并不是完全的南洋色彩，它与台湾文学也有相同相近之处；另一方面，他们又回到南方，穿梭于马来半岛上尽情诉说，从华人下南洋垦殖拓荒的历史，到马来西亚独立建国后华人在种族政治中遭受的各种族裔伤痛，再到他们充满生活气息的"旧家"，他们写出了马华文学特有的美学意蕴，从这个角度看，在台马华文学又非一般的台湾外省人或少数族裔文学可代指，它与马华文学有着不证自明的血缘关系。

　　在台马华文学论述与在台马华文学创作并不同步，直到第三代在台马华作家出现之后，在台马华文学论述才真正肇始，一般以 1991 年为其起点。林建国、张锦忠、黄锦树、陈大为、钟怡雯等在台学者，视马华文学论述为与马华身世有关的命运，具有很强烈的族群使命意识，他们从 20 世纪 90 年代开始深入马华文学结构内部，思考"为什么马华文学"，通过二十余年的努力，在本土之外建构了马华文学论述的台湾系谱。面对马华文学长期的贫弱困境，在台马华学者充满阐释的焦虑，这焦虑一旦反馈回马华本土，就引发了 20 世纪 90 年代以来一场接一场由在台学者参与的文学论争，习惯上我们也将之称为"黄锦树现象"。这种"烧芭"式批评的实质是以在台学者为代表的马华新生代崛起，造成了马华文学批评范式的转型以及新文学观念的产生，所谓"克服方北方"或"告别方修"，内在的文学诉求即马华文学必须革新，从创作观念到批评理论。在台学者的马华文学论述，客观上为当代马华文学研究树立了一座高标，他们所发现和提出的很多问题至今仍是这一领域的热点议题；但是，"烧芭"之后，也留下了许多症候，在地学者不满在台学者以"台湾视角"审视马华文学，甚至担忧长此以往马华文学会有"台湾化"的风险，在台学者则以"盗火者"自居，埋怨在地者"不领情"，其结果是在地与在台嫌隙渐深甚至一度相互敌视。

　　在台学者的阐释焦虑，其中包括对传统马华文学史的不满，20 世纪 90 年代初开始，黄锦树、林建国、张锦忠等就一直积极倡导重写马华文学史，要求以新的史观、史识架构一幅新的马华文学图景，在这样的语境下，书写在台马华文学史也成为在台学者的诉求之一。在台马华文学横跨马华、台湾两大文坛，造成文学属性的错位和移动，理论上可能既属于马华文学又属于台湾文学，现实中则更可能是双重的不属于，被两地本土论者挤到各自的边缘。如何马华？怎样台湾？不是人为地要将在台马华文学的身份割裂开来，而是提醒两地学者必须调整他们的文学史视域，妥善地处理它们各自与在台马华文学的复杂关系。

　　本书反复申论在台马华文学作为一个跨界的文学现象，已经存在达半个世纪之久。这半个世纪，马来西亚和台湾都经历了太多的风云变幻，举其大者，马来西亚1969年发生了"五一三"事件、1971年召开了"国家文化大会"、1988年采取了"茅草行动"。台湾则在1979年发生"美丽岛事件"、80年代末当局解严。在台马华文学借势而生，形成了一种离境的文学传统，其间必有它的一套生长伦理和演进逻辑，这是笔者选择它作为研究对象的关键原因。近些年来，20世纪90年代叱咤马华文坛的文学新人黄锦树、陈大为、钟怡雯等都已进入不惑之年，当年的新生代变成了中生代，昔时文坛权力的挑战者如今变成了占有者，他们的锋芒也有所收敛。就在台马华文学而言，21世纪这十年，虽然有一些文学新人出现，其文学表现却仍有待观察，至于是否真如有些人所说的后继无人，现在下这样的论断显然为时尚早。但台湾已经深刻地"干扰"了马华文学的发展，未来势必也会产生更加深远的影响，只要留台渠道不因外力而中断。

# 参考文献

## 一　文学作品（选）

陈大为主编：《马华当代诗选（1990—1994）》，文史哲出版社 1995
　　年版。

陈大为：《再鸿门》，文史哲出版社 1998 年版。

陈大为：《流动的身世》，九歌出版社 1999 年版。

陈大为、钟怡雯主编：《赤道形声：马华文学读本Ⅰ》，万卷楼图书股
　　份有限公司 2000 年版。

陈大为：《尽是魅影的城国》，时报文化出版社 2001 年版。

陈大为：《句号后面》，麦田出版社 2003 年版。

陈大为：《方圆五里的听觉》，山东文艺出版社 2007 年版。

陈大为：《木部十二画》，九歌出版社 2012 年版。

陈大为：《巫术掌纹：陈大为诗选（1992—2013）》，联经出版事业股份
　　有限公司 2014 年版。

黄锦树：《梦与猪与黎明》，九歌出版社 1994 年版。

黄锦树：《乌暗暝》，九歌出版社 1997 年版。

黄锦树主编：《一水天涯：马华当代小说选》，九歌出版社 1998 年版。

黄锦树：《由岛至岛》，麦田出版社 2001 年版。

黄锦树、张锦忠主编：《别再提起：马华当代小说选（1997—2003）》，
　　麦田出版社 2004 年版。

黄锦树、王德威编：《原乡人：族群的故事》，麦田出版社 2004 年版。

黄锦树：《土与火》，麦田出版社 2005 年版。

黄锦树：《死在南方》，山东文艺出版社 2007 年版。

黄锦树：《焚烧》，麦田出版社 2007 年版。

黄锦树、张锦忠、庄华兴主编：《回到马来亚：华马小说七十年》，大

将出版社 2008 年版。

黄锦树、黄俊麟、张锦忠主编：《故事总要开始：马华当代小说选（2004—2012）》，宝瓶文化事业有限公司 2013 年版。

黄锦树：《南洋人民共和国备忘录》，联经出版事业股份有限公司 2013 年版。

黄锦树：《犹见扶余》，麦田出版社 2014 年版。

黄锦树：《火，与危险事物：黄锦树马共小说选》，有人出版社 2014 年版。

黄锦树、张锦忠、李宗舜主编：《我们留台那些年》，有人出版社 2014 年版。

李永平：《拉子妇》，华新出版社 1976 年版。

李永平：《吉陵春秋》，洪范书店有限公司 1986 年版。

李永平：《海东青：台北的一则寓言》，联合文学出版社 1992 年版。

李永平：《朱鸰漫游仙境》，联合文学出版社 1998 年版。

李永平：《迌迌 李永平自选集 1968—2002》，麦田出版社 2003 年版。

李永平：《大河尽头》（上、下卷），上海人民出版社 2012 年版。

李永平：《雨雪霏霏：婆罗洲童年记事》，上海人民出版社 2014 年版。

李宗舜、周清啸、廖雁平：《风依然狂烈》，有人出版社 2011 年版。

李宗舜：《乌托邦幻灭王国——黄昏星在神州诗社的岁月》，秀威资讯科技股份有限公司 2012 年版。

黎紫书：《天国之门》，麦田出版社 1999 年版。

黎紫书：《山瘟》，麦田出版社 2001 年版。

黎紫书：《花海无涯》，有人出版社 2004 年版。

黎紫书：《出走的乐园》，花城出版社 2005 年版。

黎紫书：《野菩萨》，联经出版事业股份有限公司 2011 年版。

黎紫书：《告别的年代》，新星出版社 2012 年版。

林幸谦：《狂欢与破碎——边陲人生与颠覆书写》，三民书局 1995 年版。

林幸谦：《诗体的仪式》，九歌出版社 1999 年版。

林幸谦：《原诗》，天地图书有限公司 2001 年版。

林幸谦：《叛徒的亡灵》，尔雅出版社 2007 年版。

商晚筠：《七色花水》，远流出版事业股份有限公司 1991 年版。

商晚筠：《痴女阿莲》，联经出版事业公司 1992 年版。

商晚筠：《跳蚤》，南方学院马华文学馆 2003 年版。

神州诗社编：《风起长城远》，故乡出版社 1977 年版。

王润华：《高潮》，星座诗社 1970 年版。

王润华：《王润华自选集》，黎明文化事业股份有限公司 1986 年版。

温瑞安编：《坦荡神州》，长河出版社 1978 年版。

萧依钊编：《花踪文汇》（1—10），星洲日报 1993—2012 年版。

辛金顺：《月光下不回的路》，九歌出版社 2008 年版。

辛金顺：《在远方：辛金顺诗集》，有人出版社 2013 年版。

云里风、戴小华总编：《马华文学大系》，彩虹出版有限公司 2001
　　年版。

张贵兴：《伏虎》，时报出版社 1980 年版。

张贵兴：《柯珊的儿女》，远流出版公司 1988 年版。

张贵兴：《赛莲之歌》，远流出版公司 1992 年版。

张贵兴：《薛理阳大夫》，麦田出版社 1994 年版。

张贵兴：《顽皮家族》，联合文学出版社 1996 年版。

张贵兴：《猴杯》，联合文学出版社 2000 年版。

张贵兴：《我思念的长眠中的南国公主》，麦田出版社 2001 年版。

张贵兴：《群象》，麦田出版社 2006 年版。

张贵兴：《沙龙祖母》，联经出版事业股份有限公司 2013 年版。

钟怡雯主编：《马华当代散文选（1990—1995）》，文史哲出版社 1996
　　年版。

钟怡雯：《垂钓睡眠》，九歌出版社 1998 年版。

钟怡雯：《我和我豢养的宇宙》，联合文学出版社 2002 年版。

钟怡雯：《漂浮书房》，九歌出版社 2005 年版。

钟怡雯：《惊情》，花城出版社 2005 年版。

钟怡雯：《岛屿纪事》，山东文艺出版社 2007 年版。

钟怡雯：《野半岛》，联合文学出版社 2007 年版。

钟怡雯、陈大为主编：《马华散文史读本 1957—2007》（三卷），万卷
　　楼图书股份有限公司 2007 年版。

钟怡雯：《阳光如此明媚》，九歌出版社 2008 年版。

钟怡雯、陈大为主编：《马华新诗史读本 1957—2007》，万卷楼图书股份有限公司 2010 年版。

钟怡雯：《钟怡雯精选集》，九歌出版社 2011 年版。

钟怡雯：《河宴》，三民书局 2012 年第 2 版。

## 二　学术论著/集

［法］阿尔弗雷德·格罗塞：《身份认同的困境》，王鲲译，社会科学文献出版社 2010 年版。

［英］阿兰·德波顿：《身份的焦虑》，陈广兴、南治国译，上海译文出版社 2007 年版。

安焕然：《本土与中国：学术论文集》，南方学院出版社 2003 年版。

陈大为：《亚洲中文现代诗的都市书写》，万卷楼图书股份有限公司 2001 年版。

陈大为、钟怡雯、胡金伦主编：《赤道回声：马华文学读本 II》，万卷楼图书股份有限公司 2004 年版。

陈大为：《诠释的差异：当代马华文学论集》，海华文教基金会 2004 年版。

陈大为：《思考的圆周率：马华文学的板块与空间书写》，大将出版社 2006 年版。

陈大为、钟怡雯编：《20 世纪台湾文学专题 1：文学思潮与论战》，万卷楼图书股份有限公司 2006 年版。

陈大为、钟怡雯编：《20 世纪台湾文学专题 2：创作类型与主题》，万卷楼图书股份有限公司 2006 年版。

陈大为：《风格的炼成：亚洲华文文学论集》，万卷楼图书股份有限公司 2009 年版。

陈大为：《马华散文史纵论：1957—2007》，万卷楼图书股份有限公司 2009 年版。

陈大为：《中国当代诗史的典律生成与裂变》，万卷楼图书股份有限公司 2009 年版。

陈大为：《最年轻的麒麟——马华文学在台湾（1963—2012）》，台湾文学馆 2012 年版。

陈芳明：《台湾新文学史》，联经出版事业股份有限公司 2011 年版。

陈永国编译：《游牧思想——吉尔·德勒兹　菲利克斯·瓜塔里读本》，吉林人民出版社 2010 年版。

陈昭英：《台湾文学与本土化运动》，正中书局 1998 年版。

戴小华总主编：《当代马华文存》，马来西亚华人文化协会 2001 年版。

何国忠编：《社会变迁与文化诠释》，华社研究中心 2002 年版。

何国忠编：《承袭与抉择：马来西亚华人历史与人物·文化篇》，华社研究中心 2003 年版。

何国忠编：《百年回眸：马华文化与教育》，华社研究中心 2005 年版。

何国忠编：《百年回眸：马华社会与政治》，华社研究中心 2005 年版。

何国忠：《马来西亚华人：身份认同、文化与族群政治》，华社研究中心 2006 年版。

黄锦树：《马华文学：内在中国、语言与文学史》，华社资料研究中心 1996 年版。

黄锦树：《马华文学与中国性》，元尊文化企业股份有限公司 1998 年版。

黄锦树：《谎言或真理的技艺：当代中文小说论集》，麦田出版社 2003 年版。

黄锦树、张锦忠编：《重写台湾文学史》，麦田出版社 2006 年版。

黄锦树：《文与魂与体：论现代中国性》，麦田出版社 2006 年版。

黄锦树：《马华文学与中国性》（增订版），麦田出版社 2012 年版。

黄锦树：《华文小文学的马来西亚个案》，麦田出版社 2015 年版。

黄清顺：《后设小说的理论建构与在台发展——以 1983—2002 年作为观察主轴》，丽文文化事业股份有限公司 2011 年版。

黄万华：《新马百年华文小说史》，山东文艺出版社 1999 年版。

黄万华：《在旅行中拒绝旅行：华人新生代和新华侨华人作家的比较研究》，中国社会科学出版社 2008 年版。

金进：《马华文学》，复旦大学出版社 2013 年版。

李有成：《离散》，允晨文化事业股份有限公司 2013 年版。

李有成：《他者》，浙江大学出版社 2013 年版。

林春美：《性别与本土：在地的马华文学论述》，大将出版社 2009
年版。

林开忠：《建构中的"华人文化"：族群属性、国家与华教运动》，华社
研究中心 1999 年版。

林淇漾：《书写与拼图：台湾文学传播现象研究》，麦田出版社 2001
年版。

林水檺、何启良、何国忠编：《马来西亚华人史新编》（3 册），马来西
亚中华大会堂总会 1998 年版。

刘小新：《阐释的焦虑——当代台湾理论思潮解读（1987—2007）》，福
建人民出版社 2010 年版。

刘小新：《华文文学与文化政治》，江苏大学出版社 2011 年版。

刘育龙：《在权威与偏见之间》，大马福联会暨雪福建会馆 2003 年版。

吕正惠、赵遐秋编：《台湾新文学思潮史纲》，昆仑出版社 2002 年版。

罗钢、刘象愚编：《文化研究读本》，中国社会科学出版社 2000 年版。

［加］马歇尔·麦克卢汉：《理解媒介：论人的延伸》（增订评注本），
何道宽译，译林出版社 2011 年版。

潘碧华：《马华文学的时代记忆》，马来亚大学中文系 2009 年版。

潘碧华编：《马华文学的现代阐释》，马来西亚华文作家协会 2009
年版。

［法］皮埃尔·布尔迪厄：《艺术的法则：文学场的生成与结构》（新修
订版），刘晖译，中央编译出版社 2011 年版。

饶芃子、费勇：《本土以外：论边缘的现代汉语文学》，中国社会科学
出版社 1998 年版。

饶芃子、杨匡汉主编：《海外华文文学教程》，暨南大学出版社 2009
年版。

饶芃子：《比较文学与海外华文文学》，复旦大学出版社 2011 年版。

王列耀：《隔海之望：东南亚华人文学中的"望"与"乡"》，中国社会
科学出版社 2005 年版。

王列耀等：《趋异与共生——东南亚华文文学新镜像》，中国社会科学
出版社 2011 年版。

王润华：《华文后殖民文学：中国、东南亚的个案研究》，学林出版社

2001 年版。

伍燕翎主编：《未完的阐释：马华文学评论集》，马来西亚华文作家协
　　会 2010 年版。

谢川成编：《马华文学大系·评论 1965—1996》，彩虹出版有限公司、
　　马来西亚华文作家协会 2004 年版。

谢诗坚：《中国革命文学影响下的马华左翼文学：1926—1976》，韩江
　　学院 2007 年版。

辛金顺：《秘响交音——华语语系文学论集》，秀威资讯科技股份有限
　　公司 2012 年版。

许文荣：《极目南方：马华文化与马华文学话语》，南方学院、马来西
　　亚大学中文系毕业生协会 2001 年版。

许文荣：《南方喧哗：马华文学的政治抵抗诗学》，八方文化创作室、
　　南方学院出版社 2004 年版。

许文荣：《马华文学与新华文学比照》，青年书局 2008 年版。

许文荣、孙彦庄主编：《马华文学文本解读》，马来亚大学中文系毕业
　　生协会、马来亚大学中文系 2012 年版。

杨匡汉、庄伟杰：《海外华文文学知识谱系的诗学考辩》，中国社会科
　　学出版社 2012 年版。

杨松年、简文志：《离心的辩证：世华小说评析》，唐山出版社 2004
　　年版。

游胜冠：《台湾文学本土论的兴起与发展》，前卫出版社 1996 年版。

曾庆豹：《困惑与寻路：当代旅台知识社群的反思》，马来西亚旅台同
　　学会 1991 年版。

张光达：《风雨中的一枝笔》，大将事业社 2001 年版。

张光达：《马华现代诗论：时代性质与文化属性》，秀威资讯科技股份
　　有限公司 2009 年版。

张光达：《马华当代诗论：政治性、后现代性与文化属性》，秀威资讯
　　科技股份有限公司 2009 年版。

张锦忠：《南洋论述——马华文学与文化属性》，麦田出版社 2003 年版。

张锦忠：《关于马华文学》，台湾中山大学文学院 2009 年版。

张锦忠：《马来西亚华语语系文学》，有人出版社 2011 年版。

张京媛编：《后殖民理论与文化认同》，麦田出版社 2007 年版。

张俐璇：《两大报文学奖与台湾文学生态之形构》，台南市立图书馆 2010 年版。

张旭东：《东南亚的中国形象》，人民出版社 2010 年版。

张永修、张光达、林春美编：《辣味马华文学——90 年代马华文学争论性课题文选》，雪兰莪中华大会堂、马来西亚留台校友会联合总会 2002 年版。

赵稀方：《后殖民理论与台湾文学》，人间出版社 2009 年版。

郑良树：《马来西亚华文教育发展简史》，外语教学与研究出版社 2007 年版。

中国世界华文文学学会编：《直挂云帆济沧海——世界华文文学研究三十年论文集》，中国文史出版社 2012 年版。

钟怡雯：《亚洲华文散文的中国图象（1949—1999）》，万卷楼图书股份有限公司 2001 年版。

钟怡雯：《无尽的追寻：当代散文的诠释与批评》，联合文学出版社 2004 年版。

钟怡雯：《灵魂的经纬度：马华散文的雨林和心灵图景》，大将出版社 2006 年版。

钟怡雯：《内敛的抒情》，联合文学出版社 2008 年版。

钟怡雯：《马华文学史与浪漫传统》，万卷楼图书股份有限公司 2009 年版。

钟怡雯：《经典的误读与定位：华文文学专题研究》，万卷楼图书股份有限公司 2009 年版。

周庆华：《台湾当代文学理论》，扬智文化事业出版公司 1996 年版。

周庆华：《后台湾文学》，秀威信息科技股份有限公司 2006 年版。

朱崇科：《本土性的纠葛——边缘放逐·"南洋"虚构·本土迷思》，唐山出版社 2004 年版。

朱崇科：《考古文学"南洋"：新马华文文学与本土性》，上海三联书店 2008 年版。

朱崇科：《华语比较文学：问题意识及批评实践》，上海三联书店 2012 年版。

朱立立：《身份认同与华文文学研究》，上海三联书店 2008 年版。

庄国土：《华侨华人与中国的关系》，广东高等教育出版社 2001 年版。

庄华兴：《国家文学：宰制与回应》，大将出版社 2006 年版。

### 三 研讨会论文集

戴小华、柯金德编：《马华文学七十年的回顾与前瞻：第一届马华文学节研讨会讨论文集》，马来西亚华文作家协会 1991 年版。

戴小华、尤绰韬编：《扎根本土·面向世界：第一届马华文学国际学术研讨会论文集》，马来西亚华文作家协会、马来亚大学中文系毕业生协会 1998 年版。

黄万华、戴小华编：《全球语境·多元对话·马华文学——第二届马华文学国际学术会议论文集》，山东文艺出版社 2004 年版。

江洺辉编：《马华文学的新解读——马华文学国际学术研讨会论文集》，马来西亚留台校友会联合总会 1999 年版。

王润华、白豪士编：《东南亚华文文学：第二届华文文学大同世界国际会议论文集》，新加坡作家协会 1989 年版。

吴耀宗编：《当代文学与人文生态：2003 年东南亚华文文学国际学术研讨会论文集》，万卷楼图书股份有限公司 2004 年版。

许文荣编：《回首八十载·走向新世纪：九九马华文学国际学术研讨会论文集》，南方学院出版社 2001 年版。

张锦忠编：《重写马华文学史论文集》，暨南国际大学东南亚研究中心 2004 年版。

### 四 期刊/报纸/研讨会论文

安焕然：《内在中国与乡土情怀的交杂——试论大马旅台知识群的乡土识同意识》，《资料与研究》1996 年第 21—22 期。

曹惠民：《在颠覆中归返——观察旅台马华作家的一种角度》，《华文文学》2011 年第 1 期。

陈大为、钟怡雯：《发展与困境：90 年代的马华文学》，《南方学院学报》2005 年第 1 期。

陈大为：《大马旅台一九九〇》，《台港文学选刊》2012 年第 1 期。

陈大为：《从马华"旅台"文学到"在台"马华文学》，《华文文学》
　　2012 年第 6 期。

高嘉谦：《对于〈马华文学与台湾文学史——旅台诗人的例子〉的疑
　　惑》，《中外文学》2000 年第 4 期。

高嘉谦：《谁的南洋？谁的中国？——试论〈拉子妇〉的女性与书写位
　　置》，《中外文学》2000 年第 4 期。

高嘉谦：《马华小说与台湾文学》，《文艺争鸣》2012 年第 6 期。

何国忠：《马华文学：政治和文化语境下的变奏》，《马来西亚华人研究
　　学刊》2000 年第 3 期。

胡金伦：《异域的声音——与王德威教授谈马华文学》，《中外文学》
　　2000 年第 4 期。

黄锦树：《"旅台文学特区"的意义探究》，《大马青年》1990 年第
　　8 期。

黄锦树：《作为乡愁的历史意识与作为历史意识的乡愁——对于〈当代
　　旅台知识社群〉的反思》，《星洲日报·文艺春秋》1992 年 11 月
　　7 日。

黄锦树：《留台学生的文化反省》，《大马青年》1995 第 10 期。

黄锦树：《论陈大为治洪书》，《南洋商报·南洋文艺》1996 年 7 月 5—
　　12 日。

黄锦树：《中国性与表演性：论马华文学与文化的限度》，《马来西亚华
　　人研究学刊》1997 年创刊号。

黄锦树：《回归文学：无声的马华文学运动》，《蕉风》1998 年第
　　482 期。

黄锦树：《魂在：论中国性的近代起源，其单位、结构及（非）存在论
　　特征》，《中外文学》2000 年第 2 期。

黄锦树：《反思"南洋论述"：华马文学、复系与人类学视域》，《中
　　外文学》2000 年第 4 期。

黄锦树：《重写马华文学——回应杨聪荣的回应》，《中外文学》2000 年
　　第 4 期。

黄锦树：《关于〈马华文学与台湾文学史——旅台诗人的例子〉》，《中
　　外文学》2000 年第 4 期。

黄锦树：《从个人的体验到黑暗之心——论张贵兴的雨林三部曲》，《中外文学》2001 年第 4 期。

黄锦树：《漫游者，象征契约与卑贱物——论李永平的"海东春秋"》，《中外文学》2002 年第 10 期。

黄锦树：《另类租借，境外中文，现代性：论马华文学史之前的马华文学》，《星洲日报·文艺春秋》2003 年 1 月 5 日、19 日、26 日。

黄锦树：《境外马华文学论述》，《南洋商报·南洋文艺》2003 年 5 月 3 日。

黄锦树：《东南亚华人少数民族的华文文学——政治的马来西亚个案：论大马华人本地意识的限度》，《香港文学》2003 年第 221 期。

黄锦树：《论中体：绝对域与遭遇》，《中山人文学报》2003 年第 17 期。

黄锦树：《华文少数文学：离散现代性的未竟之旅》，《香港文学》2004 年第 239 期。

黄锦树：《马华文学与（国家）民族主义：论马华文学的创伤现代性》，《中外文学》2006 年第 8 期。

黄锦树：《文学史热病》，《文化研究》2006 年第 2 期。

黄锦树：《无国籍华文文学：在台马华文学的史前史，或台湾文学史上的非台湾文学——一个文学史的比较纲领》，《文化研究》2006 年第 2 期。

黄锦树：《国家、语言、民族：马华——民族文学史及其相关问题》，文学的民族学思考与文学史的建构学术研讨会论文，台湾政治大学，2007 年 6 月 1 日。

黄锦树：《Negaraku：旅台、马共与盆栽境遇》，《文化研究》2008 年第 7 期。

黄锦树：《华人与他人：论东马留台作家李永平与张贵兴小说里的族群关系》，第三届族群、历史与文化亚洲联合论坛——华人族群关系与区域比较研究国际学术研讨会论文，新加坡国立大学，2009 年 11 月 14 日。

黄锦树：《制作马华文学——一个简短的回顾》，《星洲日报·文艺春秋》2011 年 2 月 27 日。

黄锦树：《在民族国家夹缝里的马华文学》，《书香两岸》2012 年第

3 期。

黄万华：《"边缘"切入和"断奶"之痛——文学中传统（民族）和现
　　代（西方）关系的一些思考》，《暨南学报》2005 年第 5 期。

黄万华：《山水兼得　情思双栖——马华新生代作家钟怡雯散文论》，
　　《烟台大学学报》2007 年第 1 期。

黄万华：《黄锦树的小说叙事：青春原欲，文化招魂，政治狂想》，《晋
　　阳学刊》2007 年第 2 期。

黄暐胜：《大马旅台文学的星空》，《蕉风》1995 年第 467 期。

简文志：《"世界华文文学研究"在台湾的发展》，《汉学研究集刊》
　　2007 年第 5 期。

蒋淑贞：《从"海内存知己"到"海外存异己"：马华文学与台湾文学
　　建制化》，去国·汶化·华文祭：2005 年华文文化研究会议论文，
　　台湾交通大学，2005 年 1 月 8—9 日。

金进：《从出走台湾到回归雨林的婆罗洲之子——马华旅台作家张贵兴
　　小说精神流变的分析》，《华文文学》2009 年第 6 期。

金进：《台风蕉雨中的迷思与远蹰——试论马华作家商晚筠小说中的台
　　湾文学影响》，《世界华文文学论坛》2010 年第 1 期。

金进：《台湾与马华现代文学关系之考辨——以〈蕉风〉为线索》，《中
　　国比较文学》2010 年第 2 期。

金进：《本土意识与中国因素制约下的文化拟态——对马华文坛"断奶
　　说"的文学历史考察》，《世界华文文学研究》2010 年第 6 辑。

金进：《生命体验与学院知识的协奏曲——马华旅台作家钟怡雯的散文
　　世界》，《华文文学》2011 年第 5 期。

李树枝：《现代主义的理论旅行：从叶芝、艾略特、余光中到马华天狼
　　星及神州诗社》，《华文文学》2010 年第 6 期。

李有成、张锦忠：《在文学研究与创作之间：离散经验》，《思想》2010
　　年第 17 期。

李永平：《致"祖国读者"》，《文景》2012 年第 3 期。

林春美：《当文学碰上道德——夜访林建国、黄锦树》，《蕉风》1998 年
　　第 482 期。

林春美：《在文学的灰色地带——访张光达与刘育龙》，《蕉风》1998 年

第 486 期。

林建国：《为什么马华文学?》,《中外文学》1993 年第 10 期。

林建国：《等待大系》,《南洋商报·南洋文艺》1997 年 4 月 18 日。

林建国：《再见,中国——"断奶"的理由再议》,《星洲日报·尊重民意》1998 年 5 月 24 日。

林建国：《方修论》,《中外文学》2000 年第 4 期。

刘小新：《当代马华诗歌的两种形象》,《华侨大学学报》1996 年第 2 期。

刘小新、黄万华：《九十年代马华诗坛新动向》,《华侨大学学报》1997 年第 2 期。

刘小新：《马华作家林幸谦创作论》,《华侨大学学报》1998 年第 2 期。

刘小新：《"黄锦树现象"与当代马华文学思潮的嬗变》,《华侨大学学报》2000 年第 4 期。

刘小新：《世代更替与范式转换——近十年马华文学发展考察》,《镇江师专学报》2001 年第 1 期。

刘小新：《黄锦树的意义与局限》,《人文杂志》2002 年第 13 期。

刘小新：《从方修到林建国：马华文学史的几种读法》,《华文文学》2002 年第 1 期。

刘小新：《马华旅台文学现象论》,《江苏大学学报》2002 年第 2 期。

刘小新：《马华旅台文学一瞥》,《台港文学选刊》2004 年第 6 期。

刘小新：《当代马华文学思潮与"承认的政治"》,《华侨大学学报》2007 年第 4 期。

莫嘉丽：《60 年代台湾文学与香港文学对马华文学的影响》,《华侨华人历史研究》1998 年第 4 期。

王德威：《坏孩子黄锦树：黄锦树的马华文学论述与叙述》,《中山人文学报》2001 年第 12 期。

王德威：《原乡想像,浪子文学——李永平论》,《江苏社会科学》2004 年第 4 期。

王列耀：《东南亚华文文学：华族身份意识的转型》,《文学评论》2003 年第 5 期。

王列耀：《马来西亚华文文学的文化个性》,《暨南学报》2001 第 4 期。

王列耀、马淑贞：《从"传承"到"裂变"——论马来西亚华裔作家林幸谦的诗歌创作》，《暨南学报》2005 年第 4 期。

王列耀、赵牧：《"原乡"与"神州"——马来西亚华裔汉语写作中的所望之"乡"》，《文艺争鸣》2005 年第 5 期。

王列耀、赵牧：《从故乡情结到原乡神话——马来西亚华文文学的中国想象》，《广东社会科学》2006 年第 4 期。

王列耀：《东南亚华人文学的"望""乡"之路》，《暨南学报》2006 年第 4 期。

王列耀：《东南亚华文文学的"异族叙事"——以菲律宾、马来西亚、印度尼西亚和泰国为例》，《文学评论》2007 年第 6 期。

王列耀、龙扬志：《身份的焦虑：论 90 年代马华文学论争》，《暨南学报》2012 年第 1 期。

许文荣：《混合的肉身在文学史中的游走——论马华文学混血及其他》，《中国比较文学》2009 年第 3 期。

许文荣：《马华小说和诗歌对中国文化的背离与回望》，《厦门大学学报》2010 年第 3 期。

杨聪荣：《从原乡论到新兴论》，《中外文学》2000 年第 4 期。

杨聪荣：《马华文学重构论在台湾学术场域的发声位置》，《中外文学》2000 年第 4 期。

杨聪荣：《"我们"与"他们"：谈马华文学在台湾》，《中外文学》2000 年第 4 期。

杨聪荣：《郁达夫与陈马六甲的越境之旅——现代亚洲民众交流的境界与印尼/马来/马华文学的周边》，《中外文学》2000 年第 4 期。

杨锦郁：《解构文学奖——马华文学新生代在台湾》，《联合报·读书人》1995 年 11 月 23 日。

杨宗翰：《马华文学与台湾文学史——旅台诗人的例子》，《中外文学》2000 年第 4 期。

杨宗翰：《关于〈马华文学与台湾文学史——旅台诗人的例子〉》，《中外文学》2000 年第 4 期。

杨宗翰：《重构框架：马华文学、台湾文学、现代诗史》，《中外文学》2004 年第 1 期。

杨宗翰：《马华文学在台湾（2000—2004）》，《文讯》2004 年第
　　229 期。

赵咏冰：《在台湾的马华文学——以李永平、张贵兴、黄锦树为例》，
　　《华文文学》2011 年第 1 期。

张光达：《认同被建构的认同》，《南洋商报·南洋文艺》1998 年 10 月
　　14 日。

张光达：《闹剧、鬼话和叙述形态——评黄锦树的〈大河的水声〉》，
　　《南洋商报·南洋文艺》1999 年 12 月 11 日。

张光达：《建构马华文学（史）观：九十年代马华文学观念回顾》，《人
　　文杂志》2000 年第 2 期。

张光达：《文学史、理论、叙事模式》，《南洋商报·南洋文艺》2000
　　年 8 月 1 日。

张光达：《马华旅台文学的意义》，《南洋商报·南洋文艺》2002 年 11
　　月 1 日。

张光达：《漫遊者的赋别/悼文/评论：书写/阅读黄锦树》，《星洲日
　　报·星洲人物》2003 年 3 月 23 日。

张光达：《复系统与重写马华文学史，以及阅读张锦忠》，《南洋商报·
　　南洋文艺》2003 年 5 月 3 日。

张光达：《文学体制与六〇年代马华现代主义：文化理论与重写马华文
　　学史》，《星洲日报·文艺春秋》2003 年 5 月 4 日、11、18 日。

张光达：《新生代诗人的书写场域：后现代性、政治性与多重叙事/语
　　言》，《蕉风》2004 年第 490 期。

张光达：《花踪与马华文学、文化现象》，《星洲日报·文化空间》2005
　　年 1 月 2 日。

张光达：《陈大为的南洋史诗与叙事策略》，《南洋商报·南洋文艺》
　　2005 年 2 月 12 日。

张光达：《马华文学的"后现代性"：书写语境的正当性?》，《南洋商
　　报·南洋文艺》2006 年 9 月 9 日。

张光达：《诗选、读本与建构马华新诗史——读〈马华新诗史读本
　　1957—2007〉》，《星洲日报·文艺春秋》2011 年 6 月 12 日。

张锦忠：《华裔马来西亚文学》，《蕉风》1984 年第 374 号。

张锦忠：《编辑前言：烈火莫息》，《中外文学》2000 年第 4 期。

张锦忠：《海外存异己：马华文学——朝向"新兴华文文学"理论的建立》，《中外文学》2000 年第 4 期。

张锦忠编：《马华文学在台湾编目（1962—2000）》，《中外文学》2000 年第 4 期。

张锦忠编：《台湾所见马华文学论述累增书目》，《中外文学》2000 年第 4 期。

张锦忠编：《马华文学系年简编》，《中外文学》2000 年第 4 期。

张锦忠：《陈瑞献、翻译与马华现代主义文学》，《中外文学》2001 年第 8 期。

张锦忠：《在那陌生的城市：漫游李永平的鬼域仙境》，《中外文学》2002 年第 10 期。

张锦忠：《文化回归、离散台湾与旅行跨国性："在台马华文学"的案例》，《中外文学》2004 年第 7 期。

张锦忠：《再论述：一个马华文学论述在台湾的系谱（或抒情）叙事》，去国·汶化·华文祭：2005 年华文文化研究会议论文，台湾交通大学，2005 年 1 月 8—9 日。

张锦忠：《继续离散，还是流动：跨国、跨语与马华（华马）文学》，马华文学与现代性国际研讨会论文，2005 年 6 月 9—10 日。

张锦忠：《跨国流动的华文文学：台湾文学场域里的"在台马华文学"》，《中国现代文学》2005 年第 34 期。

张锦忠：《离散双乡：作为亚洲跨国华文书写的在台马华文学》，《中国现代文学》2006 年第 9 期。

张锦忠：《（离散）在台马华文学与原乡想象》，《中山人文学报》2006 年第 22 期。

张锦忠、黄锦树：《重写之必要，以及（他人的）洞见与（我们的）不见：〈重写台湾文学史〉绪论》，《思想》2007 年第 5 期。

张锦忠：《"我要回家"——后离散论述与在台马华文学》，《星洲日报·文艺春秋》2009 年 2 月 8 日。

张锦忠：《马来西亚与新加坡华语语系文学场域》，《文景》2012 年第 3 期。

钟怡雯：《论马华散文的"浪漫"传统》，《国文学报》2005 年第
　　38 期。

钟怡雯：《遮蔽的抒情——论马华诗歌的浪漫主义传统》，《淡江中文学
　　报》2008 年第 19 期。

钟怡雯：《定位与焦虑：马华/华马文学的问题研究》，《华文文学》
　　2009 年第 3 期。

钟怡雯：《马华散文史绘图：边界、起源与美学》，《华文文学》2011
　　年第 1 期。

朱浤源：《大马留台学生认同心态的转变：1952—2005——〈大马青
　　年〉内容分析》，多元文化与族群和谐国际学术研讨会论文，台
　　北，2007 年 11 月 23 日。

## 五　硕士/博士学位论文

陈芳莉：《在台马华文学的原乡再现——以黄锦树、钟怡雯、陈大为为
　　例》，硕士学位论文，台湾成功大学，2008 年。

陈慧娇：《偶然身为侨生：战后不同世代华裔马来西亚人来台求学的身
　　份认同》，硕士学位论文，台湾政治大学，2006 年。

陈锐嫔：《科技穿越乡愁的赤道线——在台马来西亚华人的离散经验》，
　　硕士学位论文，台湾政治大学，2006 年。

范雅梅：《论 1949 年以后国民党政权的侨务政策：从流亡政权、在地知
　　识与国际脉络谈起》，硕士学位论文，台湾大学，2005 年。

洪淑伦：《马来西亚留台侨生之教育历程与"侨生"身分对其在台生命
　　经验之影响》，硕士学位论文，台湾政治大学，2008 年。

洪王俞萍：《文化身份的追寻及其形构——骆以军与黄锦树小说之比较
　　研究》，硕士学位论文，台湾成功大学，2005 年。

李苏梅：《马华旅台作家小说创作论》，硕士学位论文，暨南大学，
　　2008 年。

李衍造：《再华化的意义：探讨旅台马印侨生文化认同的异同》，硕士
　　学位论文，台湾暨南国际大学，2008 年。

李怡萩：《论张贵兴的雨林书写》，硕士学位论文，台北教育大学，
　　2009 年。

林家绮：《华文文学中的离散主题：六七〇年代"台湾留学生文学"研究——以白先勇、张系国、李永平为例》，硕士学位论文，台湾清华大学，2007 年。

彭程：《马华新生代文学的主体性建构：以李天葆、黄锦树、黎紫书为例》，博士学位论文，暨南大学，2012 年。

彭霓霓：《在生命河流中的"移动"及其意义：1990 年代旅台缅甸华人个案》，硕士学位论文，台湾暨南国际大学，2012 年。

沈品真：《拼贴的岛屿、生命的凝视——论钟怡雯的散文创作》，硕士学位论文，台湾中兴大学，2010 年。

王文泉：《神州诗社的文化心理研究》，硕士学位论文，中央民族大学，2012 年。

魏淑琴：《论陈大为诗歌创作中的故乡情结》，硕士学位论文，浙江大学，2008 年。

吴柳蓓：《论在台马华女性作家——以商晚筠、方娥真、钟怡雯为观察核心》，硕士学位论文，台湾南华大学，2007 年。

吴欣怡：《同胞与外人之间：马来西亚"侨生"的身份与认同》，硕士学位论文，台湾大学，2010 年。

吴伊凡：《再疆域化的学生迁移：旅中台生与旅台马生的比较》，硕士学位论文，台湾大学，2010 年。

萧秀雁：《阅读马华：黄锦树的小说研究》，硕士学位论文，台湾暨南国际大学，2009 年。

谢佩瑶：《马华离散文学研究——以温瑞安、李永平、林幸谦及黄锦树为研究对象》，硕士学位论文，马来西亚拉曼大学，2011 年。

颜泉发：《分流与整合——马来西亚华文文学概念的梳理与思考》，硕士学位论文，暨南大学，2002 年。

张馨函：《马华旅台作家的原乡书写研究（1976—2010）》，硕士学位论文，台北大学，2012 年。

曾怡菁：《穿越时空的长廊——钟怡雯散文研究》，硕士学位论文，台湾中兴大学，2010 年。

朱敏：《花踪文学奖与马华新世代作家群》，硕士学位论文，暨南大学，2010 年。

## 六  报纸杂志

马来西亚：《星洲日报》、《南洋商报》、《蕉风》、《清流》、《爝火》、
　　《人文杂志》、《马来西亚华人研究学刊》
中国大陆：《台港文学选刊》、《华文文学》、《世界华文文学论坛》、
　　《世界华文文学研究》
中国台湾：《中外文学》、《文讯》、《联合文学》、《联合报》、《中国时
　　报》、《大马青年》
中国香港：《香港文学》

## 七  网站

马华文学馆：http：//mahua. sc. edu. my/
马华文学电子图书馆：http：//www. mcldl. com/
马华文学评论数据库：http：//ctwei. com/mahua/database/search. php
马华文学数位典藏中心：http：//ctwei. com/mahua/main. html
马来西亚华社研究中心：http：//www. malaysian – chinese. net/

# 后　记

　　五月的广州，潮湿多雨。这样的时节给出行造成不便，却特别适宜静坐一角沉思自省。

　　本书的选题源于导师的一个教育部科研项目。为了掌握更多的一手材料，从四年前开始，我习惯在图书馆地下室一排排过期报刊间穿梭，或白天或晚上。那覆盖在《星洲日报》及《南洋商报》上的历史尘埃，不光带我回到了那鲜活而生动的文学现场，更为主要的是，在马华文学这一历来被视为华文文学研究重镇的领域里，我觅得了一块有待开挖的天地：在台马华文学。

　　两年前执意要进入这个离境的文学世界一探究竟，这一过程虽不乏艰辛，却时有惊喜，至今我仍然认为，它给我带来的喜悦要远比痛苦多得多。沉浸其中，我曾有过很多幻想，但如今掩卷回望，却必须承认自己的局限：没有办法做到面面俱到，更无力将所有的"宝藏"都一一呈现。例如，在原来的规划中，大马青年社、《大马青年》杂志和大马旅台文学奖作为20世纪80年代大马留台学生创立的重要社团、刊物和奖项，拟劈出一节的篇幅予以讨论，但资料收集的困难却远超出我的想象，曾经通过各种途径和形式，包括向马来西亚旅台同学总会、当事人之一著名作家陈大为先生等联系，都没有获得想要的结果，后来只能选择放弃，因为与其从事皮毛式的研究，不如留待日后。这是一个不小的遗憾，但未尝不是日后继续追踪这一课题的动力之一。研究永无止境，或许我更应该释怀。

　　自从六年前王师列耀将我这个门外汉带入世界华文文学研究领域之后，我一直在他的引领下摸索前行，从刚开始的澳门文学、美华文学，到现在的马华文学，每一次的视域转换，都寄托着列耀师殷切的期待。相对于"导师"这个称呼，我更愿意用"师傅"来指称列耀师。师徒关系是中国传统文化里最重要的人伦关系之一，很多时候虽无父子之名却有父子之实。从学业到生活，六年间，列耀师无不关怀备至，去年当我陷入各种困境时，列耀师更是像一位慈父一样教导着我，让我看到希望、摆脱无助。这篇论文能够顺利完成，应归功于列耀师近两年来辛苦的指导。此刻，最应该表达的是对列耀师的感谢，但我也深知，一个徒弟对师傅最好的感谢与报答，应是成为一个不让他感到失望的人，因而，我仍需保持一颗上进的心，方不辜负列耀师的各种期待。

2008 年从位于江苏省徐州市的中国矿业大学本科毕业后，一直没有回去过，但内心却始终非常怀念那个生活了四年的苏北小城，不光因为那四年是我人生的重要一站，还因为我在那里遇到了第一位对我产生重要引领作用的人：周师凌云。读博三年，虽然无法当面聆听周师的教诲，但我一直把她对我的知遇之恩牢记在心。我不敢说我已经达到了周师当年对我的要求，但我可以问心无愧地说：学生一直都在努力，从未停歇！这篇博士论文的完成，得益于周师当年的教诲，谢谢！中国社会科学院文学研究所的杨匡汉先生，是我到暨南园之后才结识的一位学界前辈，六年来，每次相会，先生总要关切地询问我的学习和生活情况，言语中透露出来的期望之情令人感动。在此，请接受我这个晚辈对您及李桂芳老师的感激之情。

三年来，蒋述卓老师、宋剑华老师、苏桂宁老师、张世君老师、刘绍瑾老师、黄汉平老师、李凤亮老师等的授课令我受益匪浅，而宋剑华老师、蒲若茜老师、苏桂宁老师、姚新勇老师和赵静蓉老师等在开题、预答辩时对我论文给予的指点和建议，更是拓展了我的研究思路。在此，也向这些老师表示感谢！

同时还要特别感谢在台马华作家陈大为先生，在写论文期间，曾数次叨扰他，当他得知我在做在台马华文学研究时，不光给予热情鼓励、及时解答我提出的各种疑惑，而且惠寄多部著作与我，尤其是目前在大陆市场尚很难买到的《最年轻的麒麟》一书，及时纠正了我可能存在的研究偏颇。

另外，还要感谢海外华文文学与华语传媒研究中心的傅勇老师、文学院研管办的李培培老师、东韶中心小学的张群老师、王门所有的兄弟姐妹。当我面临各种困境之时，是他们的各种关心，让我感受到了师友的可贵和王门这个大家庭的温暖，使我能够渡过难关，顺利完成学业。至今我仍清晰地记得去年清明节我与他们在从化度过的快乐时光。在此特向他们表示衷心的感谢！

多年来，家人给我的关爱实在太多太多，我的父母、弟弟和弟媳用他们特有的方式默默地支持着我，使我能够安心地在暨南园里读书。谢谢你们！

过去的一年半，经历了太多不足为人道的事情，现在想来，原来一个人真的可以如此脆弱与坚强。五月的暨南园，开始散发毕业的气息。两个月之后，我将开始一段新的旅程，告诉自己：要执着！

2014 年 5 月 20 日
于羊城暨南园

# 补　　记

　　上文是我为博士论文所写的后记，其中的内容仍是本书即将付梓出版时要表达的主要情感，故全文留存，谢谢那些一直以来关心支持我的亲人、师友！同时还要感谢本书的责任编辑慈明亮及其编校团队，是他们的辛勤工作使本书减少了许多错讹。

　　一年后的今天，仍然是岭南多雨的五月，又恰逢母亲节。然而那位把我带到这个世界、给予我生命，并含辛茹苦养育了我近三十年的伟大女性——我挚爱的母亲，却在去年因重病离我而去。母亲在病痛中见证了这篇书稿的完成以及我博士顺利毕业并走上教师岗位，然而当我有能力去供养孝敬她时，她却撒手人寰，而今方才真真体验到"子欲养而亲不在"的悲痛。愿天堂没有病痛！

　　这是我出版的第一本书，我把它献给挚爱的母亲：陈九秀。

2015 年 5 月 10 日　母亲节

于羊城暨南园